BIANCA™

AF274443

ANNIE WEST
UN PRÍNCIPE
DE ESCÁNDALO

HARLEQUIN™

Editado por Harlequin Ibérica.
Una división de HarperCollins Ibérica, S.A.
Avenida de Burgos, 8B - Planta 18
28036 Madrid

© 2024 Harlequin Ibérica, una división de HarperCollins Ibérica, S.A.
N.º 474 - 20.5.24

© 2011 Annie West
Un príncipe de escándalo
Título original: Prince of Scandal

© 2011 Cathy Williams
Temor a amar
Título original: The Secretary's Scandalous Secret

© 2011 Helen Brooks
Deuda del corazón
Título original: The Beautiful Widow
Publicadas originalmente por Harlequin Enterprises, Ltd.
Estos títulos fueron publicados originalmente en español en 2011

I.S.B.N.: 978-84-1062-822-9
Depósito legal: M-6993-2024
Impreso en España por: BLACK PRINT
Fecha impresión para Argentina: 16.11.24
Distribuidor exclusivo para España: LOGISTA
Distribuidor para México: Distibuidora Intermex, S.A. de C.V.
Distribuidores para Argentina: Interior, DGP, S.A. Alvarado 2118.
Cap. Fed./Buenos Aires y Gran Buenos Aires, VACCARO HNOS.

Capítulo 1

RAUL MIRÓ sin ver por la ventanilla del helicóptero, que sobrevolaba la Costa Sur de Sydney. No debía haber ido allí tal y como estaba la situación en casa, pero no había tenido elección.

¡Qué desastre!

Apretó los puños y movió las largas piernas con nerviosismo.

La suerte de su nación y el bienestar de sus súbditos estaban en peligro. Su coronación, y el derecho a heredar el reino al que había dedicado toda su vida estaban pendientes de un hilo. Todavía no podía creerlo.

Los abogados habían buscado una salida tras otra, desesperados, pero no se podía cambiar la ley sucesoria. Al menos, no podría cambiarla hasta que no fuese rey. Y para lograr eso...

La única alternativa era marcharse y dejar al país presa de las rivalidades que habían ido aumentando peligrosamente durante el reinado de su padre. Dos generaciones antes, una guerra civil había estado a punto de dividir al país. Raul tenía que evitar otra guerra, fuese cual fuese el coste personal.

Su pueblo, y la necesidad de trabajar para él, había sido lo único que le había hecho luchar a pesar de la desilusión sufrida varios años antes. Cuando los paparazis habían sacado sus trapos sucios a la luz y todos sus sueños se habían venido abajo, el pueblo de Maritz le había demostrado su apoyo.

En esos momentos, era él quien debía ayudar a sus súbditos cuando más lo necesitaban.

Además, la corona era suya. No sólo por derecho de nacimiento, sino porque se la había ganado a pulso trabajando muy duro día a día.

No iba a renunciar a su herencia. Ni a su destino.

Todo su cuerpo se puso en tensión y notó que la ira lo consumía por dentro. A pesar de llevar toda la vida dedicado a la nación, a pesar de su experiencia, de su formación y de su capacidad, en esos momentos todo dependía de la decisión de una extraña.

Era un duro golpe para su orgullo que su futuro, y el futuro de su país, dependiese de aquella visita.

Raul abrió la carpeta con el informe del investigador y volvió a leer su contenido.

Luisa Katarin Alexandra Hardwicke. Veinticuatro años. Soltera. Empresaria.

Se aseguró a sí mismo que sería sencillo. La idea la entusiasmaría. No obstante, deseó que el informe hubiese incluido una fotografía de la mujer que iba a desempeñar un papel capital en su vida.

Cerró la carpeta de un golpe.

Daba igual cómo fuese. Él no era tan débil como su padre. Raul había aprendido por las malas que la belleza podía mentir. Que las emociones engañaban. Y él controlaba su vida, lo mismo que su país, con la cabeza.

Luisa Hardwicke era la clave para salvaguardar su reino. Daba igual lo fea que fuese.

Luisa juró cuando la vaca se movió y estuvo a punto de tirarla. Con cuidado, volvió a anclar los pies en el barrizal que había en la orilla del río.

Había tenido una mañana muy larga y llena de contratiempos. Había estado ordeñando a las vacas, había tenido problemas con el generador y una llamada que no esperaba del banco. Le habían hablado de una inspección que a ella le sonaba a un primer paso antes del cierre de la granja.

Se estremeció sólo de pensarlo. Había luchado mucho para mantenerla abierta. No era posible que el banco se la cerrase en esos momentos, en los que tenía la oportunidad de volver a sacarla a flote.

Oyó por encima de su cabeza el rítmico ruido de un helicóptero. La vaca se movió, nerviosa.

–¿Turistas? –gritó Sam–. ¿O es que tienes amigos con mucho dinero y no me lo habías contado?

–¡Ojalá!

Los únicos que tenían tanto dinero eran los bancos. A Luisa se le hizo un nudo en el estómago al pensarlo. Se le estaba acabando el tiempo para salvar la cooperativa.

Sin poder evitarlo, pensó en aquel otro mundo que había conocido por muy poco tiempo. En el que el dinero no era un problema.

Podía haber decidido seguir en él, ser rica y no te-

ner ninguna dificultad económica. Si hubiese ante-
puesto la riqueza al amor y a la integridad, y hubiese vendido su alma al diablo...

Sintió náuseas sólo de pensarlo.

Prefería estar allí, llena de barro y arruinada, pero
con las personas a las que quería.

–¿Estás preparado, Sam? –preguntó, obligándose
a concentrarse en lo que estaba haciendo–. ¡Ahora!
Despacio, pero de manera constante.

Por fin lograron que el animal se moviese en la
dirección correcta y pudieron sacarlo del río.

–Genial –añadió Luisa–. Sólo un poco más y...

Sus palabras dejaron de oírse con la aparición del
helicóptero por encima de la colina.

La vaca se asustó y la golpeó, haciendo que se
tambalease antes de caer de frente en el barro.

–¡Luisa! ¿Estás bien? –le pregunto su tío preocupado.

Ella levantó la cabeza y vio a la vaca en tierra
firme.

–Perfectamente –respondió, poniéndose de rodillas y limpiándose las mejillas–. Se supone que el
barro es bueno para el cutis, ¿no?

Miró a Sam a los ojos y sonrió.

–Tal vez debiese embotellarlo e intentar ven-
derlo.

–No te rías, niña. Quizás tengamos que llegar a
eso.

Diez minutos después, con la cara y el mono todavía cubiertos de barro, Luisa fue hacia la casa. No

podía dejar de pensar en la llamada de esa mañana. Su situación económica era muy mala.

Giró los hombros doloridos. Al menos estaba a punto de darse una ducha. Luego se prepararía una taza de té y...

Redujo el paso al llegar a lo alto de la colina y ver que el helicóptero había aterrizado justo detrás de la casa. El metal brillante del aparato, moderno y caro contrastaba con la madera gastada de la casa y el viejo granero en el que guardaba el tractor y su coche.

Sintió miedo y se le hizo un nudo en el estómago. ¿Sería la inspección de la que le habían hablado? ¿Tan pronto?

Tardó un par de segundos en pensar con claridad. El banco nunca malgastaría dinero en un helicóptero.

Vio aparecer una figura de detrás del aparato y se quedó inmóvil.

Era la silueta de un hombre alto, delgado y elegante. La personificación de la masculinidad urbana.

Parecía tener el pelo oscuro, ir vestido con un traje que debía de costar más que su coche y el tractor juntos, y unos hombros formidables.

Entonces lo vio andar mientras hablaba con alguien que había detrás del helicóptero. Se movía con una gracia y una naturalidad que denotaban poder.

A Luisa se le aceleró el pulso. No podía ser del banco, con un cuerpo tan atlético.

Lo vio de perfil. Tenía la frente alta, una nariz

larga y aristocrática, los labios marcados y la barbilla firme. Había determinación en ella. Determinación y algo muy masculino.

Luisa sintió calor. Y deseo.

Respiró hondo. Nunca se había sentido atraída por alguien de aquella manera. De hecho, se había preguntado si alguna vez le ocurriría.

A pesar de la ropa elegante, aquel hombre le pareció... peligroso.

Luisa contuvo una carcajada. ¿Peligroso? Seguro que se desmayaba si se le manchaban los relucientes zapatos de barro.

Detrás de la casa colgaban de la cuerda de tender vaqueros desgastados, camisas raídas y calcetines gordos. Luisa hizo una mueca. Aquel hombre, que parecía recién salido de una revista de moda, no podía estar más fuera de lugar. Ella se obligó a acercarse.

¿Quién sería?

−¿Puedo ayudarlo? −le preguntó con voz ronca, mientras se aseguraba a sí misma que no tenía nada que ver con el impacto de su mirada, oscura y enigmática.

−Hola −respondió él sonriendo.

Luisa se tambaleó. Era impresionante, guapo y muy masculino. Tenía la mirada brillante y misteriosa. Y un hoyuelo muy sexy en la barbilla.

Después de tragar saliva y sonreír también, Luisa le preguntó:

−¿Está perdido?

Se detuvo a unos pasos de él y tuvo que levantar la barbilla para mirarlo a los ojos.

–No, no estoy perdido –contestó él con voz profunda–. He venido a ver a la señorita Hardwicke. ¿Estoy en el lugar adecuado?

Luisa frunció el ceño, perpleja.

La pregunta le pareció retórica. Hablaba y se movía con tanta seguridad que daba la sensación de que la granja fuese suya. Hizo un ademán y un hombre corpulento que se estaba acercando a él desde detrás de la casa se detuvo.

–Sí, está en el lugar adecuado.

Luisa miró al otro hombre que, con su aspecto, era como si llevase la palabra «guardaespaldas» marcada en la frente, luego miró hacia el helicóptero, donde el piloto debía de estar haciendo alguna comprobación. Había otro hombre más, también vestido de traje, hablando por teléfono. Los tres la miraban. Estaban alerta.

¿Quiénes eran? ¿Y qué hacían allí?

Se sintió intranquila. Por primera vez desde que vivía allí, pensó que la granja estaba demasiado aislada.

–¿Es una visita de trabajo? –inquirió.

Sabía que aquel hombre estaba muy por encima del director de la sucursal bancaria del pueblo.

Luisa se puso tensa.

–Sí, necesito ver a la señorita Hardwicke –le dijo él, mirándola y apartando la vista hacia la casa después–. ¿Sabe dónde puedo encontrarla?

Ella se sintió mal, no sólo por ir cubierta de barro, sino porque aunque hubiese estado limpia y ataviada con su mejor ropa, no habría estado a su altura.

No obstante, se puso recta.

—Ya la ha encontrado.

Entonces, aquel hombre la miró de verdad. Y la intensidad de su mirada la calentó por dentro hasta hacer que se ruborizase. Él abrió mucho los ojos y Luisa se dio cuenta de que los tenía verdes. Su expresión era de sorpresa. Y, habría jurado que también de consternación.

Un segundo después su rostro era una máscara. Lo único que delataba su decepción era que tenía el ceño ligeramente fruncido.

—¿La señorita Luisa Hardwicke?

Pronunció su nombre con el mismo acento que había tenido su madre, que convertía lo mundano en algo bonito.

Luisa sintió un escalofrío. Lo del acento tenía que ser una coincidencia. Aquel otro mundo ya estaba fuera de su alcance.

Se limpió las manos y se acercó para ofrecerle una de ellas. Había llegado el momento de tomar el control de la situación.

—¿Y usted es?

Él dudó un momento antes de darle la mano e inclinarse, casi como si fuese a besarle la mano. El gesto fue encantador y extravagante. E hizo que a Luisa se le cortara la respiración. En especial, al notar su mano caliente y fuerte agarrándola.

Notó calor en la cara y dio gracias de estar tan sucia.

Él se irguió y la estudió con la mirada.

Y Luisa notó un hormigueo en el estómago.

–Soy Raul de Maritz –le respondió con seguridad–. El príncipe Raul.

Raul vio cómo se ponía tensa, sorprendida. Se zafó de él y retrocedió un paso antes de cruzar los brazos sobre el pecho.

Aquello despertó el interés de Raul, ya que no era el recibimiento al que estaba acostumbrado. Normalmente, la gente lo adulaba y se emocionaba al verlo.

–¿Qué hace aquí? –le preguntó ella.

En esa ocasión, el tono en que hizo la pregunta hizo que le pareciese una mujer vulnerable y femenina.

¡Femenina! ¡Si hasta entonces ni se había dado cuenta de que era una mujer!

Tenía la voz ronca, las botas llenas de barro, iba vestida con un mono y un sombrero que ocultaba parte de su rostro. ¡Y cómo andaba! Como un autómata.

Raul se quedó helado al imaginar cómo reaccionaría la alta sociedad de Maritz, que tanto valoraba el protocolo y los buenos modales, al verla. Aquello era mucho peor de lo que se había temido. Y no había salida.

No si quería reclamar el trono y salvaguardar su país.

Apretó los dientes y maldijo en silencio las arcaicas leyes que lo obligaban a hacer aquello.

Cuando fuese rey, haría algunos cambios.

–Le he preguntado qué está haciendo en mi propiedad.

Había animosidad en su voz, y eso intrigó a Raul todavía más.

—Disculpe —le dijo él sonriendo—. Tengo que hablar con usted de algo importante.

Esperó a que le devolviese la sonrisa, que relajase la expresión, pero no fue así.

—No tenemos nada de qué hablar —respondió ella, levantando la barbilla.

¿Lo estaba echando de allí? ¡Era absurdo!

—Siento contradecirla.

Raul esperó a que lo invitase a entrar, pero ella no se movió de donde estaba y lo fulminó con la mirada, lo que hizo que se impacientase.

—Me gustaría que se marchase.

Raul se puso tenso, indignado. Y, al mismo tiempo, su curiosidad aumentó. Deseó poder verla sin aquella capa de barro por encima.

—He venido desde mi país natal, en Europa, para hablar con usted.

—Eso es imposible. Y no tengo...

—De imposible, nada. He venido sólo para eso —la interrumpió, acercándose a ella y añadiendo con firmeza—: Y no voy a marcharme hasta que no hayamos llegado a un acuerdo.

A Luisa se le hizo un nudo en el estómago y sintió que no podía estar más nerviosa mientras atravesaba la casa y volvía hasta el lugar donde había dejado esperando a su visitante.

El príncipe heredero de Maritz, el país natal de

su madre, allí, ¡en su casa! Aquello no podía ser bueno.

Había intentado echarlo. No quería ver a nadie de aquel país. Tenía muy malos recuerdos de aquella época. Pero él se había mantenido inflexible.

Y, además, Luisa tenía que averiguar qué había ido a hacer allí.

Así que, después de haberse dado una ducha y haberse cambiado de ropa, intentó contener el pánico.

¿Qué querría?

Era un hombre que llenaba la galería con su presencia, haciendo que Luisa se sintiese pequeña e insignificante. Su rostro le recordaba al del anterior rey en su juventud, por su belleza y su porte orgulloso.

Pero no era normal que estuviese allí.

Luisa se estremeció. Era como una sombra de su tormentoso pasado.

Lo vio girarse y, al momento, se sintió en desventaja. Sus rasgos aristocráticos y su masculinidad lo convertían en un hombre... impresionante.

Raul entrecerró los ojos y a ella se le aceleró el corazón y se le secó la boca. Sorprendida, se dio cuenta de que era el hombre, más que su identidad, lo que la perturbaba.

Luisa entrelazó los dedos de las manos en vez de estirarse la camisa, la única que le quedaba limpia después de varias semanas lloviendo. Deseó poder presentarse ante él bien vestida, pero su presupuesto no le daba para comprarse ropa nueva. Ni tampoco un secador para el pelo.

Se apartó los rizos mojados de la cara y puso los

hombros rectos. Se negaba a permitir que la intimi-
dasen en su propia casa.

—Estaba admirando las vistas —le dijo él—. El paisaje es precioso.

Luisa miró hacia las colinas que se extendían a
lo lejos. Apreciaba su belleza natural, pero hacía
mucho que no tenía tiempo para disfrutarla.

—Si lo hubiese visto hace dos meses, después de
varios años de sequía, no estaría tan impresionado
—le respondió, respirando hondo.

No podía evitar sentir que aquel hombre iba a
causarle problemas.

—¿Quiere pasar?

Luisa fue a abrir la puerta, pero él dio una zan-
cada y se le adelantó.

No estaba acostumbrada a que le sujetasen la
puerta, fue por eso por lo que se ruborizó.

Inhaló un aroma exótico y sutil que se le subió a
la cabeza. Se mordió el labio inferior. Ninguno de los
hombres a los que conocía hablaban ni olían tan
bien como Raul de Maritz.

—Por favor, siéntese —le pidió, señalando hacia la
gastada mesa de la cocina.

No había tenido tiempo de cambiar los cubos y
las lonas que había colocado en el salón, donde los
había puesto después de la última tormenta para que
no se estropease todo con las goteras.

Además, hacía mucho tiempo que había aprendido que el origen aristocrático no era indicador de
riqueza. El príncipe podía sentarse en el mismo sitio
en el que se sentaban sus amigos y las personas que
iban a hacer negocios con ella.

–Por supuesto –le respondió él, tomando asiento con el mismo aplomo que si acabase de instalarse en su trono.

Su presencia llenaba la habitación.

Luisa tomó la tetera con brusquedad. Necesitaba saber qué había ido a hacer allí.

–¿Prefiere café o té?

–Nada, gracias –respondió él con expresión indescifrable.

A ella se le aceleró el pulso al mirarlo a los ojos. A regañadientes, ocupó una silla enfrente de la de él.

–Entonces, Su Alteza, ¿en qué puedo ayudarlo?

Raul siguió mirándola durante unos segundos más y luego, se inclinó un poco hacia delante.

–No se trata de qué puede hacer por mí –le respondió con voz profunda, suave e hipnótica–. Sino de lo que yo puedo hacer por usted.

«Desconfía de los extraños que vengan con promesas», le dijo una vocecilla a Luisa en su interior.

Años antes, le habían prometido muchas cosas. Le habían prometido un futuro que le había parecido mágico, pero todo había resultado ser mentira. Así que había aprendido a desconfiar por las malas y no una vez, sino dos.

–¿De verdad? –inquirió.

Él asintió.

–Para empezar, necesito confirmar que es la única hija de Thomas Bevan Hardwicke y de Margarite Luisa Carlotta Hardwicke.

Luisa se quedó inmóvil, alarmada. Raul hablaba como un abogado que fuese a darle una mala noticia.

–Eso es, pero no entiendo...

–Conviene que esté segura. Dígame... –continuó él, inclinándose más hacia delante sin dejar de mirarla a los ojos–. ¿Cuánto sabe de mi país? ¿De su gobierno y de sus estados?

Luisa se obligó a mantenerse tranquila a pesar de sentirse presa de dolorosos recuerdos. Aquella conversación era como una pesadilla. Quería gritarle a aquel hombre que fuese directo al grano antes de que perdiese los nervios, pero su mirada era implacable. Era evidente que iba a hacer aquello a su manera. No era la primera vez que Luisa trataba con un hombre como él. Apretó los dientes.

–Lo suficiente –respondió. Y ya era más de lo que quería saber–. Sé que es un reino que se encuentra en los Alpes. Una democracia con un parlamento y un rey.

Él asintió.

–Mi padre, el rey, ha muerto recientemente. Y yo voy a ser coronado dentro de unos meses.

–Lo siento –murmuró ella, refiriéndose a la pérdida de su padre.

Volvió a preguntarse qué hacía allí, interrogándola.

–Gracias –respondió él–. ¿Y qué sabe de Ardissia?

Luisa contuvo la impaciencia y lo retó con la mirada.

–Es una provincia de Maritz, con su propio príncipe, que le debe lealtad al rey de Maritz –contestó, haciendo una mueca–. Como sabrá, mi madre era de allí.

Se estremeció al decir aquello y se le encogió el corazón. Tuvo más recuerdos amargos.

—Ahora me toca a mí hacerle una pregunta —añadió, poniendo las manos encima de la mesa y mirándolo fijamente—. ¿Qué ha venido a hacer aquí?

Luego esperó con el corazón acelerado. Vio cómo se ponía tenso.

—He venido a buscarla.

—¿Por qué?

—Porque el príncipe de Ardissia ha muerto y he venido a comunicarle que es su heredera, la princesa Luisa de Ardissia.

Capítulo 2

RAUL LA VIO palidecer a pesar de que tenía el rostro bronceado. Luisa abrió mucho los ojos y cambió de postura en la silla. Y él se preguntó si se iba a desmayar.

Lo que le faltaba, una mujer conmocionada.

Apartó de su mente la idea de que cualquiera se habría sentido abrumado. De que estaba tan enfadado con aquella diabólica situación que no era capaz de razonar.

¡Ella no era la única cuya vida se había visto trastocada! Durante años, Raul había tenido que tomar decisiones y abrirse camino. Y era indignante que coartasen así su libertad.

Pero la alternativa... darle la espalda a su pueblo y a todo lo que había consagrado su vida... era impensable.

–¿Está bien?

–Por supuesto –respondió Luisa en tono afilado, pero con la mirada como aturdida.

Tenía unos ojos sorprendentemente bonitos. Un momento antes habían sido de color azul grisáceo, y en ese instante eran más azules y brillantes. Como el cielo en los Alpes en verano. Unos ojos en los que podría perderse cualquier hombre.

Luisa parpadeó y apartó la mirada de él y, Raul, sin saber por qué, se sintió decepcionado.

La vio morderse el labio. Luego volvió a levantar la vista y la estudió con la mirada. Una vez limpia, tenía unos rasgos agradables, simétricos y bastante atractivos.

Para quien le gustasen las mujeres sin artificios.

A él le gustaban más las mujeres sofisticadas y bien educadas.

¿Qué clase de mujer no se molestaba ni siquiera en arreglarse el pelo? Si hasta parecía que lo llevaba mal cortado. No se le ocurrió nadie menos adecuado para aquel...

—¡No puedo ser su heredera! —exclamó ella en tono casi acusatorio.

Raul arqueó las cejas. Ni que hubiese ido allí por capricho.

—Créame, es la verdad.

Ella parpadeó y Raul pensó que en aquellos ojos azules había algo más que sorpresa.

—¿Cómo es posible? —preguntó, como si estuviese hablando consigo misma.

—Tome —le dijo Raul, abriendo la maleta que Lukas le había dado—. Aquí está el testamento de su abuelo y su árbol genealógico.

Había planeado que fuese Lukas, su secretario, quien le hablase de aquello, pero había cambiado de opinión nada más ver a Luisa Hardwicke y darse cuenta de lo poco preparada que estaba para aquello. Así que habría preferido hacerlo él. Cuantas menos personas tratasen con ella en esos momentos, mejor.

Contuvo una mueca al pensar que, lo que había comenzado siendo una delicada misión, se estaba convertido en un asunto con muchas posibilidades de terminar en desastre. Podía imaginarse los titulares si la prensa la veía así. Y él no iba a permitir que la corona de Maritz volviese a ser presa de la prensa amarilla. En especial, en una época tan complicada.

Dio la vuelta a la mesa y dejó delante de Luisa los documentos.

Ella cambió de postura en la silla, como si su presencia la contaminase. Raul se puso tenso. Normalmente, a las mujeres les gustaba tenerlo cerca.

–Aquí está su madre –le dijo en tono conciliador–. Y por encima, su abuelo, el último príncipe.

Ella levantó la vista del árbol genealógico de su familia y el impacto de su mirada volvió a golpear a Raul.

–¿Y por qué no va a heredar el trono mi tío? ¿O mi prima, Marissa?

–Sólo queda usted de la familia.

Luisa frunció el ceño.

–Pues ha debido de morir muy joven. Qué horror.

–Sí.

El accidente había sido una tragedia. Y había alterado la sucesión.

Luisa sacudió la cabeza.

–¡Pero yo no formo parte de la familia! Desheredaron a mi madre cuando se enamoró de un australiano y se negó a casarse con el hombre al que había escogido su padre.

Entonces, ¿lo sabía? ¿Explicaba eso su animadversión?

–Su abuelo jamás llegó a desheredarla. Lo hemos descubierto al leer su testamento.

El príncipe de Ardissia había sido una fiera irascible, pero se había sentido demasiado orgulloso de su sangre como para desheredar a su propia hija.

–Y usted es ahora la heredera.

¡La vida habría sido mucho más sencilla para él si no hubiese sido así!

Si no hubiese habido ninguna princesa de Ardissia, él no se habría encontrado en aquella situación.

–¡Le digo que es imposible! –repitió ella, inclinándose hacia delante para leer los papeles.

Su olor a lavanda invadió a Raul, que inspiró, intrigado. Estaba acostumbrado a los perfumes caros, pero aquella fragancia tan simple le resultó extrañamente tentadora.

–No puede ser –insistió Luisa–. A mí también me desheredó. ¡Eso fue lo que nos dijeron!

Raul bajó la vista y se dio cuenta, sorprendido, de que lo estaba fulminando con la mirada. Tenía la barbilla alzada y había color en sus mejillas.

Estaba... guapa.

Y sabía mucho más de lo que él había esperado. Fascinante.

–A pesar de lo que le dijeron, es su heredera. Ha heredado su fortuna y sus responsabilidades –le explicó–. Y yo he venido para llevarla de vuelta a casa.

–¿A casa? –inquirió Luisa poniéndose en pie y arrastrando la silla con fuerza–. ¡Ésta es mi casa! Es el lugar al que pertenezco –añadió, señalando a su alrededor.

Se dijo que aquello tenía que ser un error.

Desde que aquel hombre le había hablado de Ardissia y de Maritz, los amargos recuerdos habían hecho que se le encogiese el estómago y se le nublase el cerebro. Y le había costado un esfuerzo sobrehumano escucharlo.

–Ya no –la contradijo él sonriendo desde el otro lado de la mesa.

Y Luisa pensó que era increíblemente guapo.

Hasta que lo miró a los fríos ojos. ¿No pretendería engañarla con aquella sonrisa tan falsa?

–Tiene una nueva vida por delante. Todo su mundo cambiará para siempre –añadió.

Su sonrisa se hizo más íntima y, sin querer, Luisa sintió calor por todo el cuerpo.

¿Cómo era posible?

–Tendrá dinero, una posición, prestigio... lo mejor. Vivirá de manera lujosa, como una princesa.

Una princesa.

Luisa sintió náuseas sólo de pensarlo.

Había oído aquello mismo con dieciséis años. Y había sido como un sueño hecho realidad. ¿Qué niña no se habría emocionado al descubrir que su abuelo era rey?

Se le encogió el corazón el recordar a su madre, pálida, pero sonriéndole con valentía, sentada a aquella misma mesa, contándole que tenía que decidir acerca de su futuro. Diciéndole que, a pesar de que ella le había dado la espalda a aquella vida, Luisa tenía que decidir si quería descubrirla.

Y ella, inocente, había ido. Atraída por la fantasía de vivir en un país que parecía sacado de un cuento de hadas.

Pero la realidad había sido brutalmente diferente. Cuando había decidido rechazar lo que le ofrecía su abuelo y volver a casa, sólo había podido dar gracias de que éste no la hubiese presentado en sociedad. De que la hubiese mantenido enclaustrada durante su periodo de «prueba». Sólo su familia más cercana sabía que se había sentido tentada por la vieja promesa de su abuelo de celebrar una alegre reunión familiar.

Por entonces, había sido una muchacha ingenua, pero ya no lo era.

En esos momentos, sabía demasiadas cosas acerca de la fea realidad de aquella sociedad aristocrática, en la que el nacimiento y los contactos eran más importantes que el amor y la consideración. Y por si con los actos de su abuelo no hubiese sido suficiente, sólo tenía que pensar en el hombre al que ella misma había creído amar. Cómo había conspirado para seducirla al conocer su identidad secreta. Movido sólo por la ambición.

Empezó a dolerle el estómago y se agarró a la mesa mientras sacudía la cabeza para intentar sacar de ella esos recuerdos.

–No quiero ser princesa.

Se hizo el silencio. Luisa se giró despacio. El príncipe Raul parecía sorprendido, e impaciente.

–No puede estar hablando en serio –le dijo por fin.

–Créame, jamás he hablado más en serio.

Sintió asco sólo de pensar en su abuelo, que la había invitado para poder convertirla en la clase de princesa que él quería. Para que hiciese lo que a él se le antojase sin cuestionarlo. Para que fuese como no había sido su hija.

Al principio, ella no se había dado cuenta de que sólo quería manipularla y había pensado que deseaba tener una nieta a la que querer.

Pero le había demostrado cómo era cuando había llegado la noticia de que su madre sufría una enfermedad terminal. Luisa le había rogado, llorando, que la dejase volver con ella, pero su abuelo le había dado un ultimátum: tenía que escoger entre romper el contacto con sus padres o dejar su nueva vida. Y cuando ella le había suplicado que intentase encontrar un tratamiento para su madre, él la había reprendido por perder el tiempo con una mujer que le había dado la espalda a sus raíces.

Aquella despiadada traición, tan descarada, todavía la ponía enferma.

Era la heredera de un tirano cruel y despiadado. Y por eso había jurado no volver a tener nada que ver con su familia de sangre azul.

Recordó cómo su abuelo la había tachado de ingrata por no querer ser como él quería que fuese, por no querer acceder a sus deseos.

Notó que alguien le ponía una mano en el brazo, sacándola de sus pensamientos. Levantó la vista y vio unas cejas negras arqueadas y los orificios nasales de Raul expandidos, como si estuviese oliendo su miedo.

Tan de cerca, era fascinante.

Luisa tragó saliva y él siguió el movimiento de la garganta con la mirada.

La intensidad de aquella mirada la asustó. El acelerado latido de su corazón le retumbaba en los oídos. Se sentía desvalida bajo el calor de semejante mirada.

—¿Qué ocurre? ¿En qué está pensando? —inquirió él.

Luisa volvió a respirar, desorientada por el calor que estaba sintiendo.

—Estoy pensando que debería soltarme.

Raul retrocedió al instante, bajó la mano.

—Perdone. Por un momento, pensé que se iba a desmayar.

Ella asintió. Se sentía aturdida, pero no tenía nada que ver con que él la hubiese tocado.

La electricidad que había entre ambos era sólo fruto de su imaginación.

Raul se pasó una mano por el pelo perfectamente peinado como si, por un instante, él también hubiese sentido lo mismo, pero sus rizos morenos volvieron a su sitio y volvió a ser el mismo hombre frío y dominante.

Luisa se giró despacio para tomar un vaso. Dio un buen trago de agua fría para intentar recuperarse. Se sentía como si la hubiesen estrujado por dentro.

Por fin, intentó ordenar sus ideas, pero no la ayudó darse cuenta de que el príncipe Raul no separaba la vista de ella.

Apretó la mandíbula y se dio la vuelta.

Lo vio apoyado en el aparador, de brazos cruzados y con un tobillo apoyado en el otro. Estaba in-

soportablemente sexy y daba un poco de miedo. Tenía el ceño fruncido, como si algo lo hubiese dejado
perplejo, pero eso no hacía más que enfatizar la
fuerza de sus rasgos.

–Cuando haya tenido tiempo de asimilar la noticia, se dará cuenta de que volver a Maritz es lo más
sensato.

–Gracias, pero ya he asimilado la noticia.

Luisa se preguntó si Raul se daba cuenta de lo
condescendiente que sonaba. Se sintió molesta.

Él no se movió, pero su cuerpo dejó de estar relajado. De repente, su aspecto era más de depreda-
dor que de hombre elegante y sofisticado.

A Luisa le picó la piel.

–¿No le tienta el dinero? –preguntó él, antes de
apretar los labios.

Era evidente que pensaba que el dinero estaba
por encima de todo lo demás.

Lo mismo que su abuelo y sus amigotes.

Luisa abrió la boca, pero luego volvió a cerrarla.
Su cerebro se había puesto de repente a funcionar.

¡Dinero!

Pensó en las deudas pendientes, en las reformas
pospuestas. En que no habían podido comprar una
ordeñadora nueva para Sam, en su propio coche. La
lista era interminable.

–¿Cuánto dinero? –preguntó.

No quería saber nada de la alta sociedad, pero el
dinero...

Raul descruzó los brazos y le dio una cantidad
que hizo que Luisa se mareara otra vez. Tuvo que
agarrarse a la mesa.

–¿Cuándo van a dármelo? –balbució sorprendida.

Y le pareció ver satisfacción en los ojos verdes del príncipe.

–Es princesa, utilice el título o no. Eso no puede cambiarse –empezó–, pero para heredar, hay una serie de condiciones. Debe instalarse en Maritz y cumplir con sus obligaciones.

Luisa dejó caer los hombros. Eso era imposible. Había rechazado aquel mundo por su propia salud mental. Aceptarlo sería traicionarse a sí misma y a todas las personas que quería.

–No puedo.

–Claro que puede. Yo lo organizaré todo.

–¿No me está escuchando? –inquirió ella, agarrándose a la mesa con tanta fuerza que le dolieron las manos–. ¡No puedo ir!

Se moriría si tenía que formar parte de aquella sociedad tan fría y cruel.

–Ésta es mi casa –añadió–. Mis raíces están aquí.

Él negó con la cabeza y se incorporó. La habitación se encogió y, a pesar del enfado, Luisa se sintió atraída por su formidable magnetismo.

–También tiene raíces en Maritz. Aquí sólo tiene trabajo duro y pobreza. En mi país, tendría una vida privilegiada, se mezclaría con la élite de la sociedad.

A Luisa aquello volvió a recordarle a su abuelo.

–Prefiero seguir relacionándome con la gente de aquí. Con la gente a la que quiero.

Él frunció el ceño.

–¿Se trata de un hombre? –preguntó, dando un paso al frente.

Luisa retrocedió ante la fuerza de su mirada.

–No, se trata de mis amigos. Y del hermano de mi padre y su mujer.

Sam y Mary, que eran casi una generación mayor que sus padres y la habían tratado como a una nieta durante lo mejor y lo peor de su niñez. No podía dejarlos allí, envejeciendo y endeudados.

A Raul aquello no pareció impresionarle.

Luisa se preguntó si su abuelo habría sido como él de joven. Orgulloso, decidido y guapo.

Allí de pie, irradiando impaciencia, Raul representaba todo lo que ella había aprendido a despreciar.

Volvió a sentirse decidida.

–Gracias por haber venido a decírmelo en persona –le dijo levantando la barbilla y doblando los documentos con movimientos rápidos y precisos–, pero tendrá que buscar a otra persona que quiera heredar. Lo acompañaré fuera.

Raul apretó los labios mientras el helicóptero despegaba.

Luisa Hardwicke se había puesto de todo menos contenta al verlo. Y eso que sólo le había hablado de la herencia, y no de los demás aspectos de su nueva posición. Por eso había preferido reservarse los demás detalles para otro momento.

¡Era la mujer más testaruda que había conocido! ¡Lo había echado de su casa!

Se sintió indignado y apretó los puños.

Había algo en ella que se le escapaba. Y necesitaba averiguar qué era. También necesitaba encontrar algo que la hiciese cambiar de opinión.

Por un instante, se había sentido tentado a secuestrarla. Llevaba en sus venas sangre de antepasados guerreros y ladrones, y no le habría costado ningún trabajo agarrarla y llevársela hasta que entrase en razón.

La imagen de Luisa Hardwicke apareció en su mente, mirándolo de manera desafiante, con los ojos brillantes.

Recordó que se le había subido la camisa al alargar el brazo para tomar un vaso, dejando al descubierto un bonito trasero enfundado en unos vaqueros. A pesar de su primera impresión, era una mujer con curvas.

Raul notó calor en el vientre.

Tal vez, al fin y al cabo, el sacrificio también fuese a tener ciertas compensaciones.

Luisa Hardwicke tenía una belleza diferente, que lo atraía más de lo debido. Durante los últimos ocho años, Raul sólo se había rodeado de mujeres elegantes y sofisticadas que comprendían sus necesidades.

Hizo una mueca y admitió algo que no solía reconocer. Que si alguna vez había tenido una debilidad, había sido por un tipo de mujer sincera y fresca, el mismo tipo que parecía ser Luisa.

El tipo de mujer en el que, en el pasado, había creído.

Pero la sórdida realidad lo había curado de semejantes flaquezas. No obstante, al estar con Luisa se había acordado de su pasado, y de los sueños que había tenido por entonces. Sueños rotos en esos momentos por culpa de las mentiras y la traición.

Y, a pesar de su indignación, había respondido al orgullo de Luisa y a su valor.

Era un inconveniente que lo complicaba todo. No obstante, a Raul le gustaban los retos. Y sería un cambio, después de tanto tiempo tratando sólo con mujeres deseosas de estar en su compañía. Si las circunstancias hubiesen sido otras, habría aplaudido el comportamiento de Luisa.

Pero volvió a centrarse en sus planes. Necesitaba hacer que aquella mujer entrase en razón. No podía fracasar, ya que su pueblo dependía de él.

—Lukas, ¿me has dicho que la cooperativa está endeudada?

—Sí, señor, muy endeudada. Me sorprende que siga funcionando.

Raul miró hacia abajo. Habría preferido no tener que coaccionarla, pero no tenía elección.

—Salda la deuda. Inmediatamente, quiero que quede arreglado hoy mismo.

El rugido de un helicóptero hizo que Luisa levantase la cabeza.

No era posible. Después de haber rechazado su herencia el día anterior, no había ningún motivo para que el príncipe Raul volviese a verla. No obstante, no pudo evitar acercarse a la ventana. No era posible, pero allí estaba otra vez.

Notó molesta cómo se le aceleraba el corazón al verlo bajar del aparato.

Se había equivocado con él.

El día anterior había buscado información en Internet y se había enterado de que el príncipe Raul tenía fama de ser un hombre trabajador y muy rico. Y al que le gustaban las mujeres impresionantes.

No obstante, ninguna de las fotografías que había encontrado le hacía justicia. Luisa contuvo la respiración mientras él subía las escaleras.

–Luisa –la saludó con voz melosa, deteniéndose en la puerta.

Ella se estremeció al oír cómo pronunciaba su nombre, cosa que la enfureció. Intentó tranquilizarse.

–Su Alteza –contestó, aferrándose al marco de la puerta–. ¿Qué hace aquí? Ayer dimos por zanjada nuestra conversación.

Él se inclinó hacia delante como había hecho el día anterior, para casi besarle la mano, y a Luisa se le hizo un nudo en el estómago. Tuvo que recordarse a sí misma que no debía dejarse impresionar por su aparente encanto.

No obstante, su mirada se clavó en la de él, que tenía los ojos brillantes, y notó calor por todo el cuerpo. Raul le apretó la mano y a ella se le aceleró el pulso todavía más.

–Llámame Raul.

A Luisa no le gustó la idea, pero pensó que sería de mala educación no hacerlo.

–Raul.

–¿No vas a invitarme a entrar? –le preguntó él en tono casi divertido.

Luisa se contuvo para no contestarle con una

grosería. Si estaba allí otra vez, tenía que ser por una buena razón. Y cuanto antes se la contase, mejor.

–Entra, por favor –le dijo, guiándolo hasta el salón.

Él no se puso cómodo, sino que se acercó a la ventana.

A Luisa no le gustó el brillo de sus ojos, ni la posición de su cuerpo, con las piernas separadas, como si estuviese en su propio territorio. Se colocó frente a él, negándose a dejarse dominar.

–¿No has cambiado de idea?

Ella levantó una pizca la barbilla.

–No si el dinero conlleva obligaciones.

Necesitaba el dinero desesperadamente, pero no iba a ceder.

La tarde anterior había estado hablando con su abogado. Tenía que haber un modo de obtener parte del dinero que le correspondía, pero sin tener que dejar su vida allí. No confiaba en que lo que Raul le había dicho fuese cierto.

Aunque era demasiado pronto para saberlo, la idea de poder sacar a flote la cooperativa había permitido que durmiese mejor esa noche. Estaba animada y con más fuerzas que en mucho tiempo.

–¿Puedo persuadirte para que lo reconsideres? –le preguntó Raul esbozando una sonrisa.

Ella contuvo la respiración, se le aceleró el pulso.

–Por supuesto que no –le respondió.

–Qué mala suerte –le dijo él muy serio.

Luego se metió la mano en el bolsillo de la chaqueta.

–En ese caso, esto es para ti.

Luisa aceptó los documentos, enfadada.

–¿Quieres que renuncie a mi herencia?

No iba a firmar nada antes de hablar con su abogado.

Él negó con la cabeza.

–Tómate tu tiempo. Léelo todo y lo entenderás.

Confundida, Luisa bajó la vista a los papeles. No eran los mismos del día anterior. Y se parecían mucho a los documentos del préstamo que había convertido su vida en una pesadilla.

Se obligó a concentrarse. Era difícil hacerlo con Raul mirándola fijamente. Cuando por fin lo entendió, la cabeza empezó a darle vueltas.

–Has comprado la deuda de la cooperativa –le dijo con incredulidad–. ¡Entera!

Y en un día. Los documentos tenían fecha del día anterior.

¿Era posible?

Levantó la vista enfadada. Raul estaba muy serio.

A ella le temblaron las rodillas y tuvo que apoyarse en el brazo de un sillón.

¿Qué contactos tenía Raul para hacer aquello en un solo día? Luisa no podía concebir tanto poder.

–¿Por qué? –preguntó con la boca seca.

Él se acercó más.

–El día que firmes los documentos necesarios para aceptar tu herencia, yo te regalaré ésos. Y podrás romperlos si quieres.

Luisa se sintió aliviada, pero al mismo tiempo negó con la cabeza.

¡Qué hombre tan obstinado! No quería aceptar su negativa. Debía de sentirse avergonzado de que la heredera a un título real estuviese endeudada hasta el cuello.

Era un gesto de generosidad.

–Pero no voy a marcharme. Voy a quedarme aquí.

–No.

Luisa se preguntó si nunca le llevaba nadie la contraria.

Se dio cuenta de que estaba impaciente y de que había determinación en su rostro.

Ella se puso de pie, tenía que hacerle aceptar que no iba a cambiar de idea.

–No voy a marcharme de aquí –repitió.

Él la miró fijamente a los ojos. Su expresión no había cambiado, pero Luisa notó que un escalofrío la recorría de pies a cabeza.

–Sabiendo lo comprometida que estás con el bienestar de tu familia y de tus amigos, estoy seguro de que cambiarás de opinión –le aseguró Raul–. A no ser que prefieras que lo pierdan todo.

Luisa tardó un momento en darse cuenta de que la estaba amenazando.

Se quedó inmóvil y le costó respirar.

¿La iba a chantajear?

Abrió la boca, pero no fue capaz de articular palabra. Empezaron a temblarle las manos.

–¡No puedes estar hablando en serio! –balbució por fin.

–Jamás he hablado más en serio, Luisa –le aseguró él.

–¡No me llames así! –exclamó ella.

–Princesa Luisa, entonces.

Furiosa, ella dio un paso al frente.

–Esto tiene que ser una broma.

Pero Raul estaba muy serio.

–¡No puedes ejecutar la deuda! Acabarías con el medio de vida de docenas de familias –añadió.

Además de terminar con el sueño de su padre. Por lo que había trabajado durante casi toda su vida.

Después de volver a casa para cuidar de su madre, Luisa no había tenido tiempo para retomar sus estudios. En su lugar, se había puesto a ayudar a su padre, que no había logrado superar nunca la muerte de su esposa.

–La decisión es tuya. Puedes salvarlos, si significan para ti tanto como dices.

Era evidente que Raul hablaba en serio.

–Pero... ¿por qué? –le preguntó ella, sacudiendo la cabeza–. Podrías encontrar a otro heredero, a alguien que desee vivir ese tipo de vida. Yo no estoy hecha para ser princesa.

El brillo de los ojos de Raul le sugirió que estaba de acuerdo en eso.

–No hay nadie más, Luisa. Tú eres la princesa.

–¡No puedes cambiar mi futuro! –exclamó ella, poniendo los brazos en jarras, dejando que la ira ocultase el miedo que estaba sintiendo–. ¿Por qué te estás implicando tanto en esto?

Cuando su abuelo se había puesto en contacto con ella, lo había hecho a través de emisarios. Y Raul tenía un puesto mucho más importante que él.

—Tu futuro tiene para mí un gran interés —le respondió Raul—. Ya que no sólo eres la princesa de Ardissia, sino que, además, estás destinada a convertirte en la reina de Maritz. Por eso estoy aquí. Para llevarte conmigo, como mi futura esposa.

Capítulo 3

LUISA INTENTÓ respirar hondo, pero se tambaleó. Raul la agarró de la mano e intentó sujetarla también del hombro, pero ella se apartó con brusquedad.

–¡No me toques! ¡Explícamelo todo, ahora!

–Tal vez sea mejor que te sientes –le aconsejó Raul.

–Prefiero quedarme de pie –le contestó ella, que no quería sentirse abrumada por su altura.

–Como desees.

–Explícame por qué tienes que casarte –le pidió Luisa, incapaz de decir «casarte conmigo».

–Tengo que hacerlo para poder acceder al trono –declaró él–. Es una ley muy antigua, que pretende asegurar el mantenimiento de la línea sucesoria.

Ella se estremeció al pensar en continuar la línea sucesoria con él.

Era un hombre muy guapo, pero lo que contaba era cómo era por dentro. Y, por lo que había visto, era orgulloso, dogmático y egoísta, lo mismo que había sido su abuelo.

–Es una tradición que el príncipe heredero escoja a su futura esposa de uno de los principados de Maritz. Cuando éramos adolescentes, se redactó un contrato para que me casase con tu prima, Marissa, princesa de Ardissia, pero ésta falleció poco después.

–Lo siento –dijo Luisa a regañadientes.

–Por entonces, yo no tenía prisa por casarme, pero mi padre ha fallecido recientemente y ha llegado el momento de que encuentre una esposa.

–Para poder heredar –espetó ella.

–Tuve que cambiar de planes cuando se leyó el testamento de tu abuelo y se descubrió que tú eras su heredera.

–¿Y qué tiene que ver su testamento con tu matrimonio?

–Que el contrato es vinculante, Luisa –le dijo él, acercándose demasiado.

A ella le costó respirar.

–¿Cómo es posible? –preguntó, alejándose–. Si Marissa está...

–Todo el mundo, incluidos los genealogistas y los abogados, pensaba que la línea sucesoria de tu abuelo se había extinguido con él. La noticia de que tenía una nieta que no había sido desheredada fue un bombazo. Tendrías que estar agradecida de que te hayamos encontrado nosotros antes que los medios de comunicación. Cuando quieras darte cuenta, tendrás aquí a toda la prensa.

–Estás exagerando –replicó ella–. Y yo no tengo nada que ver con tu boda.

–Según el contrato, estoy obligado a casarme con la princesa de Ardissia. Sea quien sea.

–¡Estás loco! –exclamó Luisa–. ¡Yo no he firmado ningún contrato!

–Eso no importa. El documento es legal. Y es imposible no cumplirlo.

–Diga lo que diga ese documento, no puedes llevarme allí como tu...

–¿Futura esposa? –terminó Raul por ella–. Créeme, haré lo que haga falta para poder acceder al trono.

–¿Esperas que deje mi vida aquí y me vaya contigo, un hombre al que no conozco, para que tú puedas tener tu trono? Todo eso está pasado de moda.

–Tal vez, pero tengo que casarme.

–¡Pues cásate con otra!

A Raul le brillaron los ojos de manera peligrosa, pero cuando habló, lo hizo con mesura.

–Lo haría si pudiese. Si tú no existieses o ya estuvieses casada, el contrato quedaría invalidado y tendría que escoger a otra esposa.

¡Cómo si fuese tan fácil hacerlo! Aunque tal vez en el caso de Raul, lo fuese. Teniendo en cuenta lo atractivo que era, su magnetismo sexual y su riqueza, seguro que había muchas mujeres deseosas de casarse con un hombre poderoso y egoísta como él.

–Ya no me queda tiempo para encontrar otra solución. Necesito casarme dentro del plazo constitucional o no podré heredar el trono.

–¿Y qué más me da a mí? –inquirió Luisa, frotándose los brazos porque tenía frío–. Si ni siquiera te conozco.

Y lo que sabía de él, no le gustaba.

–Soy la persona más adecuada para el trono. Hay quien dice que la única. Llevo toda la vida formándome para ello.

–Otros podrían aprender.

–Ya no. No hay tiempo –respondió él–. Durante los últimos años del reinado de mi padre, empezó a haber disturbios. Y cada vez son más. El país necesita un monarca fuerte. Así que sólo hay una opción.

¡Ella era su única opción!

–¡Me da igual! No voy a ser yo el chivo expiatorio de esta historia –le dijo, retrocediendo hasta la ventana al ver que él daba un paso al frente.

–¿Piensas que estar casada conmigo sería difícil? –le preguntó él sonriendo–. ¿Qué no sé cómo contentar a una mujer?

Luisa tragó saliva y se aferró al alféizar de la ventana.

Aquel hombre era mucho más peligroso de lo que ella había pensado.

–Te aseguro, Luisa, que encontrarás placer en nuestra unión. Te doy mi palabra.

–La respuesta sigue siendo «no» –respondió ella en un susurro, sintiéndose débil.

Durante unos segundos, ambos se limitaron a mirarse.

–En ese caso, y por desgracia, no me dejas otra opción –replicó Raul fulminándola con la mirada–. Sólo recuerda que la decisión, y el resultado, son tuyos.

Raul se dio la vuelta, pero ella lo detuvo agarrándolo por el codo.

–¿Qué quieres decir? –le preguntó asustada.

–Tengo negocios que atender antes de marcharme. Como hacerme con el control de alguna granja.

Luisa sintió pánico y lo agarró con más fuerza.

–¡No puedes ejecutar el préstamo! Nadie te ha hecho nada.

–Si tengo que elegir entre tu familia y mi país, lo tengo claro. Adiós, Luisa.

–Seguro que a la señorita le gustará este nuevo estilo. Un poco más corto y más chic. ¿Verdad?

Luisa salió de sus pensamientos y miró a la joven francesa que había al otro lado del espejo. Debía de estar muy contenta de que la hubiesen llamado para que fuese a atenderla a la residencia que el príncipe tenía en París. También habían ido a hacerle la manicura, y habían pretendido ponerle uñas postizas, cosa que Luisa no había permitido. Y había tenido la visita de un modisto que había ido a tomarle medidas.

La peluquera se había mostrado encantada de trabajar con ella. Tal vez le gustasen los retos.

–Seguro que sí –respondió Luisa con poco entusiasmo.

Hacía sólo unas horas que el jet privado de Raul había aterrizado en París.

Todo había ocurrido demasiado deprisa. Hasta la despedida de Sam y Mary, que había llorado al enterarse de que Luisa iba a conseguir su herencia.

En esos momentos, Luisa deseaba estar con ellos, en el mundo al que pertenecía.

Apretó los dientes al pensar que Raul se le había adelantado a la hora de dar la noticia de que por fin iba a ocupar su lugar como princesa a su familia.

Todos se habrían quedado desolados si se hubiesen enterado de la verdad, pero Luisa no podía contársela, no podía hacerles algo así. No podía perjudicarlos sólo por orgullo.

Ni por el miedo que le daba lo que la esperaba en Maritz.

Se estremeció sólo de pensar en entrar en el mundo de Raul. En estar con un hombre que debería repelerla, pero que...

–Ya está –le dijo la estilista–. A ver qué te parece.

Luisa se miró de verdad al espejo por primera vez y se dio cuenta de que no era un look nuevo, ¡era una mujer nueva!

Le había dejado el pelo más corto, por encima de los hombros, y la había puesto un poco más rubia.

Luisa no se reconoció. Parecía que tenía los ojos más grandes, el rostro casi esculpido, estaba casi... fascinante. Giró la cabeza y vio cómo la luz del sol se reflejaba en su pelo.

–Te he dado unos reflejos para acentuar tu rubio natural, y te he hecho un buen corte. ¿Te gusta?

Luisa asintió, incapaz de articular palabra.

–Te lo he dejado lo suficientemente largo para poder recogerlo para las ocasiones más formales.

A Luisa se le encogió el estómago al pensar en todos los acontecimientos a los que tendría que asistir cuando llegase a Martiz.

Aquello no podía ser real. No podía estar sucediendo.

De repente, sintió la necesidad de escapar. De respirar aire fresco. Desde que Raul le había dado el ultimátum, no había estado sola en ningún momento.

La estilista le quitó la capa que le había puesto y ella se levantó. Entonces, vio que la otra mujer miraba por encima de su hombro y se inclinaba.

–Ah, Luisa, *mademoiselle*. ¿Habéis terminado? –preguntó una voz ronca desde la puerta.

–Sí, hemos terminado –respondió ella girándose.

–Me gusta tu nuevo look –comentó Raul sonriendo y mirándola con apreciación.

–Gracias –le dijo ella en tono seco.

No obstante, tenía el pulso acelerado. La estilista fue hacia la puerta para marcharse y ella la siguió.

Tenía que haber imaginado que no le iba a ser tan fácil escapar. Raul la agarró con firmeza del codo cuando pasó por su lado.

–¿Adónde vas?

–Afuera –le contestó ella.

–No va ser posible. Tienes otra cita.

–¿De verdad? –inquirió ella, enfadada–. Pues no recuerdo haber quedado con nadie –añadió mirándolo a los ojos.

Raul la soltó.

–Estás disgustada.

–¡Vaya, te has dado cuenta! –replicó Luisa suspirando, luchando por controlarse.

–Estás cansada del largo viaje –comentó él en tono suave.

Luisa casi no había dormido, pero el cansancio era la menor de sus preocupaciones.

–Estoy cansada de que dirijas mi vida. Que haya cedido a tu chantaje no quiere decir que haya renunciado a pensar por mí misma. ¡Nadie me pregunta lo que quiero! Tus empleados se limitan a decirme lo que tú ya has decidido.

—La realeza tiene siempre una agenda muy apretada.

—¿Y a caso crees que una granja no? –le preguntó ella, poniendo los brazos en jarras–. Llevo toda la vida levantándome antes del amanecer para ordeñar a las vacas, así que no me digas cómo debo gestionar mi tiempo.

—No es lo mismo.

—No, claro que no. Tal vez mi vida no fuese tan emocionante como la tuya, pero te aseguro que he trabajado muy duro. Tenía un trabajo de verdad, hacía algo útil. No eran todo lujos y privilegios.

Raul se puso colorado y apretó los labios.

—Ya te darás cuenta de que no todo son privilegios. Gobernar un país es un trabajo muy duro.

Luisa se negó a dejarse intimidar. No podía tolerar que Raul la tratase así.

—He accedido a viajar a tu país y a aceptar mi herencia, pero eso no te da carta blanca para dirigir toda mi vida.

—¿Adónde quieres ir? –le preguntó Raul, sorprendiéndola.

—No he estado nunca en París. Quiero conocerlo.

—No hay tiempo. Ya ha llegado tu ropa nueva y tienes que probártela. Es importante que parezcas una princesa cuando te bajes del avión en Maritz.

—¿Para salir guapa en la presa? –inquirió ella.

—Es por tu bien, Luisa. Imagínate que llegas vestida con tu ropa.

–¡A mi ropa no le pasa nada! Es...

Barata y cómoda, y un poco vieja. Y no era que Luisa no quisiese ropa bonita. Lo que la molestaba era le idea de fingir que era alguien que no era, como si la Luisa de verdad no mereciese la pena. No obstante, en el fondo sabía que no quería enfrentarse a la prensa tal y como era.

En realidad, ¡no quería tener que enfrentarse a la prensa de ninguna manera!

–La ropa es como una armadura –comentó Raul en tono comprensivo–. Te sentirás más cómoda si vas vestida con ropa que te favorezca.

Luisa se preguntó si estaría hablando desde la experiencia. Aunque supuso que Raul estaría igual de imponente desnudo.

Se le entrecortó la respiración al imaginárselo, e intentó apartar aquella idea de su mente.

–No necesito que me des permiso para salir –le dijo en voz baja, con la barbilla levantada–. Y voy a ir a ver la ciudad.

–En ese caso, ¿qué te parece si te llevo yo esta noche? –le preguntó él.

Luisa se quedó boquiabierta al oír aquello. Sospechó que las intenciones de Raul no eran buenas, pero el deseo de escapar de aquella casa era tal, que se vio obligada a aceptar.

–De acuerdo.

Seis horas después Luisa estaba apoyada en la barandilla de un barco que recorría el Sena. Las vistas de la ciudad eran maravillosas, pero ella no podía evitar seguir estando tensa.

Raul y ella eran los únicos pasajeros.

Lo que volvió a recordarle que la riqueza de su acompañante podía comprarlo casi todo.

Como su ropa. Llevaba unos estilosos pantalones negros y un elegante jersey color crema, botas y un abrigo largo de cuero que era tan suave que Luisa no podía evitar acariciarlo. Para terminar, un pañuelo de seda de diseño en tono añil y naranja que daba color a sus mejillas.

Aunque éstas ardían por sí solas sólo con recordar lo que había dicho el modisto de ella. Al parecer, su postura corporal era buena, ¡pero andaba como un hombre! Y no tenía ni idea de cómo llevar un vestido. ¡Ni idea!

Y, aun así, habían conseguido transformarla.

Aunque Raul no parecía haberse dado cuenta. La había acompañado hasta el coche casi sin articular palabra. Y para el orgullo de Luisa había sido un duro golpe que no le dijese nada acerca de su aspecto.

El hombre con el que iba a casarse sentía indiferencia por ella.

Luisa respiró hondo. En cuanto llegase a Maritz, buscaría un abogado. Tenía que haber algún modo de evitar aquella boda.

–¿Te estás divirtiendo? –le preguntó Raul, acercándose a ella en la oscuridad.

Luisa notó calor en el vientre y tuvo que tragar saliva.

–La ciudad es preciosa, gracias por el paseo.

–Así que, ¿admites que nuestro acuerdo tiene ciertos beneficios? –añadió él sonriendo.

–Pero no compensan los inconvenientes.

Él hizo un movimiento brusco con la mano, como si estuviese impaciente y no hubiese podido controlarse.

–Te niegas a estar contenta, te ofrezca lo que te ofrezca.

–Creo que no se me ha ofrecido nada, ya que no he podido elegir.

–¿Preferirías estar con tu vacas, en vez de estar aquí? Yo te he dado la oportunidad de ser reina.

–¡Casándome contigo! –exclamó Luisa, retrocediendo un paso–. Voy a ir contigo a Maritz, pero con respecto al matrimonio... ¡No puedes darme nada de lo que deseo en realidad!

Años antes, un hombre había intentado casarse con ella, no por amor, sino por ambición. Y eso había hecho que Luisa se sintiese sucia. Había sido entonces cuando había decidido no conformarse con menos que con amor.

–Quiero casarme con un hombre que haga que se me acelere el corazón y me arda la sangre...

Raul la agarró por los brazos y se acercó más a ella. Tenía los ojos muy brillantes.

Inclinó la cabeza y Luisa sintió su aliento caliente en la cara.

–Así, ¿quieres decir?

Capítulo 4

RAUL LA BESÓ apasionadamente. La probó y sintió calor. Devoró sus labios y descubrió algo inesperado.

Algo único.

La acarició con la lengua y se excitó como no lo había hecho desde que había sido adolescente. Aunque la sensación fuese diferente.

La apretó contra su cuerpo y enterró una mano en su pelo, que había querido tocar desde que la había visto con el corte nuevo esa tarde.

Era tan suave como había imaginado.

Notó que le ardía el vientre y que todo su cuerpo se ponía en tensión. Luisa le tocó la garganta sólo un instante, pero eso hizo que le temblasen las rodillas. Y se estremeció de pies a cabeza cuando por fin se aferró a su cuello.

¿Cómo podía afectarle tanto sólo un beso?

Para intentar controlarse, Raul movió los labios hacia la comisura de su boca, pero Luisa giró la cabeza y entreabrió los suyos. Apretó su cuerpo contra el de él y le metió la lengua en la boca casi con timidez, pero haciendo que su sangre bajase toda a la entrepierna.

Luisa lo besó despacio y de una manera increíblemente provocativa, haciendo que Raul se estremeciese de placer.

Notó que ella dudaba varias veces, pero las caricias de su lengua hicieron que dejase de pensar.

Metió la mano por debajo de su abrigo y le acarició la curva del trasero antes de apretarla con fuerza contra su cuerpo.

Luisa dio un grito ahogado al notar la erección. Y él se sintió como si llevase siglos sin tener a una mujer entre sus brazos.

Aquélla sabía como un melocotón, dulce, suave y caliente bajo el sol del verano.

Raul estaba tan excitado que pensó en dar rienda suelta a su pasión allí mismo. Era la primera vez que perdía así el control.

Pasaron por debajo de un puente y las luces de éste los iluminaron. Había turistas mirándolos desde arriba, pero ni siquiera eso disminuyó su pasión.

Raul se preguntó qué estaba haciendo, en público. Se preguntó si estaba loco. Desde el escándalo sufrido ocho años antes, siempre había mantenido su vida sexual en escrupuloso secreto. Había trabajado muy duro para que su pueblo no dudase de su respeto por la monarquía.

No obstante, no era capaz de apartar la vista de Luisa, no podía separarse de ella.

Tenía los labios separados, la mirada aturdida. Y Raul se excitó todavía más, la abrazó con más fuerza.

¿Cómo era posible que fuese la misma mujer que unos días antes le había parecido tan poco femenina? Era preciosa.

Aun así, él estaba acostumbrado a estar con mujeres guapas, pero ninguna le había hecho sentirse así.

Luisa no era sólo una mujer bonita. Su pasión, su determinación, su fuerza, hacían que fuese única.

Se apretó contra él y Raul pensó que iba a volverse loco de deseo.

Era imposible. Había aprendido muchos años atrás a canalizar todas sus energías en el trabajo. Los sentimientos sólo provocaban desastres.

Vio que Luisa abría los ojos, que le brillaban como dos piedras preciosas. De repente, la soltó y se apartó.

¿Qué había hecho?

Luisa estaba acalorada, tenía las piernas temblorosas y acababa de experimentar toda una serie de sensaciones nuevas.

No era posible que hubiese besado al hombre que la había chantajeado.

Y no era posible que, además, hubiese disfrutado del beso.

Pero así era. Le ardían las mejillas y el estómago, y sentía humedad entre las piernas.

Se había jurado a sí misma que no permitiría que volviesen a hacerle daño, pero en cuanto Raul la había abrazado y había empezado a besarla, ella había dejado de pensar. Había pasado de la indignación al deseo en sólo unos segundos.

¿Cómo podía haber respondido así a un hombre al que tenía que odiar?

Además, había permitido que se diese cuenta de su inexperiencia. Raul ya sabía lo ingenua que era con los hombres, y debía de estar sonriéndose al saber que le había dado a probar algo que nunca había tenido y que, con eso, iba a conseguir que comiese de su mano.

Luisa se preguntó si no había aprendido nada del pasado. ¿Cómo podía volver a ser tan susceptible? Se sintió indignada consigo misma.

A regañadientes, abrió los ojos.

Y él se apartó inmediatamente, con el ceño fruncido, como si no pudiese creer que la hubiese tocado.

A Luisa le dolió. Era evidente que no estaba a la altura. Y no era la primera vez que le ocurría.

–No quiero que me toques –le dijo en tono crudo.

Y Raul dejó de fruncir el ceño y su expresión se tornó fría.

–Pues hace un momento no he tenido esa impresión –le contestó, estirándose la chaqueta.

–No te he invitado a atacarme –replicó Luisa, haciendo caso omiso del hecho de que ella también se había entregado al beso.

–Lo siento. Puedes estar segura de que no tengo costumbre de obligar a nadie a hacer nada en contra de su voluntad. Te dejaré disfrutando de las vistas.

Se dio la vuelta y se alejó. Parecía muy tranquilo, como si la pasión que acababan de compartir hubiese sido sólo fruto de la imaginación de Luisa.

¡No podía ser! La había deseado tanto como ella a él.

¿O no? Luisa se mordió el labio, sabía que no tenía experiencia suficiente como para juzgarlo. Y sólo la idea de que Raul hubiese fingido que la deseaba hizo que le entrasen ganas de tirarse por la borda.

Pero ¿por qué iba a hacer algo así?

Para seducirla.

Luisa se aferró con fuerza a la barandilla.

Y lo había conseguido. Cuando Raul la había besado, había dejado de tener dudas y de estar enfadada.

Todo su cuerpo empezó a temblar.

Su situación, que ya había sido difícil, se estaba complicando todavía más.

Raul apartó la sensación de arrepentimiento al ver salir a Luisa de su habitación. Era una pena tener que obligarla a casarse con él. Su vulnerabilidad y su orgullo le tocaban la fibra sensible. Y su pasión...

¡No! Lo de la noche anterior se había terminado. Había sido sólo un momento de debilidad.

En esos momentos era dueño de sí mismo. Era imposible que sintiese nada por la mujer que había en lo alto de la escalera. Él no sentía. Ya no. Un error había sido suficiente.

Aunque lo cierto era que Luisa estaba muy atractiva con aquel traje de pantalón color miel y aquella blusa de seda negra. El traje marcaba esas curvas que había podido acariciar unas horas antes. Cerró los puños. El recuerdo todavía era vívido, después de toda la noche en vela.

Luisa miró hacia allí de reojo y se mordió el labio inferior.

Y eso revolvió a Raul por dentro.

Pero hizo un esfuerzo más por tranquilizarse.

La vio bajar por las escaleras, agarrada a la barandilla, claramente insegura con los tacones.

Tal y como Raul había sospechado, Luisa necesitaría ayuda cuando llegasen a Maritz unas horas más tarde. No quería que se cayese por las escaleras al bajar del avión y se rompiese el cuello.

Observó la línea de su garganta. Luisa tenía una elegancia natural. Raul sintió un cosquilleo en los dedos al recordar lo suave que era su piel.

Frunció el ceño. Una cosa había sido desearla al tenerla apretada contra su cuerpo y, otra muy distinta, desearla allí, justo antes de marcharse al aeropuerto.

Y lo que era todavía peor, lo que sentía era mucho más complejo que deseo. En un par de días, Luisa se le había metido en la cabeza.

No, no podía ser. Tenía que tratarse sólo de deseo.

—Luisa, espero que hayas dormido bien —la saludó, tendiéndole la mano.

Ella se apartó para que no la tocase.

—Sí, gracias, he dormido bien.

¡Mentirosa! A pesar del maquillaje, era evidente que tenía cara de cansada.

—¿Y tú? —le preguntó ella, retándolo con la mirada, como si supiese que también había pasado la noche en vela, reviviendo su beso.

—Yo siempre duermo bien en París —respondió

él, ofreciéndole el brazo de nuevo y mirándola fijamente.

Hasta que Luisa lo agarró.

Raul cubrió su mano con la de él. Cuanto antes se acostumbrase a su presencia, mejor.

—Ahora, si estás lista, nos está esperando el avión.

Se dio cuenta de que Luisa se estremecía. Parecía asustada.

Él pensó que no tenía nada que temer. La mayoría de las mujeres habrían vendido su alma al diablo por estar en su lugar, aunque Raul ya había empezado a darse cuenta de que ella no era como las demás. Y, sin saber por qué, se oyó decir a sí mismo:

—Yo cuidaré de ti, Luisa. No te pongas nerviosa.

Fue de camino al aeropuerto cuando Raul se dio cuenta del coste de lo ocurrido la noche anterior. Su teléfono vibró, habló con Lukas, que los estaba esperando en el aeropuerto, y luego abrió su ordenador portátil.

Luisa no se dio cuenta. Iba mirando por la ventanilla mientras atravesaban París.

Él fijó la vista en el ordenador y buscó la noticia que en otras ocasiones había ignorado: *La amante secreta del príncipe. La aventura de Raul en París. Un seductor en aguas del Sena.*

En los artículos sólo se especulaba acerca de la identidad de su nueva amante, pero se le hizo un nudo en el estómago al ver una fotografía del beso.

Frunció el ceño. No era la primera vez que lo sorprendían con una mujer, pero en esa ocasión...

Lo habían pillado fuera de control. Presa de un deseo que no había sentido en muchos años.

Ocho, para ser más exactos.

Sintió náuseas sólo de recordar el escándalo que había sacado la prensa acerca de un triángulo amoroso.

Entonces, había aprendido a desconfiar de las mujeres y a no sentir emoción.

Recordó cómo había tenido que enfrentarse a la prensa después de haber cometido el mayor error de toda su vida. Día tras día, había tenido que fingir que era fuerte. Hasta que la fachada se había convertido en realidad y él había aprendido a vivir sin vínculos afectivos. Salvo el amor que sentía por Maritz.

Cerró el ordenador de un golpe.

Aquel caso no era como el ocurrido ocho años antes. Por aquel entonces, había sido un joven ingenuo y había sufrido mucho. En esos momentos, con treinta años, Raul controlaba su mundo. Lo que había sentido la noche anterior había sido sólo deseo, tal vez más intenso de lo habitual, pero nada más.

Además, podría aprovecharse del interés suscitado por Luisa. A la gente le gustaba creer en los cuentos de hadas.

La historia de una princesa perdida, de una escapada romántica a París y de su próxima boda beneficiarían a la monarquía.

Él había planeado llegar a Maritz de manera discreta, para que Luisa tuviese tiempo para acostumbrarse, pero, dadas las circunstancias, tendría que revelar su identidad.

Lo arreglaría todo en cuanto viese a Lukas en el aeropuerto.

—Ya puede desabrocharse el cinturón, señora —le dijo la azafata, sonriéndole antes de abrir la puerta del avión.

Y ella se puso muy nerviosa al pensar que había llegado al país natal de su madre y de su horrible abuelo.

Intentó pensar en algo positivo. Estaba decidida a informarse acerca de la posibilidad de anular aquel contrato nupcial lo antes posible. Encontraría una escapatoria que permitiese a Raul heredar el trono sin que tuviese que casarse con ella.

—Déjame, te ayudaré —le dijo éste, desabrochándole el cinturón.

A Luisa se le hizo un nudo en el estómago cuando sus manos le rozaron los muslos. Levantó la vista y vio a Raul inclinado sobre ella, y mirándola de un modo que no fue capaz de descifrar.

Ella notó calor y se le aceleró el pulso. No pudo evitar recordar la noche anterior, a pesar de saber que él no había sentido nada.

Raul retrocedió y ella respiró hondo.

—Ha llegado el momento de salir —le dijo él, tendiéndole el brazo.

Luisa asintió. Se levantó y dejó que le pusiese el abrigo de cachemir sobre los hombros. Luego, fue hacia la puerta. Cuanto antes llegasen a su destino, antes podría escapar de aquel lío.

Oyó el clamor de la multitud y se detuvo de golpe en la puerta.

–No pasa nada –le dijo Raul–. Sólo se alegran de vernos.

La agarró por la cintura y la apretó contra él. Instintivamente, Luisa intentó apartarse.

–Relájate –murmuró él–. No quiero que te caigas con esos tacones. Vamos.

Bajaron las escaleras juntos. Luisa, agarrada a la barandilla y sintiéndose agradecida de que Raul la estuviese sujetando. Oyó gritos y aplausos y se fijó por fin en lo que tenía delante.

Una multitud los aclamaba desde detrás de unas vallas. Llevaban en las manos banderas de Maritz y gritaban el nombre de Raul. Y el suyo.

–¿Qué es todo esto? –preguntó.

Él se encogió de hombros.

–Sólo nos quieren desear cosas buenas. No hay de qué preocuparse.

Luisa frunció el ceño.

–Pero ¿cómo saben mi nombre?

–Tu identidad no es un secreto, ¿o sí? –le respondió Raul.

Ella negó con la cabeza, aturdida, y empezó a bajar las escaleras.

–Pero no tiene sentido. ¿Cómo...?

Entonces vio una pancarta entre la multitud, con su nombre y el de Raul encerrados en un enorme corazón con una corona encima.

Se giró hacia él y vio satisfacción en su rostro.

–¿Qué has hecho? –inquirió, muy tensa, conteniendo las ganas de echar a correr escaleras arriba y esconderse en el avión.

Raul arqueó las cejas.

–He autorizado a mi equipo a que confirme tu identidad. Ahora, tenemos que bajar –le dijo con los ojos brillantes y sonriendo de medio lado.

Luisa no respondió, lo fulminó con la mirada y se agarró con fuerza a la barandilla.

–Como desees, señora –añadió él al ver que no se movía, inclinándose para levantarla en volandas. La multitud aplaudió y Luisa se sintió perdida. Odiaba que la tomasen en brazos. ¡Lo odiaba! O casi.

–¿Qué estás haciendo? –inquirió.

Él sonrió todavía más y a Luisa se le encogió el corazón. Raul volvió a encogerse de hombros y la apretó más contra su cuerpo.

A ella le gustó tanto la sensación que se asustó.

–Estoy bajando las escaleras con mi futura esposa.

Capítulo 5

LUISA AVANZÓ por el asfalto hacia la muchedumbre. Era sobrecogedor. Había tanta gente, tan emocionada. Por un instante, deseó volver a estar en los brazos de Raul. Por mucho que le pesase, se sentía segura en ellos.

Le temblaban las rodillas y tener el brazo de Raul alrededor de su cintura la atormentaba y la tranquilizaba al mismo tiempo.

Tragó saliva, nerviosa. Y furiosa.

–No te desmayes ahora, Luisa.

–No pienso hacerlo –replicó entre dientes mientras intentaba responder a tantas sonrisas–. No pienso desmayarme entre tus brazos. Ni siquiera por tu público.

–Nuestro público.

Varios flashes brillaron a su alrededor. Raul levantó una mano a modo de saludo y la multitud gritó todavía más.

Según la información que Luisa había encontrado en Internet, Raul se dedicaba en cuerpo y alma a su país, pero no había imaginado que sería tan popular. Se dio cuenta de que, además, había muchas más mujeres que hombres.

Era fácil enamorarse de él sin conocer al hombre que había detrás de aquel impresionante físico.

Raul la condujo hacia una reluciente limusina. No tuvieron que pasar por la aduana.

Estaban a punto de llegar al coche cuando Luisa vio a alguien que llevaba un periódico en el que una pareja se besaba apasionadamente.

Y tardó un momento en darse cuenta de que se trataba de Raul y de ella.

Horrorizada, sintió náuseas e intentó contenerlas. Sintió que habían violado su privacidad con aquella instantánea.

Dio un grito ahogado y respiró hondo.

–Ven, Luisa –le dijo Raul, ayudándola–. No te pares aquí, delante de las cámaras.

La mención de las cámaras hizo que volviese a echar a andar hasta llegar a la limusina, donde se sentó, temblorosa. Era como si se le hubiese agarrotado el cerebro y le castañeteaban los dientes.

–¿Luisa?

Raul tomó sus manos heladas. Aturdida, lo oyó jurar entre dientes y notó que le ponía la chaqueta sobre las rodillas.

–No la necesito. Estoy bien –le dijo.

–Estás en estado de shock. Lo siento mucho. Tenía que haberte avisado.

Luisa se dijo que casi parecía arrepentido de verdad.

No obstante, sólo podía pensar en la expresión que había visto en el rostro de Raul en aquella foto. No era tan tonta como para creer que se había dejado llevar por la pasión. Se había recuperado demasiado pronto. Debía de haberlo tenido todo calculado.

Se sintió furiosa.

—¡Tú lo hiciste! —gritó, girándose hacia él—. ¡Tú me pusiste una trampa para que nos hiciesen esa foto!

—Yo no trato con paparazis —respondió Raul en tono altivo.

Luisa sacudió la cabeza.

—¡Pues alguien lo hizo! Estaban allí, esperándonos. No me digas...

—Te diré algo, Luisa —la interrumpió con brusquedad—. Desprecio a los medios y a los fotógrafos que se dedican a buscar ese tipo de historias.

Luego apretó la mandíbula y Luisa se encogió en su asiento, segura de que era verdad.

—La prensa siempre está esperando que surja la fotografía. Te siguen constantemente, a pesar de que mi equipo de seguridad suele hacer que mantengan las distancias. Formar parte de la familia real implica esas cosas.

—Pues no estoy de acuerdo —respondió ella.

Para su sorpresa, Raul sonrió, haciendo que se tranquilizase un poco.

—Yo tampoco —admitió.

Tomó su mano y, por un instante, Luisa sintió ganas de devolverle la sonrisa, de compartir con él un momento de intimidad.

Pero sabía que todo era falso.

—Siento lo de la foto, Luisa. Si me hubiese dado cuenta de que se nos veía...

Se encogió de hombros.

Y ella quiso creerlo.

—Pero aunque la prensa haya recogido nuestro...

paseo por el río, no entiendo por qué la gente está tan emocionada con mi llegada. Seguro que no se ponen así cada vez que apareces con una novia nueva.

Él dejó de sonreír y agarró su mano con más fuerza. Era evidente que no le gustaba dar explicaciones.

Luisa apartó la mano de la de él.

–Ya te lo he dicho. He pedido a mi personal que explique quién eres si alguien pregunta.

–¡Pero si nadie me conoce por mi nombre!

Él la miró fijamente.

–Pero sí por tu título –dijo por fin–. Eres la princesa Luisa de Ardissia.

–Todavía no soy princesa –lo corrigió–. No he firmado...

–Pero lo harás –le dijo Raul en tono meloso–. Por eso has venido, ¿no?

Ella asintió. Volvió a sentirse acorralada.

–Pero han dicho algo más de mí, ¿verdad? –le preguntó–. También han mencionado lo del contrato matrimonial, ¿no?

Raul mantuvo su mirada sin parpadear y, por un instante, Luisa se sintió casi como la noche anterior.

Notó calor en las mejillas y en la garganta.

–¿Verdad que sí?

–No es un secreto, Luisa, aunque no se hayan desvelado los detalles.

Ella apoyó la espalda en el asiento de cuero. Tenía el corazón acelerado.

–No te das nunca por vencido, ¿verdad? ¿Qué esperas conseguir? ¿Quieres presionarme hasta que acceda a casarme contigo?

Luisa se llevó una mano a la frente. Estaba empezando a dolerle la cabeza.

–No pienso permitir que me obligues a casarme contigo sólo porque tu querido público quiera verlo. Si me niego, sólo se hablará de ti, de que te he dejado plantado. No de mí.

Raul se puso blanco un momento y Luisa tuvo la sensación de haber metido el dedo en alguna llaga del pasado.

Raul irradiaba energía. Poder. Y peligro.

Luisa se apartó más de él.

–No me vas a dejar plantado –dijo él por fin–. No dejaré que mi pueblo caiga en el caos que surgiría si yo no llegase al trono –añadió–. Recuerda por qué accediste a venir aquí.

Raul la miró a los ojos y Luisa supo que no tenía escapatoria. Aquel hombre haría todo lo que fuese necesario para conseguir lo que quería.

Luisa se cerró la chaqueta y giró el rostro hacia la ventanilla. Estaba demasiado alterada como para mirarlo a él.

Habían salido de la autopista e iban hacia la parte antigua de la ciudad. Unos minutos después, el coche tomó una curva y apareció ante ellos una pendiente muy inclinada, casi un precipicio. En lo alto estaba el castillo real, de piedra gris, con torres redondas y tejados verdes.

Las guías de viaje decían que era un magnífico ejemplo de construcción medieval, actualizado con salones del siglo XVIII y con instalaciones modernas, que tenía unas magníficas vistas de los Alpes y del valle.

Pero Luisa sólo pudo pensar en que, desde que

el castillo había sido construido, nadie que hubiese sido encerrado por orden del rey había logrado escapar de sus torreones.

Sus habitaciones eran amplias, lujosas y con mucha luz. No se parecían en nada a una celda.

Luisa se acercó a los ventanales y miró hacia las montañas cubiertas de nieve. Allí estaba Ardissia. El lugar que la ataba a Raul. Un hombre cuya ambición le repugnaba, pero que, al mismo tiempo, la hacía temblar de deseo.

Pasó la mano por el antiguo escritorio. No era que no le gustasen las cosas bonitas, ni la ropa de diseño. Era que sabía que todo eso no podía sustituir a la felicidad, al cariño y al amor. Ella había crecido con amor y la única relación que había tenido, que había sido un desastre, le había enseñado que no podría conformarse con menos.

Sin pensarlo, sacó su teléfono móvil y llamó a casa.

—¡Oh, cariño! Cómo me alegro de oírte —le dijo Mary.

Y Luisa se relajó un poco. Se dejó caer en el sillón que había delante del escritorio.

—Estábamos preguntándonos cómo estarías y qué estarías haciendo. ¿Estás bien? ¿Qué tal el viaje? ¿Ha cuidado de ti ese encantador príncipe?

Luisa se mordió el labio al pensar en lo bien que había cuidado de ella Raul. Había jugado con su vulnerabilidad y había utilizado su atractivo para hacerla soñar.

–El viaje ha ido bien, Mary. Hasta tenía una cama en el avión. Y paramos en París...

–¿En París? ¿De verdad?

Mary le fue pidiendo detalles y después, empezaron a hablar de la granja.

–Te echamos de menos, cariño. Es raro tener a ese hombre que ha venido a ayudarnos y a su hijo en tu casa. Aunque la verdad es que han empezado con buen pie. Parece un buen hombre. Además, es un alivio saber que se va a saldar la deuda. Sam parece un hombre nuevo sin esa cruz sobre sus hombros. Y Josie está deseando ir a la ciudad a aprender un oficio, ahora que vamos a poder ayudarla con el alquiler. Y la pequeña Julia Todd está mucho mejor últimamente. Resulta que estaba embarazada y pensábamos que no iba a poder mantener a otro hijo, pero ahora está radiante...

Luisa apoyó un codo en el escritorio y la cabeza en la mano.

Las palabras de Mary la removieron por dentro. Era evidente que no podía volver.

Las personas a las que quería seguían con su vida y estaban contentas con su nueva situación.

Así que ella no tenía elección.

Levantó la cabeza y miró a su alrededor. Era la habitación de una princesa.

Se estremeció sólo de pensar en lo que la esperaba.

Pero tenía el ejemplo de sus padres en mente. Ellos siempre habían luchado y jamás se habían quejado de nada.

Luisa apretó la mandíbula. Había llegado el momento de enfrentarse a su futuro.

–Raul.

Él levantó la vista de los papeles que tenía delante y que estaba discutiendo con Lukas.

Luisa estaba en la puerta. Notó calor al verla y recordó el sabor de sus labios.

Vio en ella algo distinto, ya no parecía agobiada, ni parecía insegura. Aquélla era la Luisa segura de sí misma y controlada.

Estaba... magnífica.

Raul se puso en pie.

–Luego continuaremos, Lukas –le dijo a su asistente.

Éste se inclinó y salió de la habitación, cerrando la puerta tras de él.

–Por favor, siéntate.

Ella se acercó y se detuvo delante del escritorio.

–No voy a entretenerme mucho.

Raul le dio la vuelta al escritorio.

–¿Qué puedo hacer por ti, Luisa? –le preguntó.

Sus ojos azules claros se clavaron en los de él.

–Sólo he venido a decirte que voy a hacerlo. Voy a casarme contigo.

Raul respiró hondo y notó que el nudo que tenía en el estómago desde hacía tiempo se deshacía.

–¿Qué te ha hecho cambiar de opinión?

–¿Acaso importa?

Raul abrió la boca. En parte, creía que importaba. Era la parte que quería conocer mejor a Luisa.

La parte que lo había hecho ser emocionalmente sensible unos años antes. Una parte de él que creía enterrada.

Sacudió la cabeza. Lo que importaba era que hubiese accedido.

–Eso me parecía –añadió ella, con los ojos brillantes, tal vez de ira, pero sólo un instante.

Él le tomó la mano. Luisa no se resistió.

–Te prometo, Luisa, que haré todo lo que esté en mi poder para que no te arrepientas nunca de esto –le dijo, llevándose su mano a los labios–. Tendrás mi gratitud y mi lealtad.

–Me debes más que eso –replicó ella.

Sorprendido, Raul alzó la cabeza y ella apartó la mano.

–¿Qué quieres?

Había estado a punto de convencerlo de que el dinero no le importaba, pero tenía que haber sospechado de ella. ¿Acaso no había aprendido nada de Ana?

–Quiero... No quiero que se me trate como a una muñeca sin cerebro. En la medida de lo posible, quiero poder tomar mis propias decisiones.

Raul sintió respeto por aquella mujer tan extraordinaria. Le sonrió.

–No esperaba menos de ti.

Raul vio cómo Luisa pasaba por delante de los consejeros reales. La futura princesa de Ardissia estaba muy elegante vestida en tono caramelo y crema. Caminaba con la espalda recta y la barbilla levantada, pero estaba pálida y había algo en ella que le hizo fruncir el ceño.

Se sintió culpable, pero supo que aquello era por el bien de la nación. La alternativa habría hecho que reinase el caos en el país.

Cuanto antes terminasen con aquello, mejor.

Echó a andar detrás de ella, que ya estaba casi delante del ornamentado escritorio. Al verlo a su lado, Luisa se apartó y, sin querer, hizo caer el tintero de cristal. El líquido negro se derramó sobre la alfombra y manchó también su traje.

Un grito ahogado retumbó en la sala. En un momento, Luisa había tomado unos papeles de encima de la mesa y se había puesto de rodillas para secar la mancha de la alfombra.

Varios sirvientes corrieron a ayudarla, pero ella ni se dio cuenta.

—Necesitamos algo para limpiar esto.

Raul se sacó un pañuelo del bolsillo y se agachó a su lado.

—¿Te sirve esto?

—No mucho, pero es mejor que nada —respondió ella, aceptándolo y empapándolo de tinta también.

—Disculpe, señora. ¿Señora? —dijo una de las sirvientas, que ya tenía todo lo necesario para limpiar el desaguisado.

—Luisa —dijo Raul, agarrándola del codo para que levantase la vista—. El servicio se ocupará de esto.

Ella abrió la boca para protestar, pero luego miró por encima de su hombro y abrió mucho los ojos, como si acabase de recordar dónde y con quién estaba.

Se ruborizó y Raul la ayudó a incorporarse.

–Lo siento –susurró.

–No pasa nada –murmuró él, acompañándola al otro lado del escritorio–. Siéntate aquí.

Ella se dejó caer en el sillón y Raul hizo un gesto para que le acercasen el documento. Luego se sacó un bolígrafo del bolsillo.

Maritz tenía que avanzar con los tiempos. No había necesidad de continuar con la tradición de firmar los documentos importantes con antiguas plumas.

Lukas les acercó el documento que, cuando estuviese firmado, confirmaría a Luisa como princesa de Ardissia, heredera de su abuelo. Y futura esposa de Raul.

Raul le dio su bolígrafo.

Y esperó.

Pero Luisa no firmó. Leyó la traducción al inglés muy despacio e hizo varias preguntas a Lukas acerca de cláusulas que no entendía.

Raul vio varios ceños fruncidos. Él también estaba impaciente, pero, sobre todo, admiraba la cautela de Luisa.

Era como él, que nunca firmaba nada sin leerlo antes.

Volvió a sentir curiosidad por ella. No era como las demás. Raul había estado tan centrado en conseguir su objetivo, que no se había fijado en ella como mujer.

Luisa tenía la cabeza inclinada y se estaba mordiendo el labio inferior, concentrada. Y él se excitó.

Tuvo que admitir que lo tenía fascinado.

Por fin, la vio tomar el bolígrafo y firmar. Sólo

él, que estaba muy cerca, se dio cuenta de que le temblaba la mano, y le dolió que le costase tanto hacer aquello.

No obstante, también se sintió aliviado. Casi estaba hecho. Pronto sería suya la corona. Tenía su destino al alcance de la mano. Su país estaría a salvo.

Tomó el bolígrafo, todavía caliente de la mano de Luisa, y firmó también como testigo.

–Gracias, Luisa –murmuró.

Ella levantó la cabeza y lo miró a los ojos. Raul sintió calor.

Sería un matrimonio de conveniencia. Un matrimonio de estado, por el bien de la nación.

Pero, para su sorpresa, Raul estaba personalmente encantado con la idea.

NO HABRÍA podido meter más la pata ni aunque lo hubiese intentado –comentó Luisa mientras seguía a Lukas por los laberínticos pasillos que llevaban hasta sus habitaciones.

–De eso nada, señora. Lo ha hecho muy bien.

Luisa sonrió agradecida. Lukas era un hombre muy agradable.

–Gracias, pero no hace falta que mientas. He visto cómo me miraban, y cómo se impacientaban mientras leía el documento antes de firmarlo.

–Algunos de los consejeros son de la vieja escuela –le dijo Lukas–. Estoy seguro de que a Su Alteza no le importará que le cuente lo mucho que le ha costado modernizar la gestión del país.

–Hablas como si llevase mucho tiempo gobernando. Pensaba que el rey había muerto hacía poco.

Lukas se sonrojó.

–Así es, señora, pero el anterior rey hacía tiempo que había delegado muchas cosas en él.

Luisa se dijo que había algo que Lukas no le estaba contando, pero no quiso incomodarlo con sus preguntas.

–¿Y todavía le es difícil hacer cambios?

–El príncipe ha dejado su impronta y hasta algunos de los consejeros más conservadores han admitido las ventajas de sus cambios, pero otros, no. Hay a quien le importa más su poder personal que hacer un esfuerzo por modernizar el país.

Luisa pensó que tal vez Raul le hubiese dicho la verdad al afirmar que todo lo que hacía, lo hacía por su país.

No obstante, eso no excusaba el comportamiento que había tenido con ella.

–Con respecto a su aparición de hoy, señora, sé que el príncipe está muy satisfecho.

¡Por supuesto que sí! Había firmado los documentos. Pero lo había hecho porque no había tenido elección.

Se le encogió el corazón al pensar en las consecuencias de lo que acababa de hacer. Ya no había marcha atrás.

–Lukas, he cambiado de idea. ¿Puedes acompañarme a los jardines? Creo que necesito tomar algo de aire fresco.

Cuarenta minutos después, Luisa ya no sentía tanta claustrofobia. Paseando por los jardines, se había encontrado con un jardinero, que le había enseñado la rosaleda, el huerto y el resto de zonas del jardín.

Por primera vez en varios días, Luisa había tenido la sensación de no estar viviendo una pesadilla.

Respiró hondo mientras subía por la escalera de caracol de la almena. Gregor, el jardinero, le había dicho que desde lo alto podría ver todo el jardín. Tuvo que esquivar unas herramientas que había en el suelo y, al llegar arriba, se puso de rodillas para sentirse más segura y apoyó las manos en las frías piedras.

El jardín era espectacular. Se inclinó más hacia delante para verlo mejor.

Había heredado el gusto de su madre por los jardines, aunque nunca hubiese tenido tiempo para disfrutar de uno.

De repente, vio aparecer a Raul. Y, al instante, se le aceleró el corazón.

Él la vio también, gritó algo y echó a correr.

Instintivamente, Luisa se echó hacia atrás. Y, de repente, se sintió como aturdida, pero la sensación no era sólo fruto de su cabeza.

Horrorizada, se dio cuenta de que el muro en el que estaba apoyada se estaba moviendo. Las piedras cayeron hacia delante y ella intentó apartarse, gritó y se tiró al suelo con los brazos y piernas extendidos. Varias piedras habían caído sobre ella, dejándola dolorida, pero lo que más miedo le daba era que hubiese otro derrumbe y se la llevase a ella también.

No veía a Raul y estaba tan asustada que tampoco podía oír nada ni era capaz de pedir ayuda. Sintió náuseas, estaba mareada.

Consiguió respirar e intentó retroceder, pero sólo consiguió hacer caer otro bloque de piedra.

Si volvía a moverse, tal vez la siguiente en caer fuese ella.

–Ya está –le dijo una voz profunda–. Te tengo.

Y Luisa notó que unas manos fuertes la agarraban por la cintura.

–¡No! –gritó aterrorizada–. No te acerques. Es demasiado peligroso.

–No te muevas –le pidió Raul–. Relájate y déjame a mí.

–¿Que me relaje? –inquirió, cerrando los ojos con todas sus fuerzas.

Raul la agarró y tiró de ella hasta ponerla en un sitio seguro.

Luisa seguía temblando incontrolablemente y no había abierto los ojos.

–Shh. Ya está. Estás a salvo, te lo prometo.

–Nu-nunca me han gustado las alturas –balbució ella.

–Abre los ojos –le dijo él.

Ella obedeció a regañadientes y notó que Raul le ponía su chaqueta sobre los hombros. El olor de su aftershave la envolvió. O tal fuese el olor de su piel. Luisa respiró hondo.

–Tenemos que bajar de aquí e ir adentro para que puedas calentarte –le dijo él, pero no se movió de su lado.

Ella asintió sin dejar de temblar.

–Necesito recuperar el aliento –le dijo.

De repente, Raul la tomó en brazos y se sentó con la espalda apoyada en la pared de enfrente.

Luisa pensó que debía protestar. No quería estar tan cerca de él, pero no tenía la energía necesaria.

–¡Espero que esta pared no se caiga!

–No te preocupes. Sólo está mal el otro lado. ¿No has visto el cartel?

Luisa recordó que había visto un cartel al pie de la torre, pero no se había molestado en leerlo.

–La puerta estaba abierta.

–A partir de hoy, estará cerrada. ¿Por qué has subido aquí? Las vistas son mejores desde el otro lado del castillo.

Ella se encogió de hombros.

–Quería ver el jardín. Me lo ha enseñado Gregor, pero el efecto no es el mismo desde el suelo.

–¿Gregor? –inquirió Raul, poniéndose serio.

–Sí, uno de los jardineros.

Raul frunció el ceño.

–Y ha sido él quien te ha sugerido que subieras aquí, ¿verdad?

–No –respondió ella, dándose cuenta entonces de que Gregor había pretendido avisarla con gestos de que no lo hiciese–. Gracias por salvarme –añadió.

–Me alegro de haberte visto.

–Piénsalo. Si no me hubieses visto, tal vez no hubieses tenido que casarte conmigo.

Él le acarició la mejilla, la miró a los ojos y negó con la cabeza.

–Habría sido libre para casarme con quien hubiese querido.

–¿Hay alguien con quien te gustaría casarte? –le preguntó Luisa.

–No te preocupes, Luisa, no estás quitándole el sitio al amor de mi vida.

–Entonces, ¿no hay nadie especial?

–Nadie importante –respondió él, acariciándole el rostro con su aliento.

–Eres un hombre implacable, ¿verdad? –le preguntó por curiosidad.

–Si te refieres a que intento conseguir siempre lo que deseo, entonces, sí –le respondió él sonriendo y mirándola tan intensamente como la había mirado en París.

–¿Y siempre te has salido con la tuya?

Raul negó con la cabeza.

–Ni mucho menos. Nunca fui un niño mimado. Mi madre murió cuando yo nací y mi padre era un hombre impaciente con los niños.

A Luisa se le encogió el corazón. Por eso era Raul tan independiente.

–Pero, como adulto, con las mujeres, apuesto a que siempre...

–Luisa –le dijo él, pasando la mano por su pelo y sujetándola por la nuca–. Estás hablando demasiado.

Y ella vio cómo se acercaba a cámara lenta. Como si le estuviese dando la oportunidad de apartarse.

Cuando sus labios tocaron los de ella ya tenía la respiración entrecortada y el pulso acelerado.

Fue un beso lento, que ambos disfrutaron sin prisas. No tuvo nada que ver con el ansia y la pasión que habían compartido en París.

Una voz en su interior le dijo a Luisa que en París no habían compartido nada. Que Raul no había sentido nada.

Pero París estaba muy lejos en esos momentos.

Allí, en ese instante, sí parecían estar compartiendo algo. Algo que los satisfacía a ambos.

Luisa lo abrazó por la cintura con un brazo y puso el otro en su cuello, luego subió la mano y metió los dedos en su sedoso pelo.

Raul gimió de placer y ella se estremeció al oírlo y deseó más. Se apretó contra su cuerpo, pero él se apartó de repente.

–La próxima vez que quieras dar un paseo –le dijo con la respiración entrecortada–, dímelo a mí. ¿De acuerdo?

Ella asintió en silencio, aturdida. ¿Cómo era posible que no quisiera apartarse del hombre al que había creído que iba a detestar?

Dos semanas después, mientras hablaba con un conservador del museo, a Raul se le fue la vista hacia donde estaba Luisa, que charlaba con la ayudante de éste.

Era la primera vez que Luisa se ponía un vestido y Raul no podía apartar la vista de sus esbeltas piernas.

Se estaba convirtiendo en una mujer preciosa, y ése debía de ser el motivo por el que tenía un nudo en el estómago, causado por el deseo, desde que habían estado en París.

Por eso mismo había sucumbido a la tentación y la había besado en la torre. Se le aceleró el pulso al recordarlo.

Pero aquella atracción tan fuerte lo inquietaba.

Luisa no se parecía en nada a las otras mujeres con las que había estado. Era poco refinada, prefería los zapatos planos a los tacones y nunca llevaba joyas. Tenía la costumbre de hablar con todo el mundo, en especial, con el personal.

Y, aun así, a él se le alegraba el corazón cuando estaba en su compañía.

Se despidió del conservador y, dos minutos más tarde, estaba a solas con Luisa.

–Gracias –dijo Luisa, girándose hacia él con los ojos brillantes.

–¿Estás bien? –le preguntó Raul.

–No esperaba ver las obras de mi madre en una exposición. Ha sido una sorpresa maravillosa.

–Tenía mucho talento. Es una pena que no continuase haciendo cuadros botánicos.

Luisa apartó la vista.

–La granja no le dejaba tiempo.

Raul asintió.

–Gracias por haberme traído –repitió ella, tocándole la manga y mirándolo a los ojos–. Lukas me ha dicho que casi no tienes tiempo para hacer estas cosas, en especial, ahora.

–No ha sido nada. Hacía mucho tiempo que no venía y tenía que hablar con el conservador.

Raul no quería que supiese que había cambiado su agenda por ella.

Luisa no se había quejado ni una vez desde que habían llegado a Maritz y, no obstante, el cambio debía de haber sido difícil para ella. Debía de sentirse sola.

Raul se sintió culpable. Estaba allí por él, por su país.

A Luisa no le interesaba el dinero ni el prestigio. Sólo quería salvar la granja y ayudar a sus amigos.

–No tenía ni idea de que el trabajo de mamá estuviese tan bien considerado –comentó, girándose a mirar un cuadro sin soltar su brazo.

–Háblame de ella –le pidió Raul.

–¿Por qué? –le preguntó Luisa, volviéndose hacia él.

–Porque debió de ser muy fuerte para enfrentarse a tu abuelo –le contestó éste.

–Tal vez sea un rasgo familiar –le dijo ella.

Raul entrelazó sus dedos con los de Luisa y se alegró al ver que ella no apartaba la mano.

–Continúa –la alentó.

–Era como las demás madres. Trabajadora. Llevaba la casa, la contabilidad. Siempre estaba ocupada –Luisa hizo una pausa–. Hacía las mejores galletas de canela, daba los mejores abrazos, siempre te hacía sentir bien. Le encantaban las rosas y tenía buen gusto para la moda, aunque no pudiese permitirse comprarse mucha ropa.

Luisa avanzó hacia el siguiente cuadro y él la siguió.

–Odiaba planchar y levantarse temprano.

–Pues entonces no estaba hecha para ser la mujer de un granjero –comentó él.

Luisa se echó a reír.

–Eso solía decir papá. Sacudía la cabeza y fingía temer que decidiese volver a su anterior vida. Entonces mamá sonreía y le decía que no se marcharía de allí hasta que no aprendiese a hacer los bizcochos como mi tía. Papá respondía que nadie podía hacer los bizcochos como tía Mary, así que tendría que quedarse para siempre. Y luego, la besaba.

Raul notó que su mano temblaba y la vio sonreír

con nostalgia. Deseó poder haber sentido lo mismo que ella: el cariño, el amor. Deseó haber tenido una niñez así, con galletas de canela y abrazos.

–¿Pero cómo funcionó, si eran tan distintos? –le preguntó por curiosidad.

–Funcionó porque estaban enamorados. Ése era el secreto.

No hacía falta ser muy listo para darse cuenta de que eso mismo era lo que Luisa había querido. Hasta que había aparecido él.

Que iba a decepcionarla. Raul no creía en el amor. Nunca lo había sentido.

–Pero también le encantaba esto –añadió Luisa sonriendo–. Mamá quería traernos algún día para que lo conociésemos.

–Me alegro –le respondió él, agarrándole la mano con más fuerza–. Espero que a ti también te llegue a gustar. Es un lugar especial. No hay gente como la de aquí.

–Y tú eres muy objetivo, ¿no?

–Estoy en mi derecho –contestó él, contándole la historia del país mientras veían el resto de la exposición. Y sorprendiéndose de lo mucho que le gustaba oírla reír.

Raul fue hacia su despacho. Tenía mucho trabajo y aunque las revueltas habían disminuido, no podía sentirse satisfecho de sí mismo.

La boda tendría lugar al día siguiente. Iba a ser algo sencillo, dado que el país todavía estaba de luto por la muerte de su padre, pero prepararía el camino para su coronación y sería un primer paso para resolver sus problemas.

Y la noche de bodas aplacaría el constante dolor que tenía en la entrepierna.

Su deseo por Luisa crecía día a día.

Cuanto más tiempo pasaba con ella, más lo fascinaba.

Lukas llegó cuando ya casi estaba en el despacho.

—Su Alteza —lo saludó, poniéndose a su lado.

—¿Sí? ¿Llego tarde a la reunión?

—No, no es eso —respondió su secretario, dudando—. Tiene una visita. Quería haberlo avisado...

—¡Raul, querido! —exclamó una voz de mujer desde la puerta del despacho.

Él cerró los puños y se preparó para saludar a la mujer rubia que lo estaba esperando.

—No esperaba verte aquí, Ana. ¿A qué has venido?

—¿No pensarías que me iba a perder tu boda, querido? —dijo ella, haciendo un puchero—. No me ha llegado la invitación, pero, por suerte, me he enterado del feliz acontecimiento.

Raul se detuvo a un metro de ella. Era la mujer que había convertido su vida en un infierno ocho años antes.

Capítulo 7

LUISA, ESTÁS preciosa! –exclamó Tamsin–. El tono perla te favorece mucho, teniendo la piel tan dorada.

–¿De verdad? –preguntó ella, incómoda con el vestido largo de seda.

El corpiño era de encaje y en la cabeza llevaba una diadema de oro forjado y perlas.

Luisa se giró hacia el espejo y, para su sorpresa, la imagen que vio la dejó sin habla. ¿De verdad era ella?

–Pareces una princesa salida de un cuento de hadas –le dijo Tamsin.

–Pues no me siento así –admitió ella, sintiendo náuseas.

–Créeme –insistió Tamsin, sonriendo–. Vas a dejar a todo el mundo sin habla. En especial, a Raul. No va a poder apartar la vista de ti.

Al ver la sonrisa pícara de Tamsin, Luisa se preguntó si estaría pensando en su reciente boda con el príncipe Alaric, primo lejano de Raul. Era evidente que su marido, que era casi tan guapo como Raul, estaba muy enamorado de ella.

Por un momento, Luisa se imaginó cómo sería

casarse enamorada, pero era un sueño demasiado doloroso. Sabía que no había sido elegida por amor ni por respeto. Ni siquiera por conveniencia. ¡Sino porque Raul no tenía elección!

–Gracias por ayudarme a vestirme –le dijo a Tamsin, esbozando una sonrisa.

A pesar de no ir a casarse por amor, era el día de su boda, y nunca había echado tanto de menos a su madre.

–Todo irá bien –le aseguró Tamsin, tomando su mano–. Sé que da miedo entrar en un mundo nuevo, pero Raul cuidará de ti. Es como mi Alaric. Fuerte y protector. Y sospecho que, detrás de esa fachada, también muy apasionado.

Luisa se ruborizó y Tamsin se echó a reír y se sonrojó también.

–Lo siento, no pretendía incomodarte. Es sólo que, a veces, me entran ganas de pellizcarme. ¡Es todo tan increíble!

–Sé a lo que te refieres.

Tamsin era inglesa y tampoco pertenecía a aquel mundo, pero ella se había casado por amor. Sus circunstancias eran muy distintas.

–Me alegro de que estés aquí –añadió Luisa.

–¡Yo también! Y cuando volváis de la luna de miel, espero que podamos pasar más tiempo juntas.

Luisa asintió, a pesar de pensar que no tendría luna de miel. Raul era adicto al trabajo y no iba a malgastar su tiempo con una esposa a la que, en realidad, no quería.

Una esposa que sólo era una solución a un problema.

En ese momento llamaron a la puerta.

–Ha llegado el momento, Su Alteza.

La música empezó a sonar y las enormes puertas se abrieron para que Luisa entrase en la capilla del castillo.

Sintió pánico y pensó en darse la vuelta y echar a correr. Tenía el corazón acelerado y le temblaban las rodillas.

Tropezó y tuvo que agarrarse a la manga de Alaric, que puso su mano sobre la de ella.

–¿Luisa?

–¿Esto es una boda íntima? –preguntó ella aturdida, viendo a tanta gente.

–Sé valiente, pequeña. Pronto habrá terminado –le dijo Alaric echando a andar–. Tamsin y yo hemos hecho una apuesta, a ver quién lleva el sombrero más absurdo.

Y Luisa casi consiguió distraerse con sus comentarios. Cuando quiso darse cuenta, habían recorrido el pasillo entero y tuvo que mirar hacia la figura vestida de oscuro que llevaba evitando desde que había entrado por la puerta.

Raul, alto e impresionantemente guapo con un uniforme morado y negro, que le hacía parecer el príncipe azul de un cuento.

A Luisa le dolió el pecho. ¿Podrían hacer que aquello funcionase? Unos días antes habían empezado a construir una frágil relación.

Entonces, se dio cuenta de su expresión. Austera, orgullosa, seria. Nada que indicase que pudiese llegar a amarla algún día. Tenía los labios apretados, la mandíbula tensa.

Luisa tragó saliva y Raul tomó su mano.

Tenía que controlar los nervios. Ella había accedido a hacer aquello. Apartó la vista y observó la multitud de flores que había en el altar: rosas, flores de naranjo y lirios. Su aroma era demasiado fuerte para su delicado estómago.

El sacerdote empezó a hablar, pero Luisa no lo escuchó. Estaba pensando que, en Australia, los lirios se utilizaban en los funerales.

—¿Quién es esa mujer? —preguntó Luisa observando cómo aquella rubia platino se acercaba mucho a Raul y apoyaba una mano en su brazo—. ¿Su exnovia?

A su lado, Tamsin estuvo a punto de atragantarse con el champán.

—¿Estás bien?

Tamsin hizo un ademán para quitarle importancia.

—Son las burbujas. No estoy acostumbrada a beber champán.

—¿No la conoces? —insistió ella, refiriéndose a la rubia.

Tamsin la miró y se sonrojó.

—¿Tamsin?

—¿La mujer que está con Raul? No te preocupes por ella —le respondió Tamsin atropelladamente—. Ahora vive en Estados Unidos.

—Pero ¿quién es?

–Tamsin dio otro sorbo a su copa.

–Es Ana. La madrastra de Raul.

¿Su madrastra?

–¡Pero si es muy joven!

Y no se estaba comportando como una madrastra. Estaba coqueteando con él. Además, era evidente que Tamsin estaba incómoda con el tema de
conversación, así que Luisa intuyó que había algo
que no le estaba contando.

De repente, Raul se giró, como si hubiese notado
que lo estaba observando y Luisa se sintió como si
hubiese estado espiándolo.

Pero tenía derecho a estar allí. ¡Era su boda! ¡Se
suponía que tenía que ser el día más feliz de su
vida!

Así que se echó a reír por no llorar y, sin apartar
la vista de los ojos de Raul, alzó la barbilla y vació
su copa de champán.

–Perdóname, Tamsin, voy a presentarme a mi
suegra.

Luisa le dio la copa a un camarero y se levantó
la falda para avanzar.

Estaba increíble. Iba andando entre la multitud
como si sólo estuviese él en el salón.

Raul sintió calor en el vientre y, de manera au-
sente, apartó la mano de Ana, que lo estaba aga-
rrando y avanzó hacia la mujer con la que acababa
de casarse.

Estaba agotado después de toda la tensión del
día, pero al ver a Luisa se olvidó de todas sus preo-

cupaciones y empezó a acordarse de sus necesidades. Sonrió.

–Luisa, estás preciosa –le dijo cuando estuvieron
cerca.

Ella tropezó y Raul la sujetó por la cintura y agarró su mano para llevársela a los labios. Luisa lo
fulminó con la mirada y él sonrió de manera provo-
cadora. Luego le giró la mano y la besó en la palma,
antes de acariciársela con la lengua.

Luisa abrió mucho los ojos e intentó apartar la
mano, pero Raul no se lo permitió.

–¿No vas a presentarme a tu madre?

–Supongo que te refieres a la segunda esposa de
mi padre. No es mi madre.

–Vaya, pues parece que estáis muy unidos...

A Raul le gustó su actitud, había echado de menos
su energía, que lo desafiase. Hasta le agradó ver que
estaba un poco celosa. ¿Acaso lo deseaba tanto como
él a ella? Recordó su pasión, cómo se había fundido
entre sus brazos. Cómo lo observaba cuando pensaba
que él no se daba cuenta.

Se inclinó hacia ella y le susurró:

–No voy a presentártela. No te va a caer bien.

Luisa dio un grito ahogado, de sorpresa. Y Raul
deseó besarla.

–¿Por qué no?

–Porque no es nada agradable –respondió él, disfrutando de poder decirlo en voz alta, aunque sólo
lo oyese Luisa.

–Pero supongo que tendré que conocerla.

–No. Se marcha esta misma noche a Los Ángeles.
Con su novio nuevo, un productor de Hollywood.

Raul ni siquiera se sintió enfadado, como otras veces. Ana no se había molestado en fingir que sentía la pérdida de su marido. Su matrimonio con su padre había sido una farsa y Raul estaba cansado de hacer que pareciese lo contrario. Su padre estaba muerto y su ego ya no podía sufrir. Había sabido que, antes o después, Ana volvería a pedirle dinero, pero le había sorprendido que escogiese aquel momento.

—Ven —le dijo a Luisa, llevándola hacia la tarima en la que estaba el trono. Y ella lo siguió.

Causarían un gran revuelo si se marchaban tan pronto de la recepción, pero estaba harto del protocolo.

Tomó la mano de su mujer, apreciando lo bien que encajaba con la suya y disfrutando de tenerla a su lado.

—Altezas, señoras y señoras —dijo en voz alta, dirigiéndose a la asamblea.

Oyó aplausos a sus espaldas y se giró. Eran Alaric y Tamsin, que sonreían de oreja a oreja. El resto de los invitados empezaron a aplaudir también.

Raul levantó una mano a modo de agradecimiento y, luego, miró a Luisa.

—Ha llegado el momento de marcharnos.

Ella abrió mucho los ojos, pero enseguida sonrió y se despidió de todo el mundo con la mano.

Un momento después, Raul la hacía salir del salón por unas puertas dobles que había detrás del trono.

Y echaron a andar por un pasillo, de la mano. Las puertas se cerraron tras de ellos, apagando el sonido de los aplausos a sus espaldas.

Raul se sintió satisfecho. Por fin estaba a solas con la novia.

Todo había ocurrido tan deprisa que Luisa estaba aturdida.

Sólo dos cosas eran reales. La mano caliente de Raul alrededor de la suya, y que estaba casada.

Se había comprometido con aquel hombre. Ya no había marcha atrás.

Ya no se sentía indignada porque no le hubiese presentado a su madrastra. Sólo estaba sorprendida.

No, sorprendida y algo más. Sentía algo más en su interior, algo que le entrecortaba la respiración.

Raul se detuvo delante de una puerta y se apartó para que ella entrase primero.

Luisa entró, pero se detuvo. No debía estar allí, en las habitaciones de Raul.

La puerta se cerró y el silencio los envolvió.

–Ven –le dijo Raul, agarrándola del codo–. Tienes que comer algo. No has tomado nada en la recepción.

–¿Cómo lo sabes?

–Porque he estado observándote y sólo has tomado una copa de champán.

Ella lo miró a los ojos.

–Tal vez tengas razón –le dijo, pensando que comería algo y luego se marcharía–. Esto es... demasiado íntimo –añadió.

–¿Y acaso importa?

–¡Claro que importa! –exclamó ella, sintiéndose como una colegiala, y no como una mujer madura.

Vio una mesa alargada delante de un enorme sofá. Los cojines de terciopelo invitaban a sentarse. Había una botella en una cubitera de plata y un bogavante al lado de un cuenco con caviar.

Luisa retrocedió y chocó contra Raul, que estaba justo detrás de ella. Se dio la vuelta y apoyó las manos en su pecho. Había pretendido apartarlo, pero, en su lugar, agarró las solapas de su chaqueta.

Entonces volvió a retroceder.

–¿Es una broma? Es el escenario típico para una escena de seducción.

–¿No te gusta el bogavante?

–Sí.

–¿Y la fruta? –preguntó Raul, señalando una bandeja con melocotones, cerezas y naranjas.

Al lado había también un cuenco con frambuesas. Además había panecillos cubiertos de semillas. Luisa ya los había probado y eran deliciosos.

Se inclinó hacia delante y vio un plato con mantequilla, otro más grande con quesos y un cuenco de plata con anacardos. Sus favoritos.

Al final de mesa vio un tarro con una etiqueta escrita con la letra de Mary: *Mermelada de frambuesa*.

Luisa parpadeó y fue a por él. Raul no sólo había ordenado que les sirviesen un banquete. Había hecho aquello por ella. Algo especial. Se sintió alagada.

–¿Cómo has...? –empezó, emocionada.

–¿Cómo sé que te gusta más la fruta que los pasteles, que prefieres el queso al chocolate?

Luisa se giró hacia él. Lo tenía tan cerca que

vio un pequeño punto dorado en sus ojos verdes oscuros.

–Porque me he fijado en todo lo que respecta a ti –añadió–. Ahora eres mi esposa. Y quiero que seas feliz.

–¡Pero si habíamos quedado en que sería un matrimonio de conveniencia! –le dijo ella, abrumada.

Raul no contestó, pero su mirada le calentó la piel. Su boca era una sensual línea de tentación, muy difícil de resistir.

Luisa pensó que se le iba a salir el corazón del pecho. Una parte de ella deseaba tocarlo, sentir su poder con la mano. Por eso se obligó a poner las dos manos detrás de la espalda.

–Nos hemos casado para que puedas heredar, ¿recuerdas? –le dijo.

–Sí, lo recuerdo –contestó él en voz baja–. Y recuerdo lo que sentí al besarte. ¿Te acuerdas tú, Luisa? ¿Recuerdas la pasión, el deseo?

Ella sacudió la cabeza y el velo que llevaba puesto se interpuso entre ambos.

–No fue así. Tú sólo...

Raul alargó la mano para apartar el velo y, al respirar, el pecho de Luisa la rozó. Ella dio un grito ahogado y la sensación le hizo temblar.

–No soy un pasatiempo –dijo Luisa entre dientes.

–Nunca he pensado eso de ti. Te tomo muy en serio –le contestó él, mirándola a los ojos–. Eres mi esposa. Vas a ser la madre de mis hijos. Así que te tomo muy en serio.

–Yo nunca he accedido a compartir tu cama –respondió ella con el corazón acelerado.

Intentó enfadarse, pero no pudo, sólo podía excitarse cada vez más.

–¿No quieres tener hijos? –le preguntó él con el ceño fruncido.

–Por supuesto que sí –respondió ella–. Algún día.

Había soñado con tener una familia, pero ¿con Raul? Una ola de calor invadió todo su cuerpo.

En un rápido movimiento, Raul la tomó en brazos y atravesó la habitación con ella, como si no pesase nada, entrando en otra y cerrando la puerta. En aquella segunda habitación había una cama enorme. Y a Luisa se le secó la boca al verla.

–Pensé que eras una mujer valiente, Luisa. ¿Qué es lo que te da miedo? –le preguntó Raul–. ¿Te han hecho daño?

–No. No me han hecho daño.

Al menos, físicamente.

Y, aun así, Raul tenía razón, tenía miedo. Tenía miedo a dejarse llevar, a entregarse a un hombre al que no amaba.

Entonces se dio cuenta. Jamás había amado de verdad. Y jamás tendría lo que sus padres habían compartido. Lo que siempre había deseado, en especial, después de una primera relación tan desastrosa.

La idea la enfureció. Raul le había robado esa oportunidad.

–¿Tan malo te parece que encontremos juntos el placer? –le preguntó él–. Me decepcionas, Luisa. Pensé que eras lo suficientemente mujer para admitir lo que sentías.

Ella lo miró fijamente y se preguntó qué debía hacer, si salir corriendo de allí, o si marcharse lentamente.

En su lugar, se acercó, se apretó contra su cuerpo y lo besó en los labios. Ambos cayeron encima de la cama.

Capítulo 8

LUISA LO besó con tanta pasión que Raul se sintió más vivo que nunca. Necesitaba hacerla suya. No podía esperar más.

Bajó las manos para levantarle el vestido hasta poder tocar su piel desnuda. Ella gimió al notar sus manos en el trasero y Raul la apretó con más fuerza antes de tumbarla boca arriba y colocarse entre sus piernas.

Estaba colorada, tenía los ojos brillantes y los labios entreabiertos. Sus pechos se apretaban contra el corpiño de encaje y él los acarició, se los apretó para oírla gemir de nuevo.

Con la otra mano le estaba acariciando los muslos. Inclinó la cabeza y chupó uno de sus pechos a través del encaje y la seda.

Luisa lo agarró por la cabeza y movió el cuerpo, como queriendo sentir el peso del de él.

Raul nunca había estado con una mujer tan apasionada. Luisa no quería juegos ni sutilezas, estaba tan excitada como él.

Raul metió la mano por debajo de las braguitas y se dio cuenta de que estaba muy húmeda. No necesitó que lo alentase más.

Unos segundos después se había desabrochado los pantalones y se los había bajado.

Luisa no quería esperar. Estaba apretando las caderas contra las de él, haciendo que perdiese el control.

Raul se apoyó en un codo, le rompió las braguitas y se puso encima.

—¿Es esto lo que quieres? —le preguntó con la voz ronca de deseo.

Ella lo miró con los ojos brillantes y jadeó, pero Raul quiso que le contestase. No sabía por qué, pero lo necesitaba.

—Dímelo, Luisa —insistió, apretándose contra ella—. ¿Qué quieres?

Ella levantó la cabeza y lo besó. Y aquello fue demasiado para Raul.

Le separó las piernas con la rodilla y se preparó para penetrarla, pero antes bajó la mano y la acarició.

—¡Raul! —gimió ella.

Y él la penetró por fin y disfrutó de la suavidad de su sexo, de su calor, y lo notó temblar a su alrededor.

Notó resistencia e intentó retroceder, pero Luisa no se lo permitió, así que intentó avanzar de nuevo y se entregó a la fuerza de un deseo que lo había vuelto loco desde que la había besado en París.

—Lo siento, no puedo...

Pero Luisa gritó al mismo tiempo y sus músculos internos empezaron a contraerse a su alrededor.

Él disfrutó del momento hasta caer casi en la inconsciencia.

A pesar de tenerlo apoyado sobre su cuerpo, Luisa se sentía como si estuviese flotando.

Consiguió las fuerzas necesarias para moverse una fracción y dejó que sus piernas se hundiesen en el mullido colchón. Le dolía algún músculo poco ejercitado, pero aun así se sentía satisfecha. Agarró a Raul con fuerza. Casi no podía respirar, pero se sentía reconfortada teniéndolo encima.

Sorprendida, pensó en abrir los ojos, pero la idea de que la realidad irrumpiese en la experiencia más excepcional de su vida la detuvo.

Todavía no era capaz de poner nombre a lo que había sentido al enfrentarse a Raul durante la recepción. Ni al atreverse a hacer el amor con él. No... a tener sexo con él.

Tragó saliva. Si aquello era tener sexo, ¿cómo sería hacer el amor?

Esperó sentir vergüenza por haberse entregado a un hombre que no la quería, pero sólo sintió tristeza porque no iba a experimentar jamás lo que era estar con un hombre que correspondiese su amor.

Y, aun así, no podía negar que con Raul se había sentido... diferente, estupenda, poderosa.

Luisa frunció el ceño mientras intentaba aclarar sus sentimientos, pero estaba aturdida por la magnitud de lo que acababa de ocurrir.

Notó que Raul le acariciaba la frente.

—No frunzas el ceño. No se ha terminado el mundo.

Ella abrió los ojos y le pareció que Raul estaba tan sorprendido como ella. Tenía un mechón de pelo moreno sobre la frente, que le hacía parecer más joven, más accesible.

Raul cambió de postura y se apoyó sobre un

codo. Luisa se ruborizó y apartó la vista, pero él le hizo girar la cara para que lo mirase.

–No me lo habías dicho –le dijo.

–¿El qué?

–Que no lo habías hecho nunca antes.

–¿Acaso importa? –le preguntó ella.

–Claro que sí. Me habría asegurado de que fuese mejor para ti.

Ella lo miró a los ojos y estuvo a punto de preguntarle cómo podía haber sido mejor, pero se contuvo.

Raul sonrió y a ella se le aceleró el corazón.

–Podría hacerlo ahora –se ofreció él.

Y Luisa notó que su cuerpo respondía a la invitación.

–Tengo que levantarme. Voy a estropear el vestido.

Él se apartó y dejó de sonreír. Luisa se mordió la lengua para no pedirle que se quedase a su lado.

Luego se empezó a bajar la falda mientras Raul se levantaba y se subía los pantalones.

–Deja que te ayude –le dijo después, ayudándola a sentarse.

Luisa bajó la vista al vestido.

–Lo he estropeado –balbució.

–No digas tonterías, las lavanderas de palacio lo arreglarán. Y no tienes que avergonzarte de lo que ha ocurrido. Nadie espera que seamos célibes.

–No estoy avergonzada –le respondió ella, consciente de que volvía a desearlo.

–Bien, porque pretendo que esto ocurra con frecuencia –le dijo Raul acariciándole la mejilla. Date la vuelta y te ayudaré a quitarte el vestido. Te encontrarás mejor después de darte un baño.

Y ella se giró e intentó no sentirse defraudada. Lo cierto era que no entendía sus propios sentimientos.

–Primero te quitaré el velo.

Luisa notó sus manos tocándole el pelo y se estremeció. Raul se deshizo por fin del velo y lo dejó encima de un sillón.

Volvió a notar sus dedos en la nuca y se le cortó la respiración.

–Voy a tardar un rato –comentó él al ver la cantidad de botones que llevaba el vestido.

Raul se sentó cerca de ella, calentándole la piel desnuda con el aliento. Luisa se puso recta, se le irguieron los pezones.

–Me preguntaba...

–¿Sí? –le dijo ella, pensando que era la primera vez que veía dudar a Raul.

–¿Por qué no querías venir aquí? No era sólo por la boda. Desde el principio, te negaste a heredar.

–¿Te molesta que no me derritiese al verte?

–No esperaba que lo hicieras. Además, me gusta cómo eres.

A Luisa le pareció oír admiración en su voz.

Raul le rozó la espalda y ella tuvo que respirar hondo para no perder el control.

–¿No me lo vas a contar? –insistió Raul con voz aterciopelada.

Ella cerró los ojos. ¿Por qué no?

–Cuando yo tenía dieciséis años, le diagnosticaron a mi madre una enfermedad terminal. Yo la cuidé.

–Lo siento, debió de ser muy duro.

Luisa asintió.

–Al menos, estaba con ella. Pero el caso es que, antes de que ocurriera eso, mi abuelo mandó a unos hombres a la granja para que vinieran a buscarme. Quería que viviese con él y aprendiese a comportarme como una princesa de verdad.

Hizo una pausa.

–Al principio, me gustó la idea, pero pronto me di cuenta de que no estaba a la altura de sus expectativas. Era muy ingenua. Tardé en ver que sólo quería manipularme.

Raul la tocó con cuidado y ella deseó apoyarse en su mano.

–Cuando me enteré de la enfermedad de mi madre, fui a verlo y él insistió en que cortase la relación que tenía con mis padres. Nunca había perdonado a mi madre por haber rechazado la vida que él tenía planeada para ella. Cuando le rogué que la ayudase, se puso furioso y me dijo que su hija había dejado de existir en el momento en el que se había marchado de su casa.

Luisa se estremeció al recordar la crueldad de su abuelo. Y sintió ganas de llorar.

–Así que volviste a la granja –le dijo Raul.

–Mamá me necesitaba. Y papá también. Cuando murió, estuvo a punto de venirse abajo.

–Y fue entonces cuando empezaste a responsabilizarte de la cooperativa. Lo siento, Luisa.

–No hay nada que sentir. Yo quise estar con ellos.

–Quiero decir que siento que tu primer contacto

con Maritz fuese así. No me extraña que no quisieras volver.

Ella rió con amargura.

–Pensaba que era un lugar lleno de gente mala.

–¿No sólo tu abuelo?

Ella dudó, aquéllas eran cosas que no había compartido nunca con nadie.

–¿Luisa? ¿Quieres contármelo? –le preguntó Raul preocupado.

–En el palacio de mi abuelo había un chico algo mayor que yo. Lo conocí en los jardines y empezamos a hablar. Nos veíamos todos los días. Y... me enamoré de él. Me pidió que nos escapásemos juntos, pero me negué.

Luisa había querido que sus padres asistiesen a la boda.

–Así que se enfadó. Intentó... obligarme, pero no lo consiguió. Le puse un ojo morado y él me contó que sólo quería estar conmigo porque sabía quién era. Por ambición.

–Luisa. Lo siento.

–No es culpa tuya.

–Pero es mi país, mi gente –dijo él indignado.

Luisa notó una caricia en la espalda y se sintió tentada a pedirle a Raul que volviese a hacerle el amor hasta que se olvidase de todo aquello.

Pero se levantó con las piernas temblorosas. Tenía que retomar el control. Ya había hablado demasiado.

–Si me dices dónde está el baño, ya puedo ir yo sola.

–Deja que te ayude –le dijo Raul, agarrándole el vestido por detrás.

De repente, el vestido se bajó y el sujetador con él, y Luisa se tapó los pechos con las manos.

–Es suficiente...

Pero Raul tiró del vestido y éste cayó a sus pies.

Luisa recordó demasiado tarde que tampoco tenía braguitas y se puso una mano entre las piernas.

Raul dio la vuelta y se detuvo frente a ella.

–Eres preciosa –le dijo–. Deja que te vea.

Con manos temblorosas, Raul apartó las suyas y luego tragó saliva.

Era la primera vez que Luisa estaba desnuda delante de un hombre. Se ruborizó, sintió vergüenza y se excitó al mismo tiempo.

Raul parecía... fascinado.

–Eras virgen –comentó–. Y estarás dolorida. No debería...

Y le soltó las manos y retrocedió.

Pero a Luisa no le dolía nada. Se sentía estupendamente. ¿Era porque Raul la deseaba tanto como ella a él? ¿O porque había pensado en ella?

Raul la tomó en brazos y la llevó al cuarto de baño.

Unos minutos después estaba metida en la bañera de agua caliente.

Vio cómo Raul se quitaba la chaqueta, se remangaba la camisa y tomaba una esponja. Y a Luisa aquel gesto le resultó increíblemente erótico.

Raul empezó a frotarla con cuidado. Estaba sudando y Luisa deseó acariciar su rostro, pero tenía el ceño fruncido y estaba muy serio, así que no lo hizo.

Entonces se dio cuenta del bulto que había en la

bragueta. Por eso tenía aquel gesto. Y por eso le temblaban las manos.

–Voy a salir –dijo Luisa, intentando levantarse.

–¡Espera!

Raul la ayudó a salir, sin preocuparse porque lo
mojase. Luisa apoyó las manos en su pecho.

–Necesitas descansar –le dijo él.

–No, te necesito a ti –lo corrigió ella, mirándolo
a los ojos–. Ahora.

Y él volvió a tomarla en brazos para llevarla a la
cama. Unos segundos más tarde se había quitado
la camisa, los pantalones y los zapatos, y estaba desnudo delante de ella.

A Luisa se le olvidó respirar mientras lo estu-
diaba con la mirada. Y dejó de pensar cuando se
tumbó a su lado en la cama.

Raul empezó a torturarla con los labios, la lengua y los dientes. Y los minutos se fueron convirtiendo en un siglo de placer.

Era como si quisiese compensarla por la rapidez
de la primera vez, pero ella no podía esperar más.

–Por favor, Raul –le dijo–. No juegues conmigo.

Y él le acarició un pezón con la lengua y bajó la
mano hacia su sexo húmedo.

Luisa no necesitó más para llegar al clímax.
Luego, Raul se colocó entre sus muslos y la penetro,
en esta ocasión, con facilidad. Y empezó a moverse
dentro de ella.

Pero no fue el roce de sus cuerpos lo que la dejó
petrificada, sino su mirada. La conexión que había
entre ambos era distinta en esa ocasión. En los ojos

de Raul había excitación y compostura al mismo tiempo. Y más. También había sinceridad.

Raul empezó a moverse más deprisa y Luisa levantó las caderas para recibirlo. Y siguieron así hasta llegar al orgasmo, sin dejar de mirarse a los ojos, comunicándose en silencio.

Como si fuesen iguales.

Capítulo 9

LUISA FUE consciente de la realidad al despertar.

La noche anterior había estado a punto de creer que había compartido con Raul algo más que sus cuerpos, pero al despertarse sola en la cama de Raul se dio cuenta de que éste tenía otras prioridades. Se habían casado porque él quería hacerse con el poder. Y el sexo era sólo un plus.

A Luisa se le encogió el corazón e intentó pensar que había sido sólo sexo. Aunque para ella hubiese sido como hacer el amor.

No obstante, Raul había permitido que la despertase una criada y Luisa se sintió dolida mientras la joven recogía su arrugado vestido de novia.

Recordó cómo se lo había quitado Raul y tuvo que admitir que el deseo que había despertado en ella todavía no estaba saciado. ¡Cuánto había cambiado en una sola noche!

La criada le indicó la puerta que conectaba con sus habitaciones. La noche anterior, Luisa ni siquiera había reconocido el pasillo, de lo concentrada que estaba en él.

Cuando por fin se quedó de nuevo sola, miró la almohada vacía que había a su lado. No tenía derecho a sentirse decepcionada. Se había entregado a él sabiendo cuál era el papel que desempeñaba en su mundo. Raul era un hombre cariñoso, pero también quería utilizarla, como su abuelo.

Luisa se sintió dolida. Se había roto su sueño de tener algún día un amor como el que habían compartido sus padres. Sólo tendría aquello: éxtasis y soledad.

Tal vez por eso se había imaginado que había una conexión entre Raul y ella, porque era más fácil eso que enfrentarse a la realidad.

No obstante, no podía esconderse eternamente.

Ignoró la bandeja con el desayuno, se envolvió en la sábana y fue hacia la puerta que daba a sus habitaciones, decidida a no lamentarse.

Estaba en la puerta cuando se dio cuenta. Las rodillas se le doblaron y estuvo a punto de caerse.

¡No habían utilizado protección! ¿Cómo no se había dado cuenta antes?

Le asustó lo mucho que le afectaba Raul. Cómo cambiaba cuando estaba con él. Pero ya era demasiado tarde para volver atrás.

Lo único que podía hacer era ser sensata y recordar que su relación les convenía a ambos. No podía permitirse soñar.

Empezaría a tomar la píldora. No quería llevar un bebé a una relación así.

—Bienvenido, Su Alteza —lo saludó el alcalde, inclinándose.

Pero Raul no estaba mirándolo a él, sino a Luisa,

que estaba muy elegante con un traje claro y el pelo rubio recogido. Bajó la vista un instante a sus labios y a su esbelto cuello y no pudo evitar recordar.

A Luisa debajo de él la noche anterior, gimiendo de placer y haciéndole perder el control a pesar de su inocencia.

¡Cómo si él hubiese sido virgen y ella, quien lo hubiese seducido!

Sólo con tocarle el brazo para guiarla a través de los inestables adoquines sintió deseo. Y tuvo que utilizar su experiencia para ocultar lo que sentía.

Eso era lo que lo preocupaba. Lo que Luisa le hacía sentir. No era sólo deseo.

La noche anterior había surgido en su interior todo un cóctel de emociones mientras ella le hablaba de su abuelo y del hombre que la había querido engañar. Raul había deseado protegerla. Se había enfadado al oír que le habían hecho daño. Había sentido tristeza. Y una ternura inusitada.

Y tanta felicidad que esa mañana se había levantado de la cama y se había marchado corriendo a trabajar para intentar distraerse.

Instintivamente, intentó negar la intensidad de sus emociones. Él no tenía sentimientos. Así era como sobrevivía en su mundo.

¿Qué le había hecho Luisa?

Por primera vez en su vida, le costaba recordar cuál era su obligación.

Y eso lo aterraba.

Su obligación había sido su vida. Se había dedicado a su país y eso le había servido para mante-

nerse en pie cuando todo su mundo se había de-
rrumbado a su alrededor.

–Príncipe Raul, princesa Luisa, bienvenidos –les
dijo el alcalde, mirando a Luisa con los ojos brillantes.

Raul se puso tenso ante semejante descaro y deseó llevársela de allí y encerrarla en su dormitorio.

¡Qué idea!

El viento frío daba color a sus mejillas. La pasión de la noche anterior le había hinchado los labios y como él no tuviese cuidado, los paparazis no
tardarían en pillarlo con una estupenda erección.

–¿Su Alteza?

Raul miró al alcalde, que parecía desconcertado,
y supo que lo estaban esperando.

Se recompuso y consiguió hablarle con tranquilidad.

Luego el alcalde se giró hacia Luisa y le dio una
enorme llave, que representaba la libertad de entrar
en todos los edificios de la capital.

–Bienvenida a nuestra ciudad, Su Alteza. Espero
que sea tan feliz aquí como lo somos nosotros de
tenerla –dijo, primero en el idioma de Maritz y después en inglés, y la multitud aplaudió.

Raul pensó que estaba muy sexy y se imaginó
desabrochándole la chaqueta, como había hecho
con el vestido de novia la noche anterior...

–Muchas gracias. Es un placer estar aquí –respondió ella también en su idioma–. Y estoy muy
alagada por el recibimiento que me han dado en su
maravillosa ciudad. Estoy deseando descubrirla por
mí misma.

La muchedumbre la aclamó. No importó que su acento no fuese perfecto, ni que no se le hubiese oído bien. El que hubiese hecho el esfuerzo de hablar en su lengua les encantó.

El alcalde sonrió de oreja a oreja y todo el mundo aplaudió.

Raul se sintió orgulloso mientras ella sonreía a la multitud. Sólo él se dio cuenta de que tenía la mandíbula tensa y le temblaban las manos.

Sólo él, que la había obligado a dejarlo todo para estar allí, sabía lo que le estaba costando mostrar aquella cara.

Recordó lo mucho que había sufrido con la manipulación de su abuelo y cerró los puños. Luisa debía de haberse acordado de aquello cuando él había ido a verla con sus propias exigencias. La idea lo incomodó. Se sintió culpable.

Y la noche anterior la había convencido para que se acostase con él.

—Dame —le dijo, tomando la llave de sus manos, incómodo porque se sentía avergonzado—. Casi hemos terminado. Sólo tenemos que volver al coche.

Luisa lo miró por fin a los ojos y Raul se quedó de piedra. Por primera vez desde que había accedido a casarse con él, su mirada era fría y distante.

Raul se sintió perdido. Había pensado que habían empezado a compartir algo. Intentó tocarla, pero ella se apartó.

En el último momento, se acordó de darle las gracias al alcalde y, cuando terminó, Luisa ya había echado a andar delante de él con la espalda muy recta. Eso no lo había aprendido allí, debía de habérselo enseñado su madre.

La siguió con la mirada pegada a sus curvas. De repente, vio correr a sus hombres de seguridad y se asustó. Si le pasaba algo...

Luisa acababa de inclinarse hacia delante. Entonces, lo vio, un perro callejero se había acercado a ella.

–Luisa, está muy sucio –le dijo con más brusquedad de la que había pretendido.

Su esposa lo miró con los ojos muy abiertos.

¡Su esposa! Raul notó que el suelo se movía bajo sus pies y no supo si era de la impresión o por el modo en el que lo estaba mirando.

–Es un cachorro inofensivo –respondió ella, sonriendo y acariciando al animal.

Y Raul se excitó sólo de pensar en que le hablase y lo acariciase a él así. Aquello era ridículo. No lo entendía.

De repente, empezó a armarse jaleo, un niño intentaba acercarse a Luisa, pero su seguridad no lo dejaba pasar. El niño se escabulló y consiguió acercarse a ellos.

–¿Es tu perro? –le preguntó Raul.

El niño asintió.

–Sí, señor. Se ha roto la correa, pero no es peligroso...

–Es comprensible –le contestó Raul–. Con tanto ruido, se habrá puesto nervioso.

El niño lo miró sorprendido con su respuesta.

–Supongo que ha sentido que a la princesa le gustan los perros –continuó Raul, aunque no tenía ni idea de si era así.

Ella sonrió al niño y se agachó para ponerse a su altura.

Le gustaban los niños y los perros. Sería una madre estupenda, muy cariñosa.

Se la imaginó rodeada de niños rebeldes, jugando al fútbol en la sala de los retratos, en un frío día de invierno, o permitiéndoles que saliesen a jugar a los jardines, en vez de quedarse a estudiar latín antes de la cena.

A Raul se le hizo un nudo en el estómago al pensar en Luisa rodeada de niños. Serían sus hijos.

Por primera vez, le gustó la idea de ser padre, a pesar de no saber lo que era tener una familia de verdad.

Intentó imaginarse a Luisa embarazada y le gustó la idea. Aunque todavía le gustase más tenerla para él solo, desnuda y excitada.

—Tenemos que irnos —le dijo, agarrándola del brazo y ayudándola a incorporarse.

Quería a su mujer para él, llevaba queriendo estar con ella a solas desde que se había marchado de su lado esa mañana, pero antes tenía negocios que atender.

Luisa levantó la mano para despedirse de la multitud. Se sentía más segura mirándolos a ellos que al hombre que tenía al lado, que la ponía nerviosa.

Había estado muy serio durante toda la ceremonia. Como si hubiese esperado que ella hiciese algo que pudiese avergonzarlo.

Su expresión sólo se había suavizado en un momento determinado. Con el niño.

–¿Por qué te has parado a hablar con ese hombre? –le preguntó.

Raul se giró hacia ella, que notó un escalofrío y apretó la espalda contra el cuero del respaldo, con el corazón acelerado. ¿Cómo podía hacerla sentir así?

–Quería asegurarme de que no habría problemas.

–¿Problemas? –preguntó ella confundida.

–Se estaba quejando de que su hijo era un salvaje. Y del perro.

–¡No me digas!, pero si el niño era un encanto. A mí me ha parecido hasta demasiado maduro para su edad.

Raul se encogió de hombros.

–Es lo que ocurre cuando uno tiene un padre demasiado exigente.

Luisa estuvo a punto de preguntarle por qué decía eso, pero se contuvo al ver tristeza en su mirada.

–¿Qué le has dicho al padre?

–Lo he felicitado por tener un hijo tan educado.

–¡Bien hecho!

Raul la miró sorprendido y, por un momento, Luisa perdió el hilo de la conversación.

–Y he invitado al niño, junto con su perro, a venir a vernos al castillo.

–¿Para asegurarte de que el padre no se deshacía del cachorro?

Raul la miró a los ojos unos segundos más y luego giró la cabeza hacia la ventanilla y saludó a la gente que había fuera.

–El niño tiene derecho a tener un perro, ¿no crees?

Luisa recordó que el niño había estado temblando de miedo y el padre, furioso, y, por algún motivo, a Raul le había parecido importante intervenir.

Frunció el ceño y se dijo que no sabía casi nada del hombre con el que se había casado.

Capítulo 10

LA MADRE de Raul había fallecido al dar a luz, a su padre no le habían gustado los niños y Raul había sido hijo único. Eso era todo lo que sabía Luisa, aparte de que Raul era un hombre muy introvertido.

¿Qué decía eso de él?

−¿Tú tuviste perro de niño?

Raul la miró sorprendido mientras atravesaban las puertas del castillo.

−No −respondió con expresión indescifrable−. Los perros y las antigüedades son incompatibles.

Luisa observó el jardín y comentó:

−Pues aquí hay mucho espacio para tenerlo.

Si ella tenía un hijo, le dejaría tener un perro, o tres, y encontraría el modo de que no se rompiese ninguna antigüedad.

Se sorprendió al darse cuenta de que se estaba imaginando a un niño con el pelo moreno y los ojos verdes como esmeraldas. Los ojos de...

−¿Sales, Luisa?

Ella levantó la vista y vio que Raul ya había salido de la limusina y le estaba tendiendo la mano. No podía evitar tocarlo si no quería ser grosera, así que se preparó para darle la mano, pero no pudo evitar que una ola de calor ascendiese por su brazo al hacerlo.

Raul no pareció notar nada y Luisa volvió a preguntarse si lo de la noche anterior sólo le había afectado a ella. Tal vez fuese normal, dado que había sido su primer amante, pero al entrar en el oscuro recibidor y entrelazar su brazo con el de él, no pudo reprimir los escalofríos que recorrieron todo su cuerpo.

—¿Con quién jugabas? —le preguntó, para intentar distraerse.

Él arqueó una ceja.

—Tenía poco tiempo para jugar. Uno nace siendo príncipe, pero también tiene que aprender a desempeñar su papel.

Luisa lo miró fijamente, horrorizada.

—Pero tuviste que jugar de pequeño.

Él se encogió de hombros.

—No me acuerdo. Tuve tutores y clases a partir de los cuatro años. Los juegos no entraban en el horario, aunque sí los deportes.

—Suena demasiado... estricto —comentó indignada, pensando que ella jamás permitiría que tratasen a sí a un hijo suyo.

Raul apretó el botón del ascensor.

—Tenía los días muy ocupados.

Ocupados, pero no felices. El castillo era un lugar perfecto para jugar al escondite y a otros muchos juegos. A Luisa se le encogió el corazón al imaginárselo de niño, muy solo.

¿Explicaba eso su actitud distante? ¿Su serenidad?

–¿Y estabas mucho con tu padre?

Raul la miró con recelo, pero ella no apartó la vista.

El ascensor empezó a subir muy despacio.

–Mi padre siempre estaba ocupado. Tenía que gobernar un país.

Las puertas del ascensor se abrieron, pero ella no salió.

–¿Quieres decir que no tenía tiempo para ti?

De repente, Raul borró toda expresión de su rostro. Y ella se quedó helada y deseó abrazarlo.

Luisa había tenido una niñez maravillosa, llena de risas y amor, de días felices junto al río, o subida en el tractor con su padre, corriendo acompañada de sus perros.

–¿Por qué quieres saberlo?

–¿Por qué no quieres contármelo? Soy tu esposa –le dijo, y ni siquiera balbució al pronunciar la palabra–. Es bueno que te conozca mejor.

Raul se quedó inmóvil, pero sus ojos brillaron de un modo extraño.

–En eso precisamente estaba pensando yo –le contestó en voz baja–. En que tenemos que conocernos mejor.

Raul la condujo por un pasillo enmoquetado y Luisa se dio cuenta de que estaban delante de la puerta de su habitación.

Su mirada era inconfundible. Había deseo y ansia en ella. Algo salvaje y peligroso que la excitó.

Abrió mucho los ojos. Estaba claro a lo que se refería.

Sexo.

Luisa pensó que iba a sentirse indignada. Pensó que su orgullo le daría fuerzas para rechazarlo. Pero no consiguió indignarse. Tenía un nudo en la garganta, pero era de deseo.

Raul debió de leerle la mente, porque sonrió y a ella se le aceleró el pulso. Sin decir palabra, él abrió la puerta, la agarró y cntró en la habitación, cerrando la puerta con su cuerpo.

A Luisa empezó a arderle la sangre. Deseó apretarse contra él. Sabía que era una debilidad, pero no podía evitarlo.

Apartó de su mente el recuerdo de aquella mañana y la sospecha de que lo único que pretendía Raul era evitar que siguiese haciéndole preguntas acerca de su pasado.

En esos momentos, sólo quería la pasión de Raul. Tal vez por el vacío que había visto en sus ojos cuando le había hablado de una niñez tan fría. ¿Se habría condenado ella a una soledad similar al casarse con él?

No obstante, en esos momentos no tenía miedo, sólo sentía deseo.

Se le encogió el corazón al darse cuenta de que quería entregarse a su marido con la esperanza de aliviar el profundo dolor que había visto en sus ojos unos momentos antes.

—Luisa, ¿quieres hacer esto?

—Sí.

Raul inclinó la cabeza para mordisquearle el cuello y ella dejó de pensar. Se aferró a sus hombros mientras él le desabrochaba la chaqueta y la camisa y se las abría.

–Esta mañana has estado increíble –le dijo él en voz baja, quitándole la chaqueta y besándole el escote.

–Sólo he hecho lo que se esperaba de mí –respondió ella, a pesar de sentirse satisfecha.

Había aceptado su nuevo papel y estaba decidida a hacerlo bien.

Suspiró mientras Raul le acariciaba el pecho con la boca a través del sujetador de encaje y se estremeció. Necesitaba abrazar y reconfortar a aquel hombre tan grande que no necesitaba a nadie.

Él levantó la cabeza y la miró a los ojos. Los suyos seguían sin desvelar ni uno de sus pensamientos y eso dolió a Luisa. Se preguntó si sería una locura esperar que su relación fuese a funcionar algún día.

Cuando la tumbó en la cama y ambos estuvieron desnudos, Luisa dejó de pensar.

–¡Protección! –exclamó de repente–. No quiero quedarme embarazada.

Él arqueó las cejas.

–Estamos casados, Luisa. Tener un hijo es algo natural.

Ella negó con la cabeza.

–No estoy preparada –le respondió–. Todo ha ido demasiado deprisa.

Raul la miró durante lo que a ella le pareció una eternidad, como si la estuviese viendo por primera vez. Por fin, asintió, se giró y alargó el brazo hacia la mesita de noche.

Cuando volvió a mirarla, no se colocó directamente encima de ella.

A pesar de haberse casado con ella por obligación, era capaz de hacer que se sintiese como si fuese el centro de su universo. Como si sólo existiese ella.

La mirada de Raul se fue ablandando con cada caricia y Luisa se removió por dentro. Arqueó la espalda y se apretó contra él, que le acarició sensualmente la oreja con su aliento.

–Déjate llevar, Luisa. Hazlo por mí –le susurró mientras la acariciaba entre las piernas.

Ella dio un grito ahogado y disfrutó de la conexión que había entre ambos en esos momentos. Raul estaba serio, concentrado...

Y, de repente, Luisa notó que llegaba al orgasmo, contuvo la respiración y notó calor por todo el cuerpo. Él la besó en los labios apasionadamente, lo que intensificó los deliciosos espasmos.

Sin fuerzas, Luisa se quedó tumbada en la cama.

Sabía que iba a ser entonces cuando Raul la penetrase. Sonrió, estaba preparada para recibirlo. A pesar del cansancio, era lo que quería.

Raul cambió de postura, pero no hizo lo que ella esperaba. En su lugar empezó a mordisquearle los muslos.

–¡No! Quiero...

Su beso la hizo callar. Acababa de llegar al clímax, pero al notar las caricias de la lengua de Raul, de sus labios, quiso más.

Aquél era sólo el principio.

Aturdida, se dejó acariciar y disfrutó de las nuevas sensaciones hasta que Raul se decidió por fin a tomarla.

Unos segundos después, Raul gritaba su nombre. Ella lo abrazó con fuerza, de manera protectora.

Raul estaba agotado, sólo tenía fuerzas para abrazar a Luisa, que estaba tumbada encima de él.

Se dijo a sí mismo que aquella placentera sensación tenía lugar siempre después del coito, pero en el fondo sabía que era mentira. Desde que se había acostado con Luisa, había sabido que el sexo con ella era diferente.

¿Por qué? No podía dejar de hacerse esa pregunta.

¿Porque no lo obedecía a ciegas? ¿Porque, a pesar de haber accedido a casarse con él, seguía siendo ella misma?

Con Luisa, tenía la sensación de tener un valioso regalo entre las manos.

Era mucho más que un cuerpo caliente con el que saciar su deseo.

Aquello se parecía demasiado a algo que había experimentado en su juventud, cuando creía haber estado enamorado, pero en esos momentos ya no era tan ingenuo como para pensar que eso era posible.

Sonrió. Había seducido a su esposa nada más llegar al castillo por eso mismo, para dejar de hacerse preguntas.

Y para evitar que se las hiciese ella.

¿Tan cobarde era?

Su vida era como un libro abierto. Los medios de comunicación la habían diseccionado durante años, así que le sorprendía sentirse tan incómodo con las preguntas de Luisa.

También le sorprendía una extraña necesidad de abrirse a ella. De compartir un poco de sí mismo.

Frunció el ceño. Era absurdo. No necesitaba un confesor ni un confidente. No necesitaba que le diesen conversación. Aunque en el fondo sabía que era mentira.

En cualquier caso, cuando Luisa intentó apartarse de su lado, él la agarró por la cintura y se aclaró la garganta.

—A mi padre, yo sólo le interesaba como heredero al trono.

—Eso es horrible —murmuró Luisa contra su pecho, sin mirarlo.

—Me crió el personal de servicio. Suele ser así en la realeza.

—¡Y te sorprende que no esté preparada para tener hijos!

—Nuestros hijos no se educarían así —le aseguró Raul.

—¿De verdad?

Él asintió.

—Tienes mi palabra.

Tal vez no consiguiese ser un buen padre, pero al menos sabría lo que no debía hacer. Y Luisa compensaría sus carencias.

Sonrió, la idea le gustaba.

—Dime una cosa... —dijo ella, dudando.

—¿El qué?

—¿Por qué ayer, en la recepción, todo el mundo

os observaba a tu madrastra y a ti como esperando que ocurriese algo?

Raul respiró hondo y su satisfacción se disipó de golpe, pero tenía que contárselo.

–Porque saben que no me gusta –admitió.

–¿Por qué no?

–Porque fingió que se casaba con mi padre por amor. Él era orgulloso y arrogante y no había estado enamorado antes, pero no se merecía aquello. Ana sólo quería su dinero y su posición, pero luego estaba con otros hombres. Los últimos años de la vida de mi padre fueron un infierno.

Raul notó que se quitaba un peso de encima al poder compartir por fin sus opiniones.

–Pero hay algo más, ¿verdad? Algo que no me estás contando.

Él bajó la vista y vio que Luisa parecía preocupada.

Dudó, pero supo que, si no se lo contaba él, acabaría enterándose por otra persona.

–Conocí a Ana cuando tenía poco más de veinte años. Ella tenía mi edad, pero no era como las otras chicas a las que había conocido. No pertenecía a la aristocracia. Para mí fue como un soplo de aire fresco. Abierta, divertida. No le importaba despeinarse por ir en un descapotable ni hacer un picnic en vez de ir a un restaurante de lujo.

O eso le había parecido entonces.

–Me enamoré.

Raul se detuvo, era la primera vez que lo admitía en voz alta.

–¡Oh, Raul! –exclamó Luisa consternada.

–Pero resultó que me había equivocado con ella. No era lo que parecía.

Hizo una mueca.

–Y no sólo me engañó a mí –continuó–. Se la presenté a mi padre, que se enamoró perdidamente de ella.

Raul todavía recordaba aquellos días con claridad. Ana había jugado con él, había mantenido las distancias cuando su padre había estado presente. Al fin y al cabo, ¿para qué quería un príncipe, habiendo un rey disponible?

–Mi padre se casó con ella cuatro meses después.

Aquello había sido como el fin del mundo para Raul, que se había encerrado en sus obligaciones.

Y le había funcionado.

–Raul, lo siento mucho. Supongo que fue devastador.

Él pensó que lo había hecho más fuerte. Aunque no sabía por qué, en esos momentos, se sentía como si estuviese desnudo, pero con una desnudez que no tenía nada que ver con la falta de ropa.

–¿Y todavía... sientes algo por ella?

–¿Por la mujer que me engañó e hizo que mi propio padre me traicionase? –dijo él, riendo con amargura–. ¿Por la mujer que se burló de mí? ¿Que estuvo a punto de destruir la monarquía con su escandaloso comportamiento? ¿Que acabó con el orgullo y el honor de mi padre con sus aventuras?

Raul negó con la cabeza.

–Me enseñó una lección muy valiosa. A no confiar en nadie. El amor es una trampa para los incautos.

Raul pensó que lo que lo había atraído de Ana tantos años antes era lo mismo que lo atraía de Luisa. Salvo que la inocencia y la franqueza de esta última eran reales. En Ana, todo había sido falso.

No obstante, a largo plazo, Ana le había hecho un favor. Le había enseñado a no volver a engañarse soñando con el amor.

Luisa se quedó impactada con lo que Raul acababa de contarle.

Se preguntó si seguiría amándola, aunque lo hubiese negado.

Sintió náuseas.

Se preguntó si le había hecho el amor porque la deseaba, o si lo había hecho pensando en la mujer que lo había rechazado.

Se mordió el labio.

Raul había dicho que no creía en el amor. ¿Tan enamorado había estado de Ana, que no podía escapar de sus sentimientos?

Y si no era así, ¿por qué pensar en Raul, que había sido privado de amor de niño y lo rechazaba de adulto, la entristecía tanto?

Capítulo 11

LUISA OBSERVÓ con los ojos entrecerrados cómo se vestía Raul. A pesar de las revelaciones de éste, se había quedado dormida.

Unas horas antes había creído tener a su alma gemela entre los brazos, pero en esos momentos se preguntaba qué sentía Raul en realidad. ¿Llegaría a saberlo alguna vez?

Se dijo a sí misma que lo mejor que podía hacer, por el bien de ambos, era vivir el día a día e intentar construir un matrimonio viable.

Aunque fuese más fácil decirlo que hacerlo porque, sólo de mirarlo, se le encogía el corazón.

¿Era así como se habían sentido sus otras amantes cuando las había dejado?

Le dolió pensar que jamás habría amor entre ambos.

Raul se había cerrado a esa posibilidad.

Pero no podía culparlo, después de la traición que había sufrido.

A ella misma le había dolido mucho el comportamiento de su abuelo, pero al menos había tenido el apoyo incondicional y el amor de sus padres. Cosa de la que Raul había carecido.

Por eso se dedicaba sólo a trabajar y a sus obligaciones. Y por eso no le había costado trabajo casarse a pesar de no estar enamorado.

¿Sería capaz de aprender a confiar? ¿De aprender a amar?

–Estás despierta –le dijo él.

–¿Tienes que marcharte? –le preguntó ella, sabiendo que sonaba casi como si le estuviese rogando que se quedase.

–Me gustaría quedarme –contestó Raul–, pero me han llamado por teléfono. Tengo que atender un negocio urgente.

Luisa se sintió tentada a preguntarle qué era tan importante para interrumpir su luna de miel, pero recordó que no estaban de luna de miel. Hasta el día después de su boda habían tenido que asistir a un acto público.

El suyo era sólo un matrimonio de conveniencia.

Le dio la espalda e intentó luchar contra la tristeza que la invadía.

–Lo siento, Luisa –le dijo él, sorprendiéndola–. No puedo quedarme. Tiene que ver con las revueltas y me necesitan.

Ella asintió. Raul tenía que gobernar un país. Y ésa sería siempre su prioridad.

–Tienes una agenda muy cargada –contestó, por llenar el silencio.

–Te acostumbrarás. Yo llevo preparándome para ello desde que tenía cuatro años.

Luisa se sentó en la cama y se tapó los pechos con la sábana.

–Yo también voy a levantarme. Tengo planes para esta tarde –le dijo.

–¿Planes? No tienes nada en la agenda.

–Quiero ver a Gregor y al resto de jardineros. Espero que no te importe que le dé un aire nuevo a los jardines.

Acababa de decidirlo, pero se negaba a pasarse la tarde allí encerrada, dándole vueltas al estado de su matrimonio.

–No, claro que no. Hace tiempo que debía haberse hecho. Pero puedo encargar a alguien que se ocupe de ello. Habrá que consultar con el historiador del castillo, con el personal que organiza los eventos y con la cocina. No es sólo un tema de jardinería.

–Así los conoceré a todos.

Luisa necesitaba hacer algo que no fuese pensar en Raul.

–No tienes que trabajar, Luisa.

Ella arqueó las cejas.

–¿Esperas que me quede aquí apoltronada mientras tú te vas a trabajar el día después de nuestra boda?

–Lo siento. Preferiría quedarme –le aseguró él con los ojos brillantes.

–Necesito hacer algo. Tener un objetivo. Si no, voy a volverme loca. Estoy acostumbrada a trabajar.

–¿No es suficiente con las clases?

–No, no es suficiente.

Nunca le había gustado que le diesen clases. Y no le interesaba aprenderse todos los monarcas de Maritz ni saber cómo debía saludar a un gran duque.

Además, las clases intensivas le recordaban a la anterior vez que había estado en Ardissia y no podía evitar tener la sensación de que no iba a ser capaz de estar a la altura de las expectativas.

Raul la observó con expresión indescifrable.

—Pronto tendrás muchas obligaciones oficiales. Tendrás que asistir a muchos eventos como mi consorte.

—¿A inauguraciones y fiestas? —inquirió Luisa—. Yo no soy así.

Sentía que estaba engañando a la gente cuando se vestía de diseño. No era ella misma.

—Empezaré esta tarde —le dijo a Raul, casi retándolo a contradecirla.

Y al ver que él se limitaba a asentir, respiró hondo.

Si iba a volver a empezar, había otra cosa que debía hacer.

—También tengo planeado ir a Ardissia.

Había llegado el momento de enterrar al fantasma de su abuelo, y tal vez la ayudase ir al lugar que tanto había significado para él, y del que ella tenía tan malos recuerdos.

Raul frunció el ceño.

—Ahora mismo tengo la agenda demasiado llena.

Luisa se puso recta.

—¿Y tengo que esperarte? ¿Acaso no soy la princesa de Ardissia?

A pesar de no gustarle el título, su herencia era lo que había sacado de aquel trato. En su ausencia, la provincia había pasado a depender del monarca, pero en esos momentos estaba ella allí.

–Va siendo hora de que acepte mis responsabilidades.

Raul se acercó a la cama.

–Lo lógico es que vayamos juntos. Es lo que espera la gente.

–Pero tú tienes cosas que hacer todos los días.
Acabas de decirme que no tienes tiempo.

–Hay un protocolo que seguir. No puedes pasarte
por allí sin más.

Luisa se preguntó por qué Raul no quería que
fuese. Era evidente que estaba tenso. No podía ser
porque fuese a echarla de menos.

–No es peligroso, ¿verdad?

Él negó con la cabeza.

–Ardissia es un lugar seguro.

–Bien, en ese caso, estoy segura de que seré bien
recibida. Avisaré de mi vista. Con un par de días.
¿Será suficiente?

Raul frunció el ceño y apretó la mandíbula y Luisa
se sintió bien al ver el efecto que tenía en él.

–No es el mejor momento, pero tienes razón.
Tiene sentido que viajes a Ardissia. Déjamelo a mí.

Y ella se preguntó por qué tenía la sensación de
haber perdido la discusión al verlo asentir, darse la
vuelta y marcharse de la habitación.

¿No habría esperado que le diese un beso de despedida?

–Por aquí, Su Alteza –le dijo el chambelán con-
duciéndola hasta el despacho de su abuelo.

Lo había dejado para el final en su visita al palacio real de Ardissia.

Se imaginó a su abuelo allí, sentado frente al enorme escritorio.

Apretó los dientes al recordar sus afiladas palabras. No sólo la diatriba referida a su incompetencia e ingratitud, sino sobre todo, la virulencia con la que había hablado de sus padres.

–Gracias –dijo, sonriendo al chambelán–. Eso es todo.

El criado se retiró y ella observó los retratos que había colgados de las paredes. Ancestros con expresiones remotas que la miraban desde arriba. Luisa levantó la cabeza y estudió el retrato del hombre que había cortado toda relación con su hija y su nieta cuando se habían negado a obedecerlo.

–El que ríe el último, ríe mejor, abuelo. La hija del granjero es ahora la princesa, y pronto será reina.

No obstante, no era un triunfo placentero para Luisa. No había ido allí a regodearse, sino a pasar página y seguir adelante.

Se abrazó por la cintura y contuvo un escalofrío. A pesar de su decisión de aceptar toda su herencia, aprender el protocolo y todo lo demás, no era capaz de imaginarse su futuro.

¿Qué le depararía?

¿Interminables años de recepciones públicas y conversaciones vacías? ¿Sobrecogedores momentos de placer al compartir la cama con Raul? Sintió calor por dentro sólo de pensarlo.

¿Tendría que conformarse con una vida estéril en amigos y familia?

Si tenía hijos, ¿cómo los protegería del mundo que había producido a un monstruo como su abuelo? Y Raul se había convertido en un hombre tan reservado que no sabía si sería capaz de construir una relación con él.

Se acercó a la ventana buscando el calor del sol que iluminaba la lujosa moqueta.

¡Todo lo mejor para el príncipe de Ardissia! Ella había visto los barrios más desfavorecidos de la ciudad y los alojamientos del servicio en el palacio. Su abuelo se había gastado más dinero en sí mismo que en su pueblo.

Vio un grupo de jóvenes en el jardín y, sin pensarlo, abrió la ventana. Oyó risas antes de que el grupo entrase por una puerta al otro lado del jardín.

Fuesen adonde fuesen, sería mejor que aquel lugar. Cerró la ventana y se dirigió a la puerta.

Raul golpeó los dedos contra el asiento de la limusina que lo llevaba al palacio real de Ardissia. Levantó la mano y saludó a varias personas que lo observaban desde la calle.

Estaba deseando tomarse un respiro, después de una semana muy intensa. Había planeado ir allí varios días antes, pero no le había sido posible.

Tenía ganas de ver a su esposa.

Llevaba cinco días sin estar con ella. Y se le habían hecho muy largos. Su cama había estado demasiado vacía. Sus días habían sido demasiado predecibles, a pesar de la crisis política que había conseguido evitar.

La vida parecía... menos vida sin Luisa.

Apretó los dientes al pensar en el día que ésta le había anunciado que quería ir a Ardissia. Ese día se había marchado de su lado para evitar la tentación. Jamás había conocido un éxtasis igual. Ni había tenido semejante sensación de paz como al compartir la historia de su pasado.

¿Lo había hecho porque había necesitado abrirse después de años guardándoselo todo? En el fondo, tenía la sensación de que, si se había sentido aliviado y tranquilo, había sido más bien porque había sido con Luisa con quien lo había compartido.

Pero una crisis urgente lo había apartado de ella. Había tenido que dejarla sentada en la cama, con los labios apretados, pidiéndole actividades en las que ocuparse. Pidiéndole más.

¡Era evidente que él solo no la satisfacía!

Su orgullo se sintió herido al pensar que lo que había ocurrido entre ambos no había afectado a Luisa, mientras que a él lo había desequilibrado por completo. Había estado a punto de rogarle que no se marchase.

¡Porque la necesitaba! Y no sólo sexualmente.

No recordaba haber sentido nunca algo igual por una mujer. Ni siquiera por Ana.

Y lo peor era que se sentía culpable por haberla obligado a vivir una vida que ella no había elegido.

Era la vida que él le había pedido que llevase para poder heredar.

Sí, Maritz necesitaba un monarca fuerte para superar aquella época difícil, con el apoyo de un gobierno democrático.

¿Pero acaso no era también cierto que él necesitaba ser rey? La monarquía siempre había sido su salvación, además de su carga.

Y por ella había obligado a Luisa a formar parte de su mundo.

Quería creer que conseguiría sentirse realizada a su lado. Sabía que podía ser una buena consorte, aunque no fuese en la manera tradicional.

¿Podría llegar a ser feliz allí?

Si había pensado que estaría esperándolo con los brazos abiertos para darle la bienvenida a palacio, se había equivocado. En su lugar, vio a Lukas en las escaleras.

–Bienvenido, Su Alteza. Y enhorabuena por los resultados de las negociaciones.

Raul sonrió.

–Gracias, Lukas. Espero que por fin tengamos paz.

Miró a su alrededor, pero no había ni rastro de Luisa.

–Su Alteza no tardará en llegar –le dijo Lukas, entrando junto con Raul en el palacio.

Era tan grande y sombrío como Raul recordaba.

Se estremeció al pensar en Luisa allí de adolescente.

–El chambelán ha solicitado una audiencia –le comunicó Lukas.

Raul dejó de andar.

–Seguro que quiere tenerla con mi esposa. Este lugar le pertenece a ella.

A juzgar por la expresión de Lukas, iba a haber problemas. Raul suspiró. En esos momentos, lo único que quería era volver a tener a su esposa en la cama.

–¡Raul! –exclamó Luisa, deteniéndose en la puerta de su habitación.

Había planeado llegar antes y arreglarse para recibirlo.

Pero fue verlo y perdió el control. Se le aceleró el corazón.

Había estado muy ocupada en los últimos días, pero lo había echado de menos. Más de lo esperado.

Si las cosas hubiesen sido distintas, habría corrido hasta él y le habría dado un beso en los labios. Él la habría abrazado y...

Pero le bastó con ver su fría expresión para dejar de soñar.

–Luisa –contestó Raul, inclinando la cabeza, sin acercarse–. ¿Cómo estás?

–Bien, gracias. ¿Qué tal el viaje?

–Excelente. Aunque acababa de llegar cuando ha venido a verme tu chambelán.

Luisa frunció el ceño. Por eso estaba Raul tan serio. Era evidente que el chambelán se había quejado.

–Ya veo –le dijo ella, respirando hondo.

Suponía que había roto todo tipo de normas. Y, en esos momentos, tenía que asumir las consecuencias.

Cerró la puerta y entró en la habitación. Le hizo un gesto a Raul para que se sentase en un sillón, pero él lo ignoró.

–Está muy preocupado –dijo.

–Seguro que sí. ¿Con qué ha empezado? ¿Con la propuesta de utilizar los salones para eventos públicos?

Raul negó con la cabeza y frunció el ceño.

–No, lo primero que me ha dicho ha sido que quieres convertir los aposentos del príncipe en un museo.

Luisa levantó la barbilla.

–Yo no voy a utilizarlos jamás, así que así, al menos, se les dará algún uso. Yo prefiero quedarme aquí cuando venga de visita. La pomposidad de las habitaciones de mi abuelo es excesiva para mí.

–Para nosotros –la corrigió Raul.

–¿Perdona?

–En el futuro, vendremos juntos.

–¿Y qué más le ha parecido mal? –le preguntó Luisa, para terminar con aquello cuanto antes.

–Me ha traído toda una lista. Le preocupaban los planes de habilitar una zona de juego para niños en el ala este.

Luisa apretó los labios.

–El lugar es perfecto y muy accesible desde la plaza principal. Tal vez no lo sepas, pero en esta zona de la ciudad casi no hay sitio para que se reúnan los niños. No tiene nada que ver con el centro de Maritz.

–¿Y la escuela de cocina?

Luisa puso los brazos en jarras.

–He visto que había estudiantes visitando las viejas cocinas. Al parecer, se han quedado sin clases debido a un incendio y el chef del palacio les había ofrecido que utilizasen temporalmente las cocinas de aquí –le explicó–. Es perfecto. Y dado que yo no voy a vivir aquí permanentemente, no tienen que preocuparse por los banquetes reales.

–¿Y lo mismo con el taller?

Ella lo miró fijamente.

–¿Eso cómo lo sabes?

Raul se acercó a ella con los ojos brillantes y Luisa sintió calor.

Él le acarició la mejilla y Luisa se estremeció. No quería que la distrajese.

–Lo he adivinado –respondió.

Luisa se humedeció los labios. Lo tenía tan cerca que podía sentir el calor de su cuerpo.

–Estaba visitando las instalaciones y he coincidido también con un grupo de profesores.

–Ya veo. ¿Ha sido como cuando coincidiste con la vaca?

Luisa se ruborizó. No había vuelto a leer el periódico desde entonces.

–Formó parte de la recepción oficial. Lukas me dijo que, con la vaca adornada con guirnaldas, la población local me estaba dando la bienvenida. ¡No pude negarme!

–¿Pero de verdad tenías que ordeñarla?

Ella se encogió de hombros.

–Está bien, tal vez no debiera haberlo hecho. Sé que una princesa de verdad no lo habría hecho, pero yo estaba acostumbrada a hacerlo en la granja y, de repente, me ofrecieron un taburete y un cubo y... ¡Tú me obligaste a hacer esto! Ahora no te quejes. Lo estoy intentando. Y... aunque estoy dispuesta a escuchar sugerencias, al fin y al cabo, la que manda en el palacio soy yo. ¡Y nadie más!

–Eso mismo le he dicho a tu chambelán.

–¿Qué? –preguntó Luisa perpleja.

–Que no soporto que me moleste un criado con aires de grandeza que se atreve a hablar mal de su jefe a sus espaldas. Y estoy furioso.

Luisa se preparó.

–Estoy furioso porque no he podido despedirlo en ese momento. Es tu empleado y le preocupa más su propio prestigio que hacer bien su trabajo.

–¿Raul?

Luisa se dio cuenta entonces de que Raul acababa de agarrarla por la cintura. Y aquello fue como revivir las pesadillas que había estado teniendo desde que había llegado allí.

–Debes tomar tú la decisión, Luisa, pero deberías plantearte buscar a alguien mejor. A alguien que quiera trabajar a tu lado, no boicotear tus planes.

–Entonces, ¿no te importa lo que he hecho? –le preguntó ella.

–¿Por qué iba a importarme? Me gusta que escuches a tu pueblo. Y estoy muy orgulloso de lo que has hecho en tan poco tiempo.

Y ella notó que se derretía entre sus brazos. Apoyó una mano en su pecho y él la abrazó más.

–Lo que sí quiero que me cuentes, es lo que te dijo el alcalde cuando le diste el cubo lleno de leche recién ordeñada –añadió Raul, conteniendo la risa.

–Se quedó muy impresionado y me dijo que tenía talentos ocultos.

Raul sonrió, y luego se echó a reír por fin.

Luisa se relajó y rió también.

Era feliz.

Capítulo 12

AQUELLA FELICIDAD se mantuvo y según fueron pasando las semanas, Luisa fue sintiéndose más contenta. Pensó que podría llegar a ser feliz en Maritz.

Y con Raul, al que deseaba conocer mejor.

Él era un hombre solitario, pero poco a poco se iba abriendo con ella y la iba sorprendiendo con su humor.

Luisa lo vio trabajar día y noche por su pueblo, vio cómo respondía la gente ante él, y supo que era el hombre adecuado para el puesto.

No obstante, y a pesar de que él la apoyaba e intentaba ayudarla con sus obligaciones reales, Luisa no conseguía olvidar que no era la esposa que él había escogido.

Le dolía porque, aunque Raul intentaba que se sintiese bien, teniendo en cuenta que el suyo era un matrimonio de conveniencia, ella había hecho algo inconcebible.

Se había enamorado.

Y, a pesar del dolor, también era feliz. Porque el amor era una emoción enorme, capaz de vencer los miedos que la asaltaban.

Tenía que haber un modo de hacer funcionar

aquel matrimonio. De hacer que Raul sintiese por ella lo que ella sentía por él.

–¿Estás sola, Luisa?

La voz de Raul la sobresaltó. Deseó correr a abrazarlo. Declararle su amor y pedirle que la amase él también.

Ojalá fucse tan fácil.

Se quedó donde estaba e intentó no delatarse.

–Acabo de terminar la clase de lengua y estaba intentando leer el periódico –le contestó–. He visto una fotografía tuya, pero no entiendo todo el artículo.

Él se acercó y Luisa sintió su calor.

–¿Por qué no intentas leer algo más fácil? –le preguntó, inclinándose.

Luisa cerró los ojos y deseó que Raul se olvidase del periódico y la abrazase.

–¿Luisa?

Ella abrió los ojos.

–¿De qué trata el artículo? –preguntó por fin–. He entendido algo de un conflicto armado. Y de un complot. De un golpe de estado. ¿Qué significa esta palabra?

Raul se puso tenso, dudó antes de contestar.

–Asesinato.

Luisa se giró y lo miró con los ojos muy abiertos.

–¿A quién querían asesinar? –le preguntó.

–Al gabinete.

–¿Y al príncipe? ¿Querían matarte a ti también?

Él no lo negó, se encogió de hombros.

–No te preocupes, Luisa, de eso hace varias semanas, fue cuando estuviste en Ardissia.

–No me lo contaste.

–No tienes nada que temer –le aseguró él, acariciándole los brazos–. De verdad.

–¿Crees que estoy preocupada por mi seguridad?

–En cuanto sea coronado y el parlamento vuelva a reunirse, todo volverá a la normalidad. Es mejor que leas algo más sencillo.

Luisa sintió que se le hacía un nudo en el estómago. La vida de Raul había estado en peligro y él no se lo había contado.

Era el hombre al que amaba, era fuerte, competente, cariñoso y tierno, pero no conseguía acercarse a él.

¿Cómo reaccionaría si le contaba que sospechaba que estaba embarazada?

Capítulo 13

POR AQUÍ, Su Alteza.

Raul siguió al diseñador de jardines que le iba contado la cantidad de ventajas que tenía el lugar que Luisa quería convertir en un parque público.

Era otro de sus proyectos y ella se había encargado de hacerlo todo. Raul admiraba lo práctica que era y la energía y las ganas que tenía de mejorar las cosas.

¿Quién habría pensado que una granjera iba a convertirse en una mujer de tanto éxito? Era un soplo de aire fresco, se saltaba el protocolo con una sonrisa, pero tenía el suficiente sentido común como para saber cuándo debía respetar las tradiciones.

El pueblo la adoraba y su supuesta historia de amor había hecho que se olvidasen las dificultades políticas del momento.

Raul y el diseñador se acercaron a un grupo de personas que había en el centro del terreno. Allí estaba Luisa, vestida de manera informal, pero elegante. Él contuvo una sonrisa al ver a varias chicas vestidas casi igual que ella.

Su esposa estaba empezando a crear estilo. Siguió estudiándola con la mirada y se dio cuenta de que quizás estuviese demasiado pálida y su sonrisa no fuese tan expresiva como otras veces.

Raul intentó no fruncir el ceño. Se preguntó si no estaría cambiando y estaría dejando de ser la Luisa abierta, sincera y exuberante para convertirse en una mujer más fría y distante.

Entonces se le hizo un nudo en el estómago. No, no era posible. Luisa no era Ana, pero, aun así, Raul no pudo evitar tener un mal presentimiento.

−¿Va todo bien?

Luisa, que había estado despidiéndose de la gente, se giró hacia Raul, que estaba sentado a su lado en la limusina. Su cuerpo la traicionó. No podía resistirse a él, aunque supiese que su amor no era correspondido. Además, últimamente, cuando más intentaba distanciarse de él, más se empeñaba Raul en invadir su espacio.

En esos momentos, no le brillaban los ojos, tenía el ceño fruncido.

−Por supuesto que va todo bien −mintió ella, haciendo un esfucrzo por sonreír.

Estaba desesperada. No sólo le había entregado su corazón a un hombre que no podía amarla, sino que, además, era posible que estuviese embarazada de él.

Y estaba hecha un lío. Por un lado, le emocionaba la idea de tener un hijo suyo, pero por otro le daba miedo llevar un hijo a aquella familia.

En cualquier caso, no podía echar la culpa de

nada a Raul, con su pasado, era normal que no quisiera sentir determinadas emociones. ¡Tal vez ni siquiera creyese en el amor!

Y también entendía que antepusiese la dedica-
ción por su país a todo lo demás.

–¿Luisa?

–¿Sí? ¿Qué te ha parecido el sitio? Tiene poten-
cial, ¿no crees? Y el pueblo está entusiasmado con
la idea –balbució ella.

–El sitio es estupendo..., pero no te veo tan ilu-
sionada como de costumbre.

–Pensé que las princesas no debían mostrarse
ilusionadas. El proyecto va bien, ¿no?

–Muy bien. Deberías estar contenta.

–Y lo estoy. Los voluntarios han trabajado muy
duro.

–Tú también. ¿No te habrás excedido?

Fue entonces cuando Luisa lo decidió. Llevaba
varios días pensando en volver a casa a ver a Sam
y a Mary. En esos momentos, necesitaba su cariño y
su apoyo incondicional. Al mismo tiempo, aprove-
charía para pasarse por el médico, algo que no podría hacer allí sin levantar sospechas.

Necesitaba tiempo y espacio para acostumbrarse
a los cambios que había sufrido su vida. Iría en
cuanto pasase la coronación.

–Por supuesto que no me he excedido. Me encuentro tan bien como siempre.

Raul tomó sus manos y Luisa se tranquilizó por
un momento. Tal vez, después de todo...

–Es sólo que... no pareces tú.

Raul apartó la mano y ella echó de menos su calor.

La reunión de Raul había sido interminable. Se había pasado todo el tiempo mirándose el reloj.

Al menos habían conseguido fijar la fecha de la coronación para la semana siguiente.

No obstante, no conseguía concentrarse. Esa mañana, al despertarse, Luisa había vuelto a marcharse sin decirle nada, cosa que estaba empezando a preocuparle.

Le gustaba despertarse con ella a su lado, le hacía sentirse bien. Relajado. Contento.

Era extraño. En el pasado siempre había preferido dormir solo, pero había muchas cosas insólitas en su matrimonio.

Cómo la manera en que miraba a Luisa. Era una mujer radiante y atractiva, aunque no tan guapa como otras con las que había estado. Se pasaba el día observándola. Sonreía cuando la veía sonreír. Disfrutaba viéndola interactuar con otras personas y también hablando con ella.

Raul se asomó al despacho de su secretario antes de marcharse.

–Déjame libre la quincena después de mi coronación –le dijo a la administrativa.

Estaba decidido a pasar más tiempo con Luisa, a darle la luna de miel que no habían podido tener.

–Sí, señor –le respondió ésta.

–Y deja también libre la agenda de mi esposa. Yo hablaré con ella al respecto.

–Lo siento, señor –le dijo la muchacha–, pero la princesa tiene reservado un vuelo para el día después de la coronación.

–¿Un vuelo? Debe de ser un error.

–No, señor. Lo he reservado yo misma hace sólo unas horas.

Raul sintió curiosidad. Se acercó al ordenador.

–Enséñamelo.

Y vio la reserva de un vuelo de ida a Sydney.

–Está bien. Hablaré con ella.

Y se marchó de allí preocupado.

Luisa quería ir a Sydney. Sola. Tal vez no soportase seguir allí, quizás no lo hubiese perdonado por haberla llevado a Maritz y pensaba abandonarlo para siempre.

Aceleró el paso.

Tenía que haber una explicación.

Al llegar delante de la puerta de su habitación, llamó y esperó.

Luisa no contestó, a pesar de que se suponía que se había marchado a descansar a su habitación una hora antes.

Volvió a llamar y abrió la puerta. Tal vez estuviese profundamente dormida.

Entonces, vio algo que lo dejó helado.

Luisa y Lukas.

Ella iba vestida con una camiseta y una falda, y tenía los brazos sobre los hombros de Lukas. Lukas, su hombre de confianza, la tenía agarrada por la cintura.

Raul sintió náuseas y un horrible dolor en el pecho.

La pareja lo miró y Raul no pudo evitar recordar a Ana con su padre. Al sorprenderlos saliendo de la habitación de su padre, ella se había ruborizado y había apartado la vista y su padre se había entretenido poniéndose los gemelos.

Había sido el comienzo de la traición.

Raul respiró hondo e intentó pensar con claridad.

Aquéllos eran Luisa y Lukas. No Ana y su padre.

Raul vio que Luisa se ponía pálida.

—Su Alteza —dijo Lukas—. Sé que esto debe parecerle...

Él levantó la mano para hacerlo callar. Era con Luisa con quien quería hablar.

—Déjanos a solas, Lukas.

Pero éste no se movió, miró a Luisa, que parecía nerviosa.

—Márchate, Lukas —le susurró ésta—. No va a pasar nada.

Lukas se marchó por fin y Raul oyó cómo se cerraba la puerta tras de él.

Luisa seguía sin mirarlo a los ojos.

—No es lo que piensas —le dijo ésta por fin.

—No sabes lo que estoy pensando —contestó él, contrariado.

Aquélla era Luisa, y se negaba a pensar mal de ella. No podía hacerlo.

Luisa se alejó sin mirarlo. Y Raul sintió miedo.

—Me estaba ayudando —empezó ella.

—Continúa.

—Me estaba enseñando a bailar.

—¿Perdona?

–Me estaba enseñando a bailar el vals para el día de la coronación –le explicó Luisa, mirándolo por fin a los ojos–. No quería avergonzarte en tu gran día.

Raul frunció el ceño.

–Podías habérmelo pedido a mí –le dijo.

–¿Y que te dieses cuenta de que hay otra cosa más que no sé hacer? No sabes lo duro que es, intentar hacerlo todo bien, aprender el protocolo, las costumbres, el idioma... Y aun así cometo muchos errores. Además... Es tan fácil, que me daba vergüenza no saber hacerlo.

–Me da igual que no sepas bailar –le contestó Raul–. ¿Crees que me importa? ¡Es absurdo!

–¿Absurdo?

Raul deseó abrazarla, pero la vio tan tensa que pensó que no era el momento adecuado.

–Lo que es absurdo es casarse con alguien a quien no conoces. Entregarte a alguien a quien jamás le importarás. Que jamás te querrá porque todavía no ha superado el daño que le hicieron hace muchos años.

Aquello dejó a Raul sin habla. No podía dar crédito a lo que acababa de oír. ¿Luisa pensaba que no había superado lo de Ana?

–¡Eso no es verdad!

–¿Sabes cómo me siento, sabiendo que, si hubieses podido elegir, jamás te habrías casado conmigo? –inquirió ella.

Raul se metió las manos temblorosas en los bolsillos para no tocarla.

–¿Es por eso por lo que te marchas a Sydney el día después de la coronación?

–¿Cómo lo sabes?

–Me he enterado por casualidad. ¿Hay alguna emergencia en tu familia?

Ella negó con la cabeza.

–Quería ir a casa –contestó, con la voz quebrada.

–Ésta es tu casa –le dijo él emocionado.

–Necesito tiempo. Necesito estar lejos de aquí. Lejos de él.

A Raul se le hizo un nudo en el pecho. Había tenido la esperanza de conseguir que Luisa fuese feliz a su lado. Creía que habían empezado a compartir algo especial.

–Vas a tener tu coronación. Era lo que querías –añadió ella.

Pero él pensó que la corona, e incluso su país, no significaban nada sin Luisa.

Se preguntó si ya la había perdido para siempre. Se negaba a aceptar esa posibilidad.

–No puedes marcharte el día después de la coronación. Al menos, pospón un poco el viaje.

En ese momento, el teléfono móvil de Raul empezó a sonar. Él se metió la mano en el bolsillo y lo apagó.

–Es tu línea privada. Debe de ser importante –comentó Luisa.

–Esto es importante.

Entonces sonó el teléfono de la habitación de Luisa y ella respondió al instante.

–Es para ti –le dijo–. El asesor legal del gobierno quiere hablar contigo.

Raul dudó. Tenía que hablar con Luisa, pero sus

abogados tenían entre manos algo que, probablemente, lo ayudase con ella.

Así que aceptó el teléfono.

Luisa observó a Raul mientras éste escuchaba las
noticias del abogado.

—Tengo que marcharme —le dijo él poco después.

Ella se limitó a asentir. Siempre había algo más
importante que su matrimonio.

—Luisa, ¿me has oído?

—¿Perdona?

—He dicho que tenemos que terminar esta conversación. Volveré en cuanto pueda.

Ella volvió a asentir. Acababa de perder toda esperanza en que su matrimonio pudiese funcionar.

Capítulo 14

GRACIAS a todo el mundo –dijo Raul, saliendo de la sala de reuniones con un pergamino en la mano, satisfecho por el importante cambio que acababa de conseguir.

Era su última oportunidad para convencer a Luisa de que se quedase.

Se preguntó si de verdad sería capaz de hacerla feliz y sintió terror al imaginarse la vida sin ella.

Al pensar que no volvería a abrazarla. Y que no tendría la oportunidad de decirle lo que sentía.

Luisa se despertó muy despacio e intentó aferrarse al maravilloso sueño que acababa de tener.

Después de horas yendo y viniendo por su habitación, se había tumbado en la cama y se había dormido.

De repente, sintió náuseas e intentó levantarse, pero no pudo porque tenía a Raul abrazado a su cuerpo.

–¡Raul! –exclamó.

¿Qué estaba haciendo allí? ¿Cuándo...?

Volvió a sentir las ganas de vomitar y se sentó en la cama.

–¡Luisa! ¿Qué te pasa?

Ella corrió hasta el baño y vomitó. Le temblaban las piernas y estuvo a punto de caerse al suelo, pero un brazo fuerte la sujetó. Notó el cuerpo caliente de Raul a su espalda.

Poco después, la estaba ayudando a sentarse y le ponía una toalla húmeda en la frente.

—Bebe un poco —le dijo, acercándolc un vaso de agua a los labios.

A ella se le llenaron los ojos de lágrimas.

—Estás enferma. Voy a llamar al médico —le dijo Raul muy serio.

—No, no estoy enferma. Lo que me ocurre es normal.

Raul arqueó las cejas.

Luisa había pretendido decírselo, pero no así.

—Por favor, déjame sola —le pidió—. Necesito refrescarme.

Y él se marchó del baño sin articular palabra.

Cuando por fin salió, Raul estaba esperándola. Para su sorpresa, nada más verla la tomó en brazos.

—Puedo andar —protestó ella con la boca pequeña.

Raul la llevó a la cama, la tapó y buscó algo que había en la mesita de noche.

—Prueba a comer esto —le sugirió, ofreciéndole un plato de galletas saladas que debía de haber pedido mientras ella estaba en el baño.

—No estoy inválida —dijo ella.

—No, estás embarazada.

—Eso creo. Y si es así, es tuyo —le aseguró mirándolo a los ojos—. Esto no tiene nada que ver con Lukas.

Raul le apartó un mechón de pelo de la frente.

Ella contuvo la respiración ante la ternura del gesto. Se dijo a sí misma que era una tonta.

–¿Has ido al médico? –quiso saber Raul.

–No. Es demasiado pronto.

Luisa estaba segura de que se había quedado embarazada en su noche de bodas.

–¿De verdad que nunca has pensado que...?

–¿Qué estabas teniendo una aventura con mi secretario? –la interrumpió él–. Admito que no me gustó verte entre sus brazos, pero te conozco y sé que jamás me harías algo así. Ni Lukas tampoco. Llevamos años trabajando juntos.

–Yo pensé que, después de lo de Ana...

–Olvídate de Ana. Estamos hablando de ti y de mí, Luisa. Y de nadie más. Luisa, quiero que te quedes aquí. No te marches a Sydney.

A ella empezaron a temblarle las manos. ¡Raul creía en ella! ¡Quería que estuviese allí!

Tardó un momento en darse cuenta del motivo y se sintió desilusionada.

–¡Por el bebé! Quieres un heredero.

–Por supuesto que quiero estar con el bebé, y contigo.

Luisa sacudió la cabeza. Le dolía tanto el corazón, que estuvo a punto de gritar.

–Por favor, déjame marchar –le suplicó–. Lo nuestro no funcionará.

Él la miró fijamente y luego, se giró y se pasó una mano por el pelo.

Luisa no pudo creer lo que estaba viendo. Raul estaba temblando.

–¿Raul? ¿Qué te pasa? –le preguntó asustada.

–No puedo... –empezó él con la cabeza agachada.

Luisa lo agarró del brazo y lo obligó a mirarla.

–Dime qué te pasa, por favor, dímelo.

–Que no puedo perderte, Luisa –le dijo él en un susurro, angustiado–. No puedo dejarte marchar. Necesito cuidar de ti. De ti y del bebé.

Luisa lo miró aturdida.

–Llegaremos a un acuerdo –le aseguró, por mucho que le doliese la idea.

–Yo no quiero un acuerdo. Quiero tener a mi esposa y a mi hijo conmigo. Aquí.

Entonces tomó un pergamino que había a los pies de la cama.

–Esto te demostrará cuánto deseo que estés aquí.

Luisa intentó leer el documento.

–No lo entiendo. ¿Qué dice? –le preguntó muy nerviosa.

–Autoriza un cambio en la sucesión a partir del día de mi coronación. Del día en que tú te conviertas en reina.

–Eso no es ningún cambio.

–Serás reina, no consorte. Serás igual que yo y gobernaremos juntos –le explicó él–. ¿De qué otra manera puedo demostrarte lo que significas para mí? ¿Cuánto te necesito y confío en ti?

Ella abrió mucho los ojos.

–¡No puedes hacer eso! Yo no... no tengo experiencia. No sabría qué hacer.

Él le agarró las manos con fuerza.

–Aprenderás. Yo te enseñaré. Eres capaz, sincera y cariñosa. Serás una reina perfecta. Para mi país. Para mí. Para nuestro hijo.

–Pero romperé todas las normas.

–Nuestro pueblo ya te quiere y te respeta porque sabe que te preocupas por él. Y a mí me has cambiado la vida y me has enseñado a tener esperanza.

Luisa se quedó confundida. Todo aquello era demasiado difícil de asimilar.

–¿Puedes perdonarme, quedarte conmigo y darme otra oportunidad, Luisa?

Ella tragó saliva antes de contestar.

–No se trata de perdonar el pasado, sino del futuro. Yo quiero un matrimonio de verdad. Una familia feliz. Quiero que mi hijo disfrute siendo niño, que tenga unos padres que lo quieran. Quiero...

–Amor –terminó Raul en su lugar–. Confianza y respeto. Y lo mereces, Luisa. Eso es lo que quiero darte. Si me das una oportunidad para intentarlo. Te quiero.

Aturdida, Luisa lo miró a los ojos.

–No es posible –susurró.

–Es cierto.

Ella negó con la cabeza.

–Me he sentido muy culpable por cómo te traje aquí y te obligué a casarte conmigo –le confesó él–. Y confuso al darme cuenta de que me estaba enamorando de una mujer que sólo tenía motivos para odiarme.

–No te odio –le dijo ella.

–¿De verdad que no? Luisa, no puedo dejarte marchar. Quiero luchar por ti.

–Dímelo otra vez –murmuró ella–. Dime que me quieres.

–Te quiero, Luisa. Y quiero estar siempre contigo. Compartirlo todo contigo. Enseñarte a bailar y lo que haga falta a cambio de que tú compartas conmigo tu cariño y tus risas.

Luisa respiró hondo.

—¡Oh, Raul! —exclamó emocionada—. Yo también te quiero, pero nunca pensé...

Intentó contener las lágrimas.

—¿De verdad? —le preguntó él.

—De verdad. Te amo desesperadamente.

—¡Mi amor! No llores, no quería hacerte llorar. Sólo quiero hacerte feliz. Siempre.

—Y me haces feliz. He sido feliz desde que estoy contigo.

Luisa vio duda y miedo en el rostro de Raul.

—Cometeré errores —le dijo él—. Todo esto es nuevo para mí. Es la primera vez que siento algo así.

Luisa le puso la mano en los labios para que dejase de hablar.

—Lo intentaremos juntos —le dijo, embriagada de emoción.

Raul la abrazó, la besó en el cuello, en las mejillas, como si fuese lo más importante del mundo.

Ella lo agarró por la barbilla y le dio un beso en los labios. Él respondió al instante, devorándola. Como si fuese la primera vez que se besaban.

Sí era la primera vez que se besaban así.

Cuando por fin se separaron, Luisa se sintió completamente feliz.

—No puedo creerme que sea verdad.

Él la miró con los ojos brillantes.

—Deja que te demuestre que lo es, cariño mío —le dijo, tomándola de nuevo entre sus brazos.

Epílogo

EL SALÓN de baile y el jardín estaban repletos de gente. Todos aplaudían y aclamaban a sus nuevos monarcas: el rey Raul y la reina Luisa.

A ella se le puso la piel de gallina cuando oyó que coreaban sus nombres.

Llevaba una delicada diadema de oro y diamantes en la cabeza y un orbe medieval en la mano. Raul, que estaba sentado a su lado, sujetaba el cetro de oro.

Era real. La ceremonia, la multitud, pero, sobre todo, el amor de Raul.

Éste tomó su mano y le dio un beso. Luisa se excitó al instante.

Él sonrió con malicia, como si le hubiese leído el pensamiento.

Luisa miró hacia donde estaba Lukas, junto a Sasha, su nueva secretaria. Le dio la sensación de que se daban la mano. También estaban allí Tamsin y Alaric, sonriendo de oreja a oreja. Y Mary y Sam en primera fila, como si el hecho de que se hubiese casado con un rey fuese lo más normal del mundo.

Ella sacudió la cabeza maravillada.

—¿Estás preparada, cariño?

Raul se incorporó y la ayudó a ponerse en pie.

–Más preparada que nunca –respondió ella.

–Vas a hacerlo muy bien –le susurró Raul al oído mientras la tomaba entre sus brazos–. Si hay algún problema, será culpa de tu profesor.

Ella lo miró a los ojos, que le brillaban de amor, y empezaron a bailar el vals. Estaba en brazos del hombre al que amaba. Estaba en su hogar.

BIANCA™

CATHY WILLIAMS
TEMOR
A AMAR

HARLEQUIN™

Capítulo 1

H E LLAMADO hace cinco minutos, pero no contestabas al teléfono —Luc Laughton levantó la manga de su chaqueta para mirar el reloj—. No me gusta tener que vigilar a mis empleados, Agatha. Pago muy buenos sueldos a la gente que trabaja para mí y espero recibir una compensación.

—Lo siento mucho, es que estaba en el archivo —intentó disculparse ella.

Luc miró con desdén el grueso abrigo gris que parecía haber comprado en algún mercadillo. Y, conociéndola como la conocía, se vio obligado a admitir que había muchas posibilidades de que así fuera.

Agatha intentaba disimular su indignación. Por supuesto que había oído sonar el teléfono. Y, por supuesto, sabía que debería haber contestado, pero tenía prisa y estaba cansada de hacer horas extras. Eran las seis menos cuarto, de modo que no había salido corriendo de la oficina a las cinco, como muchos de sus compañeros.

—Que estés aquí porque mi madre me pidió que te diese trabajo —siguió Luc, con ese tono implacable que lo hacía tan temido en el mundo de las altas finanzas— no significa que puedas hacer lo que te dé la gana.

–Son las seis menos cuarto, de modo que está claro que no hago lo que me da la gana –protestó ella.

Pero cuando miraba a Luc Laughton su corazón se volvía loco. Había sido así desde que tenía trece años y él dieciocho, a punto de convertirse en un hombre tan atractivo que todas las mujeres se volvían para mirarlo.

¿Cómo no iba a estar loca por él? Todas las chicas del pueblo estaban enamoradas de Luc Laughton, aunque él no parecía darse cuenta. Era el niño rico que vivía en la mansión en la colina y su educación en un exclusivo internado le había dado esa seguridad en sí mismo que para Agatha era tan aterradora y tan excitante al mismo tiempo.

–Pero si es algo importante, imagino que puedo quedarme un rato más...

Luc se apoyó en el quicio de la puerta, suspirando. Había sabido desde el principio cómo iba a terminar ese favor, ¿pero qué otra cosa podía hacer?

Seis años antes, su padre había muerto de manera inesperada, dejando tras él un completo desastre económico para la familia. Su padre era un hombre encantador, pero mientras él se dedicaba a jugar al golf para entretener a los clientes, su indeseable director financiero se había dedicado a estafarle grandes sumas de dinero.

Luc estaba a punto de ir a Harvard para hacer un máster en Economía, pero como la fortuna familiar desaparecía a la velocidad del rayo había tenido que volver a Yorkshire para enfrentarse con una madre destrozada y una casa que ya no les pertenecía a ellos sino a los acreedores.

Danielle, su madre, se había ido a vivir con el vicario y su mujer, que habían cuidado de ella durante un año, hasta que pudo alquilar una casita a las afueras del pueblo. Mientras tanto, Luc había tenido que abandonar sus planes de hacer estudios de postgrado y dedicarse a recuperar lo que habían perdido.

Y cuando ocho meses antes su madre le había dicho que Agatha Havers, la hija del vicario, necesitaba un puesto de trabajo, Luc no había tenido más remedio que buscarle un sitio en la oficina. El vicario y su mujer habían ayudado muchísimo a su madre en el momento que más lo necesitaba y, gracias a ellos, Luc se había sentido libre para iniciar una meteórica carrera profesional con la que apenas cuatro años después recuperaría la mansión familiar.

Pero en aquel rascacielos de acero y metal, Agatha Havers estaba claramente fuera de su elemento. La hija del vicario de una pequeña parroquia de pueblo, entrenada exclusivamente en labores de jardinería, no encontraba su sitio en aquel mundo de adquisiciones y fusiones empresariales.

—¿Helen se ha ido?

Helen era su ayudante personal y Agatha se compadecía de ella porque Luc era un jefe muy estricto. Se echaría a temblar si tuviese que trabajar con él a todas horas.

—Sí, se ha ido, pero eso no importa. Necesito que reúnas información sobre el tema Garsi y compruebes que todos los documentos legales están ordenados. Es un asunto muy importante y necesito que todo el mundo colabore.

—¿Y no prefieres a alguien con más experiencia? —se aventuró a preguntar Agatha.

Incapaz de seguir mirando la alfombra, se atrevió a levantar la mirada y, de inmediato, sintió como si todo el oxígeno hubiera desaparecido de sus pulmones. Luc había heredado la complexión cetrina y el pelo oscuro de su madre y los ojos verdes de su padre, un hombre inglés de porte aristocrático. Y entre los dos habían creado un hijo extraordinariamente atractivo.

–No te estoy pidiendo que firmes el acuerdo, Agatha.

–Ya lo sé, pero aún no se me dan tan bien los ordenadores como...

–¿A los demás empleados? –terminó Luc la frase por ella–. Has tenido ocho meses para acostumbrarte al trabajo que se hace aquí y, según tengo entendido, hiciste un curso de informática.

Agatha se puso a temblar al recordar ese curso. Después de que la despidieran del invernadero en Yorkshire, había pasado tres meses en casa con su madre y, aunque Edith era una persona encantadora, sabía que empezaba a impacientarse.

–No puedes pasarte el día en el jardín, cariño –le había dicho–. Me encanta tenerte aquí, especialmente desde que murió tu padre, pero necesitas un trabajo. Si no encuentras nada aquí, tal vez deberías buscarlo en Londres. He hablado con Danielle, la madre de Luc, y me ha dicho que tal vez podría encontrar un puesto para ti en su empresa. No sé muy bien a qué se dedica, pero tiene una empresa muy importante. Lo único que tendrías que hacer es un curso de informática...

La mayoría de los chicos de diez años sabían más de ordenadores que ella. Nunca habían tenido ordenadores en la vicaría, de modo que para Agatha no eran juguetes, sino enemigos en potencia, dispuestos a comérsela si apretaba el botón equivocado.

–Sí, es cierto –asintió por fin–. Pero la verdad es que no se me daba muy bien.

–No llegarás a nada si te convences a ti misma de que vas a fracasar –dijo Luc–. Te estoy dando la oportunidad de salir del archivo y hacer algo más importante.

–No me importa trabajar en el archivo. Sé que es aburrido, pero alguien tiene que hacerlo y yo no esperaba...

–¿Pasarlo bien en el trabajo? –la interrumpió él, impaciente.

Agatha era tímida como un ratoncillo y eso lo sacaba de quicio. La recordaba de niña, escondiéndose por las esquinas, demasiado nerviosa como para mantener una conversación normal con él. Aparentemente, no tenía ese problema con los demás, o eso decía su madre, pero Luc tenía sus dudas.

–¿Y bien?

–Creo que no estoy hecha para este tipo de trabajo –tuvo que admitir Agatha–. Te agradezco muchísimo la oportunidad que me has dado...

O al menos la oportunidad de ocupar un despacho del tamaño de un armario en la última planta del edificio desde el que escribía alguna carta ocasional y recibía órdenes para archivar cientos de papeles.

Aunque sobre todo se dedicaba a llevar su ropa a la tintorería, a comprobar que la nevera de su ático en el lujoso barrio de Belgravia estaba llena y a despedir a sus numerosas amantes con un regalo, que iba desde un ramo de flores a un collar de diamantes; un trabajo que le había encargado Helen. En esos ocho meses, cinco exóticas supermodelos habían recibido el regalo que significaba: «hasta nunca».

–Sé que no tuviste más remedio que buscar un puesto para mí.

–Así es –asintió Luc. Sabía que no estaba siendo muy simpático, pero tampoco iba a mentir.

–Danielle y mi madre pueden ser muy pesadas cuando quieren algo –se lamentó ella.

–¿Por qué no te sientas un momento? Debería haber hablado antes contigo, pero ya sabes que nunca tengo mucho tiempo.

–Sí, lo sé –nerviosa, Agatha se sentó tras el escritorio mientras Luc se apoyaba en él y cruzaba los brazos sobre el pecho.

–¿Por qué lo sabes?

–Tu madre siempre dice que estás tan ocupado que nunca tienes tiempo de ir a verla.

–¿Estás diciendo que os sentáis como las tres brujas de *Macbeth* para hablar de mí?

–¡No, claro que no!

–¿No tenías nada mejor que hacer en el pueblo?

–Pues claro que tenía cosas que hacer –respondió Agatha. O al menos las tenía hasta que la despidieron del invernadero. ¿O estaba hablando de su vida social?, se preguntó–. Tengo muchos amigos y me encantaba vivir allí. No todo el mundo piensa que lo más importante es marcharse a Londres para hacer una fortuna.

–Menos mal que yo lo hice, ¿no? En caso de que lo hayas olvidado, hasta hace poco mi madre estaba viviendo en una casita de dos habitaciones con el papel pintado cayéndose a pedazos. Supongo que estarás de acuerdo en que alguien tenía que recuperar la fortuna familiar.

–Sí, claro.

Durante unos segundos, sus ojos se encontraron, el azul claro de ella con el verde profundo de él. Luc Laughton estaría siempre fuera de su alcance, tuvo que reconocer Agatha.

–Gracias a mi trabajo, mi madre puede disfrutar del estilo de vida al que está acostumbrada. Mi padre cometió muchos errores en el aspecto económico y, afortunadamente, yo he aprendido de esos errores. La lección número uno es que no se consigue nada sin trabajar. Pero si no disfrutas de tu trabajo tanto como te gustaría, es culpa tuya. Intenta verlo como algo más que un pasatiempo hasta que encuentres otro trabajo en el mundo de la jardinería.

–No estoy buscando un trabajo de jardinería –dijo Agatha.

En realidad, no había ninguno en Londres, había buscado.

–Entonces intenta integrarte en la oficina. No quiero que te ofendas por lo que voy a decir...

–¡Pues no lo digas! –lo interrumpió ella, implorándole con sus ojos azules.

Agatha sabía que Luc podía ser cruel con los demás y que no tenía ninguna tolerancia para los que no tomaban la vida por los cuernos.

–A veces puede dar un poco de miedo –le había advertido Danielle poco antes de que se mudase a Londres.

Pero Agatha no sabía el miedo que podía dar hasta

que empezó a trabajar para él. Apenas había contacto directo entre ellos porque la mayoría del trabajo le llegaba a través de Helen, pero en las raras ocasiones en las que Luc se dignaba a bajar de su torre de marfil había sido menos que amable.

—No puedes ser un avestruz, Agatha —dijo él, mirándola fijamente—. Si hubieras sacado la cabeza de la arena un momento, te habrías dado cuenta de que iban a despedirte del invernadero porque llevaban dos años perdiendo dinero. Deberías haber buscado otro trabajo en lugar de esperar a que te despidieran dejándote con las manos vacías. Pero da igual, el caso es que aquí ganas un salario muy decente pero no te interesas por nada.

—Lo intentaré —le aseguró ella, preguntándose cómo podía encontrarlo tan atractivo y odiarlo al mismo tiempo. Tal vez era por costumbre; había estado loca por él desde que era una cría y parecía haberse convertido en un virus.

—Sí, lo harás —afirmó Luc—. Y puedes empezar por tu forma de vestir.

—¿Perdona?

—Lo digo por tu bien. Ese tipo de ropa no pega en esta oficina. Mira a tu alrededor, ¿ves a alguien llevando faldas hasta los pies y jerséis anchos?

Agatha sintió que le ardía la cara de vergüenza. ¿Cómo podía haberle gustado durante tantos años alguien tan ofensivo?, se preguntó a sí misma y no por primera vez.

Cuando era niña le parecía el chico más guapo del mundo. Pero incluso cuando iba a visitar a Danielle a la vicaría, Luc jamás se había molestado en mirarla.

Ella no era una rubia impresionante con piernas interminables, era tan sencillo como eso. Era invisible para él; alguien que andaba por allí ayudando a preparar la cena y encargándose del jardín.

Y el comentario sobre su ropa era demasiado.

–Me siento cómoda con esta ropa –le dijo, con voz temblorosa–. Sé que me estás haciendo un favor, pero no veo por qué no voy a ponerme lo que me gusta. Yo no voy a ninguna reunión y metida aquí no me ve nadie. Y, si no te importa, ahora me gustaría marcharme. Tengo una cita importante y...

–¿Tienes una cita? –la interrumpió Luc, poniendo cara de asombro.

–No sé por qué te sorprende tanto –dijo Agatha, dirigiéndose a la puerta.

–Me sorprende porque llevas poco tiempo en Londres. ¿Edith lo sabe?

–Mi madre no tiene por qué saber todo lo que hago –replicó ella.

Su madre era una mujer anticuada y le daría un ataque si supiera que iba a cenar con un hombre al que había conocido mientras tomaba una copa con sus amigas en un bar. No entendería que así era como se hacían las cosas en Londres y, sobre todo, no entendería lo importante que era esa cita para ella. Las relaciones ficticias estaban bien para los quince años, a los veintidós eran una locura. Necesitaba una relación de verdad con un hombre de verdad, alguien con quien pudiese hacer planes de futuro.

–Espera, espera... –Luc la tomó del brazo.

–Mañana vendré media hora antes, aunque sea sábado –dijo ella, molesta consigo misma por el temblor que la hacía sentir el contacto de su mano–. Pero ahora tengo que ir a arreglarme o llegaré tarde a mi cita con Stewart.

–¿Stewart? ¿Se llama así?

–Stewart Dexter.

Luc la soltó, mirándola con curiosidad. No se le había ocurrido pensar que tuviera una vida social. En realidad, no había pensado en Agatha en absoluto desde que llegó a Londres. Le había dado un trabajo bien remunerado a pesar de su falta de experiencia y, en su opinión, ya había hecho más que suficiente.

–¿Cuánto tiempo llevas saliendo con él?

–No creo que eso sea asunto tuyo –Agatha salió del despacho, pero se dio cuenta de que Luc la seguía hasta el ascensor. Era viernes y la mayoría de los empleados de esa planta se habían ido. Aunque en la planta principal, los empleados que estaban más arriba en el escalafón seguirían trabajando como esclavos.

–¿No es asunto mío? ¿He oído bien?

–Sí, eso he dicho –ella suspiró, frustrada–. Es asunto tuyo lo que haga en la oficina, no lo que haga fuera de ella.

–Yo no pienso lo mismo. Tengo una responsabilidad hacia ti.

–¿Por un favor que mis padres le hicieron a tu madre hace años? Eso es absurdo. Mi padre es... era vicario. Cuidar de los parroquianos era su obligación y estuvo encantado de hacerlo. Además, tu madre y mis padres eran amigos desde siempre y les había ayudado mucho a recaudar dinero para los más necesitados –Agatha pulsó el botón del ascensor.

–Hacer unos cuantos pasteles para una feria no es

lo mismo que alojar a alguien en tu casa durante un año.

–Para mis padres es lo mismo. Y mi madre se llevaría un disgusto si supiera que soy una molestia para ti.

Aunque lo que de verdad la preocupaba era lo peligrosa que, según ella, era la ciudad. A menudo la llamaba por teléfono y leía directamente del periódico las noticias sobre robos y asesinatos. Se mostraba escéptica cuando le decía que estaba bien, que no vivía en un barrio peligroso y nada le gustaría más que saber que Luc cuidaba de ella.

El ascensor por fin había llegado y, cuando entró con ella, Agatha lo miró, alarmada.

–¿Qué haces?

–Bajar contigo en el ascensor –respondió él, pulsando el botón del garaje.

–¿Por qué vamos al garaje?

–Mi coche está allí. Voy a llevarte a tu casa.

–¿Estás loco?

–¿Quieres que te diga la verdad?

Agatha, que ya había escuchado demasiadas verdades, no estaba muy dispuesta a escuchar más pero no podía hacer nada.

–Mi madre llamó ayer para decir que, en su opinión, no me tomaba suficiente interés por ti.

El precio de aquel favor empezaba a ser demasiado alto. Normalmente indiferente a la opinión de los demás, Luc adoraba a su madre, de modo que había tenido que callarse mientras lo regañaba por no cuidar mejor de Agatha.

–No te creo –dijo ella mientras salían del ascensor.

–Pues será mejor que empieces a creerlo. Por lo visto, Edith está preocupada. Cuando habla contigo por teléfono no le parece que seas feliz aquí y no respondes directamente cuando te pregunta por tu trabajo en la oficina. Le dices que todo va bien y ella entiende que no eres feliz. Y la última vez que te vio habías adelgazado.

Agatha enterró la cara entre las manos.

–Qué horror.

Luc abrió la puerta de un Aston Martin plateado.

–Dime dónde vives.

Mientras él encendía el navegador, Agatha revisó lo que había ocurrido durante la última media hora, empezando por su interés en darle un trabajo más interesante.

–Esto es horrible...

–Dímelo a mí.

–¿Es por eso por lo que quieres que me encargue del archivo de Garsi?

–Intenta concentrarte en el trabajo y quéjate menos.

–¡Yo no me quejo!

–Pues eso es lo que tu madre y la mía parecen pensar. Y ahora, no sé cómo, me veo en la obligación de interesarme por ti.

–¡Yo no quiero que te intereses por mí!

Luc pensó que era una ironía porque la mayoría de las mujeres que conocía estaban interesadas justo en lo contrario.

–Voy a intentar que amplíes tus horizontes y te intereses por algo más emocionante que el archivo, así que ya puedes empezar a cambiar de vestuario. Si vas a trabajar en otro departamento, no podrás llevar vestidos anchos y zapatos planos.

–Muy bien, de acuerdo –asintió ella, para dar por terminada esa horrible conversación.

–Y voy a acompañarte porque quiero ver a ese tal Stewart. No quiero que arriesgues tu vida saliendo con algún vagabundo. Lo último que necesito es que mi madre aparezca en la oficina como un ángel vengador porque te has metido en algún lío.

Si la tierra se hubiera abierto bajo sus pies, Agatha se habría alegrado infinitamente. Nunca se había sentido tan humillada en toda su vida. Jamás imaginó que alguien le diría que parecía una vagabunda, pero eso era lo que Luc había querido decir.

No debería haber aceptado el trabajo. Nunca salía nada bueno de aceptar un favor, aunque sabía que él tendría la réplica perfecta: ¿no había aceptado Danielle Laughton un favor cuando sus padres la alojaron en su casa?

Claro que era completamente diferente porque Luc no era un hombre de mediana edad encantado de poder ayudar a alguien en circunstancias difíciles. Al contrario, era un tiburón que no dudaría en comerse al receptor de sus favores si tuviese oportunidad de hacerlo.

–Puedo cuidar de mí misma, no soy una niña pequeña. Y no voy a meterme en ningún lío.

–Pero no le has contado a tu madre que tienes una cita y eso me hace pensar que te avergüenzas del tal Stewart. ¿Me equivoco?

–No le he dicho nada a mi madre porque acabo de conocerlo.

Luc notó que no había dicho si se sentía avergonzada o no. ¿Estaría casado? No, Agatha no parecía la clase de persona que salía con hombres casados. Siempre había sido una chica tímida y lo único que recordaba de ella era que no tenía el menor estilo. Al menos, no tenía el estilo de las chicas de su edad, que solían ponerse minifaldas y vaqueros ajustadísimos. No, seguramente sería otro amante de la jardinería, algún ecologista dispuesto a salvar el planeta.

Pero si ése era el caso, ¿por qué no se lo había contado a Edith? Aunque acabase de conocerlo.

–¿Está casado? Puedes contármelo, aunque no esperes que lo apruebe. Me parece fatal que alguien se relacione con una persona casada.

Agatha lo miró, perpleja. ¿Quién se creía, un ejemplo de moralidad? ¿Él, que tenía una amante diferente cada semana? Normalmente reducida a una masa temblorosa en su presencia, Agatha respiró profundamente y respondió:

–No creo que tú tengas derecho a aprobar o desaprobar mis relaciones personales.

–¿Perdona?

–Yo me encargo de comprar los regalos para las chicas a las que no quieres volver a ver –dijo Agatha entonces–. Flores, joyas, vestidos... ¿por qué de repente te portas como si fueras un ejemplo para la humanidad? ¿Cómo puedes advertirme sobre una relación con un hombre casado cuando tú te acuestas con esas pobres chicas sabiendo que no tienes la menor intención de casarte con ninguna de ellas? Mantienes relaciones que no van a ningún sitio.

Luc soltó una palabrota. Lo irritaba que se hubiera

atrevido a juzgar su vida privada. Y no pensaba justificar su comportamiento.

–¿Desde cuándo el placer no va a ningún sitio?

No dijo nada más porque estaba seguro de que para Agatha las relaciones sin compromiso serían anatema.

Cuando llegó a Londres, después de terminar la carrera, había tenido la mala suerte de enamorarse. Pero Miranda pasó de ser un ángel a una arpía en cuanto el trabajo empezó a interferir con su necesidad de que estuviera pendiente de ella a todas horas. Se quejaba incesantemente de lo tarde que llegaba a casa y, por fin, había buscado a otra persona que le diera toda su atención.

Ésa había sido una lección que no olvidaría nunca, de modo que volver a tener una relación seria con alguien era algo en lo que no estaba interesado. Desde el principio, las chicas con las que salía sabían que no tenía intención de casarse. Era sincero con ellas y, en su opinión, ésa era una gran virtud porque la mayoría de los hombres no lo eran en absoluto.

Y eso lo hizo pensar de nuevo en aquel tal Stewart sobre el que Agatha estaba siendo tan misteriosa.

–O tal vez me equivoco. Tal vez también tú piensas que no hay nada malo en pasarlo bien. ¿Es eso?

–No te entiendo.

–Sigues sin decirme si Stewart está casado o no.

–¡Pues claro que no está casado! Es un chico estupendo y va a invitarme a cenar en un restaurante muy caro de Knightsbridge, San Giovanni. Supongo que habrás oído hablar de él.

San Giovanni, uno de los restaurantes de moda en

Londres. De modo que Stewart no era un zángano como había imaginado...

¿Qué tendría Agatha para atraer a un hombre que cenaba en un restaurante tan caro?

Luc la miró de soslayo y frunció el ceño. Sí, había en ella una inocencia que un duro londinense podría encontrar atractiva. No quería ni pensarlo, pero la dulce e ingenua Agatha podría ser vista como un reto por algún perverso.

El tal Stewart no era un ecologista, no era un zángano, no era un hombre casado... ¿quería utilizarla o estaba completamente equivocado?

Debía admitir que sentía curiosidad y eso era algo que últimamente faltaba en su vida. Había actuado por impulso al ofrecerse a acompañarla y, en realidad, debería volver a la oficina para darle los últimos retoques a un informe que debía enviar lo antes posible. Pero el trabajo podía esperar. ¿No le había encargado su madre una misión?

–Yo te llevaré a Knightsbridge. Y no te preocupes... –Luc esbozó una sonrisa– no tienes que darme las gracias.

Capítulo 2

LUC TUVO que conformarse con una taza de café mientras esperaba que Agatha se vistiera. Por supuesto, iba a llegar tarde. En su experiencia, las mujeres eran incapaces de arreglarse en menos de una hora y tal vez Agatha no se parecía a las mujeres que él conocía, pero era una mujer. No había nada más que decir.

Intentando no impacientarse, miró alrededor haciendo un gesto de desagrado. Él no tenía nada contra las pensiones, pero el propietario de aquélla era un experto en engañar a los inquilinos jóvenes e inexpertos. Había humedades en todas las paredes y un solo radiador que parecía tener más de cincuenta años. La ventana desde la que se veía la ciudad no estaba mal, pero la madera del marco estaba pelándose y, si te acercabas demasiado, te congelabas porque el frío se colaba por todas partes.

Se preguntó entonces si debía hablar con aquel caradura. No tardaría mucho en decirle lo que pensaba y meterle el miedo en el cuerpo.

Estaba paseando por la habitación, haciendo una mueca de horror ante las deficiencias del alojamiento al que Agatha se había acostumbrado durante los últimos ocho meses, cuando ella salió del agujero que hacía las veces de dormitorio.

–He terminado lo antes posible, pero no tenías que esperar. Puedo ir en el metro.

Luc se dio la vuelta y, durante unos segundos, se quedo inmóvil, su expresión indescifrable... lo cual fue una desilusión.

–¿Cómo estoy? –le preguntó, intentando meter tripa.

Hija única y adorada por sus adres, que habían renunciado a la idea de tener hijos hasta que ella llegó de repente, Agatha sabía que su figura no estaba de moda. No era lo bastante alta o lo bastante delgada para tener el tipo que se llevaba en aquel momento y su pelo rubio tampoco era liso como el de las modelos, sino rizado y rebelde.

Pero, después de que Luc se metiera con su ropa, se había esmerado esa noche para demostrarle que no era un desastre total.

–Te has hecho algo en el pelo –comentó él. Y tenía una bonita figura, pensó luego.

¿Cómo no se había dado cuenta? El ajustado vestido negro marcaba una cintura estrecha y unos pechos generosos que harían que los hombres se volviesen para mirarla. ¿Cuándo había crecido? ¿Cuándo había dejado de ser la adolescente tímida que no le dirigía la palabra para convertirse en...?

Luc tuvo que apartar la mirada porque su cuerpo estaba reaccionando de una forma totalmente imprevista.

–Me lo he dejado suelto. Pero es tan rebelde que suelo hacerme un moño.

–Me alegra saber que tienes algo más que faldas largas y jerséis gruesos en tu armario. Un vestido de ese estilo estaría bien para ir a la oficina, aunque no tan corto –Luc señaló sus piernas.

Estaba estupefacto y ése era terreno poco familiar para él.

–¿Qué le pasa? No es más corto que los que llevan otras chicas –Agatha suspiró porque sabía a lo que se refería: corto y ajustado sólo era aceptable para las chicas que pesaban cuarenta kilos–. De todas formas, no me pondría algo tan ajustado para ir a trabajar. Es el único vestido que tengo y...

Luc estaba tomando su abrigo, intentando contener una reacción totalmente inapropiada, inexplicable y ridícula.

–¿No tienes más vestidos?

–No tenía que usar vestidos cuando trabajaba en el invernadero.

–Ah, claro. Creo recordar que llevabas un mono de color verde.

–Nunca te vi allí –dijo Agatha.

–Era un invernadero muy grande.

–Imagino que irías con tu madre, pero no me acuerdo. Danielle solía ir a comprar semillas...

–No, te vi un día volviendo a casa con un mono verde y botas de goma.

Agatha enrojeció al imaginarse a sí misma con el pelo revuelto y las botas llenas de barro, que era como solía volver a casa del trabajo.

–Supongo que no conoces a muchas mujeres que usen mono de trabajo y botas –murmuró mientras salían de la pensión.

–A ninguna –afirmó él–. Ninguna de las chicas con las que salgo se pondría un mono para salir a la calle.

–Lo sé.

–¿Ah, sí?

–He visto a las chicas con las que sales. Y no es que me interese, pero cuando Danielle vivía con nosotros a veces ibas a casa con alguna amiga... y todas eran iguales, así que imagino que te gustan las chicas que llevan mucho maquillaje y ropa de diseño.

–¿Detecto cierto sarcasmo en ese comentario? –Luc la miró mientras abría la puerta del coche.

–No te entiendo.

–Ya, lamentablemente no me entiendes.

–¿Qué quieres decir con eso?

–Que la sinceridad está muy bien, pero en Londres es mejor ser un poco más espabilado. El propietario de la pensión te está robando, Agatha. ¿Cuánto pagas por ese agujero al que él llama habitación?

–No es un agujero.

–Ese hombre debió de pensar que le había tocado la lotería cuando apareciste. Quince minutos en esa habitación y he visto suficientes goteras como para denunciarlo a las autoridades sanitarias.

–Es más cómoda en verano.

–Sí, claro –Luc hizo una mueca–. En verano no tendrás que rezar todas las noches para que el tiempo mejore. Es una vergüenza.

–El señor Travis me prometió que arreglaría las humedades y cambiaría el marco de la ventana. Se lo he dicho varias veces, pero su madre está en el hospital y el pobre no ha tenido tiempo.

Luc soltó una carcajada de incredulidad.

–Así que la madre del pobre señor Travis está en el hospital y por eso no ha tenido tiempo de arreglar las goteras, cambiar el marco de las ventanas o reemplazar esa moqueta apestosa. Me pregunto qué diría «el pobre señor Travis» si recibiese una carta de mi abogado mañana.

–¡No tienes por qué hacer nada!

–Ese hombre es un sinvergüenza que se está aprovechando de ti, Agatha. Yo no soy supersticioso, pero estoy empezando a pensar que esa llamada de mi madre ha sido cosa del destino porque otro mes en ese agujero y acabarías en el hospital con una neumonía. Ahora entiendo que lleves diez capas de ropa a la oficina, seguramente te has acostumbrado a vestir así para no pasar frío.

–No llevo diez capas de ropa a la oficina –protestó ella.

–No estás preparada para la vida en Londres –insistió Luc–. Creciste en una vicaría y tu único trabajo ha consistido en regar plantas en un invernadero. No me gusta tener que cuidar de nadie, pero empiezo a entender por qué mi madre está tan preocupada por ti.

–Eso es lo más horrible que puedes decirme.

–¿Por qué?

–Porque... –Agatha no terminó la frase. No quería que la viese como una pueblerina que necesitaba ayuda. Quería que la viese como una mujer sexy... o incluso sólo como una mujer. Pero ni siquiera se había fijado en su vestido, al menos de un modo que pudiera ser considerado un halago.

Claro que no lo dijo en voz alta.

—No tengo por costumbre hacer buenas obras, pero estoy dispuesto a hacerlo por ti. Deberías sentirte halagada.

—No puede halagarme que pienses que soy demasiado tonta como para cuidar de mí misma —replicó Agatha. Pero debía recordar que estaba a punto de cenar en un restaurante carísimo con un hombre que no la habría invitado si pensara que era tan patética como Luc parecía creer.

—Yo creo que lo mejor en esta vida es ser realista —insistió él—. Cuando volví a casa tras la muerte de mi padre y vi lo que había pasado con la fortuna familiar supe que podía hacer dos cosas: la primera, quedarme de brazos cruzados lamentándome y convirtiéndome en un amargado o ponerme a trabajar para recuperar lo que se había perdido.

—No te imagino cruzado de brazos ni amargado.

—No dejo que las cosas negativas me influyan.

—Ojalá yo pudiera tener esa fortaleza —Agatha suspiró, pensando en las dudas que había tenido siempre a pesar de haber crecido en un ambiente feliz.

Cuando sus amigas empezaron a experimentar con el maquillaje para parecerse a las modelos de las revistas, ella se había negado porque pensaba que lo importante era la belleza interior y que aspirar a la vida de otra persona era una pérdida de tiempo.

Por supuesto, en Londres esa convicción sobre la belleza interior había empezado a tambalearse. Se sentía como pez fuera del agua cuando salía con sus compañeras de la oficina, que habían desarrollado una increíble capacidad para transformarse en cinco minutos con un poco de maquillaje y unos zapatos de tacón.

Su vestido negro, que la hacía sentir un poco incómoda porque tenía un escote más pronunciado de lo habitual, era conservador comparado con la ropa que llevaban sus amigas y estaba tan poco acostumbrada a usar bisutería que no podía dejar de jugar con el collar.

—¿Crees que tengo fortaleza? –le preguntó él, burlón.

—Estás muy seguro de ti mismo. Te fijas un objetivo y vas a por él, como un sabueso.

—Bonita comparación.

—¿Nunca te preguntas si estás haciendo lo que debes?

—Nunca –respondió él. Cuando quedaban cinco minutos para llegar a Knightsbridge, Luc decidió que era el momento de interrogarla sobre el tal Stewart Dexter porque cada vez estaba más convencido de que era una ingenua a merced de un oportunista–. Bueno, háblame de Stewart...

Agatha parpadeó. Casi se había olvidado de él.

—¿Qué quieres saber?

—¿Cómo os conocisteis?

—En un bar.

—¿En un bar? ¿Sueles ir de bares?

—¿Qué es eso de «ir de bares»?

—Ir de un bar a otro tomando copas y emborrachándote cada vez más hasta que no te tienes en pie.

Agatha hizo una mueca. Sabía que muchas chicas se metían en serios apuros por hacer eso. Su padre había tenido que aconsejar y consolar por lo menos a tres.

–No pensarás que voy a quedarme embarazada de un tipo cuyo nombre no recuerde al día siguiente, ¿verdad?

–No, ya sé que tú no eres ese tipo de chica.

¿Eso era un insulto o un cumplido? Un cumplido, decidió Agatha.

–Lo conocí en un bar al lado de la oficina. De hecho, iba con mis compañeras de trabajo. Estábamos tomando una copa de vino y, de repente, el camarero se acercó con una botella de champán de parte de Stewart. Cuando lo miré, él me saludó con la mano y luego estuvimos charlando un rato.

–¿De qué?

–De muchas cosas –respondió ella, irritada–. Es muy inteligente... y muy guapo, además.

–Ah, ahora empiezo a entenderlo todo.

–Quería saber cosas de mí y eso me pareció muy bien porque la mayoría de los hombres sólo hablan de sí mismos.

–No sabía que fueras una experta.

–No tengo experiencia con los hombres de Londres, pero he salido con varios chicos en el pueblo y, en general, sólo quieren hablar de fútbol o coches –Agatha miró a Luc y, como siempre, sintió que le ardía la cara. Aquélla era la primera conversación de verdad que mantenía con él y lo estaba pasando bien, aunque odiaba admitirlo–. ¿De qué hablas tú cuando sales con una chica?

–Curiosamente, en mi caso son las mujeres las que suelen hablar.

Él no tenía interés en pasear de la mano o compartir sus pensamientos más íntimos con alguien con quien iba a acostarse.

–Tal vez porque sabes escuchar –sugirió Agatha–. Aunque no estoy segura. No me has escuchado cuando he dicho que sé cuidar de mí misma.

–La habitación de la pensión en la que vives demuestra que no es así.

–Tal vez debería haberle insistido más al señor Travis –asintió ella porque, aparte de otros problemas, Luc no había visto la nevera, que funcionaba por días, o su pariente, el horno, que hacía lo mismo–. Pero soy mayorcita en lo que respecta a todo lo demás.

–Puede que lo parezcas, pero tengo la impresión de que sólo eres grande por fuera.

¿Grande por fuera? ¿La estaba llamando gorda? Ella no era flaca, pero tampoco era gorda, pensó Agatha, furiosa.

–Ya sé que eres mayorcita –siguió él–. Pero no me había dado cuenta hasta ahora.

De nuevo, intentó encajar a la adolescente que él había conocido con la mujer que estaba sentada a su lado y, de nuevo, sintió esa especie de descarga eléctrica...

–¿Te refieres al vestido?

El vestido que se había puesto para él esperando vanamente que le hiciese un cumplido.

Habían llegado al restaurante, pero Agatha no pensaba salir del coche sin escuchar la respuesta, de modo que lo miró, con los brazos cruzados.

–¿Estás nerviosa? No te preocupes, si es tan inteligente y está tan interesado en ti como dices, seguro que lo pasaréis de maravilla.

–Estoy nerviosa por tu culpa.

–¿Por qué?

–No me has dicho una sola cosa bonita en toda la noche. Sé que nunca me hubieras contratado para trabajar en tu empresa, sé que te has visto forzado a ayudarme para devolverle el favor a mis padres, pero al menos podrías intentar ser amable.

–Yo no te he dicho nada malo...

–¡Me has dicho que no hago bien mi trabajo, que la ropa que llevo es horrible, que soy una ingenua... y ahora me dices que estoy gorda!

Hacer una lista de todas las cosas feas que le había dicho no fue buena idea. Podía lidiar con ellas de una en una, pero todas juntas eran demasiado y, de repente, sus ojos se llenaron de lágrimas. Cuando Luc le ofreció un pañuelo, lo tomó sin decir nada, pero el bochorno había reemplazado a la autocompasión y, después de sonarse la nariz, guardó el pañuelo en el bolso.

–Lo siento, tenías razón. Debo de estar más nerviosa de lo que pensaba.

–No, debería ser yo quien te pidiera disculpas –Luc no tenía tiempo para lágrimas pero, por alguna razón, ver llorar a Agatha le había tocado el corazón. Y el sumario de cosas que le había dicho aquel día no hacía que se sintiera orgulloso.

–No pasa nada –dijo ella, desesperada por salir del coche–. Se me ha corrido el rímel... ¿qué va a pensar Stewart?

–Que tienes unos ojos preciosos y que eres todo menos gorda –respondió Luc.

Y así, de repente, el ambiente en el interior del coche pareció cargarse de electricidad. Lo único que Agatha podía escuchar eran los latidos de su corazón...

Pero era absurdo, aquel hombre no había dicho una sola cosa buena sobre ella.

–No tienes que decir eso sólo para no herir mis sentimientos.

–No, ya lo sé. Pero es verdad que tienes unos ojos preciosos y cuando he dicho que sólo eras grande por fuera no quería decir que fueses gorda. Quería decir que has crecido... y con ese vestido tienes un aspecto muy sexy.

–¿Sexy... yo?

–Sí, tú. ¿Por qué me miras con esa cara de sorpresa?

«Por lo que estás diciendo», pensó Agatha, sintiendo que le ardía la cara.

–Esperemos que Stewart esté de acuerdo.

–Stewart –repitió él con voz ronca mientras le abría la puerta–. Te acompaño a la puerta...

–No hace falta, en serio.

–Ya sé que no hace falta, pero quiero hacerlo. Espera un momento –Luc pasó un dedo bajo sus ojos para limpiar las manchas de rímel y sonrió cuando ella dio un respingo–. No es nada, sólo un poco de rímel. Cualquiera diría que no te han tocado nunca.

–Me limpiaré con el pañuelo. ¿Te importa encender la luz un momento? Tengo que verme la cara antes de entrar en el restaurante... –unos segundos después, cuando terminó de arreglarse, se volvió hacía él con una sonrisa–. Ya podemos irnos.

Tres horas y media después, cuando salieron del restaurante, estaba lloviendo a cántaros.

—¿Cuándo puedo volver a verte?

Agatha miró a Stewart, que estaba más cerca de lo que a ella le gustaría... aunque era inevitable porque estaban los dos bajo su paraguas. El propio Stewart le había abrochado el abrigo y, aunque le había parecido halagador, Agatha se sentía incómoda.

Adcmás, durante la cena no había estado pendiente de él, sino recordando punto por punto su conversación con Luc... e imaginando lo que debería haber respondido a sus insultantes comentarios.

Había tenido que pedirle a Stewart que repitiese lo que decía en varias ocasiones porque estaba distraída y no había disfrutado de la cena.

En realidad, no sabía por qué quería volver a verla y se sentía mal por pensárselo cuando Stewart había mostrado tanto interés por todo lo que le contaba, aunque fueran detalles aburridos sobre su trabajo.

—Mañana es sábado y conozco una discoteca estupenda en Chelsea. No te puedes creer la cantidad de famosos que he visto allí... te encantará, ya lo verás.

—Mañana no me viene bien, pero a lo mejor podríamos vernos la semana que viene.

Stewart no pareció muy contento, pero después de parar un taxi la tomó por la cintura y le plantó un beso en los labios.

—¿Seguro que no quieres venir a mi casa a tomar una copa? Hago un café irlandés estupendo.

Agatha declinó la oferta y se sintió aliviada cuando Stewart subió al taxi... llevándose el paraguas con él. La lluvia arreciaba, de modo que tendría que parar un taxi, aunque ir a su casa en el norte de Londres le costaría una pequeña fortuna. Pero ahora que necesitaba uno, como solía ocurrir, no había taxis por ningún sitio...

Un coche plateado se detuvo frente a ella y el conductor abrió la puerta del pasajero.

–Sube, Agatha. Vas a pillar un resfriado si te sigues mojando.

Luc.

¿Qué hacía allí?

–No quiero estropearte la noche. Voy a tomar el metro, no te preocupes.

Agatha siguió caminando, pero Luc fue tras ella y abrió de nuevo la puerta del pasajero cuando tuvo que detenerse en un semáforo.

–Si no subes, me veré obligado a meterte en el coche a la fuerza. ¿Quieres que montemos una escena en pleno Knightsbridge?

Suspirando, Agatha subió al coche.

–¿Has estado esperándome todo este tiempo?

–No, pero decidí volver a buscarte.

–¿Por qué? Sé que piensas que soy una ingenua, pero llevo ocho meses moviéndome por Londres en el metro y no me ha pasado nada. Mi madre lo odia. Según ella, el metro está lleno de delincuentes. Y eso que sólo ha venido a Londres en un par de ocasiones... y ni siquiera ha tomado el metro –Agatha hizo una mueca–. Ay, perdona, sé que hablo demasiado.

Luc tuvo que disimular una sonrisa.

–Antonio me llamó cuando estabais a punto de pagar la cuenta.

–¿Quién es Antonio?

–El propietario del restaurante. Nos conocemos desde hace años.

–¿Y si hubiera ido con Stewart a un bar o una discoteca? O podría haber ido a su casa.

–¿Te lo ha pedido?

–Sí.

–Y tú le has dicho que no. Una decisión muy sensata.

–Pero no sé lo que diré la próxima vez que me lo pida –Agatha lo miró con gesto retador.

Luc se había quitado el traje de chaqueta y llevaba un vaquero negro y un jersey de cuello alto. Y tuvo que admitir, avergonzada, que a pesar de todo nunca se cansaría de mirarlo.

–¿Entonces has vuelto a quedar con él?

–No, pero me va a llamar la semana que viene. ¿Qué has hecho esta noche?

–He estado trabajando en... digamos que un proyecto muy interesante.

–Es estupendo que disfrutes tanto de tu trabajo. Aunque da un poco de pena que trabajes incluso los viernes por la noche.

–Tu sinceridad es asombrosa –dijo él, realmente sorprendido–. Podría haber salido con alguien, pero tenía cosas más importantes que hacer. Y después, he decidido que tenía que hablar contigo.

–¿Por qué?

Eso de que «tenía que hablar con ella» le daba un poco de miedo. ¿Iba a despedirla?

Agatha suspiró al imaginar que tendría que volver a Yorkshire con las manos vacías. Pero para vivir en Londres, aunque fuera en una pensión, hacía falta un sueldo.

–Éste no es el sitio adecuado. Voy a llevarte a

casa, tú me vas a invitar a un café y allí podremos charlar.

–¿No puede esperar hasta el lunes?

–Yo creo que es mejor quitárselo de en medio cuanto antes. Pero relájate, cuéntame qué tal la cena con Stewart. Dime cómo te puede gustar un tipo que toma un taxi tranquilamente y te deja en la calle cuando está lloviendo a mares.

Como creía haberse quedado sin trabajo, Agatha pensó que no perdía nada por ser sincera. A excepción de su madre, la gente nunca era sincera con Luc. Todo el mundo le decía: «sí, señor, no, señor» y él parecía encantado. Era un arrogante y creía que podía decirle a todo el mundo lo que debía hacer.

–No me apetece hablar de eso contigo.

–¿Por qué no?

–Porque no.

–¿Te da vergüenza? No tienes por qué avergonzarte de que la cita haya ido mal. Esas cosas pasan, lo que tienes que hacer es seguir adelante.

–¿Quién ha dicho que la cita haya ido mal?

–Te ha dejado en la calle después de tomar un taxi –reiteró Luc.

Además, Agatha le estaría agradecida cuando le contase lo que había averiguado sobre Stewart Dexter. Aquel viernes por la noche había sido un aburrimiento, pero no estaba enfadado, al contrario.

Tardaron menos de media hora en llegar a la pensión y Agatha no había dicho una sola palabra durante todo el camino. Su cena con Stewart había sido una desilusión, pero no le hacía la menor gracia que Luc apareciese a recogerla como si saliera del colegio. O que dijera que su cena con Stewart había ido mal, que era algo que debía olvidar y seguir adelante. ¿Qué sabía él?

Ella no le había pedido que se metiera en su vida. Apenas la había mirado en esos ocho meses y ahora que su madre lo había obligado a prestarle un poco de atención no podía disimular que le resultaba una molestia. Todo en ella parecía ofenderlo, empezando por el hecho de que no le hiciera la pelota y terminando por su aspecto físico, que no parecía gustarle en absoluto.

Ahora había decidido «hablar con ella» y sólo podía ser sobre el trabajo. Seguramente habría hecho una lista de todas las razones por las que debía despedirla e iba a decirle que, a pesar de deberle un favor a sus padres, no podía cargar con un peso muerto en la oficina.

—Sé lo que vas a decir —se adelantó en cuanto Luc quitó la llave del contacto—. Y puedes decírmelo aquí mismo, no hace falta que subas.

—¿Sabes lo que voy a decir?

—Sé lo que piensas de mí y sé lo que vas a decir.

—No, me parece que no tienes ni idea de lo que pienso de ti y tampoco sabes lo que voy a decirte. Y no quiero seguir hablando aquí.

—Quiero terminar con esto lo antes posible —le rogó Agatha. Pero Luc ya estaba fuera del coche, de modo que tuvo que seguirlo.

Cuando llegaron a su habitación, Agatha encendió la luz y miró alrededor con ojos nuevos. Con los ojos de Luc. Vio las paredes descoloridas, las manchas de humedad que había intentado esconder colgando dos grandes pósteres, los muebles viejos, la moqueta sucia asomando bajo la alegre alfombra marroquí que había comprado en un mercadillo... y el frío que hacía.

Luc tenía razón, ¿quién vivía en circunstancias tan patéticas?

—Soy un fracaso y quieres encontrar una manera amable de librarte de mí. Estoy despedida, ¿verdad?

—¿Despedida? ¿Por qué iba a despedirte? —exclamó Luc, clavando en ella unos ojos tan verdes como el mar—. No, iba a contarte que conozco a Stewart Dexter y sé lo que quiere de ti.

Capítulo 3

CONOCES a Stewart? –Agatha lo miró, perpleja–. Pero no lo entiendo. Si no te lo he presentado siquiera...

–Quítate el abrigo y siéntate, por favor.

–Si lo conocías, ¿por qué no lo has saludado? –mientras ella intentaba entenderlo, Luc la ayudó a quitarse el abrigo–. Bueno, por lo menos no vas a despedirme.

–No, no voy a despedirte.

Cuando Luc clavó en ella sus fabulosos ojos verdes, Agatha tuvo que tragar saliva. Fue un alivio dejarse caer en el sofá, pero cuando miró hacia abajo se sintió avergonzada por el escote del vestido, del que sus abundantes pechos parecían querer escapar.

–No entiendo por qué era tan importante para ti ir a buscarme al restaurante.

–Cuando mencionaste el nombre del tipo con el que ibas a cenar me resultó familiar –dijo él–. Conozco a mucha gente y Dexter es un apellido corriente, pero cuando lo vi esperándote en la barra empezaron a sonar las alarmas.

–¿Qué alarmas? No sé de qué estás hablando.

–Lo que tengo que decir no va a gustarte, Agatha.

Aunque solía ir al grano, Luc se quedó callado un momento, considerando cuidadosamente sus palabras.

Frente a él, Agatha lo miraba con expresión perpleja. Parecía muy joven en ese momento y, curiosamente, el revelador vestido aumentaba esa impresión.

–¿Cuántos años tienes? –le preguntó.

–¿Perdona?

–No, déjalo, no importa. No es fácil decir esto, pero Dexter no es el tipo que tú crees que es.

–No sé de qué estás hablando. ¿Stewart Dexter no es Stewart Dexter? ¿Entonces quién es?

–Trabajó en una de mis empresas. Cuando me pareció reconocerlo volví a la oficina y estuve investigando un poco...

–¿Has investigado a Stewart? –exclamó Agatha.

–Francamente, yo le aconsejaría a todas las mujeres que investigaran a los hombres que conocen en un bar –dijo Luc, irónico–. Esto no es Yorkshire.

–No me avergüenza confiar en la gente. Aunque sé que tú no lo haces y entiendo por qué. Tu padre confió en George Satz y, a cambio, él le robó todo su dinero.

La historia había salido en el periódico local durante semanas y con cada nueva revelación aumentaban las especulaciones. Elliot Laughton ya no estaba allí para defenderse y los cotilleos no podían ser refutados. Agatha había sentido pena por Luc, aunque eso era algo que no le diría nunca porque él había vuelto de la universidad con una especie de barrera protectora alrededor que repelía cualquier gesto de compasión. Pero todo aquello lo había hecho el hombre que era, un hombre que jamás otorgaba a nadie el beneficio de la duda.

Agatha se aclaró la garganta.

—Entiendo que desconfíes de la gente —repitió—, pero a mí no se me ocurriría investigar a nadie. Además, habíamos quedado en un sitio público y no pensaba irme con él después de cenar.

—Como he dicho, no tienes experiencia moviéndote en una ciudad como Londres. Dexter fue despedido de la compañía hace un año y medio. Trabajaba en una de las empresas de informática que adquirí hace unos años y lo pillaron intentando pasarle información confidencial a la competencia.

—No te creo —dijo Agatha.

—No *quieres* creerme —replicó él—. Te aseguro que no me hace ninguna gracia tener que contarte esto, pero estoy haciendo de buen samaritano. Naturalmente, después de eso fue despedido sin referencias de ninguna clase y desde entonces no ha trabajado para ninguna compañía importante. ¿Te ha dicho dónde trabaja?

—No —Agatha empezaba a marearse—. ¿Estás seguro de eso, Luc? Es muy fácil confundir a la gente y... tal vez no sea la misma persona.

—Yo no cometo ese tipo de errores.

—Todo el mundo comete errores.

Luc decidió no responder.

—Podría averiguar dónde trabaja. Pero para encontrar un puesto en otra empresa de informática tendría que haber falsificado referencias de mi compañía...

—¡No soy una niña! Si Stewart es la persona que tú dices, puedo preguntarle directamente.

–Y seguro que él inventaría alguna mentira convincente.

–Y yo me lo creería, ¿verdad? Como soy una ingenua.

–¿Por qué me haces sentir como un monstruo? Estoy haciéndote un favor –dijo Luc, conteniendo el deseo de abrazarla.

–A mí no me parece un favor. Aunque Stewart fuera la persona que dices, tal vez haya alguna explicación. Y aunque fuese cierto, ¿qué tiene eso que ver conmigo?

–Tal vez Dexter te buscó a propósito.

–¿A mí? ¿Para qué?

–Podría ser una coincidencia, por supuesto, pero intuyo que te buscó a propósito. ¿Tú sabes el dinero que se juega en el mundo de la informática? Por eso es una de las zonas confidenciales de mi negocio. Mis diseñadores de juegos por ordenador están creando programas que podrían competir con las mayores empresas estadounidenses... y después de que Dexter intentase vender información confidencial, me aseguré de sellar cualquier posible salida de información. Pero si Dexter quiere vender alguna idea, tal vez se le haya ocurrido hacerlo por una ruta diferente: a través de ti.

Agatha lo miró, incrédula. Luc podría estar equivocado, ¿pero cometería un error como ése? Cuando se trataba de los negocios, su inteligencia era legendaria. Todos hablaban de él con reverencia, con admiración, como si todo lo que tocase se convirtiera en oro.

–¿Te ha hecho preguntas Dexter sobre la compañía?

–Se ha mostrado interesado en mi trabajo...

–Ah, claro.

–Todo el mundo merece una segunda oportunidad. Incluso la gente que ha estado en la cárcel.

Pero se dio cuenta de que el tema de su trabajo había salido a menudo en las conversaciones. Como se sentía halagada por el interés de Stewart, no le había contado que lo que hacía en la compañía Laughton era irrelevante. Ni siquiera le había dicho que su oficina era del tamaño de un armario.

–Creo que Dexter está manipulándote para obtener información –insistió Luc.

Agatha se levantó para servirse un vaso de agua. La enfurecía que hubiese decidido investigar a Stewart para humillarla, diciendo luego que le estaba haciendo un favor.

Se dio cuenta entonces de que prefería admirarlo desde lejos. Entonces, que su corazón se volviera loco cada vez que lo veía había sido un poco inconveniente pero nada más. Se recordaba a sí misma en la vicaría, leyendo un libro y soñando despierta que Luc se enamoraba de ella. A los diecisiete años, había sido un sueño muy bonito...

Pero tenerlo tan cerca, decidido a salvarla de sí misma, era más de lo que podía soportar. Era demasiado. Se sentía como la proverbial polilla atraída por la luz, sabiendo que cuanto más se acercase, más peligrosa era la situación.

No quería que le prestase tanta atención, no quería que pensara que tenía que cuidar de ella como si fuera una niña. Quería que volviera a ser el hombre al que admiraba de lejos...

Agatha parpadeó para volver al presente.

–¿Qué información podría querer sacarme Stewart? Yo no sé nada sobre software. Tengo un ordenador en el despacho, pero apenas lo uso. Y no sé nada sobre los programas que crea la compañía. ¿Qué iba a contarle?

Luc se apartó de la ventana para alejarse un poco de ella, pero era una habitación muy pequeña y desde cualquier ángulo se veía enfrentado con su suave piel, con esa cara de ángel...

–Te equivocas si crees que Stewart me ha buscado para robar secretos de la compañía –insistió Agatha.

–Tú y yo sabemos que no puedes contarle nada sobre la compañía, pero Stewart no lo sabe.

–Por favor...

Agatha había creído que su vida como chica soltera en Londres empezaba con Stewart. Pero su cita con él no había sido lo que esperaba y ahora aquello...

–Ese hombre está utilizándote y tienes que librarte de él. Desde mi punto de vista, te conviertes en un peligro en el momento que se cuestiona si se puede o no confiar en ti –dijo Luc entonces.

–¿Qué? Pero tú sabes que yo nunca le contaría nada a nadie... ¡y no hay nada que pueda contar!

–Por el momento.

–¿Estás diciendo que no confías en mí?

Luc se encogió de hombros.

–Las charlas de cama crean una magia extraña. ¿Quién sabe si Stewart podría convencerte para que le pasaras algún archivo? Dexter conoce el edificio, puede decirte qué archivos le interesan o dónde buscar. No hay ninguna posibilidad de que consiga algo importante, pero no estoy dispuesto a arriesgarme.

Agatha ni siquiera sabía si quería seguir viendo a Stewart, pero la ponía furiosa que le diera órdenes.

–Muy bien, me lo pensaré –tuvo que decir por fin.

–Tendrás que hacer algo más que eso.

–¿O perderé mi trabajo?

–Lamentablemente, así es.

No parecía sentir el menor remordimiento, como si no tuviera importancia. Y Agatha, que siempre era capaz de ver algo bueno en cualquier situación, se dejó caer sobre el sofá, deprimida.

Luc tuvo que hacerse el fuerte para no consolarla. Pero lo hizo, dejó que el silencio se alargara y unos minutos después salió de la habitación, el sonido de la puerta al cerrarse como una bomba.

Después de haber descubierto que Dexter era un estafador, había esperado que Agatha le diese las gracias. Si alguien le hubiera dicho a él que una de las chicas con las que salía sólo estaba interesada en su dinero, se habría librado de ella inmediatamente, agradeciendo que le hubieran dado esa información. Claro que él era una persona realista, Agatha no lo era.

En lugar de echarle los brazos al cuello para darle las gracias, se había mostrado incrédula, desagradecida e incluso lo había puesto en la posición de tener que darle un ultimátum.

¿No decían que las buenas obras siempre recibían un castigo?

Luc pasó el fin de semana inquieto. No podía creer que Agatha eligiera un hombre al que apenas conocía por encima de su consejo y por encima de un trabajo más que bien pagado. La idea de despedirla, aunque no tendría otra opción si no dejaba a Dexter, no lo llenaba de entusiasmo precisamente.

Su madre nunca le pedía nada. Incluso cuando se encontró sin dinero y sin hogar, ni una sola vez le había pedido ayuda. Lo único que había hecho era protegerse a sí misma de la crueldad de la prensa, de modo que la idea de decepcionarla no le resultaba agradable.

Pero el domingo por la noche estaba dispuesto a hacer lo que tenía que hacer y no perdió el tiempo debatiendo los pros y los contras.

A las siete, aparcaba su Aston Martin frente al edificio de la pensión en la que vivía Agatha. La había llamado un par de veces sin recibir respuesta y la luz de su habitación estaba apagada, de modo que no estaba allí. Daba igual, la esperaría.

No se detuvo a analizar si era correcto aparecer en su casa para preguntarle si había tomado una decisión: Dexter o su trabajo.

Había estado de mal humor todo el fin de semana, pero empezaba a animarse y estaba hablando por el móvil cuando ella apareció.

Agatha no vio el Aston Martin aparcado entre una moto y una furgoneta blanca. Francamente, no se daba cuenta de nada mientras sacaba las llaves del bolso con manos temblorosas y tampoco oyó los pasos en la acera cuando por fin abría el portal.

Pero cuando alguien puso una mano en su brazo, lanzó un grito y golpeó a su atacante en la cara con el bolso.

–¡Por el amor de Dios! ¿Se puede saber qué haces?

¡Luc!

Conteniendo el deseo de golpearlo otra vez, Agatha entró en el portal y estuvo a punto de darle con la puerta en las narices... y lo habría hecho si Luc no la hubiera sujetado con la mano.

–¿Qué haces aquí?

–¿En este momento? Preguntarme si me has roto la mandíbula –respondió él–. ¿Qué llevas en el bolso, piedras?

–Si no aparecieras de repente como un ladrón, no te habría golpeado.

–Estoy empezando a creer que cuando se trata de ti, el aspecto engaña –admitió él.

–No me apetece hablar contigo.

–¿Por qué no? ¿Dónde has estado?

–No es asunto tuyo. Márchate.

–Sabes que no voy a marcharme. No llegamos a una conclusión el otro día.

Agatha no dijo nada mientras subía al segundo piso, pero en caso de que pensara darle con la puerta en las narices, Luc puso una mano en el quicio.

–Te he dicho que no quiero hablar contigo –repitió Agatha. Aunque no sabía para qué se molestaba porque allí estaba Luc, en su habitación, esperando una respuesta. Y sabía que no se iría sin recibirla.

Ya no se trataba sólo de que saliera con el tipo equivocado, sino que ese tipo podría ser una amenaza para su compañía. Entendía su ansiedad, pero eso no significaba que le gustase verlo allí otra vez, haciéndola sentir incómoda.

Agatha se quitó el abrigo, pero debajo no llevaba un vestidito negro, sino un pantalón vaquero y un cardigan grueso abrochado hasta el cuello. Y, sin embargo, él no podía dejar de verla con aquel vestido negro tan sexy. Y luego sin el vestido, desnuda, echando la cabeza hacia atrás para que pudiera jugar con sus generosos pechos, llevando una mano hacia su erección...

La inmediata reacción de su cuerpo lo sorprendió de tal modo que tuvo que apartar la mirada.

—Sí, lo sé.

—Ese tipo no te merece, Agatha.

La luz de las farolas hacía que su pelo rubio pareciese de plata y se preguntó por qué nunca hasta entonces se había fijado en lo delicado de sus facciones: los ojos grandes, la nariz pequeña y recta, unos labios generosos y un rostro ovalado. Tal vez porque Agatha nunca lo miraba a los ojos si podía evitarlo.

—¿Cómo sabes que he estado con Stewart? Bueno, da igual, no me lo cuentes. Hemos terminado, así que ya no tienes que preocuparte.

—Me alegro —dijo él—. Has hecho lo que debías hacer.

—No te importan los sentimientos de nadie, ¿verdad? Lo único que te importa es tu empresa. No te importa que Stewart haya sido el primer hombre con el que he salido desde que llegué a Londres.

—Y mira cómo ha terminado el asunto. Si crees que ahora te ha roto el corazón, imagina lo que habría pasado si hubierais salido juntos durante seis meses o un año. ¿Cómo te habrías sentido si te hubiera dejado entonces porque no podías darle lo que buscaba?

–¿Cómo puedes ser tan frío? –exclamó Agatha.

Pero lo peor de todo era que tenía razón. En cuanto le contó a Stewart que había decidido dejar su trabajo en la compañía Laughton, sintió que él se apartaba. Su entusiasmo por pedir la cuenta mientras ella le hablaba del estrés de trabajar en una compañía tan grande y su deseo de buscar empleo en algo relacionado con la jardinería habría sido gracioso si no fuera tan deprimente. Nunca sabría si había salido con ella para intentar robar secretos de la empresa, pero estaba claro que había querido encontrar la forma de infiltrarse, tal vez para vengarse de Luc por haberlo despedido.

Sabía que era un manipulador y un sinvergüenza, pero eso no le hacía mucho bien a su autoestima.

Y que Luc estuviera allí prácticamente riéndose de ella era la gota que colmaba el vaso.

–Tú no sabes lo que es llevarte una desilusión así. Eres como un bloque de hielo.

–Era un manipulador, Agatha.

–¡Ya sé que era un manipulador! Y sé que esa relación no habría funcionado, pero estaría bien que no me lo restregaras por las narices. Todo esto es una broma para ti porque no quieres tener una relación con nadie.

–Te he hecho un enorme favor.

–Pues no me apetece darte las gracias.

Estaban a unos centímetros el uno del otro. Agatha no sabía cómo sus pies la habían llevado hasta él, pero al ver los puntitos amarillos en sus ojos verdes se quedó sin aliento.

–¿Te sientes mejor ahora? Es lógico que te enfades, Agatha. Lo comprendo.

–No estoy enfadada.

–Si no te enfadas de vez en cuando, la gente te tomará el pelo. Si quieres, buscaré a Dexter y le daré una paliza en tu nombre.

Ella parpadeó, sorprendida.

–No creo en la violencia.

–Siéntate. Voy a hacer un café.

–¿Por qué estás siendo tan amable?

Luc esbozó una sonrisa que aceleró su corazón. Pero se había llevado un disgusto esa tarde y la idea de estar sola le parecía deprimente.

Además, aquélla era una faceta de Luc que no había visto antes... seguramente una faceta que atraería a las mujeres por hordas. Porque rico o pobre, Luc Laughton siempre tendría un club de fans.

Cuando se puso en cuchillas a su lado para ofrecerle una taza de té, Agatha se sintió especial. Era ridículo y le gustaría luchar contra ese sentimiento, pero su desilusión con Stewart la hacía sentir particularmente vulnerable.

–Tenías razón –admitió por fin–. Mi sitio no está en Londres.

–¿Porque un tipo te ha engañado? No puedes darte por vencida tan pronto –Luc se sentó frente a ella.

–Porque debería haberme dado cuenta de que quería engañarme.

Luc tomó su mano entonces y aunque Agatha estuvo a punto de apartarla, al final no lo hizo. Se daba cuenta de que era un gesto de consuelo, nada más.

–En fin... –no se atrevía a mirarlo por miedo a que el brillo de sus ojos y el contacto de su mano la empujaran a hacer algo realmente estúpido, de modo que respiró profundamente.

—No tiene sentido que siga trabajando para ti.

—¿Por qué dices eso?

—Te estoy muy agradecida, pero la verdad es que no tengo suficiente experiencia de la vida. ¿Y si tú no hubieras reconocido a Stewart? ¿Y si hubiera hecho... lo que fuera que quería hacerte? Yo no me habría dado ni cuenta. Además, no tengo experiencia profesional, no te sirvo de mucho en la oficina.

Pensó entonces en las ilusiones que tenía cuando llegó a Londres. Vivir en un pueblo pequeño había sido estupendo hasta entonces, pero era una suerte tener un puesto en una compañía como la de Luc. Había pensado que iba a adquirir experiencia, que todo sería más fácil. Conocería a mucha gente, saldría con sus amigos y tendría novios...

Sí, había hecho amigos, pero el optimismo sobre su trabajo en la oficina había demostrado ser una ilusión. Le resultaba difícil acostumbrarse a las labores informáticas y se dedicaba a hacer lo que nadie más quería hacer en la oficina. ¿Cómo iba a competir con empleados que tenían un título universitario y varios idiomas?

¿Y dónde estaban esos novios que iban a hacerla olvidar su obsesión por Luc?

—Ahora me siento mucho mejor —dijo entonces, intentando sonreír—. Y no pienso volver a enfadarme.

—¿Por qué no? Soy duro, puedo soportarlo.

—Tengo que ser realista, así que volveré a Yorkshire —afirmó Agatha—. No tiene sentido que busque otro trabajo en Londres. He estado en los jardines

Kew para preguntar si había algún puesto libre, pero me han dicho que no. También había pensado hacer un curso de paisajismo... eso es lo que me gusta, Luc. Trabajar en una oficina no es para mí.

–¿Por qué no me miras a los ojos? No voy a morderte.

Que no lo mirase a los ojos mientras hablaba empezaba a molestarlo de verdad. ¿Tanto miedo le tenía?

Pero su enfado lo había hecho ver que había una apasionada naturaleza bajo ese tierno exterior. ¿Entonces por qué no lo miraba? ¿Estaría intentando esconder algo?

Agatha intentó decir algo sensato, pero tenía la boca seca. Lo único que podía ver era ese atractivo rostro tan cerca del suyo y lo único que podía escuchar eran los latidos de su corazón.

–Ah, ya veo lo que intentabas esconder –dijo Luc entonces.

No lo había sospechado siquiera. Pasaba tan desapercibida en la oficina que no se había dado cuenta...

–¿Qué quieres decir?

–¿Es porque te he pillado en un momento particularmente vulnerable?

–No te entiendo.

–Claro que me entiendes –Luc alargó una mano para apartar un mechón de pelo de su cara y Agatha cerró los ojos sin darse cuenta.

Ésa fue la gota que colmó el vaso para Luc quien, dejando escapar un gemido ronco, tiró de ella con impaciencia. Su pelo era como la seda...

Agatha pasó de la fantasía a la realidad y se sintió perdida de repente.

Aquel momento había aparecido en todos sus sueños desde que era una cría. Le parecía irreal, pero el cosquilleo que sentía entre las piernas no lo era.

¿Estaba ocurriendo de verdad?

Pero el calor de sus labios era como un ciclón y se rindió por completo, dejando escapar un gemido de placer cuando la aprctó contra el respaldo del sofá.

Siempre en control de cualquier situación con una mujer, Luc se encontró de repente sin control alguno.

—En este momento no te sientes segura de ti misma... —empezó a decir, intentando insertar un poco de racionalidad a la situación.

—No hables, por favor... no digas nada.

Mientras Luc metía una mano bajo la camisa para tocar su pecho, Agatha sentía como si no fuera ella misma. En su fantasía, siempre había sido suave como un sueño; la realidad era feroz, dramática y abrumadora. Era como si su cuerpo se hubiera separado de su mente y el sentido común hubiera desaparecido, empujado por una ola de deseo desconocida para ella.

Luc se movió y el roce de su erección contra su vientre provocó un río de lava entre sus piernas.

—Vamos al dormitorio —murmuró Agatha.

Si hubo un segundo de duda por parte de Luc, no se dio cuenta ya que se limitó a suspirar mientras la tomaba en brazos, riendo cuando ella le dijo que pesaba demasiado.

—¿Crees que soy un flojo? —murmuró con voz ronca, dejándola sobre la cama y apartándose un momento para mirarla.

Pero no por mucho tiempo. No podía quitarle la ropa a velocidad suficiente y le volvía loco cómo lo miraba, sus ojos tímidos y sensuales a la vez. Era lo más excitante que había visto nunca.

Sin embargo, el mínimo sentido común le hizo preguntar:

–¿Estás segura, Agatha?

Ella asintió con la cabeza y eso fue todo lo que necesitaba.

Capítulo 4

LUC MIRÓ a la mujer que estaba a su lado en la cama, cálida, deseosa y sexy. Su deseo era tan potente como un tren en marcha. No recordaba la última vez que una mujer había provocado algo así.

¿Sería verdad que la variedad era la salsa de la vida? ¿Se habría hartado de esa idea occidental que dictaba que las mujeres sólo eran bellas cuando eran delgadísimas como palillos? No lo sabía y no se detuvo a analizarlo mientras se quitaba la ropa, tomándose su tiempo, disfrutando al verla absorbiendo los detalles de su desnudez.

Cuando se tumbó a su lado en la cama la sintió temblar.

–Eres preciosa –murmuró, con un tono ronco e insoportablemente erótico.

–Eso no es lo que decías antes.

–La ropa no te hace justicia.

–Porque no soy delgada –dijo Agatha, exultante al estar viviendo un sueño que siempre había considerado fuera de su alcance.

–Estoy empezando a pensar que la delgadez está sobrevalorada –Luc le quitó la camiseta y pasó un dedo sobre el sujetador, fascinado al ver que el pezón se endurecía ante la caricia.

Sin quitarle el sujetador, inclinó la cabeza para pasar la lengua sobre el encaje y cuando la notó temblar tuvo que hacer acopio de todo su autocontrol para no tomarla en ese mismo instante, como un adolescente alocado en su primera cita.

Sus pechos eran grandes, más grandes de lo que su ropa ancha lo había hecho creer hasta entonces. Y le gustaban mucho, tanto que lo volvían loco.

Tomarse su tiempo estaba muy bien en teoría, pero en la práctica era casi imposible.

Un experto desnudando a las mujeres, Luc encontró serias dificultades para quitarle el sujetador y se lo habría arrancado si ella no hubiera echado las manos hacia atrás para desabrocharlo.

–Creo que he perdido práctica... –empezó a decir Luc.

Pero al ver los rosados discos con las puntas erectas que parecían llamarlo, suplicando su atención, no pudo terminar la frase.

¿Y quién era él para negarles ese placer?

Masajeó sus pechos con las dos manos, rozando los pezones con el pulgar antes de inclinarse para meterlos en su boca. Pero mientras chupaba uno y luego otro no sabía cuál de los dos estaba recibiendo más placer.

Cuando puso la mano en la cinturilla de sus vaqueros, Agatha tuvo que contener un grito.

–Por favor... –murmuró, enterrando los dedos en su pelo.

–¿Por favor qué?

–Te deseo... –admitió ella, una admisión que le habría parecido inconcebible sólo horas antes.

–¿Cuánto? –preguntó Luc.

¿Desde cuándo le hacía esa pregunta a una mujer?

Agatha abrió los ojos, dejando escapar una risita
nerviosa.

–Sé que esto es una locura, pero te deseo tanto...
–murmuró, pasando una mano por su torso, maravi-
llándose al sentirse como una seductora–. Y no quiero
seguir hablando.

–A veces hablar es sexy...

Y mientras la tocaba, alabando su cuerpo a medida que la desnudaba, Agatha descubrió que era verdad. Era muy, muy sexy.

Pero estaba deseando que le quitara los pantalones
y ella misma lo ayudó, moviendo las piernas hasta
que acabaron en el suelo, junto con el resto de la
ropa.

–¿Estás húmeda por mí? –susurró Luc.

–No digas eso, me da vergüenza –Agatha apenas
se reconocía a sí misma.

–Nunca pensé que tú y yo... –empezó a decir él,
acariciando un pezón con los dedos–. ¿Te gusta?

Luc no solía hablar demasiado en la cama y estaba
sorprendido consigo mismo.

–Más de lo que puedas imaginar –respondió Agatha.

El efecto de esas palabras fue electrizante. Después de quitarle las braguitas deslizó dos dedos en su
interior, acariciándola hasta que se arqueó contra
su mano, pero cuando se inclinó para besar su estómago Agatha abrió los ojos.

–No hagas eso –protestó.

Luc se detuvo para mirarla con cara de sorpresa
pero luego, sonriendo, se colocó entre sus piernas.

Sin dejar de mirarla, imaginando el rubor que cubriría su rostro porque estaba demasiado oscuro como para verlo en realidad, inclinó la cabeza para rozarla con la lengua.

El instinto hizo que Agatha se arquease hacia él... la boca de Luc explorando su parte más íntima provocaba un placer totalmente desconocido para ella.

Nunca la habían tocado así en toda su vida y nada podría haberla preparado para lo que sentía. Cuando pensaba que era la boca de Luc acariciándola ahí, quería desmayarse.

—No puedo esperar más —musitó él. Pero cuando la penetró, Agatha dio un respingo—. Estás muy tensa.

—Por favor, no pares.

Al ver un brillo de deseo en sus ojos, Luc empezó a moverse rítmicamente y cuando Agatha levantó las caderas la penetró hasta el fondo, incapaz de controlar su deseo de gratificación.

Sentir que Luc se derramaba en ella mientras experimentaba un orgasmo que la dejó agotada, fue la experiencia más liberadora de su vida.

Después, increíblemente cansada e increíblemente saciada, apoyó la cabeza en el pecho de Luc para escuchar los latidos de su corazón, pero su silencio la hacía sentir incómoda.

Y pensó que aquélla era la definición de realidad, aquella sensación de frío después de la euforia.

—Ha sido un error —murmuró—. No tienes que decírmelo, ya lo sé.

Era mejor ser la primera en decirlo. Porque después de hacer el amor empezaba a notar que Luc se apartaba un poco. ¿Se habría acostado con ella por compasión? Tal vez al verla tan dolida y humillada después de romper con Stewart, había sentido pena por ella.

En realidad, desde que empezó a trabajar para él había empezado a verlo como algo más que una fantasía. El despacho de Luc no estaba en su planta y la mayoría de los días ni siquiera lo veía, pero en las raras ocasiones en las que la había llamado a su despacho, sus sentimientos por él se habían acrecentado. Aunque esa interacción profesional debería haberlo puesto todo en perspectiva, había sido al contrario, agigantando su juvenil enamoramiento.

Y ahora...

Agatha no podía mirarlo, lo cual era ridículo considerando que estaban en la cama, desnudos.

¿Qué estaría pensando? Había ido allí para consolarla y ella se había echado en sus brazos con total abandono...

¿Qué hombre de sangre caliente la habría rechazado?

Era comprensible que hubiera respondido a la invitación y debía aceptar que la culpa era suya.

Pero era importante rescatar algo de su dignidad en esa extraña situación.

Cubriéndose el pecho con la colcha, le dijo:

—Deberías irte.

—Tenemos que hablar de lo que ha pasado.

—No, es mejor que no lo hagamos —dijo Agatha—. De verdad, no quiero hablar de ello —añadió, volviéndose para mirarlo.

Luc estaba apoyado en un codo y, sin darse cuenta, miró el fabuloso torso cubierto de un suave vello oscuro que había acariciado febrilmente unos segundos antes...

—Eras virgen. ¿Por qué no me lo habías dicho?

—Te dije que no tenía experiencia —Agatha se encogió de hombros—. ¿Eso tiene alguna importancia?

La tenía, lo veía en sus ojos. Sus padres nunca habían sido excesivamente estrictos, pero Agatha había crecido con unos valores morales. No había sido su intención llegar virgen al matrimonio, pero sí estaba esperando a alguien que le importase de verdad.

Era mala suerte que hubiera elegido a un hombre a quien no le importaba en absoluto. De hecho, su virginidad era una molestia para Luc.

—¡Pues claro que tiene importancia! —dijo él entonces, confirmando sus sospechas—. ¿No vas a decir nada? Ni siquiera hemos usado preservativo.

Agatha apretó los labios. Ni siquiera se había acordado de eso. Estaba tan enfebrecida de pasión que no se le había ocurrido pensar en las consecuencias.

—No te preocupes.

¿Qué no se preocupase? ¿Cómo no iba a preocuparse? Se había acostado con ella porque la había pillado en un momento vulnerable...

—Siempre uso preservativo, pero la verdad es que esto me ha pillado por sorpresa.

—No hay ningún riesgo de que quede embarazada —después de un rápido cálculo mental, Agatha decidió que no había ninguna posibilidad—. Así que no debes preocuparte por eso, pero me gustaría que te fueras.

Debería levantarse de la cama, pero su ropa estaba

en el suelo y mostrarse desnuda en aquel momento era más de lo que podía soportar.

–No te creo.

–¿Cómo?

–¿Por qué has decidido entregarme tu virginidad?

–¡Yo no había decidido nada! Ha ocurrido, sencillamente. Estaba muy disgustada por lo de Stewart y la verdad... no sé cómo ha pasado –nada la había preparado para lidiar con una situación así y su honesta naturaleza le pedía que dijese la verdad, pero el instinto de supervivencia era más fuerte–. Me he acostado contigo porque... porque estabas aquí y necesitaba consuelo.

–¿Quieres decir que te has acostado conmigo porque estaba a mano, sencillamente?

–Pues... la verdad es que no lo sé.

–O sea, que me has utilizado.

–¡Claro que no! ¿Por qué dices eso? –exclamó Agatha, horrorizada–. La gente no piensa con claridad cuando está disgustada y yo estaba disgustada.

–¡Pero si apenas conocías a Dexter! –protestó Luc.

Después de las sensaciones que había experimentado haciendo el amor con ella, Luc estaba volviendo a la tierra a más velocidad de la deseada ¿Desde cuándo era el equivalente a una botella de alcohol en la que ahogar las penas? Si Agatha se tapaba un poco más con la maldita colcha, estaría en peligro inminente de que la estrangulase.

–Eso es verdad –tuvo que asentir ella con voz temblorosa–. Pero aun así... no sé cómo ha pasado. Yo no soy la clase de chica que se acuesta con cualquier hombre.

–¿Tan disgustada estabas por una relación rota con un imbécil al que habías visto tres veces que decidiste lanzarte de cabeza? –se burló él–. Bueno, al menos no tendremos que preocuparnos por las consecuencias.

El corazón de Agatha dio un vuelco cuando se levantó de la cama y empezó a buscar su ropa en el suelo. No dejaba de mirarlo mientras se movía por la habitación, admirando su magnífico cuerpo desnudo e intentando contener el remordimiento que empezaba a comerse sus buenas intenciones.

Lo más importante en aquel momento era no dejarse llevar por aquel absurdo encandilamiento juvenil porque eso podría ser su perdición. No podía enamorarse de él. Aunque no lo haría porque no tenían nada que ver el uno con el otro y porque Luc era la clase de hombre sobre el que prevenían las madres.

Salvo su madre, claro, que lo adoraba por su devoción a Danielle y por lo trabajador que era.

Luc, en calzoncillos, se colocó delante de la cama y plantó las manos a cada lado de su cara. No era así como debería haber terminado la noche y lo molestaba sobremanera que Agatha siguiera echándose la culpa mientras, perversamente, lograba parecer la parte herida.

Y tampoco le gustaba nada que su cuerpo le estuviera diciendo que lo que quería de verdad era volver a la cama con ella. ¿Qué estaba pasando allí?

–Lo siento –se disculpó Agatha.

–Ahórrate las disculpas. Estábamos hablando de las consecuencias... pero al menos, no las habrá –Luc miró sus labios y el nacimiento de sus pechos, que no había logrado ocultar con la colcha. A punto de perder el control de nuevo, tuvo que apartar la mirada de tan cautivadora imagen–. Lo último que necesitaría ahora mismo es que quedases embarazada por un simple encuentro casual.

–Es horrible que digas eso –se quejó Agatha, con lágrimas en los ojos.

–¿Por qué?

–Porque hace que me sienta... fatal.

–Acabas de decir que me has utilizado para ahogar las penas, así que deja de hacerte la víctima.

–Lo siento mucho si te has sentido insultado. No quería hacerte daño.

–¿Hacerme daño? ¿Por qué crees que puedes hacérmelo?

Aunque el sentido común le decía que era hora de marcharse, marcharse no parecía tan fácil.

–Y no estaba usándote para ahogar las penas, no soy esa clase de persona. Además, no entiendo por qué te preocupa cuál haya sido la razón. No es que tú tengas precisamente grandes prejuicios cuando se trata de acostarte con una mujer.

Enfadado, Luc la miró mientras se ponía el pantalón.

–No puedo creer que esté escuchando esto.

Agatha se sentó en la cama, sujetando la colcha con las dos manos.

–Tú dices lo que piensas y yo también.

–¿Quieres explicarme qué has querido decir con eso?

Ella no quería explicar nada. De hecho, no le apetecía seguir hablando. Sólo quería pensar en la horrible verdad: que Luc la veía como un encuentro casual que, afortunadamente, no tendría consecuencias.

–Yo me encargo de comprar los regalos para las chicas que ya no te interesan –le espetó–. Así que no pareces tener ningún problema en utilizar a las mujeres.

–Entre esas mujeres y yo hay un entendimiento mutuo.

–Muy bien, como quieras. No me apetece seguir discutiendo.

–Desde el principio les dejo claro que no quiero una relación seria –siguió él.

–Pues no entiendo cómo puedes hacer eso.

–No todas las mujeres mantienen relaciones sexuales con el único objetivo de casarse –replicó Luc, con los dientes apretados.

–No, ya lo sé –asintió Agatha. Aunque le gustaría decirle que estaba equivocado.

–Eres la mujer más frustrante que he conocido nunca.

–Porque no estás acostumbrado a que las mujeres tengan una opinión.

–¿Cómo que no? En mi empresa hay montones de mujeres en puestos importantes. Ya no vivimos en la Edad Media, Agatha. Las mujeres tienen opiniones y yo las valoro como valoro las de los hombres.

–¡Pero no las de las mujeres con las que te acuestas! –replicó ella.

¿Era su imaginación o había un brillo de compasión en sus ojos azules? ¿Sentía compasión por él? ¿No debería ser al contrario?

–No lo entiendo –siguió ella–. Tú lo tienes todo...

tienes éxito, la vida te va bien. Sé que lo pasaste mal cuando perdisteis vuestra fortuna pero, al final, conseguiste recuperarla. Hiciste lo que tenías que hacer y Danielle ha recuperado la casa en la que había vivido siempre...

–¿Qué tiene eso que ver?

–Que si todo te va bien, no entiendo por qué nunca has querido sentar la cabeza. Sé que tu madre está preocupada por ti.

Luc se quedó sin habla. Aquella mujer era de otro planeta. En una hora, no sólo había metido el pie en un terreno que nadie se había atrevido a pisar antes, sino que se había lanzado de cabeza.

–No me apetece casarme –dijo Luc, intentando recuperar el control de una conversación que lo sacaba de quicio–. Así que ya puedes ir contándoselo a mi madre.

No estaba enfadado, estaba perplejo.

–Yo no voy a contarle nada –dijo Agatha.

–Mira, creo que es el momento de marcharme. Tienes razón, esto ha sido un error y es hora de seguir adelante.

–Sé que éste no es el mejor momento para sacar el tema... –empezó a decir ella– pero mañana no iré a la oficina.

–¿Qué?

–En vista de lo que ha pasado, he decidido dejar mi puesto. Puedo enviarte una carta de renuncia, si quieres.

Lamentaba profundamente no volver a verlo, ¿pero qué otra cosa podía hacer? Había tantas posibilidades de que su relación cambiara por completo después de aquella noche... que aquella bonita experiencia se convirtiera en algo lamentable para él, que su papel en la vida de Luc quedase reducido a un simple revolcón de una noche, que se viera obligada a ver como otras mujeres entraban y salían de su vida, que Luc sólo pudiese mirarla con desdén o con compasión... cada una de esas posibilidades le parecía peor que la anterior.

—No voy a dejar que te vayas —dijo Luc.

No pensaba tener problemas en su vida privada. Sí, salía con muchas mujeres y entendía que su madre estuviera alarmada, pero esas chicas no lo estresaban. Aquella situación sí lo estresaba.

Agatha no tenía que decir en voz alta que había sido un error. Ella no era la clase de chica que se metía en la cama con cualquiera, eso estaba claro. Y referirse a ella como un simple encuentro casual había sido una grosería por su parte, tuvo que admitir, pero no iba a pedirle perdón.

Y tampoco iba a dejar que tomase el camino más fácil.

—No creo que tú tengas nada que decir —protestó Agatha.

—Tienes que avisar con quince días de antelación. Y lo que ha pasado esta noche no tiene nada que ver con el trabajo.

—Pero...

—No se puede despedir a nadie sin tener una buena razón y lo que ha ocurrido entre nosotros no entra en el terreno de lo laboral.

—Pero va a ser muy incómodo —insistió ella. Estaba

sudando bajo la colcha y sentía como si su cuerpo fuera empujado hacia él por una fuerza invisible.

–Pensé que lo que ha ocurrido esta noche era un simple error que íbamos a olvidar.

–Sí, claro –asintió Agatha.

Él ya se había olvidado del asunto y lo estaba tratando como el hombre de mundo que era. Mientras ella se agarraba a la colcha con un nudo en el estómago, recordando eso del «encuentro casual». ¿Cómo iba a seguir trabajando para él? Era absurdo, imposible. Pero tal vez en dos semanas estaría comprando algún regalo para otra de sus amigas...

–¿Entonces cuál es el problema?

–Ningún problema.

–No creas que yo voy a quedar como el malo si decides dejar la empresa. Cuando te marches, tendrás que explicarle a tu madre que has dejado el trabajo porque era demasiado para ti. Volverás a Yorkshire sin dinero y no será mi problema. No pienso aceptar la responsabilidad de una decisión que has tomado tú sola.

–No, claro que tú –asintió Agatha.

Su madre se llevaría un disgusto. En Yorkshire no había trabajo para ella y que no se hubiera quedado en la empresa de Luc durante al menos un año sería para ella una muestra de ingratitud. Podría decirle que no le gustaba el trabajo o que Luc era un tirano... pero Edith no lo creería porque lo había elevado a la categoría de santo por cómo había cuidado de su madre durante el escándalo de la estafa. No, pensaría que ella había dejado pasar una buena oportunidad por no esforzarse.

–Podría buscar otro trabajo en Londres.

–¿Haciendo qué? No puedo darte buenas referencias porque apenas llevas unos meses en la compañía. Además, has demostrado que no tienes motivación ni entusiasmo por el trabajo y que no te gusta la oficina –dijo Luc, sorprendido consigo mismo. ¿No debería alegrarse de que se fuera?

–En otras palabras, que no piensas ayudarme a buscar trabajo porque nos hemos acostado juntos y porque no soy una de esas mujeres a las que les parece normal acostarse con alguien sólo por diversión.

–¿De verdad crees que soy tan mezquino como para eso?

Un hombre como Luc, un predador que tomaba lo que quería de la vida, no iba a tener paciencia con sus inseguridades y sus dudas, pensó Agatha. A saber con cuántas mujeres se habría acostado... y no tenía el menor escrúpulo en despedirse cuando se cansaba de ellas.

¿Cómo podía haber olvidado sus valores y sus principios para acostarse con él cuando sabía cómo trataba a las mujeres? ¿Cómo podía haber sido tan tonta como para pensar que sus sueños se convertirían en realidad?

Había hecho muchos castillos en la arena y la culpa era suya por ser tan ingenua.

–Tienes que empezar a hacerte preguntas, Agatha –dijo Luc entonces–. Puede que creas que te has acostado conmigo en un momento de locura temporal, pero cuando me miras yo veo algo muy diferente.

–No te entiendo –murmuró ella.

–Me deseabas. ¿Por qué no eres sincera contigo

misma y lo admites de una vez? No nos hemos acostado juntos por error, nos hemos acostado juntos porque tú querías hacerlo. Y yo también, eso está claro.

Agatha lo miró, en silencio, preguntándose si creería que estaba jugando con él.

–Verás...

–Ninguna mujer se lanza sobre un hombre como lo has hecho tú sólo porque esté triste y necesite un poco de compañía –siguió Luc.

–¡Yo no me he lanzado sobre ti!

–Puede que tú quieras darle mil vueltas a esto, pero al menos yo soy sincero. Si sólo hubieras querido una palmadita en la espalda y un hombro sobre el que llorar, me habrías dado una bofetada cuando te besé. Pero no lo hiciste, de hecho...

–¡No! –lo interrumpió ella, angustiada.

Luc se encogió de hombros.

–¿No sabes que tienes deseos y necesidades como todos los seres humanos?

Estaba obligándola a enfrentarse con su sexualidad, echándole en cara todos sus gemidos, sus suspiros de placer.

Qué tediosa debía haberla encontrado, acostumbrado como estaba a mujeres que sabían lo que hacían en la cama.

–Sé que tengo necesidades –admitió Agatha. Y la asustaba lo poderosas que eran.

–Ah, por fin llegamos a algún sitio –dijo él, sarcástico.

–Y es maravilloso, además. Tienes razón, es absurdo buscar excusas. Me he acostado contigo porque quería hacerlo.

Muchas mujeres le habían dicho que lo deseaban. Y lo había excitado que, en el calor de la pasión, lo dijese Agatha. Pero le gustaba más escucharlo en aquel momento.

Había algo increíblemente sexy en saber que le había entregado su virginidad. Era como si Agatha y sólo Agatha fuera capaz de sacar de él un instinto primitivo que ni siquiera creía poseer.

Y aunque no estaba acostumbrado a esperar por una mujer, podría hacer una excepción en su caso porque cuando pensaba en sus pechos, en sus rosados pezones y en las voluptuosas curvas de su cuerpo, perdía el control por completo.

—¿Lo ves? No ha sido tan difícil. Me alegro de que por fin te enfrentes a la realidad.

Agatha sintió una oleada de resentimiento que no pudo contener.

—Si puedo sentir lo que he sentido contigo, no me imaginó cómo será el día que haga el amor con un hombre que signifique algo para mí. Así que tú ganas, Luc, no lamento haber hecho el amor contigo. Y tampoco me siento avergonzada. Sé que mi virginidad ha debido de ser un aburrimiento para ti y sé que a los hombres les gustan las mujeres con experiencia. Pero tiene que haber un hombre para mí en alguna parte y ahora estoy segura de que algún día lo encontraré.

Capítulo 5

AGATHA no era tan tonta como para pensar que el resto de la noche pondría las cosas en perspectiva de manera milagrosa. O que, de repente, se enfrentaría con el nuevo día llena de optimismo; de vuelta en el trabajo después de lo que había ocurrido el domingo.

Ninguna de las charlas que se había dado a sí misma pudo evitar que se le hiciera un nudo en el estómago mientras esperaba el ascensor que la llevaría a su diminuto despacho.

Había pensado invernar en ese despacho, no salir de allí hasta que pasaran los quince días... pero entonces habría dejado que ese episodio con Luc dictase su comportamiento y no quería que así fuera. Llevaba demasiados años haciéndose ilusiones y creando absurdas fantasías y no pensaba dejar que dirigieran su vida.

Y tampoco iba a vestir como una refugiada. Había tenido que admitir, a regañadientes, que algo bueno había salido de su encuentro con Luc: ya no se avergonzaba de su cuerpo. Había visto un brillo de genuina admiración en sus ojos cuando la miraba y, por primera vez en su vida, sus curvas no eran motivo de vergüenza. Había disfrutado de la atención que provocaban y, milagrosamente, esa sensación se había quedado con ella.

De modo que, en lugar de una falda larga y un jersey ancho, aquel día se había puesto lo único decente que tenía en el armario: una falda lápiz negra y un jersey de manga larga que se ajustaba a su figura. El pañuelo con estampado de cachemira, regalo de su madre cuando se mudó a Londres y que había sacado de la caja por primera vez, le daba un toque de color al atuendo.

Mientras se dirigía a su diminuta oficina, sabía que estaba llamando la atención porque sentía los ojos de sus compañeros clavados en ella. Y, con una espontaneidad que no creía poseer, Agatha incluso se había vuelto para tirarle un beso a Adrian cuando lanzó un silbido al verla pasar.

Más que nunca, desearía estar trabajando en el corazón de la oficina, donde el sonido de los teléfonos y la charla de los empleados podrían distraerla de sus pensamientos.

Su despacho, al final de un largo pasillo, podía ser un paraíso de soledad o una celda de aislamiento y Agatha se preguntó si el director de personal la habría metido allí porque, con su limitada experiencia, no podía competir con sus compañeros, que tenían títulos universitarios y capacidad para usar cualquier programa informático.

Cuando llegó le habían dicho que, como iba a trabajar más o menos directamente con Luc y tal vez tendrían que pasarle documentos de naturaleza confidencial, necesitaba un sitio más privado. Tal vez comprar regalos para sus novias era considerado material confidencial, pensó, irónica.

Agatha colgó su abrigo en el perchero y sólo al darse la vuelta descubrió que había otra persona allí. Luc, apoyado en el escritorio, con los brazos cruzados.

No se habría sorprendido más si hubiera visto un extraterrestre sentado frente a su ordenador. Por supuesto, sabía que lo vería tarde o temprano, pero no cuando apenas había tenido tiempo de recuperar la calma.

—¿Qué haces aquí?

—Ésta es mi empresa, ¿no? Tengo derecho a estar aquí.

—Sí, pero...

—Pero la vida sería más fácil para ti si yo no hubiera venido, ¿es eso?

Agatha no dijo nada porque era la verdad. Y no sabía si su absurda adicción a Luc la habría hecho buscarlo con algún pretexto. No era fácil romper con las malas costumbres.

Él la miraba intentando disimular su admiración. El conjunto que llevaba era el que llevaría una mujer proclamando una nueva sexualidad. Una mujer cuya sexualidad *él* había despertado. Y tal vez dispuesta a buscar otro hombre.

Pero Luc no quería eso. Y tampoco quería que su trabajo sufriera porque no podía quitársela de la cabeza. El día anterior había hecho lo impensable poniendo en peligro un contrato porque no era capaz de concentrarse y eso no podía volver a ocurrir.

Agatha era algo que había dejado a medias y era una situación que tenía que solucionar como fuera.

Todas las situaciones tenían una solución y, en

aquel caso, la solución era volver a acostarse con ella. Lo supiera Agatha o no, sería lo mejor para los dos porque, si ella era un asunto sin acabar para él, él lo era también para ella. Hasta que lo hubieran solucionado, Agatha entorpecería su trabajo y él entorpecería el suyo. Y sí, tendría que infringir todas sus reglas porque estaba acostumbrado a salirse con la suya y no parecía haber otro remedio.

–No creas que vas a poder estar de brazos cruzados porque quieres irte de la empresa.

–¿Quién ha dicho que voy a estar de brazos cruzados?

–¿Ah, no? Entonces explícame ese atuendo. No sé si es apropiado para venir a la oficina...

–Llevo lo mismo que llevan la mayoría de las chicas –se defendió Agatha, tirando un poco de la falda, que le quedaba por encima de la rodilla–. Y tú mismo dijiste que no podía seguir llevando ropa ancha.

Luc debía admitir que era verdad pero, por alguna razón, lo irritaba que todos los hombres la mirasen. ¿De verdad esperaba pasar desapercibida cada vez que saliera de su despacho? Claro que no. Pero, por supuesto, ésa era su intención.

–La cuestión es que me encuentro en una posición extraña –le dijo, mirándola como su fuera un tiburón vigilando a su presa–. Tengo por norma no mantener relaciones con mis empleadas y ahora me doy cuenta de que infringir las normas tiene consecuencias.

–¿Qué quieres decir?

–He abierto una puerta que tú podrías utilizar si decidieras vengarte de mí por lo que pasó anoche. Aunque fueras tú quien instigó la situación...

–¿Qué estás diciendo? –exclamó Agatha–. ¿Por qué iba a vengarme? ¿Por qué tienes que pensar siempre lo peor de los demás?

–Yo tengo que lidiar con la realidad todos los días y te aseguro que no sería nada nuevo. A mí me da lo mismo, pero no quiero disgustar a mi madre.

–¿De verdad crees que yo querría hacerte daño?

–No lo sé –Luc se encogió de hombros–. Nunca pensé que fueras la clase de chica que se acostaba con un hombre y luego decidía usar eso como trampolín.

Agatha sintió que le ardía la cara. Lamentaba amargamente haberse despedido como lo hizo y casi podía entender que pensara mal de ella.

–Que haya decidido ponerme ropa normal para venir a la oficina no significa que vaya a poner los pies en la mesa y dedicarme a leer revistas.

Luc notó que no se había defendido de la acusación y eso lo enfureció, pero intentó disimular.

–Y tampoco quiero que le cuentes a nadie lo que ha ocurrido entre nosotros.

–No voy a contárselo a nadie. Y en caso de que no me creas, vamos a hacer un trato: yo no se lo contaré a nadie y tú tampoco.

–Yo no hago tratos –replicó él–. Por otro lado, quiero vigilarte.

–¿Vigilarme por qué? –repitió Agatha, que no entendía aquella conversación.

–Tu tiempo en esta planta ha terminado. Durante los quince días que te quedan estarás en mi planta, delante de mi despacho, donde pueda comprobar que no andas cotilleando con nadie.

Ella lo miró, perpleja.

–No puedes decirlo en serio.

–No he dicho nada más en serio en toda mi vida. Tengo una reputación que proteger y quiero asegurarme de que tú no la dañas.

–Todo el mundo sabe que eres un mujeriego. No sé a qué reputación te refieres –dijo Agatha, molesta.

–No me importa que sepan que salgo con muchas mujeres. Pero nadie debe saber que estoy tan loco como para haberme acostado con una empleada.

Sólo él era capaz de entender la importancia de esa decisión: que por primera vez en su vida estaba dispuesto a mantener relaciones con una empleada.

«Pero nadie debe saber que estoy tan loco como para haberme acostado con una empleada».

Agatha sólo recordaba esa frase. Le gustaría decir que ella había sido la loca por echarse en sus brazos como si toda su vida hubiera llevado a aquel momento. Pero, sabiendo cómo pensaba, decidió borrarlo de su mente para siempre.

–Tú ya tienes una secretaria. ¿Qué voy a hacer yo en tu despacho?

–Helen ha sido abuela por segunda vez y le vendría bien tomarse unas semanas de descanso –respondió Luc–. Había pensado contratar una secretaria temporal, pero yo creo que ésta es una solución más satisfactoria.

Y una que se le había ocurrido en el último momento. En realidad, tenía que admirar su creatividad cuando se trataba de infringir las reglas para inventar reglas nuevas.

–Yo no estoy cualificada para hacer el trabajo de Helen. No sabría por dónde empezar.

Agatha se agarraba a eso con la tenacidad de alguien agarrándose a un salvavidas, pero en su corazón sabía que no había muchas esperanzas.

–Durante los próximos días, Helen te dirá lo que tienes que hacer y, si se trata de algo demasiado complicado, me encargaré yo mismo.

–¿El trabajo incluye comprar regalos para tus novias? –se atrevió a preguntar Agatha.

Cuando Luc dio un paso adelante, ella dio un paso atrás instintivamente.

–¿Eso te molestaría? ¿Por qué, tienes celos?

–¡No!

Luc esbozó una sonrisa.

–No te preocupes, no tendrás que hacerlo.

¿Significaba eso que seguiría haciendo su vida de siempre, aunque evitando que ella tuviera que comprar regalos, reservar mesa en restaurantes o comprarle entradas para la ópera?

–Mira el lado bueno del asunto –siguió él–. Si decides buscar trabajo en otra oficina después de esto, al menos habrás adquirido ciertos conocimientos y podré darte buenas referencias. Trabaja para mí, esfuérzate y podrás encontrar trabajo en cuanto salgas del edificio. Como verás, te estoy haciendo un favor.

–Tus favores nunca parecen favores –dijo Agatha.

La atracción mutua, el breve juego de la persecución y la captura antes de la gratificación. Eso era lo que Luc había hecho siempre con las mujeres. Y era lo bastante cínico como para saber que todas lo creían un buen partido, tal vez uno de los mejores del país.

Pero Agatha lo había puesto todo patas arriba.

¿Era por eso por lo que estaba decidido a acostarse con ella de nuevo, costase lo que costase y a expensas de su famoso autocontrol?

Luc intentó controlarse en aquel momento para fingir que nada de aquello tenía importancia.

–Baja a la planta principal cuando hayas recogido tus cosas. Yo estaré fuera todo el día, pero Helen te dirá lo que tienes que hacer.

Al menos haría un trabajo de verdad, pensó Agatha. Y Luc tenía razón: si era capaz de adquirir cierta experiencia profesional y él le daba buenas referencias, sería fácil encontrar trabajo en otro sitio. Y, además, dejaría de sentirse culpable por tener un trabajo que había conseguido por enchufe.

Como debería haber esperado, Luc veía el asunto de manera pragmática. Mientras ella no había podido pensar en otra cosa durante todo el fin de semana, él había elaborado un plan que protegería su intimidad y preservaría su conciencia.

El despacho de Helen era precioso, todo de cristal y cromo, con una puerta que daba al de Luc, más grande y aún más lujoso. Mientras la secretaria le contaba cuál sería su trabajo, Agatha pensó que tal vez viendo a Luc todos los días lograría olvidar su fascinación por él.

Y eso era algo que deseaba con todas sus fuerzas.

Durante la siguiente semana y media todo parecía ir más o menos bien... por decir algo. Luc trabajando era increíble. Por temprano que llegase a la oficina, él ya estaba allí y no paraba en todo el día.

Incluso con los pies sobre la mesa y la corbata torcida, su mente funcionaba a tal velocidad que Agatha apenas podía respirar.

—¿Lo tienes?

Agatha se levantó, asintiendo con la cabeza. Pero Luc la miraba con una expresión tan intensa que se le erizó el vello de la nuca. Durante la última semana y media, la había tratado con frialdad. Ahora, mientras el reloj marcaba la hora del almuerzo, por fin estaba mirándola a los ojos y el nerviosismo que apenas había podido contener hasta entonces salió a la superficie.

—Parece que estabas escondida —empezó a decir, poniéndose las manos en la nuca.

—No te entiendo.

—Para ser alguien que adora estar al aire libre y que odia todo lo relacionado con las oficinas, lo estás haciendo muy bien.

El corazón de Agatha hizo eso que hacía siempre y que parecía dejarla con la mente en blanco. ¿Se habría engañado a sí misma pensando que ya no sentía nada por Luc sólo porque había sido capaz de trabajar con él esos días?

La idea de estar como al principio fue como un puñetazo en el estómago. A pesar de sus buenas intenciones, nada había cambiado. Ella esperaba odiarlo, despreciarlo, pero no había sido así. Al contrario.

—No me ha quedado más remedio, ¿no? Además, la verdad es que estoy disfrutando del trabajo. Es mucho más interesante que lo que hacía antes.

—No es culpa mía —dijo Luc—. No tenías experiencia cuando llegaste aquí, pero tampoco mostrabas interés alguno en el trabajo. ¿Cómo iba a saber que aprendías tan rápido?

El cumplido, aunque dudoso, hizo que Agatha se pusiera colorada.

–He tenido varias secretarias durante estos últimos años –siguió Luc– y ninguna de ellas era tan eficaz como tú. De hecho, varias de ellas se derrumbaron en cuanto las cosas se pusieron difíciles.

Agatha podía creerlo. Al menos, ella conocía la naturaleza de la bestia y se había adaptado. Luc era brillante, trabajador, rápido, impaciente con los errores y nunca esperaba tener que explicar las cosas más de una vez.

–Pobrecillas –murmuró, imaginando una procesión de chicas llorosas.

–¿Pobrecillas? Yo soy el jefe más considerado que conozco.

–¿Ah, sí?

–Y tú pareces estar llevándolo muy bien –Luc hizo una pausa–. ¿Crees que podría tener algo que ver con nuestra especial relación? –le preguntó, clavando sus ojos en los rizos que escapaban de su coleta.

Trabajar con ella era un reto continuo para su libido. Pero había descubierto que Agatha era una eficiente secretaria, mucho más inteligente y rápida de lo que había pensado. Era una lástima que perdiera su tiempo en invernaderos, pero le hablaría de la posibilidad de seguir trabajando en alguna de sus empresas más adelante.

Por el momento, estaba frustrado por un deseo que no tenía nada que ver con el trabajo. Incluso cuando

ella no estaba en la oficina, seguía teniendo problemas de concentración.

Ser paciente no estaba en su naturaleza y sabía
que necesitaba llegar a una conclusión lo antes posible.

–No tenemos una relación especial –respondió
Agatha por fin.

–Nos hemos acostado juntos –le recordó él–. No
me digas que ya lo has olvidado.

–No, claro que no.

–Pues yo diría que eso constituye una relación especial... –Luc se echó hacia delante, con las manos
sobre el escritorio, al ver que Agatha se ponía colorada hasta la raíz del pelo–. Te pido disculpas. Hablar
de sexo en la oficina es totalmente inapropiado. Pero
lo que sí es apropiado es invitarte a comer. Te lo mereces, además. Sé que no siempre es fácil trabajar
conmigo.

–Es muy amable por tu parte, pero tengo muchas
cosas que hacer a la hora de la comida.

Luc frunció el ceño.

–¿Qué tienes que hacer? Yo soy el jefe y te doy
permiso para tomarte un par de horas libres.

–En realidad, no tiene nada que ver con el trabajo.

–Pero imagino que tendrás que comer, como todo
el mundo.

–He traído unos sándwiches y... tengo que mandar
unos correos, si no te importa. Cosas personales.

–¿Puedo preguntar qué cosas son ésas?

–Le he dicho a mi madre que seguramente me iría
de la empresa y está un poco preocupada.

–Ah, muy bien. Tal vez otro día entonces.

–Tal vez... –Agatha se aclaró la garganta–. ¿Eso es todo?

Luc no había sido despedido de esa forma en toda su vida. Daba la impresión de ser una chica ingenua y sin personalidad, pero Agatha era dura como una piedra, pensó. ¿Qué correo podía ser más urgente que comer con él?

–No volveré por la tarde –le dijo, sin poder disimular su frustración–. Tengo reuniones hasta las seis y espero que ese informe que te he encargado esté listo para entonces. Si no, tendrás que quedarte a trabajar hasta que esté terminado. El departamento jurídico lo necesita a primera hora de la mañana.

–Sí, claro –Agatha se levantó–. ¿Quieres algo más?

–Ésa es una pregunta que da lugar a muchas respuestas. ¿Qué tenías en mente?

Luc disfrutó al ver que, de nuevo, se ponía colorada. Y notó también que respiraba agitadamente. Por mucho que quisiera disimular, seguía siendo tan prisionera de esa explosiva noche como lo era él.

–Nos vemos mañana –dijo Luc por fin, saliendo del despacho.

Agatha suspiró, aliviada. ¿A qué estaba jugando con esas referencias sexuales? ¿Le divertía desconcertarla?

Con repentina determinación, y algunas miradas furtivas alrededor, en caso de que las paredes oyeran de verdad, pasó los siguientes quince minutos buscando agencias de contactos en Internet. No le hacía mucha ilusión pero, aparentemente, era la manera más fácil de conocer a alguien. ¿Y qué había de malo en ello?

En realidad, no tenía muchas esperanzas de encontrar así al hombre de su vida, pero tal vez podría conocer gente interesante. Había decidido no volver a Yorkshire y buscar trabajo en Londres, de modo que sería buena idea empezar a formar un círculo de amistades.

No iba a convertirse en su peor enemiga dejando que su debacle con Stewart la pusiera a la defensiva constantemente. Y tampoco se convertiría en una reclusa que dedicaba todos sus pensamientos a Luc. No, necesitaba una distracción.

De modo que se registró en una de las páginas de contactos más conocidas y luego, de mejor humor, subió a la cafetería, cambiando los aburridos sándwiches que había llevado de casa por unos espaguetis a la boloñesa seguidos de un pastel de chocolate y una charla agradable con sus compañeros.

Era absurdo que Luc temiera que le contase a alguien lo que había ocurrido entre ellos. Convertirse en objeto de cotilleos era lo último que Agatha haría en su vida.

Cuatro horas más tarde, salía del impresionante edificio de cristal cuando Luc se puso en su camino. Y no parecía de buen humor.

—Ah, hola, no te había visto. He terminado el informe que me pediste. Está sobre tu escritorio.

—¿Lo has pasado bien a la hora del almuerzo?

—¿Perdona?

Luc sacudió la cabeza.

—¿Cómo piensas volver a la pensión?

—En el metro —respondió Agatha.

Luc alargó una mano y, milagrosamente, un taxi se detuvo frente a ellos.

–No puedo pagar un taxi...

–Sube, Agatha.

–¿Te encuentras bien? No tienes buen aspecto.

Luc no confiaba en su voz y ésa era una experiencia nueva para él, de modo que esperó hasta que Agatha subió al taxi y se sentó a su lado para darle las indicaciones al conductor.

Ella empezó a hacerle una lista de las llamadas que había recibido y de los progresos que ella había hecho con una empresa editorial en la que Luc estaba interesado. La empresa había despertado su interés porque estaba especializada en libros de jardinería. Nerviosa, y temiendo pasar en silencio el resto del viaje, empezó a hablar sobre sus ideas para rejuvenecer la compañía.

–¿Qué te pasa? –le preguntó por fin, al verlo tan serio–. ¿Por qué insistes en acompañarme a la pensión? Voy y vengo sola todos los días. No necesito que hagas de niñera, ya te lo he dicho.

–Dime qué más cosas has hecho hoy, aparte de hablar con clientes.

Agatha empezó a sudar. Y estaba claro que iba a verse obligada a responder porque Luc bajó del taxi con ella cuando llegaron a la pensión.

–¿Qué quieres saber? –le preguntó, una vez en su habitación. Aunque no era justo que estuviera allí, su presencia haciendo que todo pareciese diminuto, irrelevante, cuando lo que Agatha quería era olvidarse de él.

–Dímelo tú.

–No me he comido los sándwiches que había llevado. Bajé a la cafetería... y antes de que lo preguntes, no le he contado absolutamente nada a nadie. Yo no haría eso.

–Volví a la oficina poco después de irme –empezó a decir Luc–. Había olvidado unos papeles.

–¿Y?

Luc se acercó a la ventana, pensando no por primera vez que debería haber denunciado al propietario de la pensión. Cuando se volvió, vio que Agatha seguía en el mismo sitio, al lado de la puerta, aunque se había quitado el abrigo para dejarlo sobre el sofá.

–Habías dejado tu ordenador encendido.

–¿Y qué?

–Si te gusta entrar en páginas de contactos, yo diría que es buena idea apagar el ordenador para que no lo sepa nadie.

Agatha tardó unos segundos en entender.

–¿Has estado espiando en mi ordenador? –exclamó.

Luc tuvo la cortesía de enrojecer ligeramente, pero no estaba dispuesto a disculparse.

–Quería comprobar cómo iba ese informe para el departamento jurídico. Y no olvides que ese ordenador pertenece a la empresa y, por lo tanto, a mí.

Ella suspiró, agotada con el juego.

–Era la hora de comer, de modo que no estaba haciendo nada malo. Además, conocer gente por Internet es lo que hace todo el mundo últimamente.

–Últimamente todo el mundo parece querer meterse en líos –replicó Luc, furioso consigo mismo.

Mientras él esperaba el momento adecuado, Agatha se había dedicado a buscar hombres en Internet. Debería haber obedecido a sus instintos, siempre le había funcionado en el pasado.

Aquella mujer era un desafío, pensó. Si sospechara que estaba jugando con él, se marcharía sin ningún problema. Si de verdad no estuviera interesada en él, se encogería de hombros y pensaría que era una experiencia más en la vida. Pero, contra todo pronóstico, Agatha quería alejarse de él a pesar de estar interesada. Y eso lo volvía loco... aunque no tanto como cuando vio la página de contactos.

En realidad, Agatha sabía que conocer hombres por Internet no era lo suyo. De hecho, a medida que transcurría la tarde, su optimismo por conocer gente en la red se había enfriado por completo. Y cuando se encontró con Luc en la puerta del edificio llegó a la conclusión de que debía de estar sufriendo una especie de locura temporal para haber pensado que era buena idea.

Pero no iba a decírselo.

—Las agencias de contacto por Internet tienen mucho éxito.

—¿Ah, sí? ¿Eso es lo que esperabas, encontrar novio en Internet?

—La verdad, había pensado que podría conocer gente antes de empezar a buscar trabajo en otra oficina. Pero no veo por qué es asunto tuyo.

«Un hombre nuevo, alguien encantador que me ayude a olvidarme de ti».

El silencio se alargó y Agatha no sabía qué hacer.

—No quiero que conozcas a nadie —dijo Luc por fin.

Ella lo miró, sorprendida.

–¿No quieres que conozca a nadie? ¿Por qué, estás celoso?

La sensación de vacío que experimentaba fue reemplazada por una enorme alegría... que duró poco porque Luc la miró con gesto de incredulidad.

–¿Celoso? –repitió–. Yo no he estado celoso en toda mi vida.

Pero pensar en ella con otro hombre hacía que lo viera todo rojo. Lo aceptaba porque él era un hombre posesivo y no había nada malo en eso. ¿Pero celoso? No, en absoluto.

–¿Sigues pensando que debes cuidar de mí porque podría conocer a otro canalla como Stewart Dexter?

Luc negó con la cabeza.

–No quiero que salgas con nadie, Agatha. Tú y yo hemos dejado algo sin terminar y no vamos a fingir que no ha pasado. Ha pasado y volverá a pasar porque eso es lo que los dos queremos.

Capítulo 6

AGATHA estaba como hipnotizada por la convicción que había en su voz.

–Te equivocas... –protestó débilmente.

–Pero cuando hagamos el amor –siguió él, como si no la hubiera oído– quiero que estemos cómodos, así que iremos a mi casa.

–¡Eso es absurdo!

–En mi casa hay una cama grande –Luc se dirigió al dormitorio y empezó a buscar una bolsa de viaje–. Y un cuarto de baño con todo lo que puedas necesitar. Las mejores alfombras, un frigorífico que funciona, una televisión de plasma... aunque no voy a dejar que te pases todo el día...

–¿Qué estás haciendo? –lo interrumpió Agatha cuando empezó a abrir cajones–. ¡Cierra ese cajón ahora mismo!

Luc sacó varias camisetas que, después de revisar, volvió a meter en el cajón.

–¿Las usas para dormir? No importa, no te harán falta.

–¡No puedes hacer eso!

–¿Vas a decirme que no quieres hacer el amor conmigo durante horas? ¿No quieres que te toque donde te gusta que lo haga?

Agatha cerró los ojos, intentando no imaginar todas esas cosas.

–No, tal vez... ¡no lo sé!

–No importa, yo sí lo sé. Y deja de preocuparte –Luc tomó su cara entre las manos y luego, despacio, inclinó la cabeza. Al no encontrar resistencia, pensó que tal vez eso era lo que debería haber hecho desde el principio.

Agatha dejó que la besara, rindiéndose con una vergonzosa falta de decoro y echándole los brazos al cuello como si fuera a desaparecer de repente.

Todo lo que decía era cierto. Luc era su pasión irresistible. ¿Por qué no disfrutar mientras durase en lugar de convertirse en mártir de sus propios sentimientos? El sacrificio estaba bien y a veces hasta merecía la pena, pero nunca había sido un buen compañero de cama.

El viaje hasta su casa fue tremendamente emocionante. Incluso la conversación en el asiento trasero del taxi, en voz baja, avivaba las llamas de su pasión. Notaba el deseo en él y era tan poderoso como el suyo.

Cuando por fin llegaron al ático de Belgravia, Agatha estaba a punto de explotar.

El apartamento estaba decorado en tonos neutros, con suelos de madera clara y paredes pintadas de gris. Sí, se fijó en esas alfombras de las que había hablado y en unos cuadros abstractos que no había mencionado en absoluto pero que debían de valer una fortuna.

Sin saber cómo, Luc la había llevado al dormitorio. Estaba en la cama, viéndolo cerrar las cortinas antes de quitarse la ropa. Estaba tan excitada que tuvo que tocarse y cuando se colocó frente a la cama, desnudo, Agatha dejó que terminase lo que ella había empezado.

Sobre unas sábanas que parecían de satén, se abrió al placer de ser acariciada por un hombre. Y le parecía tan maravilloso...

Por primera vez, tuvo que enfrentarse con sus emociones con total sinceridad; lo que sentía por Luc no era simple deseo. Sí, tal vez lo había sido al principio, pero poco a poco había ido enamorándose.

Y mientras enredaba los dedos en su pelo se permitió el lujo de dejar que en sus ojos se reflejara ese amor porque él no podía verla.

Si Luc supiera lo que sentía por él, desaparecería de su vida para siempre, estaba segura.

Pero aun así... siempre podía soñar.

Cuando más tarde se volvió hacia ella y le dijo muy serio que debería reconsiderar su renuncia, Agatha pensó, con optimismo, que no podía soportar estar sin ella.

—La situación ha cambiado —siguió Luc, sorprendiéndose a sí mismo.

Que su amante trabajase para él no era precisamente la situación ideal. De hecho sería incómodo, pero no quería que trabajase en ningún otro sitio. ¿Cuánto tiempo pasaría antes de que alguno de sus compañeros intentase conquistarla? Agatha era una mujer sexy e inteligente...

Entonces tuvo que admitir que existía una posibilidad de que estuviera celoso.

—Lo sé —dijo ella, pasando las manos por sus anchos hombros—. Es peor.

–No me digas que sigues preocupada por el trabajo –murmuró Luc, acariciando sus pechos.

–Si haces eso, no puedo pensar –Agatha acarició suavemente la impresionante erección y experimentó una oleada de poder al sentirlo temblar.

–Lo mismo digo, bruja –Luc separó sus piernas con las manos.

–No hagas eso. Estamos... hablando –intentó protestar ella.

Pero la frase terminó en un jadeo de placer cuando Luc encontró su punto más sensible.

–Quiero demostrarte que lo que hay entre nosotros es bueno –Luc la colocó sobre él, los preciosos pechos colgando cerca de su boca. Chupó uno de sus pezones mientras Agatha se frotaba contra él, haciendo un esfuerzo sobrehumano para no terminar hasta que ella llegó al clímax.

–¿Decías? –bromeó después, besando la punta de su nariz.

Agatha sentía como si estuviera pegada a él por una fina capa de sudor y le gustaba.

–Pensé que tenías miedo de que no pudiera ocultar... lo que hay entre nosotros –dijo Agatha.

–Es un riesgo que estoy dispuesto a correr.

Y ésa era una manera de decir que confiaba en ella, al menos en lo que se refería a su relación. Agatha no era una cotilla, lo sabía bien. Pero no iba a decirle lo que sentía cuando la veía en la oficina haciendo fotocopias o inclinándose para recoger algo del suelo...

–¿Qué va a pasar cuando vuelva Helen?

–No volverás a tu despachito, no te preocupes.

–¿No?

–¿Recuerdas esa empresa editorial en la que estabas interesada?

–¿La que publica libros de jardinería?

–Hay que empujarlos en la dirección adecuada, pero tú tienes buenas ideas.

–¿Cómo lo sabes?

–He hablado con ellos y se han deshecho en elogios sobre ti y tus ideas, así que no vas a irte. Te quiero donde pueda verte todos los días.

–¿Has creado un puesto para mí? –preguntó Agatha.

En realidad, aceptar un puesto para el que no estaba cualificada sonaba a enchufe, pero decidió olvidar sus objeciones y concentrarse en lo importante: que iba a seguir trabajando con él.

Luc se encogió de hombros.

–No te subestimes, aprendes muy rápido.

–Gracias.

–Trabajarás con un grupo de tres personas, desarrollando estrategias para modernizar esa editorial. Yo no tengo tiempo para eso, pero seguro que tú harás un buen trabajo. Tengo fe en ti.

Agatha no podía creer lo que estaba oyendo pero se sentía tan feliz que apoyó la cabeza en su pecho y, a los cinco minutos, estaba dormida.

Luc sintió que se relajaba mientras acariciaba su pelo.

No sabía por qué había sugerido un meteórico ascenso para alguien sin experiencia, pero después de haberlo sugerido se sentía satisfecho.

La editorial era pequeña y de relativo valor, de modo que el daño que podría hacer era muy limitado, aunque de verdad tenía fe en su habilidad. Había demostrado ser trabajadora y con ideas, aunque no le gustase mucho el trabajo de oficina. Y le gustaba saber que la tendría cerca todos los días.

Casi sin darse cuenta de que, por primera vez, había infringido una de sus reglas al dejar que una mujer pernoctase en su casa, Luc cerró los ojos y se quedó dormido.

Cinco semanas después, Agatha seguía en las nubes, viviendo con la esperanza de que ocurriera lo impensable.

Había sido ascendida sin fanfarria, en un movimiento calculado para evitar habladurías. Su equipo había sido reclutado de otras empresas y los habían instalado en la primera planta. Agatha se sentía feliz. Aunque no estaba trabajando con plantas, aquello era lo más parecido que podía conseguir en una oficina.

A veces, Luc se asomaba para preguntar cómo iba todo y nunca daba la impresión de tener otro interés por ella que el puramente profesional, aunque rozaba su brazo cada vez que se inclinaba para mirar algo en su ordenador.

Una vez, sólo una vez, los dos se habían quedado a trabajar hasta muy tarde y, cuando no quedaba nadie en el edificio, Luc la había llevado a su despacho para hacerle el amor en el sofá.

Le había confesado que era la primera vez que lo hacía y eso, junto con otros detalles, la hizo pensar que su relación era importante para él.

Por el momento, había muchos detalles importantes: la primera vez que una mujer dormía en su casa... de hecho, estaba prácticamente viviendo allí. La primera vez que hacía el amor en la oficina, la primera vez que iba al supermercado porque hasta entonces le llevaban la comida de un restaurante cercano. De hecho, seguramente era la primera mujer que le hacía la cena para luego ver una comedia romántica en televisión.

Todo eso tenía que significar algo, Agatha estaba segura.

Pero esa noche sería especial. Luc se iba a Nueva York la semana siguiente y Agatha pensaba salir temprano de la oficina para hacerle una cena con velas, música y champán. Había comprado todos los ingredientes a la hora del almuerzo y, a las cinco, tomó el metro hasta la pensión, que le parecía horrible comparada con el ático de Luc.

Luc iría a buscarla a las siete para llevarla a un carísimo restaurante, pero ella había cancelado la reserva. En lugar de eso, tendría preparada una cena exquisita en su habitación.

A las ocho y media lo tenía todo listo. Se había puesto un vestido verde ajustado sin nada debajo, algo que unas semanas antes hubiera sido impensable. Y cuando sonó el timbre prácticamente se lanzó de cabeza hacia la puerta.

–Hola, Luc.

Él se quitó la gabardina y miró las velas con cara de sorpresa.

–¿No íbamos a cenar fuera?

–He decidido que sería mejor pasar la última noche aquí antes de que te vayas a Nueva York.

Luc la miró, sorprendido. Aunque no era la primera vez que cocinaba para él, no había esperado aquello.

Lo maravillaba cómo se había infiltrado en su vida. Con otras mujeres jamás había sido capaz de hacer eso, pero con Agatha se había convertido en una rutina que lo complacía.

—No hacía falta, podríamos haber cenado fuera.

—Ya lo sé, pero he pensado que estaría bien. En serio, parece que me he molestado mucho pero en realidad es poca cosa.

Agatha intentaba disimular su decepción pero se sentía incómoda mientras servía el vino, intentando sonreír cuando Luc dijo que las velas eran un peligro.

—No eres nada romántico, ¿verdad?

—No —respondió él, con cierta brusquedad—. Así que no estropeemos la cena hablando de eso. No lleva a ningún sitio.

Atrapada en un incómodo silencio, Agatha empezó a explicar nerviosamente lo que había preparado de postre y Luc intentó relajarse. No iba a verla en una semana, tal vez más tiempo si las negociaciones no iban como él quería. Y había cosas más interesantes que un pastel de chocolate.

—¿Por qué no pasamos del postre? —sugirió, tirando de ella para sentarla en sus rodillas—. Tengo hambre de otra cosa...

—Sólo piensas en sexo —bromeó Agatha.

Pero no protestó cuando empezó a quitarle el vestido y tampoco cuando inclinó la cabeza para rozar delicadamente un pecho con su boca, sucumbiendo al placer que le ofrecían sus labios.

Luc la llevó en brazos a la cama. Disfrutaba al escuchar sus gemidos y jamás se cansaba de verla desnuda, el cabello extendido sobre la almohada, su voluptuoso cuerpo entregado.

Aunque sabía que era suya, tenerla no había disminuido su deseo por ella. A veces, en la oficina, bajaba a la primera planta con cualquier excusa para verla, para rozarla con un brazo.

Sabiendo que no se verían en unos días, quería que aquella noche durase todo lo posible y la acarició con los dedos y con la lengua hasta que Agatha le suplicó que la hiciera suya. Cuando por fin se enterró en ella estaba tan húmeda que no pudo aguantar más que unos minutos antes de dejarse ir. Se sentía como un adolescente, algo que no le había pasado nunca.

Agatha, con los ojos cerrados, apoyó la cara sobre su pecho mientras él acariciaba su pelo.

—¿Vas a echarme de menos?

Luc contuvo el aliento durante un segundo porque esa pregunta contenía algo que sonaba a campanas de boda.

—Voy a estar muy ocupado —respondió.

—¿Qué significa eso?

—Que probablemente no tendré tiempo para pensar en nada que no sea el trabajo.

Agatha sintió un escalofrío. Sabía que no debería seguir hablando del tema, pero no podía evitarlo.

—¿Me llamarás por teléfono?

—¿Se puede saber qué te pasa? ¿Qué es lo que te preocupa?

Dos cosas empezaban a quedar claras para Agatha. La primera, que Luc no iba a comprometerse a llamarla y la segunda, que no se comprometía a llamarla porque ni siquiera iba a notar su ausencia. Tal vez notaría la ausencia de sexo, pero a ella no la echaría de menos.

Había querido creer que lo que había entre ellos era una relación de verdad, pero en realidad sólo era sexo para Luc. Ni siquiera había querido tomar el postre que había preparado con tanto mimo; tan ansioso estaba por meterse en la cama.

Sintiéndose dolida y avergonzada, Agatha se apartó de él.

–Dímelo tú –murmuró–. No sé cómo ha pasado, pero somos amantes.

–¿No sabes cómo ha pasado? Ha pasado porque no podemos apartarnos el uno del otro –respondió él–. Muy bien, ¿qué quieres que diga, que voy a llamarte? De acuerdo, te llamaré.

Lo enfurecía que Agatha hubiera estropeado su última noche exigiendo unas respuestas que no estaba dispuesto a dar. No le gustaba que lo acorralasen, pero haría esa concesión. ¿Por qué no? La deseaba más de lo que había deseado a ninguna mujer en mucho tiempo y haría un esfuerzo para contener su natural deseo de levantar barreras.

–¿Y ahora podemos seguir con lo nuestro? –murmuró luego, pasando un dedo por su espalda y sonriendo al notar cómo respondía. Agatha decía una cosa con la boca, pero su cuerpo le decía otra muy diferente–. Te llamaré todos los días si eso es lo que quieres.

–¡No quiero que me llames! –Agatha parpadeó para contener las lágrimas–. No quiero que me llames sólo porque me he enfadado. No estoy tan desesperada.

–Yo nunca he dicho que lo estuvieras.

–Pero es lo que estás pensando y lo comprendo. Me acuesto contigo y hago todo lo que tú quieres...

–Cálmate, Agatha...

–Estoy calmada –lo interrumpió ella–. Pero quiero saber dónde va esto.

–¿Por qué es tan importante? Lo estamos pasando bien, ¿no?

–En la vida hay cosas más importantes que pasarlo bien.

Luc respiró profundamente.

–No me apetece nada seguir con esta conversación. Lo que hay entre nosotros es bueno para los dos. ¿Por qué cuestionarlo?

–Porque yo necesito saber si estoy perdiendo el tiempo contigo.

La experiencia de Luc no lo había preparado para aquello. En el pasado, las mujeres habían intentado colarse en su vida pero nunca lo habían puesto en el apuro de tener que dar una respuesta directa.

Y durante unos segundos se quedó sin habla.

–Voy a ducharme –dijo luego, saltando de la cama.

Pero Agatha se levantó para ir tras él.

–Ésa no es una respuesta.

Luc abrió el grifo de la ducha y, unos segundos después, el cuarto de baño se llenaba de vapor. Agatha suspiró mientras lo miraba con una fascinación que no podía disimular. Luc Laughton era su debilidad. Amaba a aquel hombre, pensó. Se había enamorado de él mientras Luc se limitaba a disfrutar con ella en la cama. Aunque de ninguna forma podía decir que la había engañado.

–Pensé que podía hacer esto... –le dijo después, cuando cerró el grifo y salió de la ducha–. Pensé que era una chica moderna, que podía tener una aventura contigo porque me sentía atraída por ti, pero no puedo.

Luc empezó a vestirse con aparente tranquilidad, pero sentía como si un cohete le hubiera estallado en la cara. ¿No sabía desde el principio que Agatha era una chica anticuada, la clase de chica que mantenía relaciones con la esperanza de que llevaran a algún sitio?

Se preguntó entonces cómo podía haberse dejado llevar por el deseo. Pero lo había hecho y se sentía asqueado por su debilidad.

–Siento mucho saber eso –dijo por fin–. Y me gustaría poder decir que esto acabará en el altar, pero no va a ser así –Luc se pasó una mano por el pelo–. No sé cómo va a terminar, pero no terminará en una iglesia, Agatha.

–No puedes segur siendo soltero toda tu vida.

–Cuando decida casarme, si lo hago algún día, será con una mujer que entienda mis prioridades. Nunca le he dicho esto a nadie, pero voy a decírtelo porque mereces que sea sincero: tenía una relación con una mujer cuando mi padre murió y tuve que volver a casa para solucionar la situación –Luc hizo una mueca de disgusto–. Tenía que solucionar un problema terrible y la única manera de hacerlo era trabajar sin descanso. Así que trabajé veinticuatro horas al día, siete días a la semana... y creo que no hará falta decirte que el amor de mi vida no lo entendió.

De modo que no me gustan los dramas románticos, ni ahora ni nunca.

Lo que no añadió fue que algún día se casaría con alguien tan ambicioso como él o alguien que le diese libertad para seguir viviendo como le gustaba. No quería una mujer que estuviera continuamente haciendo exigencias, diciéndole que debería trabajar menos, levantando los ojos al cielo cada vez que tenía que viajar al extranjero e intentando convertirlo en un hombre domesticado y obediente. Era algo que había tenido claro desde siempre, pero se preguntaba por qué ahora sonaba como un cliché.

–Sé que no entiendes lo que digo –Luc suspiró–, pero te aseguro que algún día me darás las gracias por hacer sido sincero. Yo no soy el hombre que tú necesitas, Agatha.

–No, es verdad –admitió ella.

–Estás buscando alguien que tenga la cabeza en las nubes como tú, pero yo no soy así.

–¿Te he importado alguna vez? –le preguntó ella entonces.

–Pues claro que sí –respondió Luc, incómodo.

–Quieres decir que te importaba acostarte conmigo.

–Yo no he dicho eso.

Agatha sacudió la cabeza.

–Tal vez he sido una idiota por pensar que podríamos significar algo el uno para el otro –replicó, parpadeando rápidamente para evitar las lágrimas–. Llevo tanto tiempo enamorada de ti...

–Yo no te he pedido que te enamorases –la interrumpió Luc, intentando contener la euforia que provocaba tal admisión.

Pero una mujer enamorada era una responsabilidad y, por genial que fuera el sexo, él nunca animaría
a una mujer a hacerse ilusiones.

–No, ya lo sé.

–Podría fingir que eso es lo que quiero, pero no es
verdad. ¿Cuándo... cuándo te diste cuenta de que te
habías enamorado de mí?

–No quiero seguir hablando de eso. No sé por qué
lo he dicho.

–No, claro, lo comprendo.

–No quería hacerlo. Sabía que tú no eras la clase
de hombre que me convenía, pero había empezado a
hacerme ilusiones...

Luc, hipnotizado por una lágrima que rodaba por
su rostro, tomó un pañuelo de papel y lo puso en su
mano.

–Debería haber seguido con lo de Internet. Tal vez
eso me hubiera llevado a algún sitio.

Él no quería hablar de eso. Aunque estaba claro
que su relación se había roto, no quería pensar en
Agatha con otro hombre.

Y Agatha sabía lo que significaba ese silencio: sí,
debería haber buscado pareja por Internet. Luc lo había pasado bien con ella, y ella con él, pero no había
nada más.

–Es una pena que las cosas hayan terminado así,
pero creo que es importante dejar una cosa bien clara:
esto no afectará a tu trabajo y no quiero que te marches
–dijo Luc, metiendo las manos en los bolsillos del pantalón–. A partir de ahora, Jefferies se encargará de su-
pervisar los progresos de tu equipo. Imagino que sería
difícil para ti hablar directamente conmigo.

Agatha respiró profundamente antes de levantar la mirada.

–Te lo agradezco. Estoy disfrutando mucho del proyecto y creo que podemos llegar a algún sitio –respondió, jugando con el pañuelo de papel que tenía en la mano.

–No sé cómo ha pasado, pero he dejado que las cosas llegaran demasiado lejos...

–Yo no soy Miranda.

–¿Cómo sabes su nombre?

–Lo sé, simplemente. Imagino que debió de hacerte mucho daño, pero...

¿Pero qué? Agatha se odiaba a sí misma por seguir con esa conversación.

–Me enseñó una lección muy valiosa –dijo Luc.

–Te enseñó a ser una isla.

Muy bien, había cierta verdad en esa afirmación, tuvo que reconocer él. ¿Pero qué había de malo en ser una isla? Era mucho más seguro que depender de los demás. Sin embargo, sentía como si unos cristales estuvieran desgarrando sus entrañas y tuvo que hacer un esfuerzo sobrehumano para recuperar el sentido común.

Estaba inquieto porque Agatha había puesto las cartas sobre la mesa, pero también porque parecía cansada; algo notable cuando en las últimas semanas la había visto llena de energía.

Se había acostumbrado a ella y se sentía culpable por hacerla sufrir. Por eso tenía un nudo en el estómago.

–Me marcho porque me importas de verdad, Agatha. Yo no puedo darte el amor que tú quieres.

Cada palabra le sabía a veneno. ¿Había sentido aquello cuando Miranda lo dejó? No lo recordaba. Pero había sido un momento crucial en su vida, ¿por qué no lo recordaba?

–Me marcho –repitió–. ¿Quieres llamar a alguien para que venga a quedarse contigo?

Agatha lo miró, sin poder disimular su hostilidad. Eso era llevar la compasión demasiado lejos.

–Soy yo quien está rompiendo la relación, no tú. Y no es el fin del mundo. Estas cosas pasan todos los días... y seguramente me hará más fuerte. Así que no, no necesito llamar a nadie para que me haga compañía. Puede que haya sido una ingenua, pero no soy tan patética como tú pareces creer.

No lo culpaba por el final de la relación, se culpaba a sí misma. Pero se levantaría como fuera.

–Y sí, te agradecería que no fueras a mi despacho... aunque si tienes que hacerlo tampoco pasa nada.

Había tenido que hacer acopio de fuerzas para decir esa última frase, pero al menos Luc ya no estaba mirándola con esa expresión ridículamente condescendiente. Le había dado la excusa que necesitaba para marcharse y la miraba con cierta reserva.

Agatha respiró profundamente. La recuperación tenía que empezar en algún momento y podía lidiar con reserva mejor que con compasión.

Capítulo 7

LUC LEVANTÓ la cabeza para mirar a la pelirroja que le había sonreído coquetamente durante toda la cena. Sabía que, aunque se mostrase tan comunicativo como un ladrillo, ella seguiría intentando flirtear con él. Atractivo, rico y sin compromiso, era uno de los solteros más cotizados de la ciudad.

Estaban terminando de cenar en uno de los mejores restaurantes de Londres y lo lógico era ir a su apartamento, donde la pelirroja le mostraría todos los talentos que habían estado casi a la vista durante la larga y aburrida cena.

Pero eso no iba a pasar. Durante las últimas tres semanas, su libido había estado alarmantemente apagada. De hecho, no existía en absoluto. Era la primera vez que había tenido que hacer un esfuerzo para cenar con una mujer guapa. Debería estar disfrutando del ensayado juego de seducción que, sin la menor duda, los llevaría al dormitorio. En lugar de eso, había mirado su reloj cinco veces y estaba esperando pacientemente que ella terminara el café para pedir la cuenta y volver a su casa. Solo.

Todo en aquella situación lo ponía nervioso. Desde su falta de interés por las mujeres a su obsesión por una a la que ya debería haber olvidado. Había sabido desde el principio que él no era la clase de hombre que se lanzaba de cabeza a un compromiso como un kamikaze. Él tenía sus reglas, pero Agatha había decidido infringirlas todas.

Debería suspirar aliviado por haberse librado de ella. Él no estaba interesado en casarse por el momento y cuando conociese a la mujer adecuada no sería alguien como Agatha, una cría esperando un cuento de hadas.

Pero no podía dejar de pensar en ella. Era como una de esas insistentes melodías que uno no podía quitarse de la cabeza.

Ni siquiera el trabajo lo ayudaba. Había trabajado como nunca y había estado fuera del país más que en él, pero no era capaz de concentrarse por completo y se había encontrado más de una vez con el ceño fruncido en una reunión, a muchos kilómetros de distancia...

Y ahora aquello: una pelirroja de metro setenta y ocho que podría parar el tráfico y no le interesaba en absoluto. Podría haber estado cenando con un monstruo.

–¿Me estás escuchando? –Annabel se inclinó hacia delante, regalándole una panorámica de su escote.

–Perdona, estaba distraído –Luc le hizo un gesto al camarero para que le llevase la cuenta, sintiéndose culpable al ver que Annabel perdía la sonrisa–. Tengo mucho trabajo ahora mismo y no puedo concentrarme en nada. Mal momento para cenar con una mujer.

Luc no tenía por costumbre dar tantos detalles, pero se sentía en la obligación de hacerlo.

–Pues es una pena –dijo Annabel.

–Eres una chica muy atractiva, pero en este momento no tengo tiempo para una relación.

–¿Por el trabajo?

La pregunta quedó colgada en el aire hasta que Luc asintió con la cabeza.

–No sabes lo que te pierdes –Annabel se levantó, tomando su bolsito azul de la mesa–. Pero gracias por ser sincero conmigo. Aunque seguramente no habría funcionado de todas formas... no me gustan los hombres aburridos.

¿Annabel pensaba que era aburrido? Mientras Eddy, su chófer, lo llevaba de vuelta al ático de Belgravia, Luc pensaba que eso había sido lo más entretenido de la noche. Por lo menos, la única vez que había sentido la inclinación de soltar una carcajada.

Por fin en su apartamento, se dirigía al bar para tomar un whisky antes de irse a dormir cuando le pareció escuchar la voz de Agatha...

Estaba seguro de que era cosa de su imaginación pero cuando se volvió, la vio sentada en el sofá, mirándolo con sus enormes ojos azules.

Debería haberla visto en cuanto entró porque había encendido la lámpara del salón y ella no hacía el menor esfuerzo por esconderse, pero su cabeza estaba en otro sitio.

–Lo siento, he entrado con mi llave –se disculpó Agatha–. Iba a esperarte fuera... de hecho, te esperé fuera durante un rato, pero hacía frío y todo estaba tan silencioso que empecé a tener miedo.

—¿Qué haces aquí?

—Se me olvidó devolverte la llave... —Agatha no sabía qué decir y se limitó a mirarlo, en silencio.

Como le había prometido, no había vuelto a pisar su despacho desde que rompieron. De hecho, Luc había estado fuera del país caso todo ese tiempo. Lo había descubierto preguntando en la oficina, aunque sabía que era absurdo interesarse.

Ahora, después de tres semanas sin verlo, se lo comía con la mirada como una adicta necesitada de una dosis.

—¿Por qué no le has dejado la llave al conserje?

Luc estaba tenso pero, al mismo tiempo, experimentaba una perversa satisfacción porque sólo podía haber una razón para que Agatha estuviera allí. Se había puesto muy romántica sobre el matrimonio y el final feliz, pero después de tres semanas no podía estar sin él y sin la pasión que había entre los dos.

Había subestimado el poder del deseo y eso no lo sorprendió. Y tampoco que no le hubiera devuelto la llave del apartamento. Seguramente la habría guardado como un recordatorio de lo que anhelaba, quisiera admitirlo o no.

—La verdad es que quería dártela personalmente.

—No puedo echarte a la calle pero, por si no lo recuerdas, hemos roto. De hecho, tienes suerte de que tuviera trabajo esta noche o seguramente no habría vuelto solo a casa.

Agatha enrojeció. No había sabido nada sobre las conquistas de Luc en esas semanas y tampoco había leído nada sobre él en las revistas de cotilleos que había devorado con vergonzante entusiasmo.

Intentaba mostrarse calmada y segura de sí misma, pero no la ayudaba nada que Luc estuviera de pie, mirándola como si fuera una ladrona que se había colado en su apartamento.

Él había seguido adelante con su vida como si no hubiera pasado nada y no era ninguna sorpresa. Luc Laughton no pensaba dos veces en las mujeres que dejaba atrás.

¿Le dolía? Desesperadamente. Pero intentó disimular porque había tenido que hacer un gran esfuerzo para ir allí.

—Ya me lo imagino. Pero es que tengo que contarte algo.

—No creo que tengas nada más que decirme. Si es algo que se refiere al trabajo, puedes contármelo en la oficina —Luc tomó un vaso para servirse el whisky que se había prometido a sí mismo y que necesitaba más que nunca, aunque debía reconocer que la noche se había animado mucho.

Agatha se levantó del sofá, pero enseguida volvió a sentarse. No podía haber dejado más claro que quería que se fuera cuanto antes. ¿Por qué? ¿Creía que si estaba con ella cinco minutos le pondría unas esposas?

Entonces tragó saliva, observándolo mientras se servía el whisky. Porque sería whisky, seguro. Solía tomar uno antes de irse a dormir, pero tal vez aquella noche necesitaría más.

—Luc...

Él se dio la vuelta, apoyándose en el bar.

—Di lo que tengas que decir —la urgió, antes de tomar un trago. Parecía tan nerviosa como un gatito e igualmente vulnerable.

El silencio se alargó hasta que, por fin, Luc se acercó al sofá. Agatha no podía ser más diferente a Annabel, que era el paradigma de la mujer serena, impecable, elegante y segura de sí misma...

Annabel no era la clase de mujer que soñaba con cuentos de hadas ni con un marido domesticado que estaba deseando volver a casa cada noche. Luc se agarró a ese pensamiento porque, incluso con ese aspecto perdido, Agatha conseguía excitarlo como nadie.

—¿Es por dinero? —le preguntó—. Porque si es eso, no hay ningún problema.

—¿De qué estás hablando?

—Dudo mucho que hayas venido sólo para hablar de los viejos tiempos.

De inmediato, la imaginó desnuda bajo el abrigo y tuvo que apartar la mirada, frustrado.

—Pero no nací ayer y conozco bien a las mujeres —siguió, tomando un sorbo de whisky antes de sentarse a su lado—. Estuvimos saliendo juntos y tal vez has pensado que cortamos antes de que pudieras obtener algún beneficio económico.

Agatha lo miró, perpleja.

—¿Pero qué estás diciendo?

—Tienes un trabajo muy bien pagado que se te hizo a medida, pero sabes cómo trato a las mujeres cuando me despido de ellas y tal vez has decidido que mereces un regalo.

Agatha no podía creer lo que estaba escuchando.

—Pero...

—Y no tengo ningún problema, no te preocupes —la interrumpió Luc, sintiéndose magnánimo—. Lo justo es lo justo y tú tienes que salir de ese agujero de pensión.

—Ya me he ido de la pensión, con mi propio dinero —dijo ella por fin.

—¿Cuándo?

No sabía que se hubiera ido y esa inesperada independencia lo sorprendió.

—Hace una semana y media. Encontré un sitio mejor y más cerca de la oficina.

—¿Otra pensión con un propietario que cree que el moho de las paredes equivale a un papel pintado?

—No, ahora puedo pagar un apartamento. Y no estoy aquí para pedirte nada... ¿cómo puedes pensar eso de mí? Es ridículo, yo nunca te he pedido nada.

—La mayoría de las mujeres se mueven por dinero.

—Serán las mujeres con las que tú sales —replicó Agatha, con expresión acusadora—. Y es horrible que me hables así, como si no me conocieras en absoluto.

Luc hizo una mueca.

—Muy bien, tienes razón. No has venido aquí para eso. ¿Para qué entonces?

—Como sé que no te gusta darle vueltas a las cosas, voy a ir al grano: estoy embarazada.

Por un segundo, Luc tuvo la extraña sensación de que el tiempo se había detenido. Y luego se preguntó si había oído bien.

—Eso es imposible —dijo por fin, levantándose para pasear por el salón—. Me dijiste que tomabas la píldora y confié en ti. ¿Estabas mintiendo?

—No te dije que tomase la píldora, dije que no creía que fuera un problema...

Él se pasó una mano por el pelo.

–No puedes estar embarazada.

–Me he hecho cuatro pruebas –dijo Agatha–. No hay ninguna duda, estoy embarazada.

–Esto no puede estar pasando –Luc se dejó caer sobre el sofá, mirándola con tal expresión de incredulidad que Agatha olvidó el discurso que había ensayado.

–Sé que es una sorpresa. También ha sido una sorpresa para mí.

Había ido al médico porque estaba cansada y le dolía la espalda, esperando que le recetase un analgésico y tal vez un masaje... y había salido con las piernas temblorosas cuando le dijo que estaba embarazada de dos meses.

–Estaba tomando la píldora –siguió–, pero no la primera vez. La primera vez no estaba tomando nada. No pensé que pudiera ocurrir...

–No pensaste...

–Tampoco tú –se apresuró a interrumpirlo Agatha.

Luc asintió con la cabeza. Tenía razón, tampoco él había pensado en nada esa noche.

Su vida iba a cambiar por completo porque ninguno de los dos había pensado en las consecuencias. Él siempre tomaba precauciones, pero no lo había hecho con Agatha. Todo había sido tan rápido que no se había parado a pensar...

–Lo siento –dijo ella.

Debía de ser un golpe tremendo para Luc volver de una cita para descubrir que iba a tener un hijo con una mujer a la que ya no quería en su vida. También lo había sido para ella, pero había tenido un día entero para acostumbrarse a la idea.

–Dijiste que no había ninguna posibilidad.

–Hice un cálculo mental y *pensé* que no había ninguna posibilidad pero, por lo visto, estaba equivocada. No sabía si debía contártelo o no... y tal vez debería irme para que intentes acostumbrarte a la idea.

Agatha iba a levantarse, pero Luc sujetó su brazo.

–¿Y ahora qué?

–No he venido a pedirte nada. Sólo pensé que debías saberlo. No espero que cambies tu vida por mí ni nada parecido.

–¿Estás loca? ¿Cómo no va a cambiar mi vida?

–No necesito que cuides de mí, Luc. Soy más que capaz de cuidar de mi hijo sola.

–¿Eso lo dice la chica que sueña con el amor y el matrimonio?

–Digamos que he madurado.

–¿Y qué se supone que debo hacer yo ahora?

–Seguir trabajando, como siempre –respondió Agatha–. Y cuando nazca el niño hablaremos de derechos de visita, si eso es lo que quieres.

–¿Vives en el mismo planeta que yo?

–Estoy intentando ponértelo fácil.

–¿Qué piensas decirle a tu madre, por ejemplo? ¿Crees que se va a creer lo de la cigüeña?

–Aún no he pensado en eso –Agatha se encogió de hombros–. Estoy intentando hacerme a la idea todavía y mi madre... bueno, mi madre es muy anticuada. Antes de hablar con ella tendré que armarme de valor.

–Sugiero que lo hagas. Y también sugiero que le digas quién es el padre porque tarde o temprano lo descubrirá. Me gustaría dar marcha atrás, pero como eso no puede ser, te aseguro que me haré responsable de mi hijo.

–¿Qué quieres decir?

–No te preocupes, no tendrás ningún problema económico. Y mi hijo tampoco.

Su hijo.

Luc miró el abdomen de Agatha, atónito. Ni en un millón de años hubiera imaginado que su vida iba a ponerse patas arriba, pero debía admitir que había algo muy sexy en saber que llevaba a su hijo dentro.

–¿Dónde vives ahora? Tu idea de lo que es un alojamiento apropiado no suele coincidir con la mía.

–No vas a hacerte cargo de mi vida, Luc.

–Yo soy la otra parte de la ecuación en estas circunstancias. Y eso, por cierto, nos lleva a otra cosa: nuestra relación.

–Nosotros no tenemos una relación –dijo Agatha. De repente, todo parecía moverse a una velocidad vertiginosa.

–Te guste o no, ahora la tenemos y algo me dice que tu sueño podría estar a punto de hacerse realidad.

Agatha no tuvo que pedir que le aclarase esa última frase. Sabía muy bien de qué estaba hablando. Habían roto su relación porque ella quería algo más que una aventura temporal y ahora, contra su voluntad, se veía acorralado por una situación que no deseaba. Le había dicho que su vida no tenía por qué cambiar, ¿pero cómo podía haber creído eso de verdad? Luc no era la clase de hombre que evitaba responsabilidades, aunque fueran responsabilidades que no quería.

–No voy a casarme contigo –le dijo–. No es por

eso por lo que estoy aquí. No es por eso por lo que te he dicho que estoy embarazada.

–No pienso quedarme a un lado y te aseguro que un hijo mío no será ilegítimo. Yo soy un hombre de honor –replicó Luc–. Dices que no debería dudar de ti, pero tampoco tú deberías dudar de mí.

–Eres tú quien me ha acusado de querer dinero –le recordó Agatha–. Y ya sé que eres un hombre de palabra, no tienes que decirlo.

–Entonces, estarás conmigo en que debemos hacer lo mejor para todos. Y lo mejor es casarnos, es la única solución al dilema.

–Esto no es un dilema y tampoco es un problema.

–Muy bien, de acuerdo. ¿Cómo quieres que lo llamemos, situación? ¿Una ocurrencia del destino? ¿Una oportunidad inesperada? Elige lo que quieras, la solución será la misma.

Agatha se levantó, abrumada de repente por las emociones que la atacaban por todos lados. Pero el suelo, que debería ser firme bajo sus pies, pareció ceder... era como estar en un bote en medio del océano, experimentaba la misma sensación de mareo.

–No me encuentro muy bien... el médico me ha dicho que podría tener anemia... –Agatha no recordaba lo que ocurrió después, pero tuvo la sensación de que alguien la tomaba en brazos.

Al verla pálida como un cadáver, Luc se había puesto en acción inmediatamente, sujetándola antes de que cayera al suelo.

Apenas había tenido tiempo de asimilar la noticia pero, de repente, se preguntó si estaba lidiando con la situación de manera adecuada. Había sido culpa

suya que Agatha se marease y, en su condición, era
lo último que necesitaba.

Luc la llevó al dormitorio y la dejó suavemente
sobre la cama.

—¿Estás mejor? —le preguntó al verla parpadear.

—¿Me he desmayado? —murmuró Agatha, llevándose una mano al cuello de la camisa. Se sentía débil
y asustada y, aunque no quisiera reconocerlo, la presencia de Luc era reconfortante.

—¿Es la primera vez que te pasa?

Ella asintió con la cabeza.

—¿No comes bien? Estás muy delgada.

—Claro que como bien. Y no finjas que te importa,
esto es algo que no esperabas y que va a interrumpir
tu vida... —los ojos de Agatha se llenaron de lágrimas.

—Voy a llamar al médico.

Luc parecía tal preocupado que Agatha hizo un
esfuerzo para no llorar más. Luc Laughton podía ser
aterrador y enfurecerla como no se había enfurecido
nunca con nadie, pero también podía ser considerado
y humano. ¿Cómo había olvidado eso?

—No sabía que los médicos siguieran haciendo vi-
sitas a domicilio —le dijo, cuando volvió a la habitación—. Pero no es necesario, de verdad.

—Sí es necesario. Y yo tengo en nómina al mejor
médico de Londres.

—¿Porque te pones enfermo a menudo? —Agatha
empezaba a tener sueño, algo que le ocurría muy a
menudo últimamente.

—No, yo nunca me pongo enfermo.

—No voy a casarme contigo, Luc.

—Y yo no pienso pelearme contigo por el momento. Tienes que cuidarte y que nos peleemos no ayuda nada.

–No tengo intención de pelearme contigo.

–¿Lo ves? Ya lo estás haciendo.

Agatha tuvo que disimular una sonrisa y seguía sintiéndose ridículamente contenta cuando sonó el timbre. Unos segundos después, en la habitación entraba un hombre de pelo gris e inteligentes ojos negros. Mientras la examinaba, le contó que conocía a la familia de Luc de toda la vida y que era su médico desde que se mudó a Londres.

–Aunque no nos vemos a menudo –siguió, guardando el estetoscopio en el maletín para dirigirse a la puerta, donde Luc esperaba con gesto impaciente.

–¿Cuál es el diagnostico, Roberto?

El médico miró hacia la cama.

–Necesitas descansar, Agatha. Tienes la tensión alta y eso puede dar lugar a todo tipo de problemas. Aunque el latido del niño es fuerte, no me gustan nada esas ojeras que tienes. Estás estresada y seguramente no tomas los nutrientes necesarios. Por supuesto, no hay necesidad de comer para dos como hacían antes, pero necesitas comer bien. Voy a darte una receta de ácido fólico, pero sobre todo debes descansar. Al menos durante un mes. Y es una orden.

Sonreía al decir eso, pero Agatha no pudo devolverle la sonrisa. ¿Cómo podía haber recorrido una distancia tan grande en tan poco tiempo? De la confusión total al pánico y de ahí a la angustia por la posible pérdida de aquel ser diminuto que crecía dentro de ella.

Luc salió de la habitación con el médico y cuando

volvió unos minutos después su expresión era implacable.

–Estaba mintiendo, ¿verdad? –murmuró Agatha–. No quería asustarme, pero es más serio de lo que dice. Lo he visto en su cara.

–¿Ah, sí? Entonces tendremos que llevarte al oculista –Luc se sentó a su lado en la cama.

Tres semanas sin ella habían sido un infierno. Aunque no había anticipado aquella situación, estaba absolutamente decidido a hacer lo que tenía que hacer.

Bajo ninguna circunstancia, le había dicho Roberto, debía estresarla en ese momento. De modo que intentar convencerla para que se casaran tendría que esperar. Pero cuidaría de ella porque la idea de tener un hijo con Agatha empezaba a resultarle increíblemente atractiva. Tal vez porque la presencia del médico había hecho que algo abstracto se convirtiera en algo real. En cualquier caso, su misión era protegerla, le gustase a Agatha o no.

–Puede que haya dicho cosas que te hayan disgustado –empezó a decir–. Y te pido disculpas por ello.

–¿Perdona? –exclamó ella, incrédula.

–No se me da bien pedir disculpas y tú lo sabes.

–No –asintió Agatha, fascinada por un Luc que había dejado a un lado su eterna arrogancia, aunque fuese temporalmente–. Imagino que no tienes mucha práctica.

–No me hace falta porque suelo tener razón.

Era un comentario tan típico de Luc que Agatha tuvo que sonreír. Cuánto lo había echado de menos. Había echado de menos su cara, su calor, sus caricias... y estar a su lado en la cama era suficiente para marearla.

–No voy a darle más vueltas al asunto. Roberto dice que tienes que descansar y eso es lo que vas a hacer. De modo que, por el momento, estás en excedencia –Luc levantó una mano para silenciar sus protestas–. Y no discutas. Si siguieras trabajando, pondrías en peligro al niño. Es tan sencillo como eso.

Mientras hablaba, estaba intentando trazar un plan de acción.

–¿De acuerdo? –le preguntó. Ella negó con la cabeza–. No, ya me lo imaginaba. Y también imagino que no estás preparada para volver con tu madre por el momento.

–Ya conoces a mi madre –Agatha se mordió los labios–. Necesito un poco de tiempo. Acabo de descubrir que estoy embarazada...

–Lo entiendo. Y ya que hablamos de la familia... sé que he reaccionado como un cavernícola cuando me has dicho que estabas embarazada –Luc tomó su mano, mirándola con gesto de disculpa–. Sí, el honor es importante, pero acepto que ya no vivimos en la Edad Media, así que olvidemos esa proposición mía y concentrémonos en ponerte fuerte otra vez.

Nunca había sido más contemporizador con alguien del sexo opuesto. Claro que nunca había estado a punto de provocar un daño irreparable por su irreflexivo comportamiento. Ese día había aprendido una valiosa lección, pensó. No tenía intención de sentar la cabeza, pero su vida acababa de dar un giro de ciento ochenta grados. Tarde o temprano, Agatha buscaría al hombre de sus sueños. ¿No había empezado a considerar la idea de buscarlo por Internet? Y Luc no pensaba dejar que otro hombre cuidara de su hijo.

Tres semanas antes, Agatha empezó a hablar de matrimonios y romances de cuento de hadas y él había decidido apartarse. Pero le había hecho daño y su misión era recuperar su confianza.

Agatha no entendía el repentino cambio de opinión. Olvidar esa absurda idea de casarse era lo mejor, se dijo a sí misma. Pero le dolía que de repente hubiera decidido que sería absurdo casarse con una mujer de la que no estaba enamorado.

–Tienes que descansar –insistió Luc–, y Londres no es un buen sitio para hacerlo. Pero tengo una casa muy tranquila en el campo... está lo bastante cerca de Londres como para ir y volver en el mismo día pero lo bastante lejos como para olvidar el ruido y la polución.

–¿Tienes una casa en el campo? ¿Por qué no me lo habías dicho?

Luc decidió no responder a la segunda pregunta.

–Es un sitio muy tranquilo, con un jardín precioso. Creo que allí estarás muy a gusto.

Luego sonrió, preguntándose cuánto tardaría en encontrar una casa así. No mucho, esperaba. El dinero hacía maravillas cuando se trataba de adquirir posesiones.

Capítulo 8

NO SÉ si me apetece vivir en el campo.
Agatha había estado ocho días en el ático de Luc porque no había podido convencerlo de que descansaría igual en su apartamento.

–No puedo cuidarte si no estás aquí –había dicho él, con total firmeza.

Decirle que estaba tirando dinero en el alquiler de un piso que no ocupaba nadie no sirvió de nada, aunque Luc había inclinado a un lado la cabeza, fingiendo que la escuchaba con atención.

–No debes estresarte por cosas poco importantes. Recuerda lo que dijo el médico.

La única concesión había sido llevarle su ordenador portátil para que pudiera seguir en contacto con su grupo de trabajo.

La comida era preparada por un cocinero y Luc volvía temprano de la oficina todos los días, aunque Agatha le aseguraba que no había necesidad.

Luc Laughton daba el cien por cien en todo lo que hacía y también daba el cien por cien en la tarea de evitar que perdiese el niño.

Y aunque le gustaba, resultaba turbador pensar que era una tarea de la que había tenido que hacerse cargo a la fuerza. Si no estuvieran en esa situación, no habría vuelto a verlo. Luc había seguido adelante con su vida hasta que ella apareció con la noticia bomba.

¿Pero qué otra cosa podría haber hecho? Ella no quería perder a su hijo. Su apego por el bebé aumentaba cada día y, secretamente, le encantaba que Luc cuidase de ella. ¿No disfrutaba tumbada en el sofá del salón, con una taza de té en la mano y una pila de revistas a su lado mientras él trabajaba en el ordenador? ¿No le gustaba verlo en el sofá, con las manos en la nuca, haciendo comentarios sarcásticos sobre algún programa de televisión que habían puesto para distraerse?

Si olvidaba la tensión que había entre ellos, y los dudosos motivos de aquel reencuentro, eran la viva imagen de la felicidad.

Al menos, en lo que se refería a ella. No tenía ni idea de lo que pensaba Luc porque no quería sacar el tema.

Estaba siendo sido escrupulosamente atento con ella. La había instalado en el dormitorio de invitados y, más que otra cosa, eso había dejado claro que la veía como una responsabilidad.

Con sus pocas posesiones en un guardamuebles y el alquiler del apartamento cancelado antes de que hubiera tenido tiempo de disfrutarlo, se dirigían por la autopista hacia la misteriosa casa que Luc tenía en Berkshire.

Agatha había dejado de hacer preguntas y concentraba sus esfuerzos en no sucumbir a la ilusión de que aquello iba a durar. Era una idea seductora, pero peligrosa y que debía evitar a toda costa. Amarlo hacía demasiado fácil que se engañara a sí misma.

–¿Por qué no te gusta la idea de pasar un mes en el campo?

Luc había tenido una semana para considerar la situación y sabía que estaba haciendo lo que debía hacer. Aunque Agatha no parecía apreciar su esfuerzo; un esfuerzo que estaba robándole tiempo de la oficina. Al contrario, se había encerrado en sí misma y no parecía dispuesta a hablar del futuro. ¿Temería perder el niño si discutían?, se preguntó.

–Es como si me hubiera metido en una secadora y estuviera dando vueltas sin parar. Primero, tuve que mudarme al ático, aunque podía cuidar de mí misma sin el menor problema. No me dejas levantar un dedo y ahora esto... es como si me estuvieras secuestrando.

–Muchas mujeres agradecerían que me preocupase tanto.

Agatha tuvo que hacer un esfuerzo para no decirle que no se había preocupado en absoluto desde que rompieron su relación. El interés que demostraba en aquel momento tenía que ver con el niño que estaba esperando. Se preguntó entonces si, cuando diera a luz, Luc se mostraría tan solícito con ella o volvería a ser el de antes.

Y eso la hizo pensar en el futuro. Luc estaba intentando demostrar que podía ser un buen padre, tal vez porque quería ganarse su simpatía para cuando tuvieran que hablar de los derechos de visita.

Evidentemente, había decidido seguir adelante con su vida cuando naciese el niño y Agatha tenía que hacer un enorme esfuerzo para no pensar en ellos como una familia feliz. Luc volvería a su vida mientras ella se quedaba a un lado, viendo cómo una larga lista de rubias fingían interés por su hijo. Y a él no lo preocuparía porque, en su cabeza, había hecho lo que debía hacer.

—¿Qué voy a hacer en un pueblo donde no conozco a nadie?

—Me conoces a mí y yo pienso ir por la casa a menudo —dijo Luc.

Agatha suspiró.

—Ojalá todo fuera como antes.

—Desear lo imposible no es buena idea. Para nosotros, la vida nunca volverá a ser como antes —Luc volvió la cabeza para mirarla—. Tenemos que aceptarlo y seguir adelante.

—¿Cómo puedes ser tan práctico?

—¿No te parece bien?

—No lo sé.

—Uno de los dos tiene que mantener la cabeza fría y he decidido nominarme a mí mismo para el papel —Luc salió de la autopista para tomar una carretera vecinal.

Había estado en la casa una vez, pero entonces conducía su chófer mientras él iba trabajando en el asiento trasero, de modo que tenía que mirar el navegador de soslayo para no perderse porque todas esas carreteras parecían iguales.

—¿Y yo no puedo opinar? —le preguntó Agatha entonces.

Aunque le resultaba difícil seguir discutiendo porque estaba encantada con el paisaje. Había olvidado lo bonito que era el campo, lo limpio que era el aire sin la polución de Londres. Y tan silencioso; un silencio que no era roto por las sirenas de policía y las bocinas de los coches.

–Por el momento, no –respondió Luc–. Ya casi estamos llegando. Tardaremos menos de veinte minutos.

–¿Vienes por aquí a menudo?

Él pareció pensarse la repuesta:

–No mucho.

–¿Y sueles venir solo? –Agatha no había querido preguntar eso y enseguida se mordió los labios.

–¿Por qué?

–Por nada. Es que me resulta raro imaginarte pasándolo bien tan lejos de Londres.

–Eres la primera mujer que traigo aquí.

–No te he preguntado si has traído a otras mujeres.

–¿No? –Luc se volvió para mirarla con una sonrisa en los labios y Agatha se enfadó consigo misma.

Sus problemas de salud la obligaban a tomar medidas y, aprovechándose de ello, él había entrado en su vida como un ciclón. ¿Pero por qué?, se preguntó.

¿Quería tenerla controlada? ¿Iba a apartarla del resto del mundo porque sabía que seguía enamorada de él?

Luc no jugaba con las reglas de los demás. Si tenía un plan, lo llevaría a cabo. Él era así, sencillamente. Y eso era algo que no debía olvidar.

–Es un sitio precioso –Agatha suspiró, cambiando de tema.

–¿Verdad que sí? –aunque Luc no era un admirador de la naturaleza, debía admitir que aquel sitio era precioso–. Aunque, según dicen, estos pueblos pequeños están plagados de rumores y escándalos.

Agatha soltó una carcajada.

–¿Dónde has oído eso?

–Creo que lo he visto en una de esas series de detectives que tanto te gustan. ¿Te has dado cuenta de que todos los asesinatos tienen lugar en un pueblecito pequeño? No entiendo cómo aún queda gente.

Era irresistible cuando se ponía irónico.

–Por si acaso, tendré cuidado.

–No te preocupes, yo tendré cuidado por los dos.

Acababa de tomar un camino flanqueado por árboles con alcorques llenos de flores silvestres y Luc la miró de soslayo para ver su reacción.

El agente inmobiliario había hecho un trabajo estupendo, pensó. Había querido impresionar a Agatha y, aparentemente, lo estaba consiguiendo.

–¿Te gusta? –le preguntó, conduciendo muy despacio para que pudiera disfrutar del paisaje.

Agatha estaba perpleja.

–Madre mía....

–Es un sitio fabuloso, ¿verdad?

–Jamás hubiera imaginado que tendrías una casa en un sitio así –le confesó ella.

–Tengo mis secretos.

La casa acababa de aparecer al final del camino, entre los árboles. No era ni demasiado grande ni demasiado pequeña... era sencillamente perfecta. Construida en ladrillo, los muros del primer piso estaban cubiertos de hiedra. Era una visión, como una casita de cuento de hadas.

–Es tan diferente a tu ático de Londres –comentó Agatha–. Tu ático es tan frío, tan minimalista.

–¿Un poco como yo? –sugirió él.

No la había visto tan animada desde que empezaron a salir juntos varias semanas antes, cuando soñaba con casarse con él.

Agatha se encogió de hombros.

–Tú lo has dicho, no yo.

Luc tuvo que sonreír.

–¿Entonces te gusta?

–Es maravillosa. Qué escondite tan fantástico. Me sorprende que quieras volver a Londres después de pasar aquí un fin de semana.

Él desvió la mirada.

–Demasiada tranquilidad puede ser agotadora.

–¿Tienes gente que se encarga del jardín y la casa?

–Naturalmente.

–Porque podría hacerlo yo mientras esté aquí. Así tendría algo que hacer.

–Estás aquí para descansar, Agatha.

–La jardinería es relajante.

–Si tú lo dices... –Luc salió del coche para abrirle la puerta.

Todo lo que podrían necesitar, incluyendo lo necesario para que él trabajase desde allí, había sido enviado con antelación. Luc pensaba que se volvería loco con tanta soledad, pero el pueblo estaba relativamente cerca.

–Supongo que no estaría mal que atendieses el jardín. Pero nada de levantar pesos.

–Naturalmente –asintió Agatha, pensando que era fantástico que Luc tuviera un sitio así. Podía ser duro como una piedra en los negocios y, francamente, en casi todo lo demás, pero descubrir que poseía una casa tan bonita dejaba claro que también tenía una vena sensible.

El interior no la decepcionó en absoluto. Estaba amueblada con sencillez, pero tenía grandes ventanales y el suelo de madera brillaba como un espejo.

–Debes de tener un ama de llaves fabulosa. ¿Te importa si echo un vistazo alrededor?

–No, claro que no.

Sus ojos brillaban y parecía contenta. Era la viva imagen de una mujer enamorada... de la casa.

Luc sacudió la cabeza, apoyándose indolentemente en la pared mientras ella iba de un lado a otro. En el piso de arriba había cuatro dormitorios y dos cómodos cuartos de baño con todo lo necesario. Y en la nevera había suficiente comida como para no tener que salir de allí en varias semanas.

Agatha notó que la había puesto en el dormitorio más alejado del principal y tuvo que contener una absurda punzada de desilusión. En realidad, era un gesto caballeroso, pensó.

Sonriendo, bajó al primer piso y cuando lo encontró en la cocina tuvo que disimular una risita. Las cocinas lo dejaban perplejo. Por alguna razón, Luc sabía manejar cualquier aparato eléctrico salvo los electrodomésticos.

–No tienes que quedarte conmigo –le dijo–. Sé que tienes mucho trabajo en Londres.

Él levantó la cabeza. Con la camisa ancha y el pelo suelto sobre los hombros tenía un aspecto tan juvenil, tan femenino.

–Dime algo que no sepa.

–Tú nunca te tomas días libres y no quiero que te sientas obligado a quedarte conmigo porque soy incapaz de cuidar de mí misma. Sé que es tu casa e imagino que te gustará estar aquí, pero seguro que nunca has estado más de un par de días.

—Si yo no cuido de ti, ¿quién lo hará? —le preguntó Luc—. Aún no le has contado nada a tu madre, de modo que ella no puede hacer nada.

Luc sabía por qué no le había dicho una palabra a Edith: porque, si lo hacía, tendría que decirle quién era el padre del niño y también por qué iba a ser madre soltera.

Por el momento, estaba dispuesto a no decir nada, pero tenía que empezar a maniobrar para llevar la situación en la dirección que él quería.

Abandonando sus intentos de encender la cafetera, se acercó a ella.

Se movía, pensó Agatha, con la gracia de un tigre: oscuro, peligroso, decidido. No sabía qué esperaba, pero eso no pudo evitar que su corazón se acelerase de manera peligrosa. ¿Por qué no se había sentido tan sola con él en Londres, aunque el ático era mucho más pequeño que aquella casa? El silencio parecía presionar las paredes, encerrándolos en un espacio del que no podían escapar.

—No es el momento de contárselo —empezó a decir, nerviosa.

—Cuando llame a tu apartamento y no conteste nadie, Edith se preguntará dónde demonios te has metido.

—No le he dado el número del apartamento, me llama al móvil.

Luc decidió dejar el tema. Como había descubierto en carne propia, esa expresión tan inocente escondía una personalidad casi tan testaruda como la suya.

–No estaré aquí todo el tiempo, así que no tienes por qué asustarte.

–¿Te vas a ir?

–Una mujer del pueblo vendrá desde las nueve hasta las seis, así que tendrás compañía. Ella se encargará de limpiar y cocinar, de modo que tendrás mucho tiempo para pasear por el jardín. También puede llevarte al pueblo cuando quieras, aunque espero que no vayas más de lo necesario. De hecho, si quieres ir al pueblo, yo mismo te llevaré.

Si estaba intentando hacerse el indispensable, lo estaba logrando, pensó Agatha.

–¿Y cómo piensas hacer eso? ¿No has dicho que vuelves a Londres?

–Sí, claro que volveré... pero no ahora mismo. Puedo trabajar desde aquí –dijo Luc–. Hay un despachito detrás de la cocina.

–Te volverás loco encerrado aquí.

–Entonces tal vez tú podrías distraerme –dijo él, preguntándose qué haría Agatha ante tan provocativo comentario. No la había tocado en todo ese tiempo y en aquel momento hacer el amor estaba fuera de la cuestión, pero podría hacer tantas cosas eróticas con su cuerpo...

¿Demasiadas duchas frías serían un riesgo para la salud de un hombre?, se preguntó. Después de su cena con Annabel una semana antes se había visto obligado a admitir que, por el momento, sólo deseaba a Agatha. Era irritante, pero innegable.

No sabía lo que sentía ella y tampoco sabía lo que Agatha sentía por él. Su buena relación era una fachada y tenía que descubrir hasta qué punto lo era.

Agatha estaba preguntándose qué había querido decir. ¿Estaba flirteando? ¿Haciéndole ver lo importante que era para él? Luc tenía experiencia con las mujeres y tal vez pensaba que alguna palabra amable de vez en cuando o una miradita ocasional la mantendría tan subyugada que incluso sin los lazos del matrimonio estaría loca por él.

«De eso nada».

—Si quieres distraerte, sugiero que salgas a tu precioso jardín —le dijo, adoptando una actitud firme y distante—. A mí siempre me funciona. Especialmente en esta época del año, cuando hace buen tiempo. Y he visto un precioso banco de madera bajo los árboles... tal vez podrías sentarte allí con tu ordenador portátil. Seguro que es muy relajante trabajar al aire libre. Y si es distracción lo que buscas, el canto de los pájaros te servirá.

Luc se dio la vuelta abruptamente.

—Suena ideal. ¿Debería buscar a Blancanieves y los sietes enanitos por si deciden aparecer? —replicó, irónico—. Tengo cosas urgentes que hacer ahora mismo. ¿Quieres saber algo más sobre la casa?

Agatha negó con la cabeza, fascinada por cómo sus cambios de humor parecían afectar al suyo. Cuando él estaba relajado, ella se relajaba, aunque sabía que debía permanecer en guardia. Cuando él estaba tenso, ella estaba tensa. Cuando se mostraba atento, ella florecía como una rosa ante los primeros rayos del sol. Y cuando, como ahora, se mostraba distante, sólo quería echarse a llorar.

—Voy a dar una vuelta por el jardín. ¿Quieres que prepare algo para cenar?

—No hace falta. Mi chef de Londres ha dejado

cien comidas preparadas en el congelador. Y también hay cosas en la nevera.

–¿Haces eso cada vez que vienes aquí? –preguntó Agatha.

–¿A qué te refieres?

–A encargarle a tu chef la comida. Bueno, imagino que así no tienes que ir al pueblo. ¿Cómo es el pueblo, por cierto?

Como Luc no lo había visto nunca, decidió hacer una vaga descripción para no meter la pata: una oficina de correos, unas cuantas tiendas, un par de pubs, lo normal. ¿No eran iguales todos los pueblos pequeños?

–Pero si no vas al pueblo a menudo y no te interesa el jardín, ¿por qué compraste esta casa?

–Esto empieza a sonar como un interrogatorio, Agatha.

–Lo siento, sólo lo preguntaba por curiosidad. Si vamos a estar encerrados aquí, será mejor que charlemos de algo.

–Éste es un sitio muy tranquilo y de vez en cuando necesito relajarme.

Había comprado la casa con un plan en mente, pero tanto subterfugio empezaba a sacarlo de quicio. Él tenía varios apartamentos por todo el mundo; uno en Nueva York, otro en París y otro en Roma, que usaba ocasionalmente cuando visitaba a sus clientes. ¿Dónde estaba el problema?

–Creo que es genial que te olvides del trabajo de vez en cuando –dijo Agatha–. Trabajar tanto no puede ser bueno para nadie.

–En eso no estamos de acuerdo –Luc recordó las razones por las que se habían visto obligados a romper su relación. Recordó la imposibilidad de que un hombre como él, centrado por completo en dirigir un imperio multimillonario, contemplase una relación con una mujer que intentaba convertirlo en un hombre de familia.

Pero estaba allí por una razón: Agatha estaba embarazada y él pensaba ser la única figura paterna para su hijo. Nada de derechos de visita. Y tenía que ponerle un anillo en el dedo para que no pensara nunca más en su vida de soltera.

–Sí, claro, es verdad –asintió Agatha, tragando saliva. Las palabras de Luc habían sido como un jarro de agua fría–. Voy a pasear un rato por el jardín. Y no hace falta que te preocupes por mí –añadió, para que no siguiera tratándola como si fuera una delicada figurita de porcelana–. No me voy a desmayar.

No fue exactamente el paseo tranquilo que había imaginado. Todo a su alrededor era suntuoso, pero su mente era una telaraña de pensamientos y cuanto más intentaba desentrañarla, más se complicaba.

Media hora después volvió a la casa y asomó la cabeza en la cocina antes de dirigirse a la escalera. Una vez que Luc se ponía delante del ordenador nada podía apartarlo y necesitaba estar sola unos minutos.

Agatha subió a su habitación y, después de echar un vistazo alrededor, entró en el cuarto de baño. Las toallas eran nuevas y los productos de baño de primera línea, como si fuera un hotel de lujo. Todo completamente nuevo, sin estrenar. ¿Pero cómo no iba a serlo si Luc apenas iba por allí?

Suspirando, llenó la bañera, pero cuando estaba a

punto de desnudarse se dio cuenta de que no había pestillo en la puerta.

Una vieja casa, pensó. Totalmente reformada en todos los aspectos salvo en ése.

Pero Luc estaba concentrado en el trabajo y ella no tardaría mucho en darse un baño, decidió.

La ansiedad empezó a desaparecer a medida que se hundía en el delicioso baño de espuma y cerraba los ojos...

Era estupendo haber salido de Londres, debía reconocerlo. Pero eso era lo único bueno de la situación. La realidad era que dependía de un hombre que unas semanas antes le había dado la espalda y sospechaba que sus atenciones tenían una intención determinada.

De hecho, tenía la sensación de ser una presa pequeña y vulnerable rodeada por un inteligente y enorme predador.

Aunque tal vez estaba equivocada y Luc había cambiado de opinión. No, eso era hacerse ilusiones tontas. Aunque una siempre podía soñar...

¿Se había quedado dormida unos minutos?, se preguntó mientras abría los ojos, sobresaltada. Se había visto a sí misma con un ramo de flores como las que había en el jardín mientras Luc, frente al altar, sonreía a otra mujer antes de ponerle un anillo en el dedo.

La nitidez del sueño la despertó. ¿O había sido el ruido de la puerta?

En los primeros segundos de confusión, ver a Luc en la puerta del baño fue como la manifestación de un sueño. Pero esa manifestación no estaba sonriendo.

—¿Se puede saber qué haces?

Agatha se dio cuenta de que las burbujas de la bañera habían desaparecido, dejándola expuesta a la mirada masculina.

–He estado dando un paseo por el jardín y luego he decidido darme un baño.

Más tranquilo después de haberla localizado, Luc miró la escena que tenía delante... y qué escena. Agatha intentaba esconderse, pero dos manos podían esconder pocas cosas y Luc clavó los ojos en la curva de sus pechos. Había soñado con eso muchas veces en las últimas semanas y su cuerpo reaccionó como si hubiera recibido una descarga de dos mil voltios.

–Estás temblando –le dijo, metiendo las manos en el agua–. Está helada, Agatha.

–He debido quedarme dormida –murmuró ella.

Con los pantalones vaqueros que había llevado durante el viaje y un viejo jersey de sus días de universidad, Luc estaba guapísimo. Hubiera dado cualquier cosa para que no ejerciera ese efecto en ella, pero no podía negar el cosquilleo que sentía entre las piernas cada vez que estaba cerca.

–¿Llamas a esto cuidar de ti misma?

Luc la sacó en brazos de la bañera para dejarla en el suelo y, como sus piernas no parecían capaces de sujetarla y estaba desnuda, Agatha recibió con alegría la toalla.

–¡He estado buscándote en ese maldito jardín durante media hora! –exclamó él, tomándola en brazos de nuevo para llevarla a la habitación–. Estaba preocupado, Agatha.

Capítulo 9

ESTABAS preocupado? –repitió ella, sin poder evitar un cosquilleo de alegría. Pero esa alegría oscureció el hecho de que estaba desnuda, envuelta en una toalla y compartiendo el mismo espacio que Luc: tres cosas que deberían hacerla salir corriendo.

–Deberías haberme informado en cuanto volviste a la casa.

–Estabas trabajando y no quería molestarte. Además, no sabía que tuviera que fichar como si estuviese en la oficina.

–Pensé que te habías perdido. El jardín parece pequeño pero tiene miles de metros y una parte es bosque. Estaba atardeciendo y, si te hubieras perdido, no sería fácil encontrar el camino de vuelta.

Esa fría explicación no tenía nada que ver con el momento de pánico que había sentido cuando la llamó a voces y no recibió respuesta.

De hecho, estaba a punto de llamar a la policía cuando decidió volver a la casa para comprobar si había regresado.

La puerta del baño estaba cerrada y, después de llamar varias veces sin obtener respuesta, decidió entrar sin esperar más.

¿Cuánto tiempo llevaría en la bañera?, se preguntó. ¿Y qué habría pasado si él no hubiera entrado en ese momento?

–¿Estás entrando en calor?

–Sí, ya estoy bien.

–Tienes que vestirte. Si no, acabarás pillando un resfriado.

Agatha sintió la tentación de decirle que no exagerase, pero se dio cuenta de que no tenía argumentos. Se había quedado dormida en una bañera de agua fría y, en lugar de portarse como una adulta y hacer lo que debía hacer, lo único que le apetecía era mirarlo y disfrutar de su gesto de preocupación.

–Ésta es precisamente la razón por la que tengo que cuidar de ti –dijo Luc, mientras sacaba del armario un conjunto de ropa interior, una camiseta y un pantalón de chándal–. ¿Y si hubieras estado sola en la casa?

–Imagino que habría despertado tarde o temprano. Un poco arrugada, eso sí –intentó bromear Agatha.

–El médico dijo que debías descansar. Morirte de frío en una bañera sería una buena forma de descansar... eternamente –replicó él.

Agatha lo observó mientras se acercaba con expresión decidida.

–¿Qué haces? –le preguntó cuando se sentó en la cama.

En realidad, Luc no lo sabía. Estaba tomando el control de la situación, se dijo a sí mismo. Eso era lo que él hacía bien. Afortunadamente, porque Agatha no parecía tener ni idea.

–Puedo vestirme sola –dijo ella cuando intentó quitarle la toalla. El calor de sus dedos la hizo temblar y rezó para que pensara que era de frío.

Pero el brillo de sus ojos le dijo que sabía lo que pasaba y su pulso se aceleró. Incluso diciéndose a sí misma que estaba allí sólo para manipularla, porque quería tenerla cerca, seguía siendo susceptible a un amor que no había logrado arrancar de su corazón.

No había sucumbido a su propuesta de matrimonio porque aún le quedaba un gramo de orgullo, pero en cuanto el médico dijo que debía cuidarse había dejado que Luc se hiciera cargo de su vida.

Y Luc Laughton podía dar clases de cómo hacerse cargo de la vida de otra persona.

Antes de que pudiera pensar con claridad, se había encontrado en su ático de Belgravia y luego, unos días después, en aquella casa de campo.

Sus protestas no servían de nada y un segundo después, sin poder evitarlo, apartó las manos de la toalla.

—Estás embarazada de mi hijo y quiero ver cómo ha cambiado tu cuerpo.

El sonido de su voz la devolvió a la realidad. Agatha intentó recuperar la toalla, pero Luc sujetó su mano.

—Por favor.

—Esto no es apropiado —murmuró ella.

—¿Por qué no? Te he visto desnuda muchas veces.

—Pero ahora no tenemos una relación.

—Tus pechos son mas grandes —dijo Luc, sorprendido de poder pronunciar palabra porque verla desnuda lo dejaba sin aire. Literalmente, sentía como si todo el oxígeno hubiera desaparecido de sus pulmones.

Sin pensar, alargó una mano para tocar sus pechos y, como si el cuerpo de Agatha hubiera sido entrenado para reaccionar de manera inevitable, dejó caer la cabeza sobre la almohada, cerrando los ojos.

–Y tus pezones también son más grandes. Y más oscuros. ¿Eso es normal?

–Luc...

–Me gusta cuando pronuncias mi nombre así –le confesó él, con voz temblorosa.

No iba a hacerle el amor, pero seguía deseándola con todas las fibras de su ser.

–Esto no me parece bien...

–Estás embarazada de mi hijo. ¿Por qué no puedo mirarte? –la interrumpió Luc–. Pero si quieres que me vaya, me iré... –era un riesgo, pero él era un buen jugador y el temblor de Agatha ante el calor de su mirada le dijo todo lo que necesitaba saber.

En lugar de triunfo, sin embargo, experimentó una curiosa sensación de paz mientras acariciaba su estómago. Estaba empezando a engordar un poquito y le sentaba bien. Era increíblemente sexy pensar que llevaba dentro un hijo suyo. ¿Sería un niño o una niña?, se preguntó. ¿Con el pelo oscuro como él o rubio como Agatha?

La necesidad de apretarla contra su pecho era casi abrumadora. En seis meses daría a luz a su hijo y le parecía obsceno pensar que pudiese haber otro hombre en su vida.

–No vamos a hacer el amor –le dijo–, pero sí puedo acariciarte. ¿Te gustaría? Es una manera de librarse del estrés.

Luc se quitó los vaqueros y el jersey de un tirón.

Y, al verlo, Agatha se sintió como alguien privado de comida y sustento enfrentado de repente con un banquete. Sus sentidos despertaron a la vida mientras admiraba la seguridad de sus movimientos al quitarse los calzoncillos y quedarse completamente desnudo frente a ella, orgulloso y evidentemente excitado.

Cuando apartó el embozo de la cama, la miraba con tal deseo que Agatha tuvo que cerrar los ojos.

—Se supone que esto no debería pasar —susurró, intentando encontrar sentido común suficiente para apartarse... pero un suspiro de placer contradijo sus valientes palabras cuando él empezó a trazar la línea de sus labios con un dedo.

Sonriendo, Luc se acercó un poco más para que sintiera lo que le estaba haciendo a su cuerpo.

Agatha, atrapada en una tormenta de sentimientos y sensaciones, no podía luchar contra aquel asalto a sus sentidos y respondió derritiéndose. Sus piernas se abrieron como por decisión propia y suspiró de placer al sentir el roce de su lengua sobre uno de sus pezones.

Mientras exploraba sus sensibles pechos con la lengua, Luc metió una mano entre sus piernas y empezó a tocarla, sintiendo cómo creaba un río de lava en su interior.

No hizo falta que él guiase su mano; tumbada de lado, Agatha lo acarició rítmicamente hasta que su miembro se puso duro como una roca.

—Creo que estamos a punto de tener el sexo más seguro de la historia —intentó bromear.

Habría sido mucho más satisfactorio enterrarse en

ella y dejarse envolver por su humedad de terciopelo, pero eso llegaría con el tiempo... por el momento, se dejó llevar por el ritmo de su mano hasta que cayó sobre la almohada, jadeando e intentando llevar aire a sus pulmones.

–Contigo es mucho mejor que con cualquier otra mujer –murmuró. Pero luego, sin darle tiempo a pensarlo, la apretó contra su pecho–. No hace falta que te pongas a la defensiva. Como ves, no tenemos que estar en guerra el uno con el otro. Yo soy un hombre pacífico, Agatha. Y la vida sería mucho más interesante si pudiéramos enterrar nuestras diferencias y aceptarnos el uno al otro.

–¿Quieres decir acostarnos juntos? –Agatha estaba empezando a ver lo que habían hecho y no le gustaba nada. Pero sus sentidos le decían que dejarlo entrar en su vida no tenía por qué ser necesariamente malo. ¿O sí?

Tenía que pensar y para hacerlo debía apartarse de él.

–¿Dónde vas?

–Tengo que comer algo.

–¿Ahora, en este momento?

Agatha asintió con la cabeza.

–Ahora estoy despierta del todo.

–Espera. No conoces la casa.

–No es tan grande, Luc. Creo que puedo encontrar la nevera –dijo ella, irónica–. Y si la comida está congelada, no creo que tenga ningún problema para meterla en el microondas.

Luc, que estaba disfrutando de ese momento de placentero letargo, frunció el ceño al notar el cambio de humor. Pero luego decidió que los cambios de humor eran culpa del embarazo y, además, lo único que importaba era que Agatha hubiese reconocido lo que ambos sabían era un hecho.

La casa en Berkshire, que hasta entonces le había parecido un exilio, de repente le resultaba más agradable. No sabía cuánto había echado de menos tocarla, acariciarla, estar a su lado.

–Yo iré enseguida. Voy a ducharme y a hacer un par de llamadas... pero no te preocupes –Luc sonrió, levantando las manos en señal de rendición–. Las haré desde aquí y luego seré todo tuyo.

Agatha sonrió mientras volvía a ponerse la ropa. Seguía temblando y la enloquecía que la afectase de ese modo. Tal vez había sabido desde el principio que acabaría acostándose con él, tal vez por eso había aceptado sin protestar que la llevase allí.

Pero sobre todo estaba desconcertada por lo que iba a pasar a partir de aquel momento.

¿Cómo iba a decirle que sólo eran amigos? ¿Cómo iba a olvidar lo que acababa de ocurrir en la habitación?

Inquieta, bajó al primer piso e intentó distraerse explorando la casa mientras iba a la cocina. Las habitaciones eran pequeñas e invitadoras, con gruesas alfombras sobre el suelo de madera, y había varias chimeneas. Se imaginaba a sí misma en invierno, leyendo un buen libro frente a una de ellas, olvidándose del resto del mundo...

Pero sabía que eso no iba a pasar porque sólo era una estancia temporal. En algún momento tendría que volver a Londres para trabajar, a tiempo parcial al menos. ¿Debía dejarse llevar por el deseo de estar con Luc mientras estaban allí para después mantener las distancias en Londres, cuando su presencia no la dejase sin aliento?

Se preguntó si debería haber aceptado un matrimonio de conveniencia en lugar de seguir engañándose a sí misma. Si estaba destinada a amarlo, aunque él no la correspondiese, ¿no debería haber aceptado casarse con él y legalizar la situación?

Pero estaba el problema de su madre, a quien aún no había dicho que estaba embarazada. ¿Qué iba a decir cuando supiera que había decidido seguir sola a pesar de que Luc Laughton, un hombre al que Edith idolatraba, le había ofrecido seguridad y estabilidad económica?

Suspirando, Agatha abrió la nevera y sacó una ensalada de pollo que tenía muy buen aspecto. Y después de comer, entró en la habitación que Luc usaba como despacho.

Frente a la ventana había un escritorio de madera tan brillante que prácticamente podía ver su reflejo. También había un sofá de piel, un par de sillones y una mesita de café. Era un sitio muy agradable, pensó. Instalaría allí su ordenador portátil y así al menos no se aburriría.

Iba a darse la vuelta cuando vio el maletín de Luc encima del escritorio. Y sobre él, lo que parecía el folleto de una agencia de viajes.

Ella no era cotilla por naturaleza, pero eso la sorprendió. Cuando Luc quería irse de viaje había gente que los organizaba por él. ¿Entonces por qué había llevado un folleto?

Tal vez pensaba darle una sorpresa, pensó. Pero aplastó ese traidor pensamiento antes de que echara raíces porque sería absurdo hacerse ilusiones.

Agatha tomó el folleto y, unos segundos después, lo entendió todo. Era el folleto de una agencia inmobiliaria y allí, en la tercera página, vio la casa en la que estaba en ese momento. El agente inmobiliario hablaba efusivamente de los encantos que podía ofrecer Berkshire y de la casa recién reformada, que era una joya.

Agatha vio las fotografías de las habitaciones que había estado admirando unos minutos antes...

Le había parecido extraño que Luc tuviera una casa en el campo porque él era un hombre de ciudad. Una casita encantadora en medio de ninguna parte no era lo suyo.

Sin embargo, había querido convencerse de que aquélla era otra faceta de Luc, una que no conocía y que lo convertía en un hombre profundo, menos agresivo que en Londres.

Con qué facilidad se había engañado a sí misma. La casa había sido comprada con un propósito y el propósito era el que había temido desde el principio: Luc no la quería a ella, quería al bebé y la mejor manera de controlar la situación sin casarse era tenerla en su poder. Como una tonta, ella había bailado al son que él tocaba. Qué fácil le había resultado: una casa maravillosa, un jardín de ensueño y... bingo.

Con el folleto en la mano, Agatha salió de la cocina para subir al dormitorio. Y fue un alivio no encontrarlo allí. Luc había vuelto a su propia habitación o estaría haciendo llamadas de teléfono.

Sabía lo que debía hacer: marcharse inmediatamente. Encontrar ese folleto lo había aclarado todo: Luc no la amaba y nunca la amaría. Hacer el amor con él no era sólo una señal de debilidad, era una misión suicida.

Estaba guardando sus cosas en la maleta cuando se abrió la puerta del dormitorio y Agatha se detuvo un momento antes de darse la vuelta.

Luc, con el pelo mojado de la ducha, se había puesto un pantalón vaquero negro y una camiseta del mismo color. Apoyado en el quicio de la puerta, con los brazos cruzados sobre el pecho, parecía un pirata.

–¿Qué ocurre, Agatha?

Después de hacer unas llamadas, había decidido olvidarse del trabajo por el momento para disfrutar del resto del día. Incluso había pensado tomarse unos días de vacaciones.

–Me marcho –respondió ella.

Luc frunció el ceño.

–No vas a ir a ningún sitio.

–¡No te atrevas a decirme lo que tengo que hacer!

–Yo sé lo que es mejor para ti...

–¡Tú no sabes lo que es mejor para mí en absoluto! –Agatha respiró profundamente, intentando calmarse–. Tú sabes lo que es mejor *para ti* y harás todo lo posible para conseguirlo. Tratas a la gente como si fueran piezas de ajedrez que mueves de un lado a otro según te convenga.

Luc sintió que le ardía la cara y, no por primera vez, se asombró de la temeridad de aquella mujer, que no tenía el menor problema en saltar las barreras que él colocaba a su alrededor. Agatha decía lo que pensaba, tan directa como un misil teledirigido.

Su respuesta a ese ataque debería haber sido una fría e inmediata retirada, pero ésa era una opción que ni siquiera se molestó en considerar.

Debía reconocer que su crítica era acertada, pero no iba a pensar en eso tampoco. Su objetivo era calmarla y, con eso en mente, dio un paso adelante, con el mismo cuidado que un artificiero a punto de desactivar una bomba.

—Debes tranquilizarte —le dijo, poniendo una mano en su brazo—. El médico dijo que no debías estresarte...

—Estoy calmada, no te preocupes —lo interrumpió ella, mostrándole el folleto.

Agatha detectó un brillo de culpabilidad en sus ojos y ése fue el clavo final en el ataúd de sus esperanzas.

—¿De dónde has sacado eso?

—Estaba encima de tu maletín, en el despacho.

—No deberías cotillear...

—No estaba cotilleando, he entrado en el despacho y allí estaba, delante de mí. Pero eso da igual. ¿Por qué me has mentido, Luc? ¿Por qué me has contado que ésta era tu casa de campo? Es evidente que acabas de comprarla.

Se había prometido a sí misma que actuaría con calma y eso era lo que iba a hacer. No iba a dejar que la pisoteara, que la convenciera como se había dejado convencer antes en la cama.

—Muy bien. Es cierto, te he hecho creer que llevaba años en esta casa.

—No «me has hecho creer», me has mentido descaradamente.

–¿Eso importa tanto? –Luc se encogió de hombros y Agatha lo miró, incrédula. Acababa de admitir que había mentido y se quedaba tan tranquilo.

–A mí sí me importa.

–¿Por qué? Necesitabas un sitio para relajarte y yo he aportado la casa... francamente, desde mi punto de vista deberías darme las gracias.

Se había quedado momentáneamente desconcertado por el ataque, pero tenía que calmarla. Y para eso debía encontrar las palabras adecuadas en un vocabulario que, de repente, le parecía extrañamente limitado.

–¿Yo debería darte las gracias? –repitió ella, incrédula.

–Necesitabas descansar y Londres está lleno de tentaciones: ir a trabajar, ir al cine, salir con tus amigas para aliviar el aburrimiento. Mi ático es lo bastante cómodo, pero no tiene jardín. Necesitabas un sitio para pasear y yo me he encargado de encontrarlo. ¿Qué hay de malo en eso?

Lo único que le faltaba era un coro de ángeles tocando el arpa, pensó Agatha, irónica.

–Tú sabías que no quería estar en deuda contigo. Sabías que quería olvidarme de ti...

Con esa declaración, Luc por fin tenía algo en lo que clavar los dientes.

–Pero no lo has hecho, ¿verdad? Lo que ha pasado antes lo deja bien claro.

–¿Me has traído aquí por eso Luc? ¿Has comprado esta casa sabiendo lo que sentía por ti? ¿Era esta casa perfecta parte de tu cínico plan de volver a seducirme?

Había un millón de maneras de responder a esa pregunta y lo más sensato, al verla tan alterada, hubiera sido negarlo. Pero, de repente, negar la verdad le parecía imposible.

—Se me ocurrió que podríamos acostarnos juntos, sí.

Agatha lo fulminó con la mirada.

—Eres increíble.

—Estoy siendo sincero y... sí, es verdad que te había echado de menos. Te sigo deseando y no me avergüenzo.

Ella estuvo a punto de soltar una carcajada. La había echado de menos. Sí, claro, tanto que había hecho todo lo posible para que sus caminos no se cruzaran. De hecho, incluso había cenado con otra mujer. Pero la deseaba tanto que incluso había comprado una casa. Cualquier cosa para tenerla esclavizada emocionalmente, sabiendo que ella no sería capaz de reemplazarlo.

—Pero yo sí me avergüenzo —le dijo, agotada—. Me avergüenzo de haber vuelto a acostarme contigo porque sé que tú no eres bueno para mí. Me he decepcionado a mí misma.

—¡No digas eso! —exclamó él, sin saber cómo controlar la situación por primera vez en su vida.

—Muy bien, no lo diré. Pero quiero marcharme. ¿Te importa llevarme a la estación? Aunque supongo que ni siquiera sabes dónde está —Agatha sonrió, irónica—. Vas a tener que volver a usar el navegador.

Capítulo 10

AGATHA había pensado volver a casa para ver a su madre pero, por supuesto, Luc no estaba dispuesto a dejar que tomase el tren.

–Estás loca si crees que voy a dejar que tomes el tren en tu estado –le dijo, observándola con una peculiar sensación de vacío mientras guardaba el resto de sus cosas en la maleta.

–No puedes decirme lo que tengo que hacer.

–Yo no pondría eso a prueba.

Agatha levantó la mirada, retadora.

–¿Ah, no?

–El médico dijo que no deberías estresarte y haré lo que tenga que hacer para que te calmes –Luc sacudió la cabeza, dejando escapar un suspiro–. ¿Por qué no te das un baño? Luego podremos hablar tranquilamente.

–¿De qué? ¿De cómo has manipulado esta situación?

Agatha respiró profundamente, intentando no pensar en la humillación de haber sido engañada; una conquista fácil para un hombre que tenía que estampar su autoridad en todo lo que hacía.

Y también intentaba no entristecerse al pensar que iba a marcharse de aquella casa. Era fabulosa, exactamente la casa con la que había soñado siempre, aunque hubiera sido un medio para llegar a un fin.

—Debería haber imaginado que tú no tendrías nunca una casa como ésta —Agatha se dejó caer sobre un sillón, intentando contener las lágrimas.

—¿Qué quieres decir? —Luc se preguntaba si sabría lo impredecible que era, como un purasangre que se asustaba por cualquier cosa.

Tal vez debería haberle contado que acababa de comprar la casa, incluso haberle pedido opinión, demostrar que la involucraba en el proceso. ¿Debería haberlo hecho?, se preguntó.

Poco acostumbrado a cuestionarse a sí mismo, Luc intentó recordar que lo había hecho de buena fe. Además, ¿qué había de malo en utilizar los medios a su disposición para conseguir lo que quería? ¿Desde cuándo era un crimen intentar que las cosas fueran a tu favor cuando sabías que eso era lo que debías hacer?

—A ti no te gustan las casas en el campo con habitaciones pequeñas y muebles antiguos —le espetó Agatha—. No sé cómo he podido creer que venías aquí los fines de semana a relajarte. Tú estás pegado al ordenador veinticuatro horas al día, ¿por qué ibas a querer relajarte en el campo? Además, si quisieras relajarte, ¿por qué ibas a venir aquí cuando podrías ir a un hotel en cualquier parte del mundo?

Luc miró alrededor, levantando las cejas.

—Curiosamente, no me parece tan claustrofóbica como había imaginado.

—No entiendo cómo has podido engañarme.

Él suspiró, pasándose una mano por el pelo.

–Voy a llenar la bañera...

–¡Ésa no es una respuesta!

–Lo sé.

–No voy a darme un baño contigo vigilándome –dijo Agatha, poniéndose colorada.

–Ya lo sé –asintió Luc.

Aunque estaba seguro de que, si salía del baño cubierta por una toalla, ninguno de los dos podría controlarse.

La dejó sentada en el sillón mientras él llenaba la bañera de espuma. Cuando salió del baño cinco minutos después, afortunadamente ella seguía sentada en el sillón porque la alternativa era que estuviera esperándolo con la maleta en la puerta.

–¿Qué vas a hacer con la casa cuando me haya ido? –le preguntó.

Luc sacudió la cabeza.

–Hablar contigo es como caminar sobre cristales rotos –respondió, preguntándose cómo podía aquella mujer ponerlo nervioso sin intentarlo siquiera–. Diga lo que diga, vas a interpretarlo de la peor manera posible.

–¿Ahora yo soy la culpable?

–He hecho lo que he podido para cuidar de ti, he comprado esta casa porque pensé que te gustaría. Podía imaginarte paseando por el jardín, lejos del ruido y la polución de Londres. Y te gusta la casa... ¿entonces cómo es posible que me haya convertido en el malo de la película?

–Me has mentido para salirte con la tuya, ése es el problema.

–Hemos hecho el amor y tú lo deseabas tanto como yo.

—¡Eso fue antes de saber que lo tenías todo calculado para que me metiera en la cama contigo! Es como si me hubieras chantajeado... como si hubieras manipulado todos mis sueños para conseguir lo que querías.

—Agatha, ve a bañarte, por favor.

Luc no sabía cómo controlar la situación. ¿Dónde estaba su legendario talento para convencer a los demás?

—Voy a bañarme y, cuando salga, quiero que me lleves a la estación.

—Haré algo mejor: yo mismo te llevaré a casa de tu madre.

—Muy bien. Pero no te quiero aquí mientras me estoy bañando.

—Como quieras.

—Y no se te ocurra entrar mientras me estoy bañando. No hay pestillo en la maldita puerta.

—No entraré a menos que te quedes dormida. Lo creas o no, me importa lo que te pase.

Le importaba. Agatha tragó saliva, conteniendo la tentación de preguntarle cómo podía estar tan tranquilo mientras ella era un volcán en erupción.

¿Pero por qué no iba a estar tranquilo? Lo único que quería de ella era sexo. Nunca le había dicho una palabra cariñosa, ni siquiera en los momentos de pasión. Incluso cuando sus cuerpos estaban unidos, jamás se dejaba llevar por los sentimientos.

¿Cómo podía amar a un hombre así?, se preguntó. ¿Cómo podía dejar que tirase sus defensas en cuanto la tocaba? ¿Dónde estaban su orgullo y su autoestima?

Furioso consigo mismo, Luc se dio cuenta de que

algo dentro de él amenazaba los principios por los que había regido su vida. Y también se daba cuenta de que no le gustaba que Agatha se apartara de él como estaba haciendo en aquel momento. Quería que estuviese pegada a él, pendiente de él. Era turbador reconocerlo, de modo que intentó concentrarse en lo más práctico: llevarla a casa de su madre. Sería un largo y aburrido viaje, pero así tendría tiempo para trazar un plan B ahora que el plan A había fracasado de manera espectacular.

—Si no te importa marcharte... —insistió Agatha.

Luc la miró durante unos segundos antes de darse la vuelta para salir de la habitación. Pero solo en la cocina, frente al ordenador, era incapaz de concentrarse en los informes y los correos.

Le dio exactamente media hora y luego volvió a subir a la habitación, haciendo ruido para alertarla de su presencia. Pero cuando abrió la puerta, Agatha estaba ya vestida, con la maleta cerrada.

—Has dicho que ibas a llevarme a casa de mi madre. Si has cambado de opinión...

—No he cambiado de opinión.

Ella no dijo nada y su silencio le gustaba menos que sus protestas y sus acusaciones.

—¿Has decidido no volver a dirigirme la palabra? —le preguntó, tomando la maleta como si no pesara nada. Se sentía raro, incómodo en su propia piel mientras bajaba la escalera.

—¿Cuánto tiempo tardaremos en llegar a Yorkshire? —le preguntó Agatha.

—Varias horas, pero pararemos en el camino para que estires las piernas —respondió él.

Después de casi tres horas de viaje, el silencio era tan opresivo como un par de grilletes. Agatha miraba por la ventanilla, perdida en sus pensamientos, y cuando pararon en una estación de servicio para estirar las piernas entró en la tienda y volvió con un montón de revistas y una botella de agua mineral. Una vez que reanudaron el viaje se puso a leer con aparente fascinación la vida de los ricos y famosos mientras él miraba la carretera e intentaba entablar conversación sin ningún éxito.

Sólo cuando por fin llegaron al pueblo dejó las revistas a un lado.

—¿Qué vas a contarle a tu madre?

—No lo sé. La verdad, imagino.

—Es un buen principio.

—Se va a llevar un disgusto —dijo Agatha, llevándose una mano al estómago. Su madre y ella habían formado un frente unido contra el mundo desde que su padre murió... ¿cómo iba a sentarle aquello a una mujer de valores tan tradicionales? Como una manzana envenenada seguramente.

—Subestimas a la gente —murmuró Luc.

—Tú no conoces a mi madre.

—La conozco lo suficiente. No es de porcelana y sabe que en la vida ocurren cosas inesperadas —dijo él, patéticamente aliviado de que al menos le dirigiese la palabra.

Le gustaría verla sonreír; echaba tanto de menos su sonrisa que casi le dolía. Se preguntó entonces cómo podía haber construido su vida alrededor de una mujer, Miranda, que había sido poco más que una anécdota. Su ruptura con ella le había dejado un sabor amargo, pero había exagerado la importancia de esa ruptura en su vida. Si ni siquiera recordaba su rostro...

¿Lo habría estropeado todo con Agatha?, se preguntó entonces.

Cuando llegaron a la casa de su madre, después de una larga y tediosa jornada, ella lo miró por fin.

—Gracias por traerme.

—No vas a librarte de mí tan fácilmente.

Agatha desearía que no la mirase así, con esa media sonrisa que hacía que se derritiera por dentro. ¿Lo haría a propósito?

—Supongo que quieres ser un caballero y llevar dentro la maleta.

—Naturalmente.

Agatha salió del coche, suspirando, mientras Luc abría el maletero.

—¡Cariño, qué sorpresa! —exclamó su madre al verla—. No te esperaba... si me hubieras llamado, habría hecho algo especial de cena.

Edith era una mujer bajita y regordeta con el pelo corto y los mismos ojos azules que su hija. Cuando sonreía, dos hoyitos asomaban en sus mejillas.

—Mamá...

—Deja que te vea, Aggy. Qué guapa estás.

—Mamá, he venido con Luc... el hijo de Danielle. Él me ha traído hasta aquí.

Luc apareció en ese momento con la maleta en la mano y, casi sin pensarlo, Agatha se apoyó en él. Lo hacía por instinto, como algo natural. Le había dado el poder de ser su ancla y no podía ni imaginar lo que tardaría en volver a sostenerse sola, a ser independiente.

–Estamos aquí por una razón –dijo él, pasándole un brazo por los hombros.

–¿Por qué razón? –preguntó Edith, mirándolos con cara de sorpresa.

–Mi madre debería estar aquí también, pero pronto le daremos la noticia.

–¿Qué noticia? –exclamó Edith.

–Cariño... –Luc miró a Agatha–. ¿Quieres contárselo tú o...?

No era así como Agatha había esperado darle a su madre la noticia de que iba a ser abuela, sino más bien sentadas en la cocina, tomando una taza de té.

–Verás, mamá... estoy embarazada.

–Y eso no es todo –dijo Luc. Por fin, era capaz de pronunciar las palabras que se le habían atragantado hasta entonces–. Yo soy el padre del niño y vamos a casarnos cuanto antes.

Su madre no se había desmayado del susto como ella había temido. De hecho, el grito que lanzó era de auténtica alegría.

Pero Luc la había puesto en una posición muy difícil y ahora, con su madre al teléfono dándole la noticia a Danielle, Agatha por fin se volvió para mirarlo, furiosa.

–¿Cómo has podido hacerme eso? –le espetó, dejándose caer sobre un sillón, agotada.

Luc respiró profundamente antes de clavar una rodilla en el suelo.

–Mírame, estoy de rodillas.

–¿Qué haces?

–Es culpa tuya. Tú haces que caiga de rodillas.

–Eso no tiene ninguna gracia –susurró Agatha.

–Yo no bromearía sobre algo tan importante. Sé que te mentí sobre la casa y lo siento mucho. Y sé que piensas que te llevé allí para aprovecharme de ti... pero no es eso, Agatha. Quería tenerte a mi lado y elegí la manera más estúpida de hacerlo. No me paré a pensar que podría hacerte daño, que te sentirías engañada. Sólo sabía que no quería estar sin ti.

–Pero... tú no me quieres.

Luc suspiró pesadamente.

–Tenía mi vida controlada, o eso creía. ¿Cómo iba a saber que enamorarme de ti sería el equivalente a ser atropellado por un camión? Siempre pensé que el amor sería algo que podría controlar como controlaba el resto de mi vida. Pero entonces apareciste tú y la mitad del tiempo no me reconocía a mí mismo. Y cuando te fuiste... –Luc carraspeó, sus ojos llenos de emoción–. Cometí el error de pensar que todo volvería a la normalidad, que me pondría a trabajar y dejaría de pensar en ti, pero no fue así. Tenías razón al decir que la única lección que había aprendido de Miranda era a ser una isla, pero ahora me doy cuenta de que ser una isla no es lo que quiero. Y también me he dado cuenta de que nunca amé a Miranda. No sabía lo que era el amor hasta que apareciste tú.

Agatha estaba conteniendo el aliento por si acaso aquello era un sueño. Pero Luc estaba allí, delante de ella.

–Jamás pensé que pudieras amarme –dijo por fin–. Cuando rompimos decidí que debía olvidarte y seguir adelante con mi vida, pero luego descubrí que estaba embarazada...

—Y yo te pedí que te casaras conmigo.

—No quería casarme contigo si no me amabas. Pensé que algún día me odiarías por atarte a mí a la fuerza.

—Cuando me dijiste que estabas embarazada fue algo tan inesperado... pero la verdad es que me acostumbré a la idea a una velocidad sorprendente —dijo Luc—. Y en ese mismo instante me di cuenta de que no quería dejarte escapar. Al principio, pensé que era porque quería que el niño tuviese un padre, pero la verdad es que no quería que te casaras con otro hombre. El único marido que ibas a tener era yo —añadió, con esa espléndida arrogancia que siempre le había parecido curiosamente enternecedora.

—Así que compraste la casa perfecta para convencerme.

—Pensé que eso me haría irresistible, sí. Tal vez creas que soy un mentiroso, pero sólo era mi torpe manera de demostrar que te quería en mi vida. Debería haber encontrado otra manera de decírtelo, pero... no sabía cómo hacerlo.

—Eres el hombre más testarudo que he conocido nunca —dijo Agatha, emocionada.

—Mi vida ha cambiado por completo desde que te conocí y no sabes cuánto me alegro —le confesó él, apretando su mano.

—Te quiero tanto, Luc... pero necesito saber que tú también me quieres.

—¿No es eso lo que estoy intentando decirte? Te quiero, estoy loco por ti. Y si no estuviéramos en casa de tu madre...

No tenía que terminar la frase porque Agatha sabía muy bien lo que quería decir y porque ella sentía lo mismo.

—Pero estamos aquí —siguió Luc, con un brillo posesivo en los ojos—. Y antes de que vuelva tu madre, dime que te casarás conmigo.

—¿Tu qué crees, amor mío?

Luc no dejó que la hierba creciera bajo sus pies. Tres semanas más tarde se casaron en una ceremonia íntima pero preciosa, rodeados de parientes y amigos. La casa que había comprado en Berkshire se convirtió en su residencia principal y Luc admitió por fin que el único momento en el que se sentía vivo de verdad era cuando estaba con ella. Trabajaba menos horas y los valores domésticos que antes aborrecía ahora le parecían maravillosos.

—Ya veremos lo que dura eso cuando haya un niño llorando a las tres de la mañana —bromeaba Agatha.

Pero cuando Daisy Louise nació dos días antes de la fecha prevista, un querubín de mejillas regordetas, los ojos azules de su madre y el pelo oscuro de su padre, Luc se convirtió en una fuerza de la naturaleza. Siempre había dado el cien por cien en todo lo que hacía y, como era de esperar, puso el mismo entusiasmo en la paternidad.

Aquello era un milagro, le decía, y su hija estaba destinada a tener unas cualidades superlativas.

—¿No te apetece buscar otro precioso milagro? —murmuró una noche, mirándola de una forma que aún podía hacer que se derritiera.

Agatha, que había dejado su trabajo en Londres para abrir un invernadero en Berkshire, se resistió durante seis meses. Pero la segunda vez no hubo estrés durante el embarazo y entre Luc y su madre la tenían mimadísima.

Y el paso del tiempo no disminuía el amor que sentían el uno por el otro.

Para Luc, ella era el aliento de su vida. Y en cuanto a Agatha, ¿quien había dicho que los cuentos de hadas no se hacían realidad?

BIANCA.

HELEN BROOKS

DEUDA DEL CORAZÓN

 HARLEQUIN™

STEEL Landry estaba a punto de perder la paciencia. Había dedicado casi toda la mañana del lunes a arreglar el desastre causado por uno de sus empleados.

La empresa de Steel se había convertido en una corporación multimillonaria cuyos tentáculos se extendían a doce de las principales ciudades del Reino Unido. Como él no podía estar en todas partes y tampoco tenía plantilla suficiente, se había visto obligado a confiar en el personal de las distintas delegaciones del país. Por desgracia, uno de sus directores había incumplido ciertas obligaciones contractuales y había dejado en mal lugar a Landry Entrerprises.

Su mañana había sido todo un ejercicio de control de daños. Y aunque logró solventar el problema, le había dejado mal sabor de boca.

Además, las complicaciones estaban lejos de terminar. Su cuñado, Jeff, había llamado por teléfono para informarle de que su hermana había ingresado en el hospital porque corría el peligro de sufrir un aborto espontáneo; y su secretaria, una mujer tan eficaz como fiable, acababa de presentar su dimisión por adelantado porque habían trasladado a su marido a los Estados Unidos y ella se iba con él.

Miró los sándwiches de salmón que iban a ser su

comida y, por segunda vez en veinte minutos, llamó al hospital.

La respuesta fue la misma de la vez anterior; según la enfermera que respondió, la señora Wood estaba tan bien como podía estar en semejantes circunstancias. Pero Steel pensó que, en la jerga hospitalaria, eso podía significar que estaba sufriendo los tormentos del infierno.

Preocupado, decidió posponer todas las obligaciones del día y acercarse al hospital de Londres para asegurarse de que Annie recibía el mejor trato posible. Jeff era un gran tipo y estaba profundamente enamorado de Annie, pero trabajaba en una empresa aeroespacial como astrónomo e investigador de sistemas de comunicaciones, y su mente pasaba más tiempo en las nubes que en el planeta Tierra.

Antes de salir, echó un vistazo a su agenda. No había nada importante.

Pero entonces, frunció el ceño.

Había olvidado la entrevista con la mujer que James le había recomendado para el puesto de diseñadora de interiores. Se llamaba Toni, Toni George, y había quedado con ella a las cinco y media de la tarde.

Steel movió la cabeza para intentar relajar la tensión de su cuello. Sólo faltaban dos horas para su cita con la señorita George, pero había una solución: visitaría a su hermana y quedaría con la diseñadora en su ático de Londres, que estaba a tiro de piedra del hospital.

Pulsó el botón del intercomunicador y dijo:

—Joy, esta tarde tenía una cita con Toni George. Llámala por teléfono y pregúntale si puede ir a la misma hora a mi piso. Tengo que irme al hospital.

Dos segundos después, su secretaria llamó a la puerta del despacho y asomó su cabellera rubia.

–Ya está arreglado, Steel –dijo–. Se ha asustado un poco cuando le he dicho que querías verla en tu piso... pero se ha tranquilizado al saber que quedabais allí porque tienes que ir al hospital a ver tu hermana y te queda cerca.

Steel miró a Joy con humor. No se le había ocurrido que la señorita George se pudiera asustar con el lugar de la cita.

Se levantó del sillón y alcanzó la chaqueta del traje.

–Gracias, Joy. Ah, y felicita a Stuart por su ascenso.

–Lo haré.

Joy le dedicó una mirada cariñosa. Sabía que Steel adoraba a su hermana y que estaba muy preocupado por su estado, aunque su dura y atractiva cara no mostrara ninguna emoción. Llevaba cuatro años a su servicio y, además de ser el mejor que jefe que había tenido en toda su vida, también era el más guapo. Si no hubiera estado tan enamorada de su marido, se habría enamorado de él.

Steel salió a la calle. Era un caluroso día de junio, pero se sintió algo mejor cuando se sentó al volante de su Aston Martin, arrancó el vehículo y puso el aire acondicionado. Le gustaba conducir.

Mientras se abría paso entre el denso tráfico del lunes, pensó en Annie.

Steel le sacaba doce años. Annie tenía veintiséis y había quedado a su cargo cuando sus padres fallecieron en un accidente de tráfico. Por entonces, Annie era una niña y él estaba a punto de entrar en la

Universidad, pero las circunstancias lo obligaron a buscarse un trabajo y renunciar a sus estudios. Aunque sus padres les habían dejado dinero suficiente para sobrevivir, no habría sido suficiente para pagar la casa donde vivían. Y Steel no quería que perdiera su hogar.

A pesar de todas las dificultades, salieron adelante. Lo hicieron solos, porque sus abuelos también habían fallecido. Y las cosas les habían ido bien. Annie se había convertido en una joven tan inteligente como bella y él, en un hombre independiente y rico que no tenía que rendir cuentas a nadie.

Steel no lamentaba que su vida hubiera sido más difícil por tener que cuidar de Annie. La había cuidado porque quería cuidarla. Pero los largos años transcurridos hasta que su hermana llegó a los veintiuno y conoció a Jeff le habían enseñado una cosa: que no quería volver a ser responsable de nadie. Que quería una existencia sin ataduras y sin obligaciones emocionales. Que quería ser libre.

Naturalmente, eso tenía consecuencias en su vida amorosa. Sus relaciones duraban poco tiempo. Apenas habían transcurrido dos semanas desde que había roto con la última de sus amantes, Bárbara, una abogada refinada y voluptuosa de mirada felina.

Se pasó una mano por el cuello y recordó la bofetada que le había dado cuando la dejó. Echaba de menos su cuerpo en la cama, pero sabía que había hecho lo correcto al quitársela de encima. Además, Steel no engañaba a nadie. Dejaba claras sus intenciones desde el principio. Buscaba relaciones puramente sexuales, sin promesas, sin flores; relaciones entre personas adultas que querían compartir piel y afecto durante una temporada.

El tráfico era tan terrible que tardó una hora en llegar al hospital. Cuando abrió la portezuela, se llevó una mano al corazón. Estaba tan angustiado por la suerte de Annie que se le había acelerado.

Salió del coche, echó los hombros hacia atrás y alcanzó el ramo de rosas amarillas y blancas que había comprado por el camino.

Le temblaban las manos. No era lo mejor para inspirar confianza en una entrevista de trabajo. Y mucho menos cuando el hombre que la iba a entrevistar era Steel Landry, famoso por su actitud fría, segura y absolutamente profesional.

Toni respiró hondo y echó el aire muy despacio. Repitió la operación varias veces, intentando aplacar sus temores. Había leído en alguna parte que funcionaba.

Pero no funcionó. Sólo sirvió para que se sintiera ligeramente mareada y mucho más asustada que antes. Si se desmayaba delante de Steel Landry, sería desastroso.

Se levantó del sofá en el que se había sentado, caminó hasta la ventana y contempló la calle, muy concurrida. El cristal, doble, reducía el ruido del tráfico a un sonido apenas audible; y aunque las aceras estaban llenas de gente, no llegaba ni el menor eco de sus voces.

Se dio la vuelta y contempló la enorme y lujosa sala, con sofás y sillones de cuero, mesas de cristal, estanterías hasta el techo y una preciosa chimenea de mármol. Era un lugar impresionante, aunque a Toni le pareció algo frío. Tuvo la sensación de que la persona que vivía allí no quería dar pistas sobre su forma de ser y de pensar.

Todavía estaba pensando en ello cuando la puerta se abrió y apareció un hombre alto y de cabello oscuro.

—Siento haberle hecho esperar. He recibido una llamada urgente... Soy Steel Landry, y supongo que usted debe de ser Toni George, ¿verdad?

Toni asintió y él le estrechó la mano.

—Siéntese, por favor. Maggie nos traerá café dentro de un par de minutos —añadió él.

Ella se sentó en uno de los sillones. James había descrito a Steel como un hombre atractivo, y no se había equivocado. Sus duras facciones eran ciertamente atractivas, pero lo que más le llamó la atención fueron sus ojos, de un azul metálico, penetrante, con unas pestañas largas y negras que los enmarcaban a la perfección.

Toni pensó que muchos modelos de las revistas de moda habrían pagado una fortuna por tener unos ojos como aquellos.

—¿Quiere que le cuelgue la chaqueta? —preguntó Steel.

Cuando Toni se levantó para quitarse la chaqueta, notó el aroma de su loción de afeitado; un aroma cálido y con un fondo cítrico.

Inconscientemente, se estremeció. Y se sintió aliviada cuando Steel se dio la vuelta para colgar la chaqueta. Además de ser muy atractivo, también era muy alto. Ella sobrepasaba el metro setenta, pero él le sacaba más de diez centímetros.

Se sentó de nuevo y sacó fuerzas de flaqueza. Su voz sonó sorprendentemente tranquila, teniendo en cuenta lo nerviosa que estaba.

–Le agradezco que me haya recibido... sé que está muy ocupado. Espero que su hermana se encuentre mejor.

Él frunció el ceño y se sentó frente a ella. Toni supo que había cometido un error al preguntar por su hermana.

–Está embarazada y han surgido complicaciones –declaró Steel.

Toni se ruborizó un poco, pero mantuvo la compostura.

–He traído una muestra de mis trabajos y una lista de mis clientes anteriores, que estarán encantados de darle las referencias que necesite. Yo...

Steel alzó una mano para acallar a Toni. Después, se echó hacia delante y la miró con intensidad.

–La investigué antes de concederle la entrevista, señorita George –le explicó–. James es el mejor arquitecto que conozco, pero él sería el primero en admitir que no sabe mucho de diseño de interiores. Cuando me sugirió su nombre, dijo que era una diseñadora excelente y que trabajó seis años para él, hasta que lo dejó hace cuatro para fundar una familia. ¿Es correcto?

–Sí, sí... es correcto.

–Y ahora quiere volver a trabajar...

Toni se sintió como si fuera una reclusa y la estuvieran sometiendo a un interrogatorio.

–Sí, en efecto.

–¿Por qué? –preguntó Steel.

–¿Cómo?

–¿Por qué quiere volver a trabajar? ¿Porque tenía intención de volver a ejercer? ¿Porque se aburre? ¿Porque tiene problemas económicos?

–Yo...

–¿Está segura de que no quiere tener más niños? –insistió él.

Toni se sintió profundamente ofendida por las preguntas de Steel. Alzó la barbilla, orgullosa, y respondió:

–Estoy completamente segura. Y en cuanto a mis motivos para volver al trabajo, no son asunto suyo.

Él la miró con frialdad.

–En eso se equivoca. Supongo que James le explicaría que pretendo diversificar mi negocio. Antes me dedicaba a asuntos específicamente inmobiliarios, pero ahora tengo un proyecto que consiste en convertir una antigua fábrica en un edificio de apartamentos para ricos... y cuando digo ricos, quiero decir verdaderamente ricos.

Steel hizo una pausa y siguió hablando.

–Tenemos que darles lo mejor de lo mejor. Tenemos que ofrecer un espacio tecnológicamente puntero, pero sin perder ni un ápice de calidez. Conozco a un montón de diseñadores excelentes, pero James mencionó su nombre en una conversación y me pareció que podía ser la persona adecuada. Este proyecto sólo es el principio de un plan más ambicioso. Necesito gente que se pueda comprometer a largo plazo.

Toni asintió. Ella también había hablado con James, quien le había dicho que Steel era un espíritu inquieto, un hombre que no podía ser feliz sin desafíos.

–Dentro de un par de años, la persona que ocupe el cargo de diseñador de interiores tendrá su propio equipo y más responsabilidades de las que pueda imaginar –continuó él–. Como ve, tengo todo el derecho del mundo a preguntar por sus motivos y a esperar una respuesta satisfactoria. No me puedo arriesgar a que me deje en la estacada. Su vuelta al trabajo podría ser un capricho temporal.

Toni asintió de nuevo. La explicación de Steel le había parecido razonable.

–Puede estar seguro de que mi vuelta al trabajo no es un capricho temporal. He vuelto porque necesito dinero.

Él entrecerró los ojos.

–¿Y qué opina su marido? ¿Cómo va a cuidar de sus hijos, señorita George?

–Yo...

Toni no esperaba aquella pregunta. Los acontecimientos de los meses anteriores habían sido muy duros para ella, y no ardía precisamente en deseos de compartirlos con un desconocido. Pero respiró hondo y mantuvo la compostura.

–Mi marido falleció de repente y me dejó con muchas deudas. En cuanto al cuidado de mis hijos, no es un problema –aseguró–. Estamos viviendo en casa de mis padres. Mi madre se puede encargar de ellos.

Alguien llamó a la puerta. Era Maggie, que apareció con una bandeja con café y un bizcocho. Dejó la bandeja en la mesa y dijo:

–Te he preparado uno de mis bizcochos de frutas. Joy me comentó que te marchaste del despacho sin comer nada, y la cena no estará preparada hasta las ocho.

Steel se recostó en el sillón y dedicó una sonrisa radiante a su criada.

Toni sintió una punzada en el corazón. Steel era un hombre tremendamente atractivo cuando estaba serio; pero cuando sonreía, era dinamita pura. Su atractivo sexual aumentaba un mil por ciento.

–Gracias, Maggie. Aunque no corro el peligro de morirme de hambre –ironizó él.

–Puede que no, pero saltarse las comidas no es sano –declaró Maggie, con tono de reproche maternal.

Maggie se giró hacia Toni, la miró y sacudió su cabellera gris.

–Ah, estas jóvenes de hoy en día... estás tan delgada que seguro que comes como un pajarito. Anda, sírvete un poco de bizcocho con el café.

Toni decidió obedecer. Era lo más fácil.

Satisfecha, Maggie sonrió y se fue.

–¿Siempre la convencen con tanta facilidad? –susurró él.

Ella miró el plato con el bizcocho y se encogió de hombros.

–Volviendo al asunto de los niños –continuó Steel–, ¿cuántos tiene?

Toni supo que se había ruborizado cuando alcanzó el currículum que llevaba en el maletín. No había tenido tiempo de enviárselo. James la había llamado la noche anterior para decirle que había mencionado su nombre a Steel y que quería verla al día siguiente. Era una oportunidad demasiado buena para desaprovecharla.

–En el currículum están todos mis detalles personales, señor Landry.

Toni le acercó la carpeta, pero él la rechazó.

–Prefiero que me lo cuente usted misma –dijo.

–Está bien... tengo dos niñas gemelas.

–¿De cuántos años?

–Casi cuatro.

Toni dejó la carpeta en la mesita. Su voz se había suavizado perceptiblemente al pensar en Amelia y Daisy, pero la mirada de Steel se volvió más intensa.

–¿Y será capaz de trabajar de noche cuando sea necesario? Tenga en cuenta que éste no es un empleo de ocho horas al día.

–Si tengo que trabajar de noche, trabajaré de noche por mucho que me disguste –declaró con sinceridad–. Mis hijas están en buenas manos. Es tan sencillo como eso.

Él la miró por encima de su taza de café.

–Sólo tengo otra pregunta de carácter personal.

–Adelante.

–Ha dicho que su marido le dejó deudas. ¿Son importantes? ¿A cuánto ascienden?

Ella suspiró y respondió.

–A ochenta mil libras esterlinas.

Steel ni siquiera se inmutó. Toni pensó que ocho mil libras serían calderilla para él, pero para ella eran una pequeña fortuna.

–Mi marido había pedido varios préstamos –siguió hablando–. Casi todos estaban pagados cuando falleció, pero también había pedido a la familia, a los amigos e incluso a algunos compañeros de trabajo. Les contaba unas historias que...

Toni no pudo terminar la frase. Le dolía demasiado.

—¿Para qué quería el dinero? —preguntó Steel.

—Para jugar. Era ludópata.

—¿Y usted no lo sabía? —preguntó, sorprendido.

A Toni no le extrañó que le sorprendiera. Ni ella misma se lo podía creer. Había vivido cuatro años con Richard y no sabía nada de su adicción.

Todo su matrimonio había sido un torbellino. Se conocieron en la boda de uno de sus amigos y se casaron tres meses más tarde. Richard era un hombre tan encantador, apasionado y divertido que se enamoró locamente de él. Cuando empezó a tener las primeras dudas, ya se había quedado embarazada de las gemelas.

—No, no lo sabía —le confesó—. Pero estoy decidida a pagar hasta el último penique del dinero que pidió prestado.

—¿De cuántos acreedores estamos hablando?

—De muchos.

—¿Y ninguno de ellos está dispuesto a olvidar el asunto? A fin de cuentas, usted no era consciente de la adicción de tu esposo.

Ella alzó la barbilla, orgullosa.

—Algunos lo están —respondió ella—, pero no lo puedo permitir. Tarde lo que tarde, tendrán su dinero.

Steel la observó en silencio durante unos segundos. Después, se bebió el resto del café, lo dejó en el platito y preguntó:

—¿Incluso a costa del bienestar de sus hijas?

Ella le lanzó una mirada dura.

—Mis hijas siempre serán mi prioridad absoluta

—se defendió—. Siempre. Pero eso no significa que no deba asumir mis responsabilidades.

—¿Sus responsabilidades? ¿No será más bien una cuestión de orgullo?

—Richard robó a su familia y a sus amigos. No les robó en el sentido literal del término, pero lo hizo de todas formas. Mintió, engañó y probablemente seguiría mintiendo y engañando si no hubiera sufrido un infarto una mañana, cuando salió a correr. Una de sus tías, una anciana, le dio los ahorros de su vida. Ahora sólo tiene lo suficiente para comer y para dar de comer a sus gatos —declaró, enfadada.

—Dudo que todos sus acreedores sean ancianos al borde de la indigencia —afirmó Steel, aparentemente inmune a su enfado.

—Y no lo son. Pero todos confiaron en mi difunto esposo, que los engañó a todos. Los traicionó —dijo ella.

—Como la traicionó a usted.

Toni parpadeó, desconcertada. Unos segundos antes, había considerado la posibilidad de levantarse y marcharse de allí. Ahora no sabía qué hacer. De repente, se encontraba al borde de las lágrimas.

—Venga, termínese el café y el bizcocho —dijo él con dulzura.

Tras un segundo de duda, ella obedeció.

Steel no dejó de mirarla. Tras la expresión serena de su rostro, sus pensamientos bullían con frenesí. No estaba acostumbrado a que lo desconcertaran. Cuando entró en la sala y vio a la joven del abrigo verde pistacho junto a la ventana, los sensores de su masculinidad se activaron ante su figura esbelta y su cascada de cabello castaño oscuro.

Toni George era una mujer extremadamente atractiva. No era guapa en el sentido clásico del término, pero muchas modelos habrían dado cualquier cosa por tener sus pómulos y poseer un eco de aquella belleza indefinible. Cuando se había quitado el abrigo y se lo había dado, Steel se excitó sin poder evitarlo y deseó que no estuviera casada.

Se dijo que debía tener cuidado. Toni era viuda y tenía dos hijas. Una relación con ella podía resultar catastrófica.

Sacudió la cabeza y se recordó que ella no estaba allí para tener una aventura con él, sino en una entrevista de trabajo. Además, Toni no encajaba en su mundo. No se parecía nada a las mujeres con las que salía.

Alcanzó la carpeta de la mesita, la abrió y leyó el contenido del currículum. Era de carácter casi estrictamente profesional, con muy pocos detalles personales.

Cuando terminó de leer, alzó la cabeza y preguntó:

—¿Cuánto tiempo ha pasado desde la muerte de su esposo?

Ella cambió de posición, nerviosa.

—Cuatro meses.

Steel asintió.

—¿Era feliz con él?

Toni se puso tensa. A Steel no le habría sorprendido que reaccionara mal y se negara a responder; a fin de cuentas, se estaba metiendo en asuntos que no le concernían. Pero ella respondió de todas formas, cabizbaja.

—No. No era feliz.

En la mente de Steel se encendió una luz roja. No debía seguir por ese camino. Sería mejor que se concentrara en las cuestiones profesionales.

Volvió a mirar el currículum y comentaron un par de aspectos. Los trabajos de Toni eran impresionantes, pero eso ya lo sabía; no le habría ofrecido una entrevista de trabajo si no lo hubiera sabido con anterioridad.

Para su sorpresa, Toni George cambió de actitud. Al hablar de su trabajo se transformó en una persona distinta, en una mujer entusiasta, intensa y atrevida que confiaba plenamente en sí misma. En una mujer que le pareció aún más bella que antes.

Faltaban pocos minutos para las seis y media de la tarde cuando él le preguntó si quería ver los planos y las fotografías del proyecto. Una hora después, Steel echó un vistazo al reloj y se llevó una sorpresa; no podía creer que el tiempo hubiera pasado tan deprisa.

–¿Tiene prisa por irse? –le preguntó–. No me había dado cuenta de que se hubiera hecho tan tarde...

Ella sacudió la cabeza.

–No, no tengo prisa. Pero si no le importa, me gustaría llamar por teléfono a casa. Las niñas se tienen que acostar dentro de poco.

Steel sonrió levemente. Había olvidado que aquella mujer de ojos enormes y cuerpo delicioso era la madre de dos hijas.

Señaló el teléfono, que estaba en una mesita de cristal y dijo:

–Adelante. Yo también tengo que llamar. Quiero interesarme por el estado de mi hermana.

–Puedo llamar con mi móvil...

Él se levantó del sillón.

–No es necesario –dijo–. Yo llamaré desde la línea de mi despacho.

Steel la dejó a solas y se preguntó qué diablos le ocurría. Toni George no significaba nada para él. Sólo era una empleada en potencia. Y por si eso fuera poco, también era madre. Estaba muy lejos del tipo de mujeres que le gustaban; mujeres como Bárbara, dueña de su propio deportivo y de su propio piso, dueña de su propia vida.

Entró en el despacho y se acercó a la mesa, enorme. Mientras descolgaba el teléfono, se dio cuenta de que Toni ya no era una empleada en potencia. Le iba a dar el trabajo. De hecho, había tomado la decisión en cuanto entró en la sala y la vio por primera vez.

Volvió a sacudir la cabeza e intentó recapacitar. Nunca había sido un hombre impulsivo. Jamás tomaba una decisión de carácter profesional sin pensarlo una y mil veces. De haber sido impulsivo, no habría conseguido un imperio en menos de veinte años.

Frunció el ceño, se sentó y llamó a Jeff.

Unos minutos más tarde, cuando cortó la comunicación, su expresión se había suavizado considerablemente. Annie no estaba peor.

Se levantó del sillón, echó hacia atrás su anchos hombros y salió del despacho.

Toni George iba a ser una empleada. Una empleada como tantas. Sólo eso.

Capítulo 2

C UANDO su madre se puso al teléfono, Toni pudo oír los chillidos de alegría y las risas de las niñas.

–¿Mamá? Soy yo... todavía sigo con la entrevista; voy a tardar un poco en volver. Sólo he llamado para dar las buenas noches a las niñas. ¿Ya se están preparando para acostarse? –le preguntó.

Normalmente, las niñas se acostaban a las siete y media; pero si Toni no estaba en casa, tendían a acostarse más tarde y luego, al día siguiente, estaban cansadas.

–Sí, cariño. Ya se han bañado y se han puesto los pijamas –respondió Vivienne Otley.

Toni no quería mostrarse crítica, pero conocía a sus hijas y sabía que, si se entusiasmaban demasiado, tardarían un buen rato en calmarse.

–Mamá, habíamos acordado que no jugaríais con ellas ni les leeríais cuentos después de las siete...

–Bueno, ya conoces a tu padre –se defendió–. Él es el lobo feroz y tus hijas, dos de los cerditos. Y yo soy el tercer cerdito.

Toni contuvo un suspiro. Adoraba a sus padres y les estaba profundamente agradecida por haberlas ayudado a sus hijas y a ella cuando quedaron atra-

padas en las deudas de su difunto esposo. Pero no
quería que mimaran a las pequeñas.

—Anda, ponlas al teléfono —dijo con paciencia—.
Yo me encargaré de que se vayan a la cama... mañana van a ir al safari park y estarán agotadas si se
acuestan tarde.

Tal como Toni esperaba, Amelia fue la primera
en ponerse al teléfono. Era la mayor, aunque sólo
fuera por unos minutos, y Daisy siempre estaba a su
sombra.

—Hola, mamá —dijo alegremente la niña—. El
abuelo está haciendo de lobo feroz y le ha pegado
un bocado tan grande a una galleta que ha estado a
punto de tragársela entera... hemos fingido que nos
asustábamos, pero no estamos asustadas de verdad.

Toni sonrió.

—Hola, preciosa... Hoy no voy a llegar a tiempo
de llevaros a la cama, de modo que os envío un gran
beso y un abrazo. Pero tienes que prometerme que
os acostaréis ahora mismo y que no le pediréis a
vuestra abuela que os cuente más de un cuento. Mañana vais al safari park, ¿te acuerdas? Si estáis cansadas, os perderéis cosas muy interesantes.

El truco pareció funcionar.

—Está bien, mamá...

Amelia dejó el teléfono antes de que su madre se
pudiera despedir. Y Daisy se puso casi de inmediato.

—Hola, mami. ¿Cuándo vuelves a casa?

—Muy pronto, cariño. Pero ahora os acostaréis y
vuestra abuela os leerá un cuento. Ya sabes que
mamá está en una entrevista de trabajo... Quiero
que me prometas que seréis buenas y que os dormi-
réis enseguida.

–Te lo prometo –dijo Daisy–. Te quiero, mamá.

–Y yo te quiero a ti, preciosa.

Vivienne sustituyó a la pequeña al otro lado de la línea telefónica.

–Lo siento, hija –se disculpó–. Sinceramente, había olvidado lo de la excursión de mañana... se me había ido de la cabeza.

Toni se sintió culpable. Sus padres no tenían por qué recordar ese tipo de cosas; no eran los padres de las niñas, sino los abuelos. En lugar de disfrutar de la jubilación, se veían obligados a cuidar de ellas todo el día.

Los errores de Richard y sus propios errores los habían condenado a convertirse en niñeras a sus setenta y tantos años de edad. Toni sabía que estaban encantados de hacerlo, pero se sentía culpable de todas formas. Su tranquila existencia se había convertido en un caos. Incluso habían perdido la intimidad, porque la casa sólo tenía dos dormitorios y ella se veía obligada a dormir en el sofá del salón.

Se despidió de su madre, colgó el teléfono y se apartó un mechón de la cara. Estaba mental y emocionalmente agotada, pero necesitaba aquel empleo. James le había asegurado que Steel pagaba excepcionalmente bien a sus empleados y que, a pesar de tener fama de duro, sus empleados estaban encantados con él. Los salarios altos y los beneficios que ofrecía compraban la lealtad de cualquiera.

Cuando Steel volvió, Toni se había sentado otra vez en el sillón y lo esperaba con fría compostura. Pero su compostura se desvaneció cuando él dijo:

–Maggie me acaba de informar de que hay comida suficiente para dos. Y como no hemos terminado la entrevista y tengo hambre, me ha parecido que podríamos matar dos pájaros de un tiro... Si no tiene ninguna objeción, la invito a cenar.

Toni se quedó tan sorprendida que tardó unos segundos en responder; pero naturalmente, no podía rechazar la oferta.

–Se lo agradezco mucho. Gracias.

–Maggie nos avisará cuando la cena esté preparada. Entre tanto, ¿le apetece tomar algo? –preguntó mientras caminaba hacia el mueble bar–. Yo suelo tomarme un cóctel a estas horas, si no tengo que conducir. Hay vino blanco, vino tinto, jerez, whisky, ginebra, martini y varios tipos de licores.

–Un cóctel estaría bien.

Toni se alegró de haber aceptado el bizcocho de Maggie. Su día había sido muy largo y no había comido nada desde el desayuno, pero el bizcocho impediría que el alcohol se le subiera a la cabeza.

Observó a Steel mientras preparaba los cócteles. Cuando terminó y los llevó a la mesita, preguntó:

–¿Qué es?

–Una mula de Moscú –respondió Steel.

Él sonrió y ella echó un trago. Estaba delicioso.

–A pesar de su nombre –continuó Steel–, se inventó en Hollywood, en 1940, en un local que se llamaba Sunset Strip.

Steel se sentó enfrente de Toni, se quitó la corbata y se desabrochó los dos botones superiores de la camisa. A continuación, cruzó las piernas y se recostó en el respaldo.

Toni no supo por qué, pero se sintió profundamente atraída por él. Era el hombre más masculinamente intenso que había conocido en su vida. Y su voz, profunda y ronca, aumentaba su energía sexual.

–Sabe muy bien –acertó a decir–. ¿Qué lleva?

–Vodka ruso, zumo de lima y cerveza de jengibre. Por lo visto, un distribuidor de bebidas alcohólicas tenía problemas para conseguir que los estadounidenses se aficionaran a una marca concreta de vodka ruso, de modo que se asoció con un barman que vendía cerveza de jengibre. Fue todo un éxito empresarial. Lo llamaron así porque la impresión inicial es como la coz de una mula.

A Toni no le extrañó que Steel Landry se mostrara tan entusiasta con la historia del cóctel; era evidente que apreciaba la iniciativa y el talento. Se preguntó si sería consciente de lo mucho que intimidaba y pensó que, probablemente, la respuesta sería afirmativa. Ese truco le sería de gran ayuda en los negocios.

–¿Las niñas están bien?

Toni no esperaba que se interesara por sus hijas, pero contestó sin dejar de mirarlo a los ojos.

–Sí, están bien.

–Entonces, se podría relajar un poco...

–¿Cómo? –dijo, perpleja–. Estoy absolutamente relajada.

–¿Absolutamente relajada? Disculpe que se lo diga, pero está tan tensa como una cuerda de arco –ironizó–. Tranquilícese. No tengo ninguna intención de seducirla durante los cócteles y la cena.

–Ni yo he pensado que quisiera seducirme –declaró ella.

Él entrecerró los ojos.

–Si eso es cierto, ¿por qué está tan tensa?

Ella se encogió de hombros. No quería confesar que estaba desesperada por conseguir el empleo. Si Steel Landry la contrataba, sería el fin de sus problemas. Si no la contrataba, no tendría más remedio que aceptar encargos temporales o buscarse otro trabajo por mucho menos dinero.

Tenía que salir del agujero donde había estado durante los cuatro años anteriores. Tenía que recuperar su vida profesional.

Toni no se arrepentía de haber dejado el diseño para cuidar de sus hijas. Richard era ejecutivo de una gran empresa farmacéutica y, en principio, su sueldo era más que suficiente para vivir con comodidad. Pero al final resultó que dejar de trabajar había sido un error. Su difunto esposo llevaba una doble vida; se había cargado de deudas y había puesto en peligro el bienestar de la familia.

–¿Señorita George? Le he hecho una pregunta...

La voz de Steel interrumpió los pensamientos de Toni, que parpadeó.

–Es que... llevaba tanto tiempo sin presentarme a una entrevista de trabajo que me incomoda más de lo normal. He perdido la costumbre.

Él sacudió la cabeza.

–No se preocupe por eso –dijo Steel–. Ha estado muy bien.

Toni no supo cómo tomarse el comentario. De hecho, no sabía cómo tomarse nada de lo relacionado con aquel hombre. Cuando James la llamó para hablarle de Steel y de su oferta de empleo, Toni investigó un poco por Internet. Lo que averiguó de él, la puso más nerviosa. Decían que era un hombre lleno de energía, duro pero justo; un hombre que podía llegar a ser implacable cuando quería algo.

–Tómese el cóctel y deje de dar vueltas al asunto –continuó Steel con suavidad–. Si quiere el trabajo, es suyo.

Toni lo miró con asombro.

–¿En serio? Oh, Dios mío... gracias, muchísimas gracias.

–¿Eso significa que acepta?

–Por supuesto que sí, señor Landry.

–Excelente. En tal caso, será mejor que empecemos a tutearnos. Me llamo Steel.

–Pero...

–¿Pero qué?

–Usted es mi jefe. No lo puedo tutear... –dijo, nerviosa.

Él la miró con humor.

–¿Llamabas de usted a James?

–No, pero...

–¿Pero? –la presionó.

–Eso es diferente.

–¿Por qué? James era tu jefe.

Toni se sintió atrapada. No podía responder que la situación era distinta porque James no era ni el dueño de un imperio empresarial ni un hombre sencillamente impresionante.

–Sí, pero el ambiente en la empresa de James era bastante informal, por así decirlo –se justificó ella.

Steel asintió.

–Los empleados que trabajan directamente para mí disfrutan de ese mismo privilegio, Toni. Mi secretaria y mi director financiero, por ejemplo, me tutean. Además, éste es un proyecto nuevo y vamos a trabajar codo con codo, de modo que nos resultará más fácil si nos dejamos de formalidades. Steel y Toni es lo más adecuado.

Toni estuvo a punto de llevarle la contraria, pero habría sido absurdo. Se conocía lo suficiente como para saber que sólo sentía la necesidad de discutírselo porque la había sorprendido con la oferta.

–Tienes razón –dijo al fin–. Muchas gracias, Steel. Te prometo que no te arrepentirás de haberme ofrecido el trabajo.

–Créeme, Toni. Si tuviera alguna duda al respecto, no te lo habría ofrecido.

Toni le creyó. Y paradójicamente, su confianza en ella la animó y la asustó a la vez. La animó porque los meses anteriores habían sido tan duros, tan difíciles, que había empezado a dudar de sí misma. La asustó porque la confianza de Steel Landry añadía más presión a la responsabilidad que iba a adquirir.

Alzó la barbilla y le lanzó una mirada que pretendía demostrar seguridad.

–¿Cuándo quieres que empiece?

–Discutiremos los detalles durante la cena. Incluido el salario, por supuesto.

Toni se ruborizó. Había aceptado el trabajo sin saber cuánto le iba a pagar. Pero mantuvo el aplomo y hasta logró hablar con un fondo de ironía:

–Siempre he pensado que en este mundo se obtiene lo que se está dispuesto a pagar.

Steel la miró con interés.

–¿Tú crees? –preguntó–. Entonces, espero que tu sueldo sirva para comprar todo lo que necesito de ti, Toni.

Capítulo 3

TONI se sintió enormemente aliviada cuando Maggie llamó a la puerta para anunciar que la cena estaba preparada.

Las palabras de Steel todavía resonaban en su mente. No estaba segura de que tuvieran segundas intenciones, pero ella las interpretó como si las tuvieran. Y cuando él se levantó y le puso una mano en la espalda para llevarla fuera de la habitación, Toni sintió que sus mejillas ardían de rubor.

Pensaba que cenarían en alguno de los salones, así que se llevó una gran sorpresa cuando se encontró en la terraza del ático, cuyas vistas eran sencillamente espectaculares. La terraza estaba decorada como si fuera una continuación del piso, con muebles de diseño y multitud de plantas de exterior que daban al lugar un ambiente mediterráneo. La balaustrada, de cristal, contribuía a aumentar la serenidad del ambiente y mejoraba la vista del barrio de Kensington.

–Esto es precioso –dijo lentamente–. Absolutamente precioso... ¿quién lo ha diseñado?

Él sonrió.

–Yo.

–¿Tú?

La sorpresa de Toni no implicaba exactamente

un cumplido, pero por suerte para ella, Steel respondió con humor.

—Aunque me dedique a los negocios inmobiliarios, soy tan capaz de apreciar la belleza como cualquier otro —afirmó.

Él se acercó a la mesa y le ofreció una silla, que Toni aceptó.

—No lo dudo, pero hay algo que no entiendo —dijo ella.

—¿Qué?

—Sí puedes diseñar con tan buen gusto, ¿por qué quieres encargarme tu nuevo proyecto? Podrías hacerlo tú mismo.

Él tardó unos segundos en responder. Se acercó a la cubitera y abrió la botella de champán que Maggie había puesto a enfriar. Mientras la abría, Toni admiró la cubertería de plata y el jarrón con lilas que decoraba la mesa.

—He pensado que la ocasión merecía una botella de champán —dijo Steel al fin, haciendo caso omiso de su pregunta—. Quiero que brindemos por una larga y feliz relación profesional.

—Gracias...

Hasta ese momento, Toni estaba convencida de que no le gustaba el champán. Pero cuando se llevó la copa a los labios y lo probó, comprendió que había champanes y champanes. Aquel era una maravilla. No se parecía a ninguno de los que había probado con anterioridad. Era algo delicioso que le hizo soñar con días de verano y noches eternas.

—En cuanto a tu pregunta, esta terraza es mi única contribución al diseño de interiores —declaró Steel—. Quedó bien porque sabía exactamente lo que quería... y aun así, me costó dos meses de planificación.

–Y mucho dinero, porque es evidente que te gastaste una fortuna –observó ella–. ¿Quieres que llegue tan lejos con el proyecto?

–Si es necesario, por supuesto.

Steel se sentó frente a ella. Toni estaba contemplando las vistas del viejo Londres cuando él se inclinó ligeramente hacia delante y habló con intensidad.

–Es importante que la primera fase asombre a todo el mundo. Además, el precio no es un problema... los compradores se lo pueden permitir. Quiero que cada piso sea distinto a los demás, que tenga un espíritu propio. Quiero que sean únicos. Y para conseguirlo, quiero que juegues con todos los diseños y las ideas que se te ocurran. No lo conseguirás si no disfrutas con el trabajo.

A pesar del entusiasmo de sus palabras, los ojos de Steel no mostraron ninguna emoción. Toni pensó que eran como conchas en una playa batida por el viento y por las olas, que las limpiaban y aclaraban constantemente y a veces dejaban al descubierto una perla en su interior.

Nunca había visto unos ojos como los suyos.

Sin pararse a pensar, formuló la pregunta que había estado en su cabeza desde que Steel había vuelto al salón del piso.

–¿Cómo está tu hermana?

Él echó un trago de champán.

–Es pronto para estar seguros, pero Jeff, su esposo, me ha comentado que el niño y ella están fuera de peligro –contestó–. Desgraciadamente para Annie, los médicos le han ordenado que guarde reposo absoluto.

–¿Desgraciadamente?

–Sí, Annie es muy inquieta. Si está dos minutos sin hacer nada, se pone nerviosa.

Ella sonrió.

–¿Cuántos meses le quedan para el parto?

Steel lo pensó un momento.

–No estoy seguro –admitió–. Supongo que eso no habla precisamente bien del tío de la criatura, ¿verdad? Creo que dos o tres meses...

–Tengo una amiga que sufrió una situación parecida hace un par de años. Los médicos también le ordenaron que guardara reposo absoluto –comentó ella–. Tuvo el niño antes de tiempo, pero es el bebé más maravilloso que he visto en toda mi vida... dile a tu hermana que tenga paciencia y que aguante.

Steel asintió. La actitud de Toni le había gustado. No se había limitado a decir que las cosas saldrían bien o que la medicina había avanzado tanto que podía hacer milagros. De hecho, Toni George no había dicho nada hasta entonces que no le gustara.

Contempló la suave curva de sus labios y se preguntó qué se sentiría al besarla.

Fue un pensamiento casi inocente, pero provocó un acceso de deseo que lo excitó al instante. Asombrado por la reacción de su cuerpo, apartó la mirada. Él siempre había sido un hombre frío, racional, capaz de controlar sus emociones. Dirigía su vida amorosa del mismo modo que sus negocios, con el distanciamiento necesario y un rígido código de valores entre los que destacaba uno: no mezclar los negocios con el placer.

A lo largo de los años, había visto a muchos amigos que olvidaban esa norma y terminaban envueltos en situaciones embarazosas. Steel estaba sobre aviso; era perfectamente consciente de los peligros que implicaba. Y no obstante, la había invitado a cenar en su propia casa.

Era absolutamente ilógico. Se había metido en una trampa sin ayuda de nadie.

Le molestó tanto que miró a Toni con irritación, aunque no estaba enfadado con ella. Estaba enfadado consigo mismo.

—Lo siento —dijo Toni, malinterpretando su mirada—. Me he excedido al decir lo que tu hermana tiene que hacer... no es asunto mío.

Steel sonrió.

—No, no te has excedido. De hecho, agradezco tu preocupación —dijo con frialdad, calculando las palabras—. Pero volviendo a los negocios, ¿cuándo puedes empezar?

—Cuando quieras.

—¿Te parece bien el lunes por la mañana? Así tendrás el resto de la semana para organizar tus cosas.

—Me parece perfecto; aunque, sinceramente, no hay mucho que organizar... como dije hace un rato, mis padres me echan una mano en el cuidado de Amelia y Daisy. ¿Qué horario de trabajo voy a tener?

Amelia y Daisy. Steel se preguntó si serían dos versiones en miniatura de su madre. Y tuvo que resistirse al impulso de preguntarle si tenía alguna fotografía de las pequeñas.

—Bueno, ya sabes que este tipo de trabajos no se

atiene a lo que la gente entiende por horarios normales –respondió–. Espero que mis empleados se esfuercen al máximo y que cumplan con sus obligaciones, pero el horario es lo de menos; puede ser tan flexible como el trabajo permita. Por ponerte un ejemplo, tengo varios empleados con hijos... siempre están a expensas de las guarderías y de los colegios, pero eso no es un problema.

Por la mirada de Toni, Steel supo que no esperaba que fuera tan razonable. Se alegró de haberla sorprendido positivamente, pero también lamentó que lo hubiera tomado por una especie de esclavista.

–Algunas veces podrás trabajar en casa y otras, tendrás que estar en el despacho o visitando los lugares donde se ejecuten los proyectos –siguió hablando–. Pero cuando sea preciso, el trabajo tendrá que ser tu prioridad absoluta, por encima de ninguna otra consideración... salvo cuestiones de vida o muerte, por supuesto.

Ella asintió.

–Por supuesto.

–James me dijo lo que te pagaba cuando trabajabas para él. Era muy generoso. Es evidente que te tenía en muy alta estima.

Steel se detuvo un momento y le propuso una cifra. Exactamente el doble de lo que James le había pagado.

Toni se ruborizó, asombrada.

–Yo... no sé qué decir...

Se preguntó si Steel le había ofrecido tanto dinero porque ella le había hablado de sus dificultades económicas. Pero fuera como fuera, carecía de importancia. Con un sueldo tan elevado, tendría más que de sobra para asegurar el futuro de sus hijas y de sus padres y para pagar las deudas contraídas por su difunto esposo.

–Gracias –dijo–. Muchísimas gracias.

–No me des las gracias con tanto entusiasmo, Toni. Soy un jefe muy duro. Puedes estar segura de que tendrás que ganarte hasta el último penique.

Ella habló con toda sinceridad.

–Haré lo que sea necesario. Me dejaré la piel por usted, señor Landry. Se lo prometo.

Steel sintió otro acceso de deseo. Tuvo que hacer un esfuerzo por mantener el aplomo y hablar con naturalidad.

–En el suelo, están incluidos un seguro privado para ti y para tus hijas y un vehículo que estará a tu entera disposición cuando lo necesites. ¿Tienes coche propio?

Toni sacudió la cabeza.

–No.

–Ah, otra cosa...

–¿Sí?

–Creía que habíamos avanzado algo con lo de tutearnos. No me llames «señor Landry», por favor –protestó.

–No, no, claro que no. Discúlpame –dijo, nerviosa.

Steel admiró su cuerpo sin poder evitarlo.

–Quiero que suspendas los planes que tengas para el resto de la semana y que aproveches el tiempo para familiarizarte con el proyecto en el que vas a trabajar. Así estarás preparada el lunes que viene. Mañana por la mañana, mi secretaria te enviará una oferta por escrito y todo el papeleo.

Toni volvió a asentir.

En ese momento apareció Maggie, que puso un plato delante de ella.

–Gracias.

–De nada. Espero que te gusten los espárragos, jovencita.

–Me encantan. Además, tienen un aspecto delicioso...

Al contemplar los espárragos y la salsa que Maggie había preparado, Toni se sintió súbitamente hambrienta.

Maggie ya se había marchado cuando Toni preguntó, con humor:

–¿Vives para comer? ¿O comes para vivir?

Toni se quedó helada. Sabía que Steel no lo había dicho con intención crítica, pero por algún motivo, se sintió insegura y pensó que se refería a su aspecto. Había tenido que estrechar la cintura de la falda porque ya no le quedaba bien. Y la blusa de seda tampoco le quedaba tan ajustada como el año anterior. Había perdido peso durante los últimos meses, muy duros para ella.

Tomó un poco de champán y lo miró.

–Adoro la comida, así que supongo que vivo para comer... –respondió.

Steel le dedicó una sonrisa.

–Igual que yo –dijo.

Toni sintió un deseo sexual tan fuerte que estuvo a punto de derramar el contenido de la copa. Horrorizada, cruzó los dedos para que Steel no se hubiera dado cuenta. Había sido por culpa de aquella sonrisa, que potenciaba enormemente la belleza de su rostro y de sus ojos de color azul plateado.

Pero por muy atractivo que fuera, Steel era su jefe. Y ella estaba en su mundo. En un mundo refinado, donde un hombre y una mujer podían comer, beber y charlar como colegas sin que las cosas llegaran más lejos.

Además, no quería mantener otra relación amorosa. Quería concentrarse en sus hijas, pagar su montaña de deudas y volver a vivir. No tenía tiempo para nadie más. Y por otra parte, era muy dudoso que Steel Landry se sintiera atraído por una viuda con dos niñas pequeñas.

La conversación derivó hacia asuntos intrascendentes. Toni descubrió que Steel era un hombre extremadamente divertido, capaz de convertir cualquier cosa en algo gracioso. Mientras disfrutaba la carne con chile y jengibre que Maggie había preparado como segundo plato, Toni pensó que su nuevo jefe lo tenía todo.

Tenía atractivo, riqueza y personalidad. Era tan interesante que las mujeres se debían de desmayar a su paso. Era tan imponente que sus parejas debían de ser mujeres muy seguras de sí mismas.

El postre consistió en una tarta de chocolate con una salsa de frambuesa que lo complementaba a la perfección. Al final de la cena, Toni estaba llena y más que relajada. Pero sólo hasta cierto punto. Steel no era de la clase de hombres con los que una mujer se podía relajar. Era demasiado intenso, demasiado perturbador.

Maggie se despidió de ellos y marchó a casa tras servirles el café.

–¿Desde cuándo trabaja para ti? –preguntó Toni–. Es una gran cocinera.

Steel asintió.

–Lleva muchos años conmigo. Viene casi todas las tardes. Arregla el piso y me prepara la cena si no tengo intención de salir. Su marido falleció poco después de que empezara a trabajar para mí... le dejó dinero suficiente, pero prefiere mantenerse ocupada. Por la mañana cuida de uno de sus nietos, de modo que el horario le viene bien.

Toni pensó en la actitud maternal de Maggie.

–Le gusta que la necesiten...

El comentario pareció sorprender a Steel.

–¿Tú crees?

Tras pensarlo durante unos momentos, añadió:

–Sí, creo que tienes razón. No me lo había planteado hasta este momento, pero yo diría que es verdad. Era feliz con su esposo. Supongo que su fallecimiento fue muy duro para ella; especialmente, porque el pobre hombre murió tras una enfermedad larga y dolorosa... Maggie es una gran persona.

Toni pensó que, además de ser una gran persona, también era absolutamente leal a su jefe. Por lo que había visto, lo adoraba. Y esa adoración no encajaba con la fama de hombre duro, distante y cínico de Steel.

Alcanzó su taza de café y echó un último trago.

–Gracias por la cena y por la conversación. Me he divertido mucho.

–No hay de qué –dijo él con una sonrisa–. Parece que hemos avanzado un poco... he conseguido que te relajes.

Toni rió. Steel clavó la mirada en su boca.

–Así está mejor –susurró él–, pero no te vuelvas a poner tensa conmigo. Si te parece bien, echaremos un vistazo a los planos del proyecto y pediré un taxi por teléfono para que te lleve a casa.

–No es necesario –dijo ella con rapidez–. He venido en Metro y puedo irme en...

–En taxi –la interrumpió–. Conmigo.

Toni se quedó helada.

–No te molestes –insistió–. Tengo mi billete y...

–No puedo permitir que vuelvas sola a tu casa –la interrumpió otra vez–. Me siento responsable de ti.

–Tú no eres responsable de mí.

–¿Ah, no? Has venido a mi casa porque yo te lo pedí y te has quedado a cenar por el mismo motivo –le recordó–. Llevarte en taxi es lo menos que puedo hacer. Ya son las once de la noche... falta poco para que Londres se llene de espectros y brujas.

Ella sonrió.

–En serio, Steel, no es necesario.

–Por supuesto que lo es –dijo con determinación.

–Bueno, si te empeñas...

Los dos se levantaron de la mesa. Steel le enseñó los planos del proyecto y, quince minutos más tarde, se encontraron en el interior de un taxi.

Toni, tensa de nuevo, llevaba su carpeta apretada contra el pecho. Steel, que ocupaba casi dos tercios del asiento, había estirado las piernas y se mostraba completamente relajado, como si estuviera en casa.

Ella intentó no mirarlo. Lo intentó con todas sus fuerzas.

Y fracasó.

Era ferozmente consciente de la sombra de su barba, que acentuaba su masculinidad, y de su gran tamaño. Los duros músculos de sus hombros, muy anchos, imponían tanto como su altura. Pero por mucho que le gustaran, Toni no se sentía atraída por ninguna de sus características físicas en concreto, sino por su efecto general. Resultaba maravillosamente viril. Increíblemente bello. Definitivamente aterrador.

Sin embargo, se dijo que no tenía ninguna oportunidad con él. Era evidente que Steel estaría acostumbrado a mujeres refinadas, de mundo. Y ella no era ni refinada ni de mundo. Aunque tenía sangre en las venas y sentía las mismas necesidades que cualquier otra mujer, toda su experiencia sexual se reducía a su matrimonio con Richard.

Cuando se casó con él, Toni era poco más que una adolescente asustada. Por suerte, Richard se mostró comprensivo y dispuesto a esperar.

Su difunto esposo fue tan encantador con ella que Toni tardó mucho en comprender que se había casado con un hombre terriblemente débil. Más tarde, cuando la pasión desapareció y se convirtió en afecto, se dio cuenta de que siempre tendría que ser el pilar de su relación, la persona fuerte, la persona que se hacía cargo de la familia y que tomaba todas las decisiones importantes.

Pero aún no sabía nada de la adicción de Richard al juego. Eso lo supo después. Y cuando lo supo, también comprendió que Richard se lo había logrado ocultar porque era más inteligente y más fuerte de lo que había imaginado.

Un sonido interrumpió sus pensamientos. Era el sonido de la voz de Steel.

Se giró hacia él y vio que la estaba observando con aquellos ojos de acero y cristal.

–¿Qué decías? –preguntó.

–Nada, carece de importancia –respondió él, sin dejar de mirarla fijamente–. ¿En qué estabas pensando?

Toni no quería hablar de su esposo, pero tampoco quería mentir. Decidió contarle parte de la verdad.

–Pensaba que la vida de la gente puede cambiar mucho en muy poco tiempo. Esta tarde, cuando vine a verte, mi futuro se me presentaba difícil, lleno de problemas... y ahora, me siento como si hubiera vuelto a nacer.

–Comprendo.

–Richard nos dejó en una situación muy complicada. Tardé bastante en darme cuenta de que, a pesar de haber vivido con él durante cuatro años, nunca llegué a conocerlo. Pero eso es agua pasada. El futuro es lo que importa. El futuro de mis hijas y de mí misma.

–¿Qué habrías hecho si no te hubiera ofrecido el trabajo?

Ella se encogió de hombros.

–Sacar fuerzas de flaqueza y probar otra cosa.

–Tienes el espíritu de una leona...

–No, sólo tengo el espíritu de una madre decidida a sacar adelante a sus hijos. Cueste lo que cueste.

–Una madre –dijo él, acariciando sus pechos con la mirada–. Verte como madre me resulta difícil... No me malinterpretes. Estoy seguro de que eres una madre excelente, pero pareces tan joven, tan intacta...

–Las apariencias engañan.

Steel la miraba de una forma tan intensa que Toni tuvo miedo y se sintió obligada a añadir, para marcar las distancias:

–Soy una madre de los pies a la cabeza. Amelia y Daisy son las únicas personas que me importan en este momento, y eso va a seguir así. No necesitamos a nadie más.

–Tus padres se alegrarán mucho al saberlo –ironizó él, arqueando una ceja.

–No, no, yo no insinuaba que... no quería decir que...

–Descuida. Sé que lo que querías decir, Toni –dijo con suavidad–. Que tienes intención de dedicarte íntegramente a tus hijas y tu trabajo, ¿verdad?

Ella asintió.

–¿Y no crees que ese tipo de vida puede resultar aburrida al cabo de cierto tiempo? –continuó Steel.

Toni pensó en los cuatro años de su matrimonio. Habían sido cuatro años difíciles. Richard trabajaba todo el día y, cuando volvía a casa, estaba tan cansado que no tenía tiempo ni para las niñas ni para ella.

Toni sabía que su relación era una mentira, pero apretó los dientes y se concentró en las tareas de la casa y en sus obligaciones como esposa. Se convenció de que lo hacía por el bienestar de la familia. Se convenció de que hacía lo correcto.

Había sido una estúpida. Y no volvería a cometer el mismo error.

–Mientras que Amelia y Daisy estén bien y gocen de buena salud, el aburrimiento no me preocupa –afirmó.

En ese momento, llegaron a la casa de sus padres. A pesar de la oscuridad, se notaba que las casas de la zona eran muy pequeñas.

Toni sintió vergüenza y se maldijo a sí misma en silencio. La casa era perfecta para sus padres, que estaban jubilados y no necesitaban nada más. Si resultaba pequeña, era simplemente porque ahora vivían con su hija y con sus nietos.

—Gracias por traerme, señor Steel.

Él arqueó una ceja.

—¿Señor Steel? ¿Todavía estamos con ésas?

—Oh, lo siento —sonrió—. Te veré el lunes por la mañana. Y te llevaré unas cuantas ideas y precios para el proyecto.

Él salió del taxi, dio la vuelta al vehículo y le abrió la portezuela. Ella salió.

—Buenas noches, Toni. Estoy seguro de que demostrarás ser una gran inversión para mi negocio. Bienvenida al equipo.

—Gracias —repitió.

Steel le estrechó la mano. Su contacto, cálido y firme, la estremeció y la asustó tanto que pensó que no quería aquel trabajo, que no lo necesitaba, que no sería capaz de trabajar codo a codo con aquel hombre.

Sin embargo, refrenó sus temores. Steel se había portado en todo momento como un caballero. No tenía ninguna queja de él.

—Buenas noches —dijo Steel otra vez—. Que duermas bien.

Toni tardó unos segundos en darse cuenta de que su jefe le había soltado la mano y de que estaba esperando a que se marchara.

Ella se ruborizó, se despidió de nuevo y caminó

hacia la entrada de la casa. Estaba tan nerviosa que, cuando quiso meter la llave en la cerradura, le faltó poco para que se cayera al suelo.

Por fin, abrió la puerta. Después, se giró y vio que Steel habría regresado al taxi y estaba esperando a que ella entrara en la casa.

Lo saludó con la mano y desapareció en el interior.

Pasaron uno o dos minutos antes de que recobrara el aliento. La casa estaba en silencio; era obvio que sus padres se habían acostado, aunque habían dejado encendidas las luces del vestíbulo.

Se dirigió al salón, dejó la carpeta en la mesa y abrió la puerta doble que daba al pequeño jardín. Originalmente había sido un simple patio trasero con un cuarto de baño auxiliar, pero sus padres lo habían llenado de plantas y ahora resultaba mucho más acogedor.

Se sentó en una de las sillas de hierro forjado, apoyó los codos en la mesa y se frotó el cuello, que le dolía.

El perfume de las lilas y de los geranios llenó sus sentidos. Poco a poco, se relajó. Cerró los ojos durante unos segundos y, cuando por fin los abrió, alzó la cabeza y contempló la miríada de estrellas que brillaban en el cielo.

Se preguntó por qué se sentía tan atraída por Steel Landry. No era típico de ella. Siempre había sido una mujer con los pies en la tierra, poco dada a ensoñaciones. Sin embargo, supuso que parte de ello se debía al hecho de que su vida había cambiado radicalmente. Unas horas antes, se enfrentaba a un panorama desolador. Ahora, gracias a él, podría pagar sus deudas y salir adelante; hasta podría comprarse una casa en un par de años.

Cruzó los brazos y sonrió.

Todo iba a salir bien. Volvía a ser una mujer libre.

Y en cuanto a Steel, se dijo que estaba exagerando. A fin de cuentas, nunca había estado con un hombre tan carismático y tan rico.

Además, no había pasado nada. Por suerte para ella, Steel no podía leer los pensamientos de los demás.

Cuando el taxi arrancó, Steel pensó que había cometido un error al contratar a Toni George. Si hubiera sido inteligente, la habría rechazado para el empleo con educación y se la habría quitado de encima. Lo último que necesitaba y lo último que quería era sentirse atraído por una mujer que trabajaba para él. Por una mujer que, para empeorar la situación, era una viuda con dos niñas pequeñas.

Se recostó en el asiento del vehículo y se intentó relajar.

Era preciosa, era inteligente y tenía carácter. Pero el mundo estaba lleno de mujeres preciosas, inteligentes y con carácter.

Lamentablemente para él, Toni le parecía distinta a todas las demás. De hecho, la deseaba más de lo que había deseado a nadie. Cuando había entrado en el salón de su ático y la había visto junto al ventanal por primera vez, se había estremecido de los pies a la cabeza.

Giró la cabeza hacia la ventanilla y contempló

las calles de Londres. El negocio era el negocio. Podía haber contratado a cualquier otro diseñador de interiores. La ciudad estaba llena de profesionales con talento. Pero había contratado a Toni George a pesar de saber que podía llegar a ser un problema.

Sacudió la cabeza y se dijo que estaba exagerando las cosas. Era un hombre de treinta y ocho años de edad, no un adolescente dominado por sus pasiones. Había contratado a Toni George porque era la mejor para el puesto.

Cuando llegó al ático, entró en el dormitorio, se desnudó y se duchó. A continuación, se enrolló una toalla a la cintura y se dirigió a la cocina, donde se sirvió un café solo, bien cargado.

Como no tenía sueño, pensó en trabajar un poco. Jeff le había prometido que lo llamaría por teléfono si se producía algún cambio en el estado de Annie, y estaba demasiado tenso para poder dormir.

Se quitó la toalla, se puso una bata y alcanzó su maletín.

No quería pensar en Toni George; no volvería a pensar en ella. Él era un hombre independiente. Y no toleraría que nada ni nadie amenazara su independencia.

Capítulo 4

TONI giró delante de sus hijas y dijo:

—Bueno, ¿qué os parece el aspecto de mamá? ¿Pulcro y eficaz?

—¿Qué significa eficaz? —preguntó Daisy con expresión preocupada.

—Una persona es eficaz cuando hace las cosas bien.

Los grandes ojos marrones de Amelia examinaron el traje gris y la camisa blanca de su madre antes de asentir.

—Pareces bastante eficaz —declaró.

—Y guapa. Muy guapa —añadió Daisy.

—Gracias...

Toni se arrodilló delante de las niñas y las abrazó con fuerza antes de asegurarse el moño. Tenía el pelo tan fuerte que se le soltaba.

—La abuela os llevará al colegio y mamá se irá a trabajar —continuó—. Pero os prometo que mañana os llevaré yo. ¿De acuerdo?

Las dos niñas asintieron.

Aunque eran idénticas, sus escasas diferencias se volvían más acusadas con el tiempo. Amelia era más alta y más fuerte que Daisy, quien a su vez tenía el cabello ligeramente más claro que el de Amelia.

Pero, por lo demás, sus caritas eran tan iguales como dos guisantes.

Toni se levantó. Odiaba tener que irse, pero sus hijas estaban tan contentas. Llevaban varios meses en el parvulario, preparándose para el primer curso del colegio, que empezaría en septiembre. Para entonces, ya tendrían cuatro años. Los cumplían a finales de julio.

Mientras las miraba, pensó que era una suerte que Richard se hubiera mantenido tan alejado de ellas. Como siempre estaba fuera y siempre volvía cansado y sin tiempo para las niñas, su muerte no les había afectado mucho. Durante los dos meses anteriores, apenas lo habían mencionado un par de veces.

Vivienne apareció en el salón y se dirigió a su hija con entusiasmo. La conocía muy bien y sabía lo que sentía.

—Tienes un aspecto muy profesional, hija. Pero, ¿por qué te has molestado en quitar las sábanas del sofá? Lo habría hecho yo más tarde...

—No me cuesta nada.

Toni siempre arreglaba el sofá cuando se despertaba. Quería que el salón estuviera perfecto antes de que aparecieran sus padres. Por desgracia, su éxito con las niñas era más bien dudoso; hiciera lo que hiciera, sus juguetes y sus cosas terminaban desparramados por todas partes.

—Gracias por todo, mamá —continuó Toni—. No sé qué habría hecho durante estos meses sin papá y sin ti.

—Oh, vamos, no exageres. Habrías salido adelante.

A Vivienne nunca le había gustado que le dieran

las gracias; pero su voz sonó dulce, tierna. Sabía que su hija había sufrido mucho y que su trabajo nuevo era esencial para que recobrara la confianza en sí misma.

Por motivos evidentes, Vivienne no le había contado a nadie el alivio que sintió cuando le informaron de que Richard había muerto. Si no hubiera fallecido, Toni era tan conservadora que habría sido capaz de seguir con él toda la vida.

—Deséame suerte, mamá.

Vivienne sonrió y abrazó a su hija.

—No necesitas suerte. Limítate a ser tú misma y bastará. James afirma que eres la mejor diseñadora de interiores que ha trabajado para él... y es obvio que causaste una buena impresión a ese Landry porque, de lo contrario, no te habría contratado.

Toni se repitió las palabras de su madre, como si fueran un mantra, mientras se dirigía a la sede de la empresa, situada al norte de Edmonton.

La semana anterior, la secretaria de Steel le había enviado una carta con toda la documentación necesaria para formalizar el contrato. A todos los efectos, ya era empleada de Laundry Entrerprises. Y cuando entró en el gigantesco vestíbulo del edificio, la recepcionista la envió directamente al último piso.

Al salir del ascensor, se acercó a la puerta de Joy MacLean, la secretaria de Steel, y llamó.

No contestó nadie, de modo que abrió la puerta con timidez y echó un vistazo al interior. El despacho estaba vacío. Por lo visto, MacLean no había llegado todavía.

Toni echó un vistazo al reloj. Eran las ocho y veinte.

Sabía que se había presentado antes de tiempo, pero quería llegar pronto para adelantarse a su jefe.

Entró en el despacho de la secretaria y miró a su alrededor. Era una sala grande y lujosa, con una vista panorámica de Londres.

Un segundo después, oyó una voz profunda que la estremeció.

—Buenos días, Toni.

Toni se giró, sorprendida. Steel estaba apoyado en el marco de una puerta que, evidentemente, daba a su despacho personal. Tenía las manos en los bolsillos de los pantalones. Llevaba una camisa azul, remangada, y se había aflojado la corbata.

Estaba tan impresionante como de costumbre.

—Buenos días, Steel.

—Joy no suele llegar antes de las nueve —explicó—. Trabaja hasta muy tarde por mi culpa, de modo que llega cuando puede...

Toni quiso decir algo. A ser posible, algo inteligente y oportuno. Pero no se le ocurrió nada de nada.

—Entra y tómate un café —dijo él.

Steel se apartó de la entrada para dejarle paso.

Su despacho era gigantesco, con la mesa situada de tal forma que la luz del exterior quedara a su espalda. Además, tenía una zona de estar con sillones, sillas y una mesita baja. También tenía un frigorífico pequeño y una cafetera, junto a la que había un tarro lleno de galletas de chocolate.

Steel se llevó una galleta a la boca y le sirvió un café.

—Es mi desayuno —explicó, señalando el tarro—. Ten en cuenta que estoy en el despacho desde las cinco de la madrugada... Joy traerá unos bocadillos cuando llegue.

–¿Desde las cinco? –preguntó ella, atónita.

Él sonrió y le dio su taza de café.

–Si quieres leche y azúcar, sírvete tu misma –dijo–. Y sí, llevo desde las cinco en punto... pero normalmente llego a las seis. No duermo demasiado.

Toni pensó que Steel era una especie de Supermán.

–Venga, siéntate y cuéntame lo que has pensado para el proyecto –continuó.

Cuando Toni vio que Steel se sentaba en uno de los sofás y que pretendía que ella se sentara a su lado, se puso tan nerviosa que derramó un poco de café sobre los planos que estaban en la mesita.

–Oh, lo siento...

Rápidamente, intentó secar la mancha.

–No te preocupes por eso –dijo él–. No es nada. Tengo un montón de copias de esos planos... enséñame lo que has hecho.

Avergonzada, Toni empezó a hablar con timidez. Pero, al cabo de un par de minutos, se había relajado por completo.

Le enseñó lo que había preparado, compartió con él sus planes y, por último, preguntó:

–¿Qué te parece?

Steel pensó que le parecía una maravilla. Pero no estaba pensando en las ideas de Toni, sino en la suave curva de sus labios.

Deseaba besarla. Lo deseaba con toda su alma.

Lo deseaba tanto que se levantó y se dirigió a la cafetera porque necesitaba poner tierra de por medio.

–¿Otro café? Yo tomo café como si fuera agua.

–No, gracias.

Se sirvió un café solo y se lo tomó de un trago. Acto seguido, miró a Toni y dijo:

–Estoy impresionado. Has comprendido el objetivo del proyecto. Es fundamental que los pisos sean completamente distintos... mi clientela es muy exigente en cuestiones de estatus social. Además, me encantan los colores y las texturas que has elegido. Sin embargo, recuerda que necesitamos ambientes cálidos para el invierno, que vayan bien con el fuego de las chimeneas y con los suelos de madera, y muy luminosos para el verano.

Toni se detuvo un momento y siguió hablando.

–Supongo que las obras de arte y los materiales que propones proceden de tus contactos...

Toni asintió.

–Sí. Cuando trabajaba para James, tuvimos un cliente que quería decorar su hotel al estilo de la India. Fue un proyecto tan fascinante como complejo, así que tuve que buscar proveedores para todo tipo de cosas –explicó–. Incluso quería piscinas con mosaicos con el fondo.

–Bueno, nuestros clientes se tendrán que contentar con cuartos de baño normales. Pero me gusta tu idea de los azulejos de cristal... Ponte con ello de inmediato.

Toni se ruborizó un poco, halagada.

–Más tarde, te llevaré al lugar para que te hagas una idea más exacta. De momento, concéntrate en lo que tienes –siguió Steel–. Ah, otra cosa...

–¿Sí?

–Todavía no te hemos encontrado un despacho,

así que tendrás que compartir con Joy el suyo. Espero que no te disguste.

–Por supuesto que no.

Toni se levantó y la acompañó al despacho de su secretaria.

–Joy llegará enseguida y te dirá todo lo que necesitas saber.

–Gracias.

Él se apoyó en la puerta.

–No estés tan asustada, Toni. No sé lo que te han contado de mí, pero puedes estar segura de que, normalmente, no muerdo.

Toni soltó una risita nerviosa.

–Bueno, ten en cuenta que es mi primer día en el trabajo –se justificó–. Y llevaba mucho tiempo sin trabajar...

Steel no hizo ningún comentario. Se limitó a asentir antes de cerrar la puerta a sus espaldas y dejarla sola.

Toni se sentó en el sillón y echó un vistazo a la sala. Era un lugar precioso. No se parecía nada a la esquina ruidosa y oscura en la que había estado cuando trabajaba para James. Además, su sueldo era una maravilla.

Si Steel hubiera sido un jefe normal y corriente, todo le habría parecido perfecto. Pero por otra parte, ningún jefe normal y corriente le habría ofrecido un proyecto tan apasionante como el que iba a realizar ni le habría ofrecido un salario tan alto que, cuando su madre oyó la cifra, se tuvo que sentar para no sufrir un desmayo.

Steel era grande en todos los sentidos, y ella tendría que acostumbrarse a su grandeza.

Sin embargo, casi lamentó que fuera tan atractivo y tan agresivamente masculino. Le parecía el hombre más sexy del planeta. No podía estar ni un segundo con él sin preguntarse qué se sentiría al hacerle el amor.

Steel había acertado unos segundos antes, cuando se dio cuenta de que estaba asustada y le pidió que dejara de estarlo. Era verdad. Toni le tenía miedo. No quería sentirse atraída por ningún hombre. Ya había sufrido bastante con Richard. Y aunque estaba segura de que entre Steel y ella no podía haber nada, el simple hecho de desearlo le daba miedo.

Pero era su problema, no el de Steel.

Él no era responsable de que ella se mostrara tensa y nerviosa en su presencia. Para él, ella sólo era una empleada más. Y Toni se habría muerto de vergüenza si hubiera adivinado sus pensamientos.

Intentó recordarse que Amelia y Daisy eran todo lo que le importaba en ese momento. Además, ni siquiera necesitaba un hombre en la familia. Su padre cumplía ese papel a la perfección, y sabía que nunca dejaría a las pequeñas en la estacada.

La puerta se abrió en ese momento. Una mujer esbelta y delgada le dedicó una sonrisa y declaró:

—Tú debes de ser Toni, ¿verdad? Encantada de conocerte. Yo soy Joy MacLean, la secretaria de Steel.

La mañana pasó como una exhalación.

Joy dedicó unos minutos a enseñarle el edificio y presentarle a los empleados. En el último piso estaban los despachos de Steel y de la propia Joy; también había un cuarto de baño, una sala de juntas y un guardarropa. El piso inmediatamente inferior era la sede de los departamentos de contabilidad y de asuntos legales. Y en el piso bajo se encontraba la recepción y el departamento administrativo.

Las dos mujeres comieron juntas en una cafetería que estaba cerca de la oficina. Fue entonces cuando Joy la puso al día sobre ciertos detalles de su ilustre jefe.

–No es verdad lo que se dice sobre los hombres. Por lo menos, en el caso de Steel.

–¿A qué te refieres? –preguntó Toni.

–A que no pueden pensar más de una cosa a la vez.

Toni sonrió.

–Steel no sólo es capaz de pensar en diez cosas al mismo tiempo, sino que además espera que los demás estén a su altura –continuó Joy–. Es un obseso del trabajo, aunque también sabe disfrutar de la vida... pero jamás se compromete demasiado con una mujer. Busca relaciones puramente sexuales.

–Un conquistador típico... –ironizó Toni.

Joy asintió.

–En efecto. El trabajo es lo único que lo motiva. Las mujeres tienen que asumirlo y aceptar que una relación con él sólo puede ser temporal y estrictamente sexual –declaró–. Pero no te equivoques... hacen cola por el privilegio de estar a su lado. Y te aseguro que, con lo de hacer cola, no exagero.

Toni supo que no exageraba.

–Por lo demás es un hombre encantador...

Joy le contó que Steel adoraba a su hermana y dedicó unos minutos a explicarle que se había hecho cargo de ella cuando sus padres murieron.

–¿Sabes que está en el hospital? –continuó–. Ha estado a punto de perder el bebé.

–Sí, ya lo sabía. ¿Cómo se encuentra?

–Bien, aunque los médicos le han ordenado reposo absoluto.

Estuvieron charlando un rato más. Joy le cayó tan bien que Toni lamentó que dejara el trabajo al final del verano. Sabía que habrían sido grandes amigas, pero Joy ya había presentado su dimisión y Steel ya le estaba buscando una sustituta. De hecho, quería contratar a alguien cuanto antes para que lo aprendiera todo antes de que Joy se marchara.

–La paciencia no es precisamente una de las virtudes de nuestro querido jefe –declaró Joy cuando hablaron de ello.

Cuando terminaron de comer, volvieron a la oficina. Steel estaba fuera, en una reunión con un cliente. Pero tardó poco en volver.

De repente, abrió la puerta que conectaba los dos despachos, asomó la cabeza y dijo:

–Nos vemos dentro de cinco minutos, Toni. Quiero enseñarte el edificio del proyecto nuevo. Trae los planos y todo lo que necesites.

Toni se quedó tan alarmada que Joy rió cuando Steel volvió a cerrar la puerta.

–No te preocupes; ladra pero no muerde –dijo–. A decir verdad, es bastante humano.

Toni sonrió débilmente y empezó a recoger sus cosas.

Ya estaba preparada y esperando cuando su voz sonó en el intercomunicador de Joy. Toni se reunió con él en el pasillo exterior.

Mientras caminaban hacia el ascensor, él alcanzó los planos y el resto de los materiales de Toni para que no llevara tantas cosas encima.

–¿Ya te has puesto cómoda? –preguntó Steel con su voz ronca y profunda.

Los dos entraron en el ascensor. Las puertas de metal se cerraron y Toni sintió un vacío tan súbito como inquietante.

–Sí, gracias –acertó a responder–. Joy ha sido muy amable conmigo. Me ha enseñado la empresa y me ha presentado a tus empleados.

–Es una secretaria excelente. La voy a echar de menos.

Toni asintió y se preguntó si sólo la iba a echar de menos como secretaria. A fin de cuentas, había trabajado varios años para él.

Sin embargo, se dijo que Steel Landry no era capaz de desarrollar sentimientos afectuosos por una persona que trabajaba para él. Toni estaba convencida de que era una especie de robot del futuro, una máquina con apariencia humana que, sin embargo, no tenía más intereses que los profesionales.

Cuando salieron del ascensor y pasaron entre las enormes puertas de cristal que daban a la calle, Toni supo lo que se sentía al estar con la realeza.

Todo el mundo dejó lo que estaba haciendo y saludó a su jefe con una sonrisa. Al guardia de seguridad le faltó poco para cuadrarse como un soldado.

–Philip ya le ha traído el coche, señor Landry –dijo el hombre–. Ha dicho que hoy no necesita chófer y que prefiere conducir usted mismo. Espero que lo haya entendido bien...

Steel asintió.

–Me ha entendido perfectamente, Bill. ¿Cómo se encuentra su esposa? ¿Ya ha salido del hospital? –se interesó.

–Sí, señor Landry. Nunca le estaremos lo suficientemente agradecidos por la semana de vacaciones que nos regaló... Los siete días al sol le sentaron de maravilla. Le ha devuelto las energías.

–Me alegro mucho.

En la calle, junto al impresionante Aston Martin de Steel, los estaba esperando un joven. Era el chófer.

Mientras caminaban hacia él, Steel dijo:

–La esposa de Bill tiene una forma particularmente grave de cáncer. Él la adora y, como te puedes imaginar, está muy preocupado por ella.

Toni no tuvo ocasión de decir nada, porque enseguida llegaron al coche. El chófer les abrió la portezuela, esperó a que entraran y se marchó.

–¿Preparada? –preguntó él.

–Preparada.

Steel arrancó de inmediato. Toni pensó que había cometido otro error al pensar que su nuevo jefe era un hombre que no se preocupaba por las personas que trabajaban para él. La esposa de Bill era todo un ejemplo de lo contrario.

Respiró hondo e intentó no prestar demasiada atención al cuerpo duro y masculino de su acompañante. Pero no fue fácil, porque estaban demasiado cerca y su presencia dominaba el ambiente.

En otras circunstancias, habría cerrado los ojos. Como no los podía cerrar, giró la cabeza y se dedicó a mirar por la ventanilla.

El sonido del teléfono rompió el silencio al cabo

de unos minutos. Por lo que Toni pudo oír, era una llamada de negocios.

Steel acababa de cortar la comunicación cuando el aparato volvió a sonar.

De hecho, sonó varias veces durante el camino; tantas, que Toni se preguntó si alguna vez dejaba de trabajar. Joy MacLean no había exagerado demasiado al afirmar que el trabajo era su única motivación.

El comentario de la secretaria le recordó lo que había dicho sobre las relaciones amorosas de su jefe. Toni no quería pensar en ello. Había soñado con Steel las últimas noches y, cuando había despertado, se había sentido profundamente avergonzada por lo que había soñado.

Por suerte, él no lo sabía. No podía imaginar que se había convertido en el objeto de sus fantasías sexuales.

Pero a Toni le inquietaba de todas formas; aunque no fuera responsable de los caprichos de su inconsciente.

Muchos kilómetros y llamadas telefónicas después, Steel aparcó delante de una fábrica gigantesca y de aspecto sombrío que aún tenía el cartel de sus antiguos propietarios, E.C. Maine and Son, Quality Furnishings.

–Lo mejor que se puede decir de su aspecto exterior es que parece sólido –declaró Steel con ironía–. Me temo que no podemos hacer gran cosa en ese sentido.

–Bueno, yo no estaría tan segura.

Toni contempló las docenas y docenas de ventanas pequeñas del edificio.

–¿Qué quieres decir? –preguntó él.

–Ya tenemos permiso para ampliar las ventanas de la fachada, ¿verdad?

–Sí, lo tenemos.

–Imagina lo bien que quedará cuando las agrandemos e instalemos las contraventanas. El ladrillo de la fachada no resultará tan pesado. Además, tienen detalles decorativos realmente bonitos, muy típicos del estilo victoriano... si mantenemos algunos y los resaltamos con pintura negra y dorada, el efecto resultará muy atractivo.

Steel asintió.

–Tienes razón.

–En cuanto al patio interior, el que servirá de jardines colectivos, podríamos instalar barandillas de hierro forjado y repetir el diseño de la fachada.

–Buena idea –dijo él con una sonrisa–. Me gusta mucho. En serio.

Toni se sintió halagada, pero no tuvo tiempo de disfrutarlo porque Steel salió inmediatamente del coche y le abrió la portezuela.

Mientras visitaban el edificio, intentó concentrarse en el trabajo y no prestar atención al alto y atractivo hombre que la acompañaba.

Durante la visita, se le ocurrieron un montón de ideas. Algunas eran bastante prácticas y otras, no tanto; pero al volver al exterior, estaba entusiasmada y segura de que podía hacer un trabajo verdaderamente espectacular.

Por si eso fuera poco, Steel se había mostrado muy receptivo con sus ideas. Incluso con la de utilizar parte del piso bajo para instalar un gimnasio y una sauna de uso común.

–También podríamos poner un jacuzzi –añadió Toni–. A las mujeres les gustan mucho.

Él arqueó una ceja.

–¿Sólo a las mujeres? Tu comentario es un poco sexista, Toni... por si no lo sabías, a los hombres también les gustan.

–No tanto como a nosotras –bromeó.

Él se encogió de hombros y sonrió. Después, contempló su cabello y preguntó, para sorpresa de Toni:

–¿No te molesta ese moño tan apretado? Me extraña que no te duela la cabeza.

Ella tardó unos segundos en reaccionar.

–Sí, bueno, me molesta un poco –admitió–, pero es cómodo para trabajar.

Steel miró la hora.

–Son las cinco y media. Se supone que ya no estás trabajando...

Toni entendió perfectamente la indirecta de Steel. Quería que se soltara el pelo.

Pero se hizo la loca.

–Eso carece de importancia. Cuando vuelva a casa, desarrollaré algunas de las ideas que hemos discutido y te las llevaré mañana por la mañana. Sin embargo, no podré ser muy exacta con los precios... ten en cuenta que el proyecto está en su primera fase.

Steel maldijo el trabajo para sus adentros. Deseaba tanto a Toni que se sentía terriblemente frustrado, pero apretó los dientes y la acompañó al coche.

Una vez dentro, él dijo:

–No hay prisa; déjalo para mañana. ¿Te apetece tomar una copa?

Ella se estremeció. Por una parte, no veía nada malo en el hecho de relajarse un rato con un colega de trabajo. Pero Steel Landry no era un colega de trabajo, sino su jefe. Y tomar copas con los jefes estaba en contra de todas sus normas.

—No, gracias, será mejor que vuelva a casa. Quiero estar un rato con las niñas antes de que se acuesten.

Steel parpadeó, desconcertado. Siempre olvidaba que Toni era madre.

—No importa.

Ella notó que se ponía tenso. Habían estado muy relajados durante toda la tarde, pero ahora volvían a mantener las distancias.

—¿Quieres que te lleve a tu casa? —continuó él—. Así llegarás antes y tendrás más tiempo para tus hijas.

Toni lo miró.

—Te lo agradezco mucho.

A pesar de sus palabras, Steel tuvo la impresión de que Toni habría preferido rechazar la oferta. Y se preguntó por qué.

Quizás tenía miedo de que los vecinos la vieran con un desconocido; o quizás, de verse obligada a presentarle a su familia. Pero le pareció que su motivo era otro y sintió una profunda curiosidad.

Le lanzó una mirada rápida. Toni estaba muy rígida, con sus notas apretadas contra el pecho.

Steel sintió la tentación de detener el vehículo en el arcén y apagar el motor para ver cómo reaccionaba. Naturalmente, se contuvo. Pero Toni le gustaba tanto que tenía ganas de hacer algo escandaloso.

Era tan comedida y tan sobria que casi le apetecía comportarse como uno de esos villanos de las películas antiguas. Además, su arrogancia le irritaba. Sabía que había sufrido mucho con su difunto esposo y comprendía que sintiera rencor hacia los hombres en general, pero eso no le daba derecho a comportarse como si tuviera miedo de que la fuera a violar en el coche. Era muy ofensivo.

De repente, imaginó que la tumbaba en el asiento trasero y que la hacía gemir y retorcerse de placer con sus besos y sus caricias. Fue una imagen tan vívida que estuvo a punto de chocar con el coche que tenían por delante.

Por fin, llegaron a la casa de Toni. Steel ni siquiera había apagado el motor cuando ella abrió su portezuela.

–Espera. Te ayudaré...

Steel salió, pero Toni fue más rápida. Y en sus prisas por escapar de él, se le cayeron todos los papeles que llevaba encima.

Él se inclinó para recogerlos.

Ella se inclinó para recogerlos.

Y se dieron un buen golpe en la cabeza.

–Oh, lo siento –dijo Toni, ruborizada–. Ha sido por tu coche... es tan bajo que entrar y salir de él es todo un problema.

Él soltó una carcajada.

–La próxima vez dejaré el Aston Martin y usaré el todoterreno.

–No, no, yo no quería decir que...

Cuando recogieron los documentos, Steel la tomó de la mano y la ayudó a levantarse. Toni se puso extrañamente tensa.

Él admiró sus labios y se preguntó, como tantas

veces, a qué sabrían. Tuvo que echar mano de toda su fuerza de voluntad para resistirse al impulso de besarla. La deseaba de un modo tan intenso que corría el peligro de empezar a temblar. El aroma de su cuerpo era cálido e incitante; y el olor de su cabello, dulce como una fruta de verano.

Estremecido, dio un paso atrás para resistirse a la tentación. Ella permaneció donde estaba, inmóvil, mirándolo con los ojos muy abiertos.

Steel no supo cuánto tiempo estuvieron así. Pero de repente, la puerta de la casa se abrió y oyeron un grito.

—¡Mamá!

Dos niñas pequeñas corrieron hacia Toni, que se inclinó y las abrazó. Mientras lo hacía, una mujer de cabello canoso apareció en la entrada y dijo:

—Lo siento, cariño. Estaban mirando por la ventana cuando has llegado y han salido corriendo al instante.

—No te preocupes, mamá.

Toni soltó a las niñas y miró a Steel.

—Te presento a mis hijas, Amelia y Daisy —continuó.

Por su tono de voz, Steel pensó que había acertado al suponer que no quería que conociera a su familia. Pero él se alegró. Ahora sabía que las dos pequeñas eran una copia exacta de su madre. No encontró nada en sus caras que perteneciera el hombre que las había engendrado.

—Hola —les dijo con una gran sonrisa—. ¿Quién es Amelia y quién es Daisy?

—Yo soy Amelia y ella es Daisy —dijo una de las niñas.

Steel asintió.

–Y yo soy Steel Landry. Encantado de conocerte, Amelia.

–¿Steel? –preguntó la pequeña, sorprendida–. Es nombre muy bonito... ¿sabes que significa acero en inglés?

–Sí, ya lo sabía, Amelia.

–Entonces, ¿eres de acero? ¿Como un robot?

Steel rió.

–Bueno, más o menos.

Amelia lo miró con interés y dijo:

–En el parvulario hay un chico que se llama Tyler y que siempre está molestando a Daisy. Si le digo que mi mamá tiene un amigo de acero, no la volverá a molestar.

–No es mala idea –bromeó Steel–. Prueba a ver qué pasa.

Amelia sonrió.

–Probaré mañana.

La madre de Toni se acercó entonces y le estrechó la mano.

–Encantado de conocerlo, señor Steel. ¿Le apetece tomar un café? Mi marido acaba de prepararlo...

Toni miró a su madre con horror, pero ya era demasiado tarde.

–Me gustaría mucho. Si no es ninguna molestia.

–Por supuesto que no.

Mientras seguía a las mujeres y a las niñas a la cocina de la casa, Steel supo que estaba jugando con fuego. Toni viajaba con demasiado equipaje. Era una viuda con hijas, no una jovencita libre de compromisos.

Sin embargo, quería ver el lugar donde vivía. Quería saber más cosas de ella. Aunque se arrepintiera más tarde.

–¿Eres muy viejo?

La pregunta de Amelia lo desconcertó.

–¿Viejo? No, qué va.

–Mi abuelo lo es. Tiene el pelo blanco. La semana pasada, cuando vino al colegio, no pudo participar en la carrera de los padres. Tyler dijo que no podía porque era un anciano decrépito –le explicó.

Steel pensó que el tal Tyler era un cretino.

–Amelia, ya basta –protestó Toni, ruborizada–. Quiero que Daisy y tú subáis a la habitación y os preparéis para vuestro baño de todas las tardes. Yo subiré dentro de un rato, en cuanto pueda. ¿De acuerdo?

Las dos niñas se marcharon. Los demás cruzaron la casa y salieron a un patio interior, donde un hombre alto y ligeramente encorvado se acercó a Steel y le estrechó la mano.

–Soy el padre de Toni, William Otley. Siéntese, por favor... Suelo tomarme un café a estas horas, cuando las niñas suben a su habitación. Dan tanto trabajo que necesito un poco de cafeína –declaró con una sonrisa–. Ya no soy tan fuerte como antes.

Steel también sonrió.

–Debe de ser muy duro...

–Sí, pero no lo cambiaría por nada.

William se giró hacia su hija y añadió:

–Ve con las niñas, cariño. Yo cuidaré del señor Landry.

Toni dudó. Era evidente que no quería dejarlo a solas con su padre.

Pero no podía hacer nada al respecto, así que se dio la vuelta a regañadientes y desapareció en el interior de la casa.

Steel sonrió para sus adentros.

Ya no importaba que Toni fingiera ser inmune a sus encantos. Unos minutos antes, cuando se le cayeron los papeles al suelo y él la ayudó a levantarse, Steel se dio cuenta de que le gustaba físicamente.

No significaba mucho, pero era un principio.

Aunque no supiera de qué.

Capítulo 5

MIENTRAS miraban a las niñas, que se estaban desnudando, Toni se inclinó hacia su madre y dijo en voz baja:

—No deberías haberlo invitado. No me parece bien.

—¿Por qué no? —preguntó, extrañada.

—Porque es mi jefe.

—¿Y qué?

—Que no me parece adecuado...

—Bah, qué tontería.

Vivienne tomó a Daisy en brazos. Toni miró a su madre con impotencia y decidió no insistir. A fin de cuentas, las niñas estaban presentes.

Cuando entraron en el servicio, Vivienne se marchó y Toni se dedicó a bañar a las pequeñas. Minutos después, ya les había puesto los pijamas y las había metido en la cama.

Pero Amelia se empeñó en bajar para despedirse del hombre de acero.

—Quiero verlo otra vez, mamá... sólo será un momento.

Toni se obligó a responder con dulzura.

—No es posible, cariño. Ahora está hablando con el abuelo. Ya lo verás otro día.

—Por favor, mamá, por favor...

Daisy miró a su hermana, tiró de la falda de Toni y se sumó a la petición.

—Yo también quiero, mamá.

Justo entonces, Vivienne asomó la cabeza por la puerta. Debía de haber oído a las pequeñas, porque dijo:

—Yo las acompañaré.

Las gemelas insistieron.

—Por favor, mamá... sólo un momento.

Toni se sorprendió a punto de perder la paciencia. No quería que sus hijas se encariñaran con Steel ni con ningún otro hombre. Aquella casa era un refugio para ellas, un refugio lejos del mundo y del resto de las personas. Pero por otra parte, no era su casa. Era la casa de sus padres. Y si sus padres querían invitar a Steel, no tenía derecho a oponerse.

Se maldijo para sus adentros y suspiró, consciente de estar exagerando. Tampoco era tan importante.

—Está bien, pero sólo un momento. Os despediréis de él, subiréis al dormitorio y os leeré un cuento para dormir.

Las gemelas salieron corriendo. Vivienne las siguió, pero más despacio; cuando llegó al patio, vio que Daisy, normalmente tímida, se había acercado a Steel Landry y le estaba contando una historia del parvulario.

—La señorita Brown le dijo que me pidiera disculpas, pero al final no me las pidió... ¿Verdad, Melia?

Amelia, que estaba sentada en el regazo de su abuelo, asintió.

—Es cierto. Y le sacó la lengua a la señorita Brown.

–Es un chico malo –dijo Daisy.

–Sí, muy malo –declaró Steel.

Toni apareció entonces.

–¿Estáis hablando de Tyler?

–En efecto –respondió Steel con solemnidad.

–Y no sólo eso –intervino Daisy–. Metió una *pariposa*...

–Mariposa –la corrigió Amelia–. Se llaman «mariposas».

–Pues metió una mariposa en la cajita de los lápices de colores. Y cuando se la quité y la abrí para soltarla, me pegó una patada...

–¿Se la quitaste? –preguntó Toni, atónita–. ¿Te atreviste a quitársela?

Daisy asintió con firmeza.

–Era una pobre mariposa y tenía miedo –explicó.

Toni acarició la cabeza de su hija.

–Hiciste lo que debías, Daisy. Pero ahora quiero que tu hermana y tú os despidáis de los abuelos y del señor Landry.

Amelia y Daisy obedecieron sin rechistar. Primero besaron a sus abuelos y después besaron a Steel, que dijo:

–Buenas noches, preciosas. Espero que Tyler se porte mejor mañana.

–Nunca se porta bien –dijo Daisy–. La señorita Brown dice que es un chico muy inquieto.

Toni se llevó a las dos pequeñas, las metió en la cama y les empezó a leer un cuento. Por suerte, se quedaron dormidas antes de que lo terminara.

Ya había salido del dormitorio cuando se cruzó con su madre en el rellano de la escalera. Y en cuanto la miró, supo que las cosas se habían complicado.

—Oh, no... ¿qué has hecho, mamá?

—Nada grave, hija.

—¿Qué has hecho? —insistió, molesta.

—Le he invitado a cenar.

Toni no dijo nada. No pudo. Se había quedado sin palabras.

—Ha sido un simple gesto de educación —continuó Vivienne—. Nos ha dicho que tenía que marcharse enseguida, pero ha notado el olor del estofado que yo estaba preparando y ha dicho que olía muy bien, de modo que...

—Dios mío, mamá.

—No sé por qué te lo tomas así —se defendió—. A fin de cuentas, un hombre tiene derecho a cenar caliente.

—Steel tiene cocinera en casa —le informó Toni—. Come caliente todas las noches.

—De todas formas, es lo menos que podíamos hacer. Es tu jefe y se ha tomado la molestia de traerte a casa —alegó su madre—. Por cierto, nos ha estado hablando de su hermana, Annie. Al parecer, está internada en el hospital... pobrecillo. Se nota que la adora.

Toni se rindió. No sabía lo que había ocurrido en el patio durante su ausencia, pero su madre se había sentido obligada a invitarlo a cenar y el mal ya estaba hecho. No podía hacer nada por impedirlo.

Se tranquilizó un poco y preguntó:

—¿Qué ha dicho cuando lo has invitado a cenar?

Toni no lo preguntó por curiosidad. Quería saber si había aceptado por simple educación o si había provocado la situación para quedarse en la casa; al fin y al cabo, cabía la posibilidad de que se hubiera dado cuenta de que lo deseaba.

Vivienne arrugó la nariz.

—Pues ahora mismo no me acuerdo —respondió—. Ah, sí... ha dicho que no quería causarnos molestias.

—¿Y qué has dicho tú?

—Que no nos causaba ninguna molestia y que sería un placer.

Toni gimió.

—Mamá, es evidente que quería rechazar tu oferta...

—Tonterías. Ha contestado así porque es lo más educado.

—Le has puesto en una posición embarazosa.

—¿Embarazosa? Qué cosas tienes, hija —declaró Vivienne, ofendida—. Tú no estabas allí. No sabes lo que ha pasado y no es justo que me acuses de haber sido pesada con tu jefe... Voy a echar unas cuantas patatas al estofado. Si quieres, cámbiate de ropa y abre una botella de vino para la cena. ¿De acuerdo?

Vivienne dio media vuelta y se marchó, indignada.

Toni cerró los ojos durante unos segundos. Estaba atrapada en una situación tan ridícula que podría haber estrangulado a su madre.

Aquello era sumamente embarazoso.

Volvió al dormitorio de las niñas y abrió el armario, donde estaba toda la ropa de las pequeñas y parte de la suya; el resto seguía en las cajas que había metido debajo de la cama, porque no había sitio.

La noche de junio era cálida, pero decidió no

ponerse uno de sus vestidos de verano. No quería que Steel malinterpretara su aspecto y que lo tomara por un intento de seducción.

Eligió unos pantalones de lino blanco y una camisa sin mangas, de color jade. Después, se cepilló el cabello y se lo dejó suelto, por encima de los hombros. Estuvo a punto de maquillarse, pero se resistió a la tentación.

Por fin, se puso unas sandalias y bajó por la escalera, tan nerviosa que apretó los puños varias veces en un vano intento por tranquilizarse.

Para entonces, Vivienne ya había abierto la botella de vino. Cuando salió al patio, sus padres y Steel estaban enfrascados en una conversación. La botella estaba sobre la mesa, con cuatro copas.

Toni se detuvo un momento y los miró.

Hablaban y reían como si se conocieran de toda la vida. Era escena tan familiar que casi sintió envidia de ellos.

En ese instante, Steel alzó la cabeza y extendió una mano para alcanzar su copa. Cuando vio a Toni, entrecerró los ojos y dijo:

—Nos preguntábamos dónde te habrías metido. Anda, ven aquí y tómate una copa.

Las palabras de Steel reforzaron la envidia de Toni, pero también le dieron la fuerza suficiente para caminar hacia ellos y forzar una sonrisa.

—Tengo entendido que mi madre te ha extorsionado para que te quedaras a cenar —comentó fríamente—. Espero que Maggie no se enfade contigo. Cabe la posibilidad de que ya te hubiera preparado una de sus maravillosas cenas.

Steel sonrió.

–Maggie se ha marchado y no volverá hasta dentro de un par de días. Todos necesitamos un descanso de vez en cuando.

–Por supuesto que sí –dijo Vivienne, lanzando una mirada triunfante a su hija–. Y estoy seguro de que tu cocinera se alegrará de que cenes caliente.

Toni estaba cada vez más desconcertada. Ya ni siquiera se hablaban de usted. Se habían empezado a tutear. Y por si eso fuera poco, su padre le lanzó una mirada de recriminación por haber sido grosera con su invitado.

Alcanzó la copa de vino y echó un trago. Ni en el más alocado de sus sueños habría imaginado que el día pudiera terminar de ese modo.

Cenaron en la mesa del patio, que resultó inquietantemente íntima para ella. Antes del estofado, Vivienne sirvió unos entrantes que no podían competir con los de Maggie, pero Steel se mostró encantado con la comida y halagó sus habilidades culinarias.

Toni intentó comer algo.

Si Steel no hubiera sido el dueño de Landry Enterprises; si hubiera sido un anciano caballero o un ejecutivo normal y corriente, ella no habría tenido el menor problema con la situación. Pero Steel era Steel. Un hombre devastadoramente atractivo. Un hombre increíblemente peligroso para ella. Un hombre profundamente seguro de sí mismo y con tanto éxito entre las mujeres que, según decían, estaba con una distinta cada semana.

Al final de la cena, Vivienne les ofreció café. Toni quiso ayudarla, pero su madre rechazó su ayuda.

–Me las arreglaré sola, cariño.

Cuando Vivienne entró en la casa, Toni sintió una punzada en el corazón. Era una noche preciosa, perfecta para los enamorados. La luna iluminaba hasta los rincones más oscuros y la fragancia de las flores del jardín llenaba sus sentidos.

Estaba tensa, alerta.

Se preguntó qué diablos le ocurría, pero la respuesta era obvia. Nunca había sido tan consciente de un hombre. Notaba cada uno de sus movimientos, cada una de las inflexiones de su voz profunda. No dejaba de admirar su cara, sus anchos hombros, aquel cuerpo que le dejaba la boca seca.

Una y otra vez, se recordaba que Steel Landry era su jefe y que estaba fuera de su alcance.

Pero no servía de nada.

—Voy a buscar mi pipa y mi tabaco —dijo su padre en ese momento.

Toni sintió tanto pánico que, cuando William pasó a su lado, estuvo a punto de agarrarlo de la manga y rogarle que se quedara.

—No te preocupes. No es como si estuviéramos a solas —comentó Steel con humor—. Por si no te has dado cuenta, tenemos compañía...

Steel señaló la pared que separaba el patio de sus padres del patio de los vecinos. En lo más alto se había posado un petirrojo.

—No estoy preocupada —mintió rápidamente—. Simplemente lamento que mi madre te obligara a cenar con nosotros... me temo que no acepta una negativa por respuesta. Nunca ha trabajado, ¿sabes? Es un ama de casa a la antigua usanza y no está acostumbrada a las cosas del mundo moderno.

—No te disculpes por ella, Toni. Me parece una

gran mujer. Y por cierto, no me he sentido obligado en absoluto –afirmó–. Me apetecía cenar con vosotros.

–Ah –dijo ella, sorprendida–. Comprendo.

–Dudo que lo comprendas.

Toni se echó hacia atrás, sonrió y añadió:

–Amelia y Daisy son encantadoras. Se nota que eres una madre excelente.

–Gracias.

–Y curiosamente, tienen personalidades muy distintas... cualquiera diría que son como las dos partes de ti.

–¿Como las dos partes de mí? –preguntó sin entender.

–Exactamente. Amelia ha heredado tu parte segura, entusiasta y atrevida. Y Daisy, tu parte tímida, vulnerable y cariñosa.

Toni lo miró a los ojos. Además de estar hablando en serio, había acertado plenamente. Y se sintió tan frágil que tuvo que esconderse detrás de un alarde de sarcasmo.

–¿Has llegado a esa conclusión tan inteligente en cinco minutos? Porque sólo has estado cinco minutos con ellas –le recordó.

–¿Es que estoy equivocado? –preguntó con tranquilidad.

–Por supuesto.

–¿En serio?

–Amelia y Daisy son más complejas de lo que crees.

–No lo dudo, pero yo no me refería a las gemelas. Me refería a lo que han heredado de ti, Toni –puntualizó.

Toni respiró hondo. Steel era su jefe y no se podía arriesgar a perder el trabajo, pero no iba a permitir que jugara con ella.

–No intentes analizarme, Steel. Me conoces muy
poco.

Él no se sintió ofendido. De hecho, volvió a sonreír.

–Eso es cierto; pero también es cierto que he
acertado.

Toni se mantuvo en silencio.

–¿Sabes una cosa? Esta noche pareces una jovencita de dieciséis años –continuó él–. Una jovencita mucho más encantadora que la mujer profesional a quien contraté... Al principio, he pensado que
te habías quitado la capa exterior y que te mostrabas tal como eres, pero no es así, ¿verdad? La capa
sigue ahí, aunque de un modo distinto.

Toni siguió sin hablar.

–¿Qué hay que hacer para que te relajes? –preguntó Steel.

Ella carraspeó.

–No sé de qué estás hablando –dijo.

–Claro que lo sabes. En el trabajo eres una mujer increíblemente apasionada y segura de sí misma,
una mujer capaz de arriesgarse. Y con toda sinceridad, tu entusiasmo me encanta. De hecho, has conseguido que yo también me apasione con la decoración de los pisos del proyecto. Estoy deseando ver
el resultado.

Toni se sintió tan halagada como confusa.

–Sin embargo –continuó Steel–, tienes otra parte
que es desconfiada y tímida. Aunque me parece
perfectamente normal después de lo de Richard.

–No soy ni desconfiada ni tímida –se defendió–. Eso es una tontería. Simplemente, soy madre de dos hijas y procuro mantenerme lejos de los hombres y llevar una existencia lo más tranquila posible.

–Me parece muy bien.

Toni apretó los labios y se preguntó si le estaba tomando el pelo. Steel había conseguido que se enfadara.

–Excelente, porque no voy a permitir que ningún hombre entre en nuestras vidas. Tenemos todo lo que necesitamos. Somos felices.

Él la miró con intensidad y dijo:

–Las quieres mucho, ¿verdad?

–Son todo lo que tengo y todo lo que quiero. Ha sido así desde que nacieron y seguirá siendo así –contestó.

–¿Y su padre? ¿Dónde encaja?

Toni interpretó la pregunta como una crítica.

–No sientas lástima de Richard. No quería saber nada de las niñas. No lo he expulsado de sus vidas... se expulsó él solo, sin ayuda de nadie.

–Y yo no he dicho que sienta lástima de él. Te he preguntado que dónde encaja. Es muy diferente.

Ella tragó saliva, incómoda.

–Lo siento. Me ha parecido que...

–No te disculpes. Lo entiendo de sobra.

Toni apartó la mirada y la clavó en el muro. El petirrojo ya se había marchado.

–Richard era de la clase de hombres que no deberían ser padres –le explicó–. No le gustaban los niños; era tan sencillo como eso. No tenía tiempo para ellos.

–¿Ni siquiera para sus hijas?

Ella sacudió la cabeza.

–No, me temo que no. Nos casamos demasiado pronto y demasiado jóvenes... Cuando me di cuenta del error que habíamos cometido, ya me había quedado embarazada. Y por si fuera poco, de gemelas.

Toni se sentó y se preguntó por qué le estaba contando eso a Steel. Pero siguió adelante de todas formas.

–Por entonces, yo no sabía que Richard era adicto al juego. Siempre me he sentido culpable. De haberlo sabido, las cosas podrían haber sido diferentes... No sé, tal vez le podría haber ayudado –confesó.

–No habría cambiado nada, Toni. No puedes ayudar a quien no se quiere ayudar a sí mismo. El primer paso para superar una adicción es reconocer que se sufre.

Toni asintió.

–Supongo que sí.

Steel dudó un momento y declaró:

–Mi padre era alcohólico. Lo dejaba constantemente y recaía una y otra vez. Casi todo el tiempo era un buen padre y un buen marido, pero cuando bebía... Una noche, mi madre y él salieron a celebrar sus veinte años de matrimonio. Por lo que me dijeron después sus amigos, mi padre había bebido más de la cuenta. No estaba borracho, pero se negó a que mi madre llevara el coche.

Toni le dejó hablar.

–Mi madre siempre se dejaba convencer. Estaba tan enamorada de él que no era capaz de llevarle la contraria. Tuvieron un accidente de tráfico y fallecieron al instante, al igual que la joven pareja y el bebé de cuatro meses que viajaban en el vehículo contra el que chocaron –concluyó.

–Oh, Dios mío...

–Si me hubieran llamado por teléfono, los habría ido a buscar. Por aquel entonces, me acababa de comprar mi primer coche.

Steel se detuvo un momento. Se había emocionado y necesitaba recuperar el aplomo.

–En ese sentido, mi padre era como tu esposo. El alcohol le gustaba tanto que no podía dejar de beber. Las adicciones son así. Te esclavizan.

–Lo siento muchísimo –susurró ella.

–Ha pasado mucho tiempo. Sólo te lo he contado para ayudarte a entender que no podías ayudar a Richard.

Toni se dio cuenta de que, a pesar del tiempo transcurrido, Steel no había superado su dolor. Se echo hacia delante para decir algo que lo animara, pero justo entonces aparecieron su madre y su padre.

Diez o quince minutos después, tras una breve conversación, los padres de Toni anunciaron que se iban a la cama y se despidieron de Steel.

–Desde que llegaron las gemelas, nos acostamos y nos levantamos pronto –explicó Vivienne con una sonrisa–. Había pasado tanto tiempo desde que tuvimos a Toni que habíamos olvidado cuánta energía tienen los niños.

Steel se levantó y les estrechó la mano. Cuando regresaron al interior de la casa, él se volvió a sentar.

–Yo también debería irme. Terminaré el café y me marcharé.

Toni asintió, pero no dijo nada. Había notado que, durante la conversación con sus padres, Steel no la había mirado ni una sola vez. Su actitud había cambiado radicalmente. Se comportaba como si se arrepintiera de haberle contado lo del alcoholismo de su padre y el accidente de tráfico posterior.

Toni pensó que tal vez tuviera miedo de que se lo contara a otras personas y se preguntó cómo podía tranquilizarlo. No tenía intención de decírselo a nadie.

En ese momento, Steel se giró, la miró y supo exactamente lo que estaba pensando.

La cara de Toni era tan expresiva que lo decía todo; una cara radicalmente distinta a la de las mujeres elegantes, frías y mesuradas con las que estaba acostumbrado a salir. De hecho, Toni era literalmente distinta.

Steel pensó que ése era el problema. No estaba inquieto por la posibilidad de que Toni le fuera a otras personas con la historia de su padre, sino por haber confiado en ella hasta el punto de abrirle su corazón. Él no hablaba nunca de sus padres; ni siquiera con las personas más cercanas.

En la distancia se oyó el ladrido de un perro y el ruido apagado del tráfico nocturno.

Steel terminó el café y se levantó. Necesitaba alejarse de Toni. Por primera vez en su vida, tenía la impresión de estar caminando sobre arenas movedizas; y era una impresión que no le gustaba nada, nada en absoluto.

Pensó que se había equivocado al aceptar la invitación de Vivienne. Sabía que la situación podía ser embarazosa, pero se había rendido al extraño deseo de conocer a la familia y a las hijas de Toni George.

No era propio de él. Era un hombre independiente, que no encajaba en el ambiente de una típica familia feliz.

Toni también se había levantado. Y mientras él se acercaba, ella dijo algo sobre lo mucho que le había gustado la visita a la sede del proyecto y sobre el montón de ideas que tenía.

Pero Steel no le prestó demasiada atención. Sabía lo que iba a hacer y sabía que se arrepentiría más tarde: la iba a besar porque quería besarla. Era tan sencillo como eso. Tan sencillo y tan tremendamente complicado.

Miró su boca y la tomó por los brazos antes de que Toni se diera cuenta de lo que estaba haciendo. Ella entreabrió los labios para decir algo, pero el movimiento sólo sirvió para aumentar el deseo de Steel.

Por fin, la besó. Toni le supo tan dulce y cálida como la noche. Y cuando le puso las manos en el pecho, él aumentó ligeramente la intensidad.

Steel se había intentado convencer de que sólo sería una especie de beso de buenas noches, pero ahora sabía que se había engañado. Ya no se podía apartar. La besó con más pasión y le pasó la lengua por los labios hasta que ella se entregó completamente.

Toni cambió de posición y le puso las manos en los hombros. Él se apretó contra ella y sintió el contacto exquisito de su cuerpo. Mientras le acariciaba el cabello, Toni soltó un gemido involuntario que destruyó los últimos restos del aplomo de Steel.

La deseaba con todas sus fuerzas. Deseó tumbarla allí mismo, sobre las losetas del patio, bajo las estrellas. Deseó hacerle el amor en aquella oscuridad de terciopelo hasta que la mente de Toni se vaciara de todo pensamiento o imagen que no fuera él. Deseó poseerla por completo; hacerla enteramente suya.

La lengua de Toni se sumó a la exploración de Steel y jugueteó en el interior de su boca, aumentando la agonía. El beso se había convertido, por sí mismo, en una consumación sexual. El corazón de Steel latía con la fuerza de un martillo neumático.

Incapaz de refrenarse, la apretó contra una de las paredes de la casa.

Entonces, empezó a sonar su teléfono. Una y otra vez, tan insistente que terminó por destrozar la magia.

Steel se quedó helado.

Se apartó de ella un poco y se llevó la mano al bolsillo, pero sólo para apagar el móvil.

Toni se llevó las manos a las mejillas, atónita. Después, alcanzó el pomo de la puerta de la cocina y se giró para entrar en la casa.

Steel no la detuvo. Se quedó en el patio un momento, preguntándose qué diablos había sucedido. Estaba asombrado por la intensidad de su deseo y de la reacción en cadena que había provocado. Lejos de ser un beso de buenas noches, aquel beso se había convertido en un ejercicio de seducción absoluto.

Pero no sabía quién había seducido a quién.

Sacudió la cabeza y pensó en la cara de espanto de Toni cuando entró en la casa. Era evidente que se sentía mortificada.

Se maldijo a sí mismo, incapaz de creer lo que

había hecho. Toni George era una de sus empleadas. Y él acababa de romper una de sus normas más
importantes.

Gimió, se pasó una mano por el pelo y se preguntó cómo iban a trabajar juntos después de aquello. Además, no la podía despedir. Ella necesitaba el
trabajo. Lo necesitaba por las deudas de su difunto
esposo y lo necesitaba para empezar una nueva vida
con sus hijas.

Lamentó no haberlo pensado mejor antes de besarla. A fin de cuentas, Toni le había dicho que no
quería un hombre en su vida.

Respiró hondo e intentó calmarse. Se había portado de forma extraordinariamente irracional y poco
profesional; pero pensándolo bien, sólo había sido
un beso. Si dejaba claro que no volvería a suceder,
podrían olvidarlo y seguir adelante.

Se había dejado llevar por la noche de verano,
por la cena, por el vino y por la luz de la luna. Se
habían encontrado en un momento vulnerable para
los dos y se habían dejado llevar sin darse cuenta de
lo que hacían. No tenía tanta importancia.

Pero en cualquier caso, Toni era algo más que
uno de sus empleados; era una empleada extraordinariamente importante para él. No podía arriesgarse
a perderla. Tendría que responsabilizarse de lo sucedido y asegurarle que no volvería a ocurrir, que
jamás volvería a ponerle un dedo encima.

Tendría que prometérselo.

Toni estaba esperando en la cocina cuando Steel
entró en la casa. Si hubiera sido posible, se habría

escondido en algún agujero oscuro. No se había sentido tan avergonzada de sí misma en toda su vida.

Él le había dado un beso de buenas noches, un simple beso de despedida, y ella se había arrojado sobre él y prácticamente lo había devorado.

Steel no había hecho nada por romper el contacto. Se dejó llevar más que gustoso, pero Toni se sentía responsable de todas formas porque sabía que ningún hombre se habría resistido a semejante tentación.

No podía creer lo que había hecho. Nunca se había portado de ese modo. Ni con Richard ni con ninguno de sus novios anteriores.

Lo miró a los ojos, sin saber qué decir. Las mejillas le ardían y las manos se le habían quedado tan frías como un témpano.

—Ha sido imperdonable —declaró él.

Toni pensó que se refería a ella y su corazón estuvo a punto de detenerse. Pero sus palabras siguientes la sacaron del error.

—Quiero que sepas que no volverá a ocurrir, Toni. Te doy mi palabra. Lo único que puedo decir en mi defensa es que no esperaba perder el control de ese modo. Cuando te he sentido entre mis brazos... no sé, jamás había sentido nada tan intenso y tan embriagador. Pero no lo digo como excusa. Sólo pretendo explicar mi comportamiento.

—No ha sido culpa tuya, Steel. Yo...

—Ha sido culpa mía —insistió él.

Steel parecía tenso y preocupado, pero Toni no se sintió mejor por ello. Era una mujer con experiencia sexual; una mujer adulta y con hijos. Y sin embargo, en ninguna de sus relaciones anteriores había sentido una pasión tan ardiente como la de aquella noche, con un simple e inocente beso.

—No, Steel. Yo no debería haber...

Steel la interrumpió de nuevo.

—Puedes estar segura de que no se volverá a repetir. No quiero perderte, Toni. Eres una diseñadora de interiores magnífica, que puede llegar muy lejos. No voy a permitir que mi estupidez se interponga en tu camino —afirmó—. Pero tendremos que trabajar juntos muchas veces... ¿crees que serás capaz de olvidar este error y seguir adelante como si no hubiera pasado nada?

«Error». Eso era lo que había sido, se dijo a sí misma. Un error que lamentaban los dos.

En los ojos de Toni brilló el enfado. Y sus palabras sonaron con acidez y frialdad:

—Por supuesto que sí. No ha sido tan importante. Sólo ha sido una de esas cosas que pasan de vez en cuando, después de un día de trabajo agotador y de tomar algunas copas de más.

El tono de Toni disgustó profundamente a Steel, pero lo disimuló.

—No, a mí no me pasan esas cosas. Nunca mezclo el trabajo con el placer. Ésta la primera vez que me ocurre.

Ella asintió.

—Da igual. Ya está olvidado.

—Gracias.

—Te acompañaré a la salida.

Toni le abrió la puerta de la casa y Steel pasó a su lado en silencio. Pero antes de dirigirse al coche, la miró con intensidad y dijo:

–Da las gracias a tu madre por la cena. Tienes una familia maravillosa.

Ella sintió el extraño deseo de llorar. Se había quedado sin palabras y sólo pudo asentir y sonreír débilmente.

Él la miró unos segundos más.

–Buenas noches, Toni.

Después, dio media vuelta y se marchó.

Capítulo 6

PODRÍAS denunciarlo por acoso sexual. Para él, un par de millones no son nada; pero tú necesitas el dinero... Golpea donde más le duele, Toni. En su cartera.

Toni miró a su mejor amiga, sin saber si hablaba en serio o estaba bromeando.

Poppy era una mujer llenita, de una belleza natural que no debía nada a los cosméticos, y tenía un gran sentido del humor. Se habían conocido durante las clases de preparación del parto y, desde entonces, eran inseparables.

Además, Poppy vivía cerca de la casa de los padres de Toni y su hijo mayor y las gemelas iban a estudiar en el mismo colegio, de modo que su relación se había estrechado un poco más. De cuando en cuando, Poppy le echaba una mano con las niñas.

—Ya te he dicho que, desde el lunes, se ha portado como un perfecto caballero —declaró Toni en voz baja—. Y en cuanto a lo que dices del acoso sexual, me temo que la culpa fue más mía que suya.

Toni miró por la ventana de la cocina de su amiga. Las gemelas estaban jugando en el jardín con el hijo mayor de Poppy.

—Está bien, no insistiré. Pero quiero que me

cuentes todos los detalles jugosos de vuestra relación... ¿Ese Steel es tan atractivo como dices?

Poppy se inclinó hacia delante y apoyó los codos en la mesa, donde estaban tomando café y un poco de tarta.

Toni sonrió con ironía.

–Mira que te gustan los detalles...

–Me encantan –admitió Poppy.

La amiga de Toni se llevó una mano a su abultado vientre. Estaba esperando otro hijo, que sería el cuarto tras Nathan, David y Rose. Ya sabía que iba a ser una niña y tanto ella como Graham, su esposo, estaban encantados.

–Además, no veo por qué le das tantas vueltas al asunto –continuó Poppy–. Si él te gusta y tú le gustas, ¿dónde está el problema? Eres una mujer libre, Toni. Y sufriste tanto con Richard que un poco de sexo podría ser la terapia que necesitas.

Toni miró a Poppy con dureza.

–En primer lugar, yo no le gusto especialmente. Ya te he dicho que fue más culpa mía que suya –repitió.

–¿En serio? –preguntó, incrédula.

–En serio. Pero por otra parte, olvidas que soy una viuda con dos hijas y que no estoy acostumbrada a acostarme con desconocidos.

–Bueno, no se puede decir que Steel Landry sea un desconocido. Trabajas para él y ya ha cenado contigo y con tus padres.

–En efecto, trabajo para él. Steel es mi jefe –le recordó.

–¿Y qué? Yo no olvidaré nunca la aventura apasionada que mantuve con cierto ejecutivo... hay algo extraordinariamente excitante en hacer el amor en un despacho.

Toni intentó no reír.

—Esto es distinto, Poppy.

—Está bien, hablemos como mujeres adultas. Os besasteis. Ni más ni menos. Pero besarse no es precisamente una locura desenfrenada... os besasteis y le hiciste saber que te gustaba. ¿Dónde está el problema? Seguro que le encantó. No es como si le hubieras azotado y amordazado, ¿no te parece?

Toni rompió a reír. Poppy siempre lograba que se sintiera mejor.

—Él ya sabía lo de Richard. Ahora ha conocido a las niñas, se ha dado cuenta de que no estás buscando una aventura y, sencillamente, ha empezado a marcar las distancias porque es lo más caballeroso —continuó Poppy—. ¿Es que no te das cuenta? Te respeta como mujer y como madre.

—¿Tú crees?

—Claro que lo creo. Y por si eso fuera poco, tienes un trabajo maravilloso con un hombre muy atractivo que te admira profesionalmente y que te ha dado su palabra de que no te tocará otra vez. No sé de qué te quejas. Tienes todo lo que podías desear. Relájate y disfruta de tu trabajo, Toni... porque tu trabajo te gusta, ¿verdad?

—Lo adoro —le confesó.

Toni decidió que había llegado el momento de cambiar de conversación. Apreciaba el interés de Poppy y sus consejos, pero ni siquiera los consideraba necesarios; a fin de cuentas, no tenía que trabajar todos los días con Steel.

Sabía que se estaba portando de forma irracional. Lo había sabido desde que llegó el martes al despacho, sin saber qué esperar, y Steel se comportó con toda normalidad, como si no hubiera ocurrido nada, como si los sucesos de la noche del lunes, en la casa de sus padres, hubieran sido un sueño.

Pero no eran un sueño.

Steel había despertado emociones que Toni creía dormidas. Con aquel beso, había abierto la caja de Pandora. Y ella se encontraba ahora en mitad de ninguna parte, atrapada entre el deseo y su empeño en llevar una vida tranquila y segura, lejos de Steel, lejos de los hombres y de la pasión amorosa.

Quería seguir en su mundo. Un mundo impenetrable que sólo habitaban sus hijas y ella.

Durante los dos últimos años de su matrimonio, Toni nunca sabía lo que iba a pasar cuando Richard volviera a casa. A veces se cerraba sobre sí mismo y no quería saber nada ni de ella ni de las niñas. A veces se mostraba hostil y Toni y las pequeñas no tenían más remedio que alejarse de él. No se comportaba de forma violenta, pero de vez en cuando perdía los estribos y la tensión se volvió insoportable.

En aquellos días, Toni tomó la decisión de no volver a poner a las niñas en una situación tan difícil. No permitiría que una cuarta persona destruyera su hogar. Amelia y Daisy eran todo lo que importaba.

El resto del día transcurrió entre conversaciones y juegos de niños. Cuando por fin llegó el momento de marcharse, Poppy las acompañó a la salida y abrazó a su amiga con más fuerza de lo habitual en ella.

–Sé que lo has pasado mal y que todavía tienes que pagar las deudas de tu difunto esposo, pero sólo tienes treinta años, Toni. En algún lugar, ahí afuera, hay un hombre que te está buscando. Un hombre que te quiere y que será bueno con tus hijas. No te encierres en ti misma. No te niegues el futuro.

Toni le devolvió el abrazo y se quedó con ganas de decirle que no la conocía tanto como creía y que, en todo caso, su experiencia con el amor era muy diferente. Poppy y Graham se amaban desde el principio y estaban felizmente casados; en cambio, ella había sufrido un matrimonio sin amor con un hombre adicto al juego que había puesto en peligro su supervivencia y la supervivencia de sus pequeñas.

No se daba cuenta, pero estaba amargada y resentida con los hombres en general.

Durante el camino de vuelta, Amelia se mostró extrañamente silenciosa. Toni le puso una mano en la frente, temiendo que tuviera fiebre, pero se encontraba bien. Ya de noche, cuando las había puesto en la cama y se disponía a leerles un cuento, Amelia declaró:

–Nathan ha dicho que, si pierdes a tu papá, puedes tener otro. Me ha dicho que su amigo Archy ya ha tenido dos.

Toni hizo un esfuerzo y mantuvo la calma.

–Pero nosotras estamos bien como estamos, ¿no? Os gusta vivir con los abuelos... y nos divertimos mucho.

Amelia lo pensó antes de volver a hablar.

–Pero no es lo mismo que tener un papá. Nathan tiene uno y, como tiene uno, también tiene dos abuelos más. No es justo, mami.

–Ya te he explicado que los padres de tu papá murieron antes de que nacierais.

–Sí, dijiste que eran muy viejos –intervino Daisy.

–Exactamente, cariño.

Amelia siguió en sus trece.

–¿Por qué no podemos tener otro papá? Un papá como el hombre de acero... A Daisy y a mí nos gusta mucho. Es muy simpático.

–Está demasiado ocupado para ser padre.

–Papá estaba muy ocupado siempre y era nuestro papá de todas formas –insistió Amelia–. ¿Verdad, Daisy?

Daisy asintió.

–Pero no querríais tener otro padre que no os viera nunca... –dijo Toni, intentando ser razonable–. Sin duda alguna, preferiríais uno que pudiera jugar con vosotras y llevaros de vacaciones, ¿no os parece?

Amelia no se dejó convencer.

–Supongo que sí, pero el hombre de acero nos gusta a las dos.

Toni sonrió con debilidad.

–Bueno, no penséis ahora en eso. Nos tenemos las unas a las otras, y eso es lo único que importa –dijo.

–Yo también quiero un papá –afirmó Daisy en defensa de su hermana–. Uno de verdad, como el de Nathan.

Toni empezó a perder la paciencia.

–Quién sabe lo que el futuro nos deparará... De momento, estamos nosotras y los abuelos. Y se me acaba de ocurrir que mañana podríamos ir de picnic o ir a esa piscina que tanto os gusta, la de los toboganes gigantes. Hasta podríamos llamar a Poppy para ver si Nathan y David quieren acompañarnos.

–¡Sí, sí, sí! –exclamaron las pequeñas al unísono.

Cuando se quedaron dormidas, Toni las estuvo observando durante un rato. Sabía que, algún día, sus hijas querrían saber por qué no tenían padre. Pero no esperaba que quisieran saberlo tan pronto.

Se acercó a la ventana y miró al exterior. Aún no había anochecido. Sus padres estaban sentados en el patio, leyendo y tomando un café.

Mientras los observaba, su padre se inclinó sobre Vivienne y le acarició mejilla. Toni sintió una punzada de dolor en el pecho.

Se apartó de la ventana al borde de las lágrimas, dominada por la tristeza. Nunca se había sentido tan sola y tan perdida. De repente, le parecía que su vida carecía de sentido y que se iba a difuminar en un sinfín de días tan vacíos como aquél.

Entonces, Daisy cambió de posición y murmuró en sueños:

–Mami...

Toni se giró y las miró.

Amelia y Daisy eran la alegría de su vida. Estaba encantada de que fueran felices y de que vivieran seguras. Pero las cosas habían cambiado y ya no le parecía suficiente. Necesitaba algo más. Mucho más.

La cara de un hombre, de ojos azul plateado, se formó en su mente.

Ella sacudió la cabeza y se dijo que Steel Landry no era el motivo de su sentimiento de soledad. No podía serlo. Trabajaba para él. Era su empleada. Debía olvidar lo sucedido en el patio de la casa.

Poppy tenía razón. Tenía todo lo que podía desear, incluido un trabajo maravilloso que le gustaba mucho.

Debía relajarse y dejarse llevar por la corriente. Se había esforzado mucho por conseguir una buena vida para ella y para sus hijas. No era la vida que había imaginado en su adolescencia, una vida de amor, con un hombre que la quisiera, pero era mucho más de lo que muchas mujeres tenían.

Acarició a sus hijas y salió de la habitación, harta de compadecerse.

Costara lo que costara, saldría adelante.

Su determinación sufrió una prueba muy dura durante las semanas y los meses siguientes. Trabajar con Steel resultó ser una experiencia apasionante, estimulante y agotadora, pero jamás aburrida.

Ahora entendía que muy pocos de los empleados de Steel Landry lo abandonaran. Aunque fuera un jefe duro, nunca exigía nada a sus subordinados que no se pudiera exigir a sí mismo. De hecho, trabajaba más que nadie. Y era enormemente generoso con las vacaciones, los descansos y los salarios de los miembros de su plantilla.

El caso de la esposa de Bill no era un hecho aislado. Steel esperaba que todo el mundo se entregara profesionalmente al cien por cien, pero se preocupaba por los demás y no los trataba como si fueran máquinas.

En cuanto a la sustitución de Joy, había sido un éxito. Fiona, la secretaria nueva, era una mujer encantadora y eficaz, de cuarenta y tantos años, que se había convertido en el pilar de su familia desde que su esposo enfermó de esclerosis múltiple y tuvo que sacarlo adelante a él y a sus dos hijos, que ya estaban en la universidad.

Amelia y Daisy habían empezado las clases en el colegio y de vez en cuando le contaban historias de Tyler, que seguía siendo tan terrible como siempre.

La vida seguía tranquila . O habría seguido tranquila si lidiar con Steel no se hubiera convertido en una batalla tan diaria como difícil para ella. Al fin y al cabo, su deseo no había disminuido desde que se besaron en el patio. A veces, cuando llegaba al despacho por la mañana y lo veía, se quedaba sin aire y era incapaz de pensar.

Una de esas mañanas, a principios de diciembre, estaba pensando que todo habría sido distinto si su jefe no hubiera tenido tanto poder físico sobre ella. Ya habían transcurrido seis meses desde que la contrató, pero era como si no hubiera pasado ni un minuto. Cuando lo miraba, su corazón se aceleraba y la boca se le hacía agua.

Y no podía hacer nada por evitarlo. De hecho, Steel Landry le gustaba cada día más. Adoraba su sentido del humor, profundamente irónico, y adoraba su capacidad aparentemente ilimitada de reírse de sí mismo.

Echó el sillón hacia atrás y contempló el patio de la casa, que todavía mostraba las huellas de la helada de la noche.

Se llevó la taza de café a los labios y bebió un poco. La semana anterior habían terminado el proyecto de los apartamentos. Steel ya tenía una lista de multimillonarios dispuestos a comprarlos y, por supuesto, ya habían empezado a trabajar en el proyecto siguiente.

Esta vez, se trataba de convertir un viejo y enorme hostal que estaba a la orilla del río en cuatro pisos de tres dormitorios cada uno, un aparcamiento y mil metros cuadrados de jardines rodeados por un muro de dos metros y medio de altura.

Pero aquel día no iban a trabajar en el proyecto nuevo. Steel le había dicho que irían a visitar una propiedad en las afueras de Londres, a medio camino de Oxford.

–¿Es una obra como las anteriores? –preguntó Toni al saberlo.

–No exactamente. Quiero que lo examines con una mente abierta y que me des tus ideas al respecto –contestó él.

Habían mantenido la conversación en el despacho de Steel, como tenían por costumbre al final del día. Al principio, sólo se trataba de tomar un café y de charlar sobre los problemas o las dificultades que hubieran surgido en el trabajo; pero más tarde, en algún momento entre junio y diciembre, se transformó en otra cosa.

Toni frunció el ceño. A decir verdad, no sabía en qué se había transformado.

De repente, un petirrojo se posó en el alféizar de la ventana. Toni lo miró, pero el pájaro siguió allí, como si su presencia no le preocupara en absoluto.

Ella volvió a pensar en Steel y se preguntó por qué le resultaban tan inquietantes sus reuniones vespertinas. Steel se había portado como un caballero desde el incidente del patio. La trataba como habría tratado a un hombre.

Quizás fuera por el hecho de que sus conversaciones eran las más sinceras y profundas que había mantenido con nadie. O por el hecho de que él estaba más relajado y diez veces más atractivo al final del día que al principio. Generalmente, se quitaba la corbata y se desabrochaba un par de botones de la camisa. No parecía ser consciente del efecto que su masculinidad y su naturalidad tenían en ella.

Terminó el café y fregó la taza, junto con algunos cacharros de la noche anterior. La cocina de sus padres, muy pequeña, ni siquiera tenía lavaplatos.

Se duchó y se vistió antes de despertar a las gemelas y de llevar el desayuno a sus padres. Una hora más tarde, había dejado a las niñas en el colegio y ella se dirigía a la oficina bajo un cielo absolutamente azul, sin una sola nube.

Acababa de llegar al despacho cuando Steel la llamó. Era evidente que había llegado pronto y que había estado adelantando el trabajo.

—No te quites el abrigo. Salimos enseguida —le informó.

—De acuerdo.

Toni no pudo decir nada más. Como tantas otras veces, se estremeció cuando Steel se pasó una mano por el pelo. Era un gesto habitual en él. Tenía el cabello rizado y se le caía sobre la frente aunque se lo dejara muy corto.

También tenía la costumbre de entrecerrar los ojos cuando estaba concentrado, de tocarse la oreja izquierda cuando estaba pensativo y de sonreír de medio lado, encantadoramente, cuando algo que no debía ser gracioso, lo era.

Toni había aprendido mucho sobre los tics de

Steel. Había aprendido mucho sobre él. Pero seguía sin saber nada de su vida amorosa, porque jamás hablaba de ella.

Por supuesto, los empleados de la empresa eran menos discretos. Por lo visto, su última amante, Bárbara Gonzalo, una pelirroja de cuerpo impresionante, se había presentado un día en la empresa y le había organizado un escándalo. Sin embargo, ya habían pasado varios meses desde entonces y nadie tenía noticia de que Steel se estuviera acostando con otra.

Salieron del despacho y entraron en el ascensor. Cuando cruzaron el vestíbulo, él la tomó del brazo y ella sintió un escalofrío de placer.

Eso tampoco había cambiado. Cada vez que la tocaba, se estremecía.

Ya se habían sentado en el interior del Aston Martin cuando él dijo:

–Este proyecto no se parece a los otros, Toni. Es ligeramente distinto.

Ella lo miró con interés.

–¿Distinto?

–Estoy considerando la posibilidad de comprar una casa, un lugar que no esté muy lejos de Londres y donde pueda descansar.

Toni se llevó una sorpresa.

–No tenía ni idea...

Él arrancó el vehículo.

–Supongo que quieres mi opinión al respecto, ¿verdad? –continuó Toni.

–Exacto. Necesito una opinión femenina y tú eres una mujer.

Toni se sonrió para sus adentros. Al menos había notado que lo era.

–Además, tú me puedes ofrecer un punto de vista distinto y una perspectiva creativa –declaró Steel–. Me vendrá muy bien si decido comprar la casa.

Ella asintió de nuevo.

–Comprendo.

Toni pensó en el ático de Steel, un piso tan moderno como frío, y supuso que la casa no le iba a gustar. Además, no sabía lo que su jefe había querido decir al afirmar que quería un sitio para descansar. Si necesitaba un nido de amor para sus amantes, prefería no tener nada que ver con el asunto.

Sin embargo, contuvo su acceso de celos y preguntó:

–¿Ya has visto la casa?

–Le eché un vistazo hace unos días.

Al salir de Londres, Toni se relajó y se dedicó a disfrutar del paisaje. Le encantaba el campo. Sus abuelos paternos y maternos habían vivido en Hertfordshire y todavía se acordaba de las maravillosas vacaciones de verano de su infancia.

Llevaban un buen rato de viaje y ya habían dejado atrás varios pueblos encantadores cuando Steel susurró:

–No falta mucho. La casa está en las afueras de un pueblo, pero hay un supermercado a quince kilómetros y está bien comunicada.

Toni asintió.

Habían hablado muy poco durante el trayecto y, por algún motivo, el silencio la estaba poniendo nerviosa.

No era sólo porque estuviera a solas con él, aunque su cercanía la afectaba siempre; era porque Steel parecía distinto aquella mañana. Con el paso del tiempo, Toni había aprendido a reconocer sus humores. Pero aquel era nuevo.

Steel tenía más disfraces que un camaleón.

–¿Qué ocurre? –preguntó él mientras tomaba una carretera secundaria.

Ella lo miró.

–¿A qué te refieres?

–Estabas frunciendo el ceño, Toni.

–¿Ah, sí?

–Sí.

–No me había dado cuenta...

–¿En qué estabas pensando?

Toni lo conocía lo suficiente como para saber que detectaba las mentiras y que insistiría hasta obtener una respuesta, de modo que dijo la verdad.

–Estaba pensando que esta mañana no pareces el mismo de siempre.

Él sacudió la cabeza y sonrió.

–¿En serio? ¿Y cómo es el Steel de siempre? –contra atacó.

–¿Cómo?

–Vamos, Toni... seguro que sabes describirme a estas alturas.

La conversación se estaba desarrollando por cauces que disgustaban a Toni. Por suerte, el sarcasmo de Steel nunca duraba demasiado tiempo.

–Ah, comprendo; te parece una pregunta demasiado personal –continuó él–. Está bien, si te incomoda tanto...

Toni tuvo la sensación de que se estaba riendo de ella.

–No me preocupa que sea demasiado personal

para mí, sino que mi respuesta te lo parezca a ti —declaró.

Steel sonrió de oreja a oreja.

—*Touché* —dijo—. ¿Insinúas que todavía no me he redimido por lo que pasó entre nosotros hace seis meses?

Toni se preguntó si estaba coqueteando con ella, pero no le pareció posible. Sin embargo, su corazón se había acelerado tanto que casi podía oír los latidos.

—No sé lo que quieres decir.

—Siempre dices eso cuando estás mintiendo —declaró él con normalidad, sin intención crítica—. Y te frotas la nariz cuando algo te entusiasma y te muerdes el labio inferior cuando escuchas atentamente.

Ella le lanzó una mirada intensa y llena de perplejidad.

Se había quedado sin palabras.

—Ah, y tu voz cambia de tono cuando hablas de tus hijas —insistió su jefe.

Steel detuvo el vehículo y apagó el motor.

—Ya hemos llegado. Voy a abrir la verja. Se supone que las puertas son automáticas, pero no funcionan. Es una de las cosas que tendré que arreglar si decido comprar la casa.

Steel salió del coche y abrió las enormes puertas de hierro forjado, abiertas en mitad de un muro de ladrillo.

Toni lo miró con confusión.

Tras volver al vehículo, Steel condujo por un camino largo y sinuoso que avanzaba entre arbustos y árboles.

Por fin, la casa apareció a unos cien metros de

distancia. Era una vieja mansión de piedra, de color miel, completamente distinta a lo que Toni había imaginado.

Su cara debió de mostrar lo que pensaba porque Steel susurró:

–¿Sorprendida?

–Sí, francamente, sí.

–¿Qué esperabas? –preguntó–. No, no, deja que lo adivine... esperabas un edificio nuevo, moderno y sin alma.

Ella sacudió la cabeza.

–No, ni mucho menos –dijo Toni–. Te aseguro que no esperaba nada en absoluto, ni en un sentido ni en otro.

–Mentirosa.

Toni quedó encantada con la paz del lugar y por el canto de los pájaros en los árboles. El aire, frío y fragrante, no se parecía nada al ambiente contaminado de Londres. Todo era precioso, el campo inglés en estado puro.

–¿De qué época es?

–¿Te refieres al edificio?

–Sí.

–Del siglo XVII. Al menos, la parte original... porque tengo entendido que lo ampliaron más tarde. Tiene una hectárea de terrenos y unas vistas maravillosas en la parte de atrás. Incluso tiene un bosque propio, con tejones.

–Vaya...

Steel volvió a sonreír.

–Parece que te gusta. ¿Lo apruebas?

–¿Como no me iba a gustar? ¡Es precioso!

–Bueno, resérvate tu opinión de momento. Aún

no has visto el interior. El lugar es perfecto, pero la casa necesita una reforma a fondo. La cocina es muy pequeña y todo está bastante destartalado. Tengo algunas ideas al respecto, pero me gustaría conocer las tuyas.

Toni asintió.

—Por supuesto.

Salieron del coche. En cuanto entraron en la casa, Toni entendió lo que Steel había querido decir.

Efectivamente, la cocina era demasiado pequeña; y aunque la mansión era enorme y tenía muchas habitaciones, sólo había un cuarto de baño en sus dos pisos. Era obvio que no la habían reformado desde hacía décadas.

Cuando salieron a la parte de atrás, Toni descubrió que la afirmación de Steel sobre las vistas se había quedado corta. Hasta ese momento, no se había dado cuenta de que la mansión se alzaba en lo alto de una colina. El terreno caía suavemente entre flores y árboles hacia un bosque frondoso.

—Es espectacular, ¿verdad?

Toni se había quedado junto a las puertas dobles del salón, que daban a una terraza que había visto tiempos mejores. Entre la belleza del lugar, la belleza del día y la cercanía física de Steel, se sintió embriagada.

—Desde luego que sí.

—¿Me imaginas en este lugar? —preguntó Steel de repente.

Ella tardó en responder.

—Sí, pero...

—¿Pero? ¿Es que siempre tiene que haber un pero? —pregunto, mirándola a los ojos.

–Es una casa muy grande para una sola persona, ¿no te parece? Si sólo quieres un sitio para descansar, quizás sería mejor que compraras algo más pequeño... o un piso más cerca de la ciudad.

Steel asintió.

–Ya, pero ¿me imaginas aquí? –insistió.

La pregunta la habría sorprendido en otras circunstancias, pero Toni pensó que era perfectamente adecuada para el caso. Aquel lugar era tan bello y tan especial que no servía para cualquiera.

–Sí, te imagino aquí. Además, es evidente que te has enamorado de la propiedad...

Steel tardó unos segundos en hablar.

–Bueno, nunca he estado enamorado, pero creo que sí; creo que me he enamorado de la casa –admitió.

–En tal caso, los arreglos que necesita son lo de menos –observó–. Por una vez, deberías seguir los dictados de tu corazón.

–Justo lo que yo había pensado.

Steel admiró los alrededores. Sus pensamientos no se referían precisamente a la propiedad, sino a Toni George. En sólo seis meses, había cambiado su vida. Y ella ni siquiera se había dado cuenta.

Toni era distinta a las demás. Londres estaba llena de mujeres y él había llevado una vida amorosa bastante activa, pero Toni no se parecía a ninguna de las mujeres con las que había salido. Y no sabía por qué, en qué consistía la diferencia. Al fin y al cabo, también había muchas mujeres tan inteligentes, osadas y encantadoras como ella. Mujeres que, por otra parte, no tenían dos hijas ni estaban viudas.

Al pensar en las pequeñas, se acordó de las tar-

jetas que le habían enviado para darle las gracias
por el regalo de cumpleaños que Steel les había hecho. Toni se quedó tan sorprendida y tan asustada
con el gesto de sus hijas que él redobló sus esfuerzos por mantener las distancias con ella.

Pero no sirvió de nada. Cuanto más la conocía,
más la quería conocer.

Normalmente, su interés por las mujeres decaía
cuando se acostaba con ellas. Ahora, en cambio, se
enfrentaba a la difícil circunstancia de querer a una
mujer que no lo quería y que no tenía intención de
permitir que un hombre entrara en su vida.

Steel sonrió para sus adentros. Le parecía irónico que estuviera atrapado en su propia trampa. Pero
no estaba dispuesto a rendirse. Sabía que Toni se
sentía atraída por él y sabía que podía conseguir su
amor.

Se había mostrado paciente durante seis largos
meses. Se había dedicado a preparar el momento y
el momento había llegado al fin.

Ya no le importaba su norma de no mezclar los
negocios y el placer.

La miró, extendió un brazo y le acarició el cabello. Toni respiró hondo. Indudablemente, le gustaba.
Pero Steel no pretendía acostarse con ella. Quería
mucho más. Quería que Toni fuera suya.

−¿Nos vamos a cenar? Así podrás contarme algunas de esas ideas que te están rondando por la cabeza. Vi un restaurante de aspecto agradable en el
último pueblo por donde pasamos, antes de tomar el
camino de la mansión... que, por cierto, se llama el
Camino de la Urraca.

−¿En serio?

–Sí. Es un nombre muy apropiado para una casa familiar, ¿no crees?

Ella se encogió de hombros.

–No sé qué decir. Las urracas son córvidos. Pueden llegar a ser bastante agresivas.

–Tonterías; se limitan a hacer lo necesario por sobrevivir. Además, ya sabes lo que dicen, que en el amor y en la guerra vale todo.

–Ésa es una respuesta muy masculina.

–No me extraña, porque soy un hombre. Estoy seguro de que una mujer tan perspicaz e inteligente como tú, se habrá dado cuenta –ironizó él–. Soy un hombre y no me voy a disculpar por serlo.

Steel le abrió las puertas del salón.

Cuando Toni pasó a su lado, notó que estaba enfurruñada y sonrió.

Sabía que conquistar su corazón iba a ser difícil, porque aquella mujer tenía más pinchos que un cactus. Pero estaba decidido a quitarle los pinchos uno a uno, tranquilamente, hasta obtener lo que quería.

Hasta conseguirla a ella, entera.

En cuerpo y alma.

Capítulo 7

EL restaurante era un viejo pub de vigas de madera y objetos de latón. Toni se dio cuenta del interés que Steel despertó en las dos camareras, de pechos grandes, que prácticamente se pelearon por servirle cuando la dejó en una mesa, junto a la chimenea, y se acercó a la barra para pedir las bebidas.

Un par de minutos después, volvió con una copa de vino para ella, un zumo de naranja para él y dos menús.

—Hoy te he sorprendido, ¿verdad?

Ella lo miró con inquietud.

—Supongo que sí.

—Pues te voy a dar otra sorpresa. He decidido que mañana no vamos a trabajar.

—¿Cómo? —preguntó, desconcertada—. ¿A qué viene eso?

—A que no todos los días me compro una casa. Quiero celebrarlo —declaró con una sonrisa de tiburón—. Además, me gustaría pensar un poco antes de hacer una oferta a su propietario actual. En el despacho tengo demasiadas distracciones y no me concentro bien.

Toni se relajó un poco.

—Ah, comprendo. Te refieres a que no vamos a

trabajar en los proyectos de la empresa, sino con la mansión.

—Si prefieres verlo desde ese punto de vista...

Ella frunció el ceño.

—Steel...

—Venga, echa un vistazo al menú y decide lo que quieres comer. Después, me contarás tus ideas sobre la casa.

Él alcanzó el segundo menú y fingió estar sumido en su lectura. Sólo alzó la cabeza cuando una de las camareras se acercó a la mesa con una libreta y un bolígrafo. Steel le había gustado tanto que sólo le faltaba babear.

Cuando les tomaron nota, él miró a Toni.

—¿Y bien? Dime qué se te ha ocurrido.

Toni no tuvo ocasión de responder, porque Steel añadió:

—Red Rose. El personaje de aquel cuento... ¿Nadie te ha dicho nunca que te pareces muchísimo a Red Rose?

Ella lo miró con pasmo, pero hizo caso omiso de la pregunta.

—La cocina es lo primero que debemos arreglar; es minúscula y está terriblemente anticuada; te recomiendo que tires las paredes que dan al antiguo cuarto de lavar y a la salita pequeña. Así tendrás espacio de sobra... yo pondría encimeras de granito y un suelo de baldosas, porque quedarían bien con las vigas vistas del techo. Además, te quedaría sitio para una mesa y unas cuantas sillas.

Steel asintió.

—Sigue.

—El salón está bien; yo lo dejaría así. Pero hay

un par de habitaciones en el piso inferior que son demasiado pequeñas... no necesitas una salita para desayunar y otra para tomar el té; no cuando ya tienes el comedor, el despacho y una sala de estar. Si sacrificas la primera, la que está junto a la entrada, podrías ampliar el tamaño del vestíbulo; y en cuanto a la segunda, podría utilizarla como guardarropa.

—Ya, pero ¿se podría hacer sin alterar la estructura del edificio?

Toni asintió, animada.

—Por supuesto. Y me acabo de acordar de un proveedor que tiene los suelos perfectos para la entrada...

—¿Y qué hacemos con el piso de arriba?

—Bueno, si sacrificas dos de los dormitorios y los conviertes en cuartos de baño, te quedarían cuatro suites bastante amplias —respondió—. El dormitorio principal ya es muy grande, y aún tendrías la habitación que está junto al cuarto de baño actual. En conjunto, serían seis suites perfectamente equipadas.

—Estoy de acuerdo —dijo Steel, que sonrió—. He acertado al traerte.

—Él salón quedaría mejor si sustituyeras la puerta que tiene por una doble. Pero sólo es una sugerencia; como ya te he dicho, está bien como está. Lo más importante de todo es conseguir un ambiente agradable, que mantenga el espíritu de la época en que se construyó la mansión y no resulte agobiante.

—¿Alguna idea al respecto?

—Las ventanas con parteluz son muy bonitas, pero no dejan pasar tanta luz como las modernas...

para equilibrarlo, sugiero que utilicemos telas y tapicerías de colores claros y que quitemos las alfombras actuales, que son demasiado oscuras. He comprobado que el entarimado es precioso; sólo hay que rasparlo y barnizarlo.

Toni dejó de hablar. Se había quedado sin aire.

Cuando miró a Steel, vio que aún sonreía.

–¿Qué ocurre? –le preguntó, incómoda.

–Nada grave. Tus ideas me parecen muy buenas. Desde este momento, el proyecto es tuyo –contestó.

–¿Mío?

–Sí, desde el tejado hasta la última cucharilla de la cocina –declaró con humor–. Olvida el resto de los proyectos. Concéntrate en éste. Tienes mi permiso para actuar como te parezca conveniente en todos los sentidos. Si no surge ningún problema importante que necesites consultar conmigo, no quiero saber nada de la casa hasta que esté terminada. ¿Me he explicado bien?

Ella lo miró con horror.

–Steel, estamos hablando de tu casa, del lugar donde vas a vivir. Yo no puedo tirar paredes y decorar el edificio a mi gusto... cabe la posibilidad de que el resultado te disguste.

–Lo dudo mucho. Confío en ti.

–La confianza no tiene nada que ver con esto, Steel. Es una cuestión de gustos. El tuyo no tiene por qué coincidir con el mío –alegó.

–Pero tu gusto es perfecto, Toni.

–Sabes muy bien lo que quiero decir. Esto no es como el proyecto de los pisos de la fábrica. No puedo encargarme yo sola.

Él arqueó una ceja.

–¿Es que no eres capaz de hacer tu trabajo?

–Esto no forma parte de mi trabajo.

–Trabajas para mí como diseñadora de interiores y te he pedido que te hagas cargo de un proyecto. Es tan fácil como eso. Yo no tengo experiencia con esas cosas. No lo puedo hacer; y aunque pudiera, me resultaría muy aburrido. Tienes libertad absoluta para hacer lo que quieras. Y sin límite de presupuesto.

–Pero la casa te tiene que gustar a ti, no a mí –insistió ella–. Al menos, permíteme que te consulte sobre los muebles...

–No.

–Steel...

–Y olvídate del aspecto de mi piso de Londres. Quiero algo diferente. Como ya he dicho, esta mansión es esencialmente una casa familiar. Es evidente que yo no soy un hombre familiar, pero eso es lo de menos. Cuando la gente entre por la puerta, quiero que esté en un ambiente cálido y agradable. Mi hermana y su marido vendrán a menudo, y me gustaría que sus hijos se sintieran cómodos.

Toni intentó tranquilizarse un poco, pero le costó. Steel le había encargado un trabajo difícil, de gran responsabilidad.

–¿Qué tal está tu hermana?

–Bastante mejor, gracias.

–Ya debe de faltar poco para el parto...

Él sacudió la cabeza.

–No creas. Se suponía que sería prematuro, pero parece que el niño quiere seguir donde está –dijo con humor.

–Bueno, tu hermana tendrá más tiempo para prepararlo todo...

La camarera les sirvió la comida. El pastel de carne que había pedido estaba delicioso, pero Toni descubrió que ya no tenía hambre. Steel la había dejado completamente desconcertada con la oferta de hacerse cargo de la reforma.

«Una casa familiar».

La descripción de Steel le había parecido sospechosa. Estaba segura de que no la había definido de ese modo por casualidad. Quizás tuviera una amante secreta. Quizás fuera una casa para ella, para una mujer tan fuerte, inteligente, refinada y segura como él; para una mujer maravillosa.

Mascó la carne lentamente, pero le supo a tierra.

Estaba celosa.

Cada vez que pensaba en las amantes de Steel, se sentía ridícula. En comparación con ellas, era una mujer normal y corriente.

Apartó el plato y dejó de comer.

–¿Qué te pasa? ¿No te gusta? –preguntó Steel.

–No, es que he desayunado fuerte y no tengo hambre –mintió.

Steel arqueó las cejas.

–Si quieres otra cosa...

–No, gracias.

Steel alcanzó el plato de Toni y se sirvió todo lo que había dejado. Toni lo observó mientras devoraba la comida con un apetito aparentemente insaciable.

Una de las camareras apareció entonces y preguntó a Steel si querían beber algo más. En principio, no tenía nada de particular; pero Toni ya se había fijado en que el resto de los clientes no recibían tantas atenciones de las camareras.

Minutos después, Steel pidió un postre. Y para su sorpresa, Toni también pidió uno.

–¿No decías que no tenías hambre?

–Es que soy muy golosa –le confesó ella–. Siempre lo he sido.

–Annie es igual que tú. Cuando era pequeña, tenía que inventar mil cosas para que terminara la comida. Si había postre, no quería nada más.

–Siempre hablas de Annie como si no fuera tu hermana sino tu hija –observó.

Steel se encogió de hombros.

–Supongo que hablo de esa forma porque, en parte, es cierto. Annie quedó a mi cargo cuando nuestros padres murieron y siempre me he sentido responsable de ella.

–Debió de ser difícil para ti. Sólo eras un adolescente, y tuviste que cuidar de Annie hasta que conoció a Jeff.

Él bajó la mirada y guardó silencio durante unos instantes.

–Me limité a hacer lo que debía, Toni. Además, no se puede decir que llevara una existencia monacal... me las arreglaba para poder salir con mis novias –le explicó–. Pero reconozco que me sentí liberado cuando Annie conoció a Jeff; fue como si me hubieran quitado un peso de encima.

–Lo comprendo perfectamente.

–De todos modos, nunca he lamentado aquellos días. Podría haber dejado a mi hermana con algún familiar, pero quería que estuviéramos juntos.

Toni sonrió.

–No es extraño que ahora valores tanto tu independencia.

–La valoraba –puntualizó él.

Ella se quedó helada. Había hablado en pasado. Y eso sólo podía significar que estaba interesado seriamente en alguna mujer.

Se sintió como si le hubieran atravesado el pecho con un cuchillo.

Una de las camareras reapareció entonces para llevarles el café. Sin embargo, Toni agradeció su presencia porque la interrupción le dio los momentos que necesitaba para disimular su disgusto y recobrar el aplomo.

Desesperada por cambiar de conversación, decidió volver sobre Annie.

–Supongo que tu hermana y tu cuñado estarán encantados con el embarazo. ¿Ya han decidido cómo se va a llamar?

–¿A llamar?

A Toni no le extrañó que Steel reaccionara con desconcierto. A fin de cuentas, su cambio de conversación había sido demasiado abrupto.

–Sí, el hijo de Annie y de Jeff...

–Ah, eso... Ahora dicen que se llamará Charles si es niño y Eve si es niña. Pero cualquiera sabe, porque ya han cambiado varias veces de opinión. Annie es tan obsesiva que ha sopesado todos los nombres, desde la A a la Z.

–Pobre Annie. Ten en cuenta que estos meses han sido muy difíciles para tu hermana.

–¿Pobre Annie? Más bien, pobre Jeff.

–¿Por qué lo dices?

–Porque el comportamiento de las mujeres puede ser algo errático cuando están embarazadas. Jeff tiene un cerebro prodigioso, capaz de afrontar problemas científicos que al resto de los mortales nos parecen dificilísimos, pero no sabe qué hacer cuando Annie llora. Se desespera. Se hunde sin remedio.

–Parece que está muy enamorado.

Steel sonrió.

–Sí, desde luego que lo está. La adora.

Toni alcanzó la taza de café. Seguía tan preocupada por la posibilidad de que Steel estuviera saliendo con una mujer especial, que bebió sin darse cuenta de que el café estaba demasiado caliente y se quemó la lengua.

De repente, se sintió como si estuviera atrapada en una pesadilla de la que no podía escapar. Tenía miedo de perder a Steel.

Respiró hondo y logró tranquilizarse un poco.

–¿Más café?

–No, muchas gracias.

–¿Te apetece un brandy?

–Te lo agradezco, pero no me apetece –respondió, mirándolo a los ojos–. De hecho, creo que debería volver al despacho... hay un par de asuntos que debería resolver hoy mismo.

Steel asintió.

Se levantaron de la mesa y él le alcanzó el abrigo. Mientras la ayudaba a ponérselo, ella se sintió decepcionada e irritada a la vez. Decepcionada, porque Steel se había rendido con demasiada facilidad, sin intentar convencerla para que se quedara con él. Irritada, por su propia incoherencia; no se estaba comportando como una mujer adulta, sino como una adolescente caprichosa.

En el exterior hacía frío. El sol no calentaba tanto como para derretir el hielo de la noche anterior, y el suelo parecía una pista de patinaje. Toni se resbaló, pero Steel la agarró a tiempo e impidió que cayera.

De repente, se encontró apretada contra su pecho. Alzó la cabeza y lo miró con ansiedad. Quería probar sus labios otra vez. Lo deseaba con todas sus fuerzas.

Steel se inclinó sobre ella y le concedió el deseo.

La besó apasionadamente, con una alegría que no se molestó en disimular. Sus labios eran firmes y sabían a la pastilla de menta que la camarera les había dejado con el café. Introdujo la lengua en su boca, jugueteó un momento y se apartó lo suficiente para ladear la cabeza y volver a entrar en ella.

Toni se arqueó contra Steel con tal desinhibición que diez minutos antes se habría sentido avergonzada. Movía los labios de forma instintiva, intentando profundizar el beso y agarrándose a él como si se estuviera hundiendo y tuviera miedo de ahogarse.

Él llevó una mano a su nuca. Un segundo después, le soltó el moño y el cabello de Toni cayó como una cascada de seda.

Toni ya no pensaba en nada que no fuera el sabor de Steel y la sensación de estar pegada a su cuerpo. El pasado y el futuro habían desaparecido; sólo quedaba el presente. Si hubiera sido posible, le habría gustado que el beso no terminara nunca, que siguieran así, abrazados, por toda la eternidad.

Pero no era posible. Al cabo de un rato, él alzó la cabeza lentamente y rompió el contacto de sus bocas, aunque sin dejar de abrazarla.

–¡Vaya! –dijo Steel.

Ella se ruborizó, aún perdida en el deseo.

La puerta del pub se abrió y oyeron voces. Toni se puso tensa.

Steel sonrió y la llevó hacia el coche sin decir una sola palabra. Cuando entraron, se giró hacia ella y la besó de nuevo, dulcemente.

–He esperado seis meses para besarte otra vez, Toni. No pienso esperar seis meses más. De hecho, seis minutos me parecerían un exceso.

–Esto no está bien, Steel –dijo ella–. No puedo...

–Claro que puedes –declaró, rechazando terminantemente su negativa–. Es lo más fácil del mundo. Fíjate.

El tercer beso fue pasión pura, justo lo que él quiso que fuera, y ella sintió su impacto en todo el cuerpo.

Sin embargo, se apartó de él. Se sentía atrapada. Quizás, por la pasión de Steel. O quizás, por su propia reacción a la pasión de él.

–Tú no lo entiendes...

–Por supuesto que lo entiendo, Toni. Créeme. Si no lo entendiera, no habría esperado seis meses por ti. Pero ya no voy a esperar más. No puedes negar que entre nosotros hay algo. No sé si estás preparada para oír esto, pero te lo voy a decir de todas formas.

Steel la miró fijamente y añadió:

–Te deseo. Me enciendes con tus ojos de terciopelo, tu piel de seda y tus suaves movimientos. Me vuelves loco.

Ella no supo qué decir.

–Quiero hacer el amor contigo. Pienso en ello todo el día y, cuando vuelvo a casa, de noche, es aún peor –continuó–. Si supieras las cosas que sue-

ño contigo... No soporto trabajar contigo y mantener las distancias, fingiendo que sólo soy tu jefe.
No lo soporto porque necesito mucho más que eso.

–Yo no soy lo que necesitas –acertó a decir.

Steel suspiró.

–Sí, lo eres. De hecho, lo eres desde el momento
en que te vi por primera vez.

–Eso sólo es deseo, atracción sexual. Entonces
ni siquiera me conocías.

–Pero ahora te conozco. Ahora sé mucho de ti y
tú sabes mucho de mí. ¿Qué han significado para ti
los seis últimos meses? ¿Qué han significado esas
conversaciones al final del día cuando los demás se
habían marchado? ¿Deseabas entrar en mi despacho
y hablar conmigo? ¿Disfrutabas al descubrir cosas
nuevas de mí?

Las palabras de Steel fueron una revelación para
Toni. Tenía razón. No se había dado cuenta, pero
todos los días, durante seis meses, había estado deseando que llegara la tarde para entrar en su despacho y hablar con él.

–¿Lo hacías a propósito? –preguntó en voz baja.

Steel volvió a sonreír.

–Te asusté mucho hace seis meses y no quería
asustarte otra vez. No confiabas en mí. Incluso es
posible que sigas sin confiar en mí... pero al menos
hemos avanzado algo. Y no estoy hablando de deseo sexual. Sé que te gusto en ese sentido; lo sé por
la forma en que respondes cuando te toco. Pero entre nosotros hay mucho más que eso.

Toni no dijo nada.

–¿Cómo me ves, Toni? ¿Qué imagen tienes de
mí? Te lo pregunté antes y no respondiste.

Ella sacudió la cabeza. En silencio.

–No me cierres la puerta. Te deseo y me deseas. Nos deseamos demasiado como para poder resistirnos... A pesar de lo que ha ocurrido hoy, no quiero presionarte. Estoy dispuesto a tomármelo con calma. Pero debemos asumir lo que hay entre nosotros; debemos asumirlo y actuar en consecuencia. Eso no es negociable.

–¿Negociable? No puedes decidir por los dos.

–Por los cuatro –puntualizó él.

Toni tardó unos segundos en entender sus palabras. Se había comportado como si el mundo se limitara a Steel y a ella misma, pero él le estaba recordando que Amelia y Daisy formaban parte de la ecuación.

–Ya te he dicho que no quiero hombres en la vida de mis hijas.

–Y a mí me parece bien. Pero Amelia y Daisy saben que trabajas para mí... yo no soy un hombre cualquiera. Me aceptarán en sus vidas. Como amigo.

–¿Como amigo?

Steel sonrió una vez más.

–Exacto. Hasta que estés preparada para algo más que la amistad –respondió–. Te quiero, pero no quiero que te sientas amenazada. No quiero herirte. No quiero que nos acostemos y que después te arrepientas y te convenzas de que es culpa mía, de que yo te he seducido... y sabes que podría ocurrir con facilidad. Los dos lo sabemos.

–¿Tan irresistible te crees? –preguntó, irritada por su arrogancia.

Steel se giró y la besó de nuevo; la besó saboreando sus labios, tomándose su tiempo, asaltándola sin más. Toni se entregó a él apasionadamente. Y cuando Steel se apartó de ella, sus ojos brillaban con picardía.

–¿Lo ves? Nos dejamos llevar incluso sin intentarlo en serio –afirmó él–. Cuando te tenga desnuda en mis brazos, cuando por fin te tenga en mi cama, será lento. Te llevaré al paraíso, Toni. Eso te lo puedo prometer, mi pequeña y apasionada puritana.

Toni lo miró con perplejidad. Su mente le decía que estaba cometiendo el mayor error de su vida, que Steel era su jefe y que no se podía permitir el lujo de mantener una relación con él. Pero aquello era la culminación de todas las fantasías sexuales que había vivido durante las largas y solitarias noches de seis meses.

–No aceptaré un no por respuesta, Toni –le advirtió con suavidad–. Ya no somos un jefe y su empleada; ahora somos amigos. Amigos, ¿lo entiendes? Esta vez, estoy dispuesto a tomar la decisión por los dos; pero el paso siguiente lo tendrás que dar tú.

–Los amigos no se besan de ese modo, Steel. Si vamos a ser amigos, ¿tendremos una relación... platónica?

–De ninguna manera, cariño.

Capítulo 8

SALIÓ mucho mejor de lo que Steel había esperado.

Tras la conversación en el coche, dieron una larga vuelta por los alrededores de la mansión. Cuando se cansaron de explorar la zona, se detuvieron a cenar en un hotel imponente. Toni estaba preocupada por sus hijas, pero llamó a sus padres para que fueran a recogerlas al colegio y se tranquilizó rápidamente. De hecho, estuvo más tranquila y relajada que nunca durante la cena.

Sin duda alguna, podría haber sido peor.

Steel detuvo el coche en un semáforo y la miró. Toni se había quedado dormida durante la vuelta a Londres. Su larga melena le caía sobre la cara, de tal modo que no Steel no la podía ver. Sonrió para sus adentros y pensó que, hasta dormida, se las arreglaba para esconderse. Pero ya no se escondería más.

No volvería a estar alejado de ella. Había sido paciente, más paciente que con ninguna mujer. Y también había sido sincero; más sincero que con ninguna otra persona.

Se preguntó si Toni sería consciente de ello; si se habría dado cuenta de que él le había abierto su corazón como no lo había hecho con nadie.

Cuando llegó a la casa de sus padres, detuvo el vehículo y la besó dulcemente para despertarla. Toni se dejó llevar por su beso incluso antes de abrir los ojos.

—Buenas noches, bella durmiente —dijo con una sonrisa.

Salió del coche, le abrió la portezuela y la ayudó a salir a la calle. Después, la tomó de la mano y le acarició los labios con un dedo.

—¿Se lo vas a decir a tus padres?

—¿Qué quieres que les diga? ¿Que somos amigos?

Steel volvió a sonreír.

—A tu madre le caigo bien —dijo con satisfacción.

—Sólo porque te comiste dos platos de su estofado.

—¿Cuándo me invitarán otra vez?

—No lo sé. ¿Cada cuánto tiempo se invita a los amigos? —respondió ella con ironía.

—Se les invita a menudo...

—Steel...

Steel notó su ansiedad y la tranquilizó.

—Descuida. Sólo hay que invitarlos de vez en cuando.

Ella tragó saliva. Estaba delante de su casa y era tarde. Las niñas estarían durmiendo. Sus padres estarían durmiendo. Aquello iba a terminar mal y ni siquiera sabía por qué estaba alargando la despedida.

Pero un segundo después, cuando lo miró a los ojos, encontró la respuesta. Estaba alargando la despedida porque, en algún momento de los seis meses transcurridos, se había enamorado de Steel Landry.

Cerró los ojos porque tuvo miedo de que la trai-
cionaran y de que Steel se diera cuenta. Era verdad.
Se había enamorado de él. Lo amaba con toda su
alma. Era una emoción mucho más intensa y profunda que el encaprichamiento que la había llevado
a casarse con Richard.

Una parte de ella se sintió aliviada por reconocer
al fin lo que sentía; otra parte, sintió pánico.

—Estás cansada, Toni. Será mejor que te acues-
tes. Dile a tu madre que me has invitado mañana a
cenar.

Steel le besó la nariz.

—Pero yo no te he invitado...

—Claro que me has invitado —insistió—. Si no se
lo dices tú, tendré que llamar por teléfono y decírselo yo mismo. Ahora estoy en tu vida, Toni. Será
mejor que te acostumbres.

Toni se dirigió a la casa, preguntándose cuánto
tiempo estaría en su vida. Porque, por mucho tiempo que estuviera, no sería suficiente. Lo quería para
siempre. Lo quería a su lado hasta el fin de sus días.

Cuando llegó a la entrada, se giró y se despidió
con la mano. A continuación, entró en la casa, cerró
la puerta y se apoyó en ella.

Steel arrancó y el ruido del motor desapareció
poco a poco en las calles de Londres.

Toni subió al dormitorio de las niñas y las miró
un momento. Amelia estaba durmiendo de lado, con
una mano bajo la cara. Daisy se había tapado tanto
con el edredón que casi no se le veía la cabeza.

Entonces y sólo entonces, Toni rompió a llorar.

El sonido del teléfono móvil la despertó. Se levantó del sofá, desconcertada, y abrió su bolso, donde había dejado el móvil.

Todavía no había amanecido.

–¿Dígame? ¿Quién es?

–¿Toni? Soy tío –respondió Steel, muy animado–. Annie acaba de dar a luz. Ha sido niña.

Toni se despabiló de inmediato.

–Oh, Steel, qué maravilla...

–Es una criatura preciosa, con los deditos más pequeños que he visto nunca. No puedo creer que estuviera dentro de mi hermana hasta hace unos minutos.

–¿Ya la has visto?

–Claro. Anoche, cuando te dejé, me fui directamente al hospital. Ni siquiera había llegado cuando Jeff me llamó y me dijo que Annie se había puesto de parto. He estado esperando en una sala... Es perfecta, Toni. Diminuta, pero perfecta.

–¿Cuánto ha pesado?

–Tres kilos y pico, creo.

–¿Y al final la van a llamar Eve?

–Casi. Va a ser Miranda Eve.

–¿Miranda?

–Sí, nuestra madre se llamaba Miranda.

Toni sintió la extraña necesidad de verlo y de abrazarlo con fuerza. Por el tono de su voz, sabía que estaba muy emocionado.

–¿Dónde estás ahora?

–En el exterior de tu casa.

–¿Cómo? –preguntó, atónita.

Toni se desenredó el pelo con la mano, rápidamente.

—Es que quería estar cerca de ti —explicó él.

—¿Te apetece tomar un café? —le ofreció ella—. Pero tendremos que ser silenciosos... aunque las niñas siguen dormidas, tienen un oído increíble.

—No te preocupes por eso. Seré tan silencioso como un ratón.

—De acuerdo. Entonces, te abriré.

Toni encendió la luz, abrió el bolso y sacó el cepillo que llevaba dentro para arreglarse un poco el pelo. Tenía cara de sueño y, por supuesto, no estaba maquillada; pero no podía hacer nada al respecto. Se puso un albornoz por encima del pijama, se miró un momento en el espejo del vestíbulo y abrió la puerta.

—Hola. Gracias por dejarme entrar.

A ella le pareció extraordinariamente atractivo. Tenía le pelo revuelto y no se había afeitado, pero estaba imponente.

—Pasa. Voy a preparar el café.

Steel la siguió hasta la cocina.

—¿Te he despertado?

—Por supuesto que sí. Son las cinco de la mañana, Steel —respondió ella, sonriendo—. Anda, siéntate. Pareces agotado.

Steel no se sentó. Se acercó a ella y la tomó entre sus brazos.

—Ah, si la vieras... es una niña preciosa, y se parece mucho a Annie. Todavía me acuerdo de cuando nació. Mi padre me llevó a verla. Yo tenía doce años y Annie me pareció lo más bonito que había visto en toda mi vida —le confesó Steel—. Miranda es igualita que ella.

—¿Annie está bien?

Él asintió.

—Está eufórica, subida a una nube. Y se niega a bajar.

Toni también asintió.

—A mí me pasó lo mismo cuando nacieron las gemelas. No cabía en mí de gozo. Pero también tuve miedo... de repente, era responsable de dos criaturas que dependían enteramente de mí —declaró.

—Y además, no tenías la ayuda de nadie —le recordó.

—No, no la tenía. Me di cuenta cuando di a luz y Richard se quedó en casa porque dijo que los hospitales le ponían enfermo. No vio a las niñas hasta veinticuatro horas después... y fue así durante años. A mi difunto marido no le gustaban los niños.

—¿Te dijo eso? —preguntó, atónito.

—Más o menos. Me lo dijo una noche, durante una discusión. Llamó a las niñas «parásitos».

—¡Dios mío!

—Fue un par de meses antes de que muriera. Pero qué se le iba a hacer... Richard era su padre de todas formas.

Él la abrazó con más fuerza.

—Bueno, no pienses en eso. Es agua pasada.

—Te juro que aquella noche lo habría matado con mis propias manos. ¿Cómo pudo decir eso de sus propias hijas? Si hubiera tenido un arma, la habría usado.

—Pero tendrás tan mala puntería que le habrías dado en la rodilla —bromeó Steel.

Toni rió.

—Oh, discúlpame. Acabas de ser tío y te estoy estropeando la celebración.

–No estás estropeando nada. Pero sinceramente, me sorprende que no odies a Richard... porque no lo odias, ¿verdad?

Ella sacudió la cabeza.

–Lo odié durante una temporada, hasta que me di cuenta de que la mayor víctima de su falta de sensibilidad era él mismo. Por cada gramo de amor que yo le daba a las niñas, ellas me devolvían una tonelada. Richard nunca llegó a experimentarlo. De hecho, mis hijas no lo echan de menos... para ellas fue poco más que un desconocido que aparecía de vez en cuando y las saludaba.

–Y levantaste un muro a su alrededor, claro. Para protegerlas.

–Sí, supongo que sí.

–Eres una gran mujer, Toni. Aunque lamento haber aparecido tan pronto en tu vida. Es evidente que no estabas preparada... había pasado poco tiempo desde la muerte de tu esposo y no habías asumido que volvías a ser libre.

La declaración de Steel sorprendió a Toni. Pero era verdad. Y durante unos momentos, temió que fuera una despedida. A fin de cuentas, Steel había esperado mucho tiempo; quizás, demasiado tiempo.

–Bueno, ¿no me ibas a hacer un café? –preguntó él–. Y si tienes alguna tostada por ahí, te lo agradecería... estoy hambriento.

Ella ya había preparado el café y unas tostadas cuando oyeron pasitos en la escalera. Las niñas se habían despertado y habían bajado a cotillear.

–Buenos días –dijo Steel al verlas–. He venido para decirle a vuestra madre que mi hermana acaba de dar a luz... es una niña preciosa. ¿Queréis verla? Le he sacado una fotografía con mi cámara.

Las niñas corrieron hacia él, encantadas. Steel sacó la cámara y les enseñó la foto.

–Es muy pequeña –dijo Amelia–. Y tiene la cara muy arrugada...

–Y no tiene pelo. Ni uno –intervino Daisy.

–Todavía no, pero ya le saldrán. Y un día será tan guapa como vosotras.

Las dos niñas se miraron con escepticismo. Al cabo de unos segundos, Amelia preguntó:

–¿Tiene papá y mamá?

Steel asintió.

–Sí, tiene un padre y una madre encantadores.

–Nosotras sólo tenemos mamá –dijo Daisy–. Nuestro papá murió y ya no va a volver.

–Pero vuestra madre es increíble, la mejor madre que conozco –declaró Steel para animarlas–. Sois muy afortunadas... y por cierto, algo me dice que ahora mismo os va a va a preparar unas tostadas con mermelada y mantequilla.

–¡Sí, sí! –gritó Amelia.

–¿Puedo sentarme contigo? –preguntó Daisy.

–Claro.

–Yo también quiero...

Steel las sentó a las dos en sus rodillas. Cuando terminaron de desayunar, las pequeñas salieron corriendo e informaron de la presencia del hombre de acero a sus abuelos, que bajaron al cabo de unos minutos.

Vivienne y William estuvieron tan agradables como siempre. Steel les enseñó las fotografías de su sobrina y ellos se comportaron con toda naturalidad, como si estuvieran acostumbrados a compartir su cocina con un multimillonario.

El tiempo pasó muy deprisa. Antes de que se dieran cuenta, llegó el momento de que las niñas se marcharan al colegio.

Steel se presentó voluntario para llevarlas en su coche y las pequeñas se entusiasmaron.

–¿Qué coche tienes? ¿Es muy rápido? –preguntó Amelia.

–Es rápido como el viento.

–Pero esta vez no será tan rápido –intervino Toni–. Quiero que conduzcas despacio.

–Oh, mamá –protestó Daisy.

Al salir de la casa, Toni se dio cuenta de que algunos vecinos corrían las cortinas para ver quién era el hombre del deportivo. Pero no le extrañó demasiado. A fin de cuentas, Steel Landry llamaba la atención.

Subieron al coche y se pusieron en marcha. Cuando llegaron al colegio, Toni bajó a las niñas y Steel esperó en el interior del vehículo.

La casualidad quiso que se encontrara en la entrada con Poppy.

–Graham se va a llevar a las niñas un par de días, así que estaré libre para ir de compras –le dijo su amiga, que automáticamente se giró hacia el Aston Martin–. ¿Es él? ¿Steel?

Toni asintió.

–¿Y no me lo vas a contar? –continuó Poppy.

–¿Qué quieres que te cuente?

–Oh, vamos... has venido con él, en su coche y con las niñas –respondió–. ¿Ha pasado la noche contigo?

–No, no ha pasado la noche conmigo. Apareció esta mañana y tuvo la amabilidad de ofrecerse a traerlas. Eso es todo.

–¿Seguro?

–Bueno... es posible que salgamos juntos de vez en cuando. Ahora somos amigos.

–Amigos –repitió Poppy con ironía–. ¿Y desde cuándo sois amigos? Estuvimos juntas el fin de semana y no me dijiste nada.

–Desde ayer.

Las niñas entraron en el colegio y Poppy acompañó a Toni hasta el coche.

Cuando estaban llegando, Poppy susurró:

–Dios mío. Está para comérselo...

–Calla. Te va a oír –protestó Toni.

Poppy sonrió.

–Está bien, me callo. Pero llámame y cuéntamelo todo. Pronto.

Capítulo 9

TONI le rogó a Steel que arrancara de inmediato. Tenía miedo de que su amiga cambiara de opinión, se acercara a la ventanilla del coche y le pidiera un autógrafo.

–¿Para comérselo?

Toni se ruborizó.

–Vaya, lo has oído.

–No sabía que las mujeres hablaran así –declaró con humor.

–Poppy sí.

–¿Y a ti qué te parece? ¿Estoy para comerme?

Ella lo miró.

–No estás mal.

–Oh, muchas gracias por el cumplido –dijo con sarcasmo–. ¿Quieres que te diga lo que yo pienso de ti?

–Si es necesario...

–Pienso que eres la mujer más bella, fascinante y sexy que he conocido en mi vida. Y la más frustrante y enigmática –añadió–. Aunque estoy decidido a resolver el enigma.

Toni se puso muy seria. Lejos de halagarla, las palabras de Steel multiplicaron su inseguridad. La semana anterior había visto una fotografía de Bárbara Gonzalo en una revista que estaba en la oficina. La última amante conocida de su jefe era una mujer despampanante, casi una diosa. Un tipo de mujer con el que ella no podía competir.

–¿Toni? ¿Qué ocurre? ¿Qué te pasa?

–Nada –contestó, forzando una sonrisa–. Es que no creo que esos adjetivos encajen conmigo.

–Si cualquier otra mujer me dijera eso, lo tomaría por una estratagema para conseguir más halagos. Pero tú lo dices en serio, ¿verdad? –dijo él, que sacudió la cabeza–. Toni, voy a alimentar tanto tu ego que, al final, serás incapaz de entrar en una sala sin esperar que te hagan reverencias.

Toni rió.

–Oh, Steel...

–Eres una mujer maravillosa. Y llevas el perfume más sexy que conozco, ¿lo sabías? Cuando entrabas en el despacho, me volvías loco por completo.

–Tú nunca te vuelves loco.

Él se inclinó y cubrió su cuello de besos.

–En eso te equivocas. Cuando empezaste a trabajar para mí, empecé a perder la cordura. Mi corazón se aceleraba cada vez que te veía; y cuando entrabas en mi despacho, tardaba una hora en recobrar el aplomo. No deseaba otra cosa que tumbarte en el sofá o en el suelo y hacerte el amor. Estoy obsesionado contigo, mujer.

Steel la besó en los labios. Toni estaba embriagada por sus palabras; le gustaba tener ese efecto en él, pero al mismo tiempo se sentía extraña, como si estuviera hablando de otra persona. Richard había destrozado su confianza en sí misma. No se había dado cuenta hasta entonces, pero la falta de interés de su marido había hecho mucho daño a su feminidad.

–Eres maravillosa Toni. Nunca me canso de ti.

Ella gimió, encantada.

–Si alguien me hubiera dicho hace unos meses que estaría besuqueándome en mi coche, me habría reído. Pero ya sabes que, algún día, te tendré exactamente donde quiero tenerte, ¿verdad?

Steel volvió a su asiento y arrancó.

Condujo directamente a su piso. Toni no había estado allí desde el día de la entrevista, pero el lugar le pareció tan frío como la primera vez.

–¿Por qué frunces el ceño? –preguntó él.

Ella fue sincera.

–La idea que tengo sobre tu mansión no se parecen nada a esto –respondió–. ¿Estás seguro de que quieres que siga adelante con el encargo de la remodelación?

–No he estado tan seguro de nada en toda mi vida. Ya te he dicho que esa casa tiene que ser un hogar; el hogar de una familia. No te preocupes tanto por la decoración de mi piso... nunca ha sido más que un sitio para dormir.

Toni sabía que estaba jugando con fuego, pero alzó una mano y le acarició la mejilla. Como no se había afeitado, raspaba.

–Sí, ya sé que raspo –dijo él.

Ella sonrió y le tocó el cabello, admirando las canas de sus sienes.

–Te quedan muy bien, ¿lo sabías? Te dan un aspecto muy distinguido –declaró.

Steel se puso serio de repente.

–Tengo treinta y ocho años, Toni. Y me falta poco para cumplir treinta y nueve. ¿No te preocupa nuestra diferencia de edad?

–¿Preocuparme? ¿Por que tiene que preocuparme? –preguntó sorprendida.

–Porque te saco ocho años.

–¿Y qué? Mi padre le saca diez a mi madre. Cuando yo era niña, Vivienne siempre se burlaba de él por eso... pero estaba bromeando, claro.

Él sonrió.

–Será mejor que me afeite y que me duche. ¿Podrías preparar café? En la cocina está todo lo que necesitas.

Steel se marchó y ella preparó el café. Ya lo había servido cuando él volvió. Se había afeitado y tenía el cabello húmedo. Iba descalzo y llevaba pantalones negros y una camisa blanca sin abrochar.

En cuanto lo miró, Toni se supo perdida. Pero Steel no la besó de inmediato; se limitó a abrazarla y a escudriñar sus ojos.

–Te he echado de menos en la ducha.

Ella soltó una risita.

–Si sólo han sido cinco minutos...

–Cinco minutos y cinco siglos son lo mismo cuando no puedo verte, tocarte, besarte. ¿Qué me has hecho, Toni? Estoy rendido a tus pies.

–Steel Landry no se arrodilla ante nadie.

–Steel Landry se arrodilla ante ti –insistió–. Me vuelves loco.

Por primera vez, Toni tomó la iniciativa. Se puso de puntillas y lo besó en los labios.

La respuesta de Steel fue inmediata. La besó con tanto desenfreno, con tanta necesidad, que Toni se sintió inmediatamente dominada por el deseo. Incluso se rindió a la tentación de pasar las manos por debajo de su camisa y acariciarle el pecho.

Poco a poco, las caricias se volvieron más apa-
sionadas. Toni sabía lo que iba a pasar si seguían
adelante, pero no hizo ningún esfuerzo por detener-
lo ni por detenerse. Quería que la desnudara. Quería
hacer el amor con él. Quería sentirlo dentro de su
cuerpo. Quería que la poseyera. Lo quería todo.

Pero súbitamente, Steel se apartó.

–¿Qué pasa? –preguntó, desconcertada.

–Maggie –respondió él.

Steel se empezó a abrochar la camisa.

–¿Maggie?

–Sí, había olvidado que está a punto de llegar...

Steel se adecentó tan deprisa como pudo. Y unos
minutos después, cuando su cocinera apareció tara-
reando una canción, los dos estaban sentados a la
mesa, como si no hubiera pasado nada.

–Buenos días, Maggie.

–Oh, lo siento... no sabía que estabais aquí.

–He pasado toda la noche en el hospital –explicó
Steel–. Annie dio a luz a primera hora de la mañana... yo llamé a Toni para darle la buena noticia y
después hemos llevado a sus hijos al colegio.

–¿Ha sido niño? ¿O niña?

–Niña.

–¿Lo ves? Te había dicho que sería una niña.
Nunca me equivoco con esas cosas. No me he equivocado en toda mi vida.

–Estando tú, ¿quién necesita ecografías? –ironizó Steel.

A pesar de la naturalidad de Steel, Maggie era
una mujer inteligente y supo que la presencia de
Toni significaba algo. Ella se dio cuenta y se puso
tan nerviosa que se levantó de la mesa, con la excu-

sa de ir al servicio, porque necesitaba poner tierra de por medio.

Cuando entró en el cuarto de baño, cerró la puerta y se lavó la cara. Después, apoyó la frente en el espejo y respiró hondo. Su vida había cambiado radicalmente en veinticuatro horas. El día anterior, todavía era una simple empleada de Steel. Pero ahora eran otra cosa; ahora eran amigos íntimos.

Maggie estaba ocupada, preparando todo un desayuno inglés cuando Toni regresó a la cocina. Aunque Steel y ella habían tomado tostadas con las niñas, había pasado tanto tiempo que tenía hambre.

Maggie se sentó con ellos y desayunaron juntos. La situación era tan agradable que Toni se relajó. De hecho, se relajó tanto que en determinado momento, tras admirar el cabello negro de Steel, se atrevió a decir:

—Siempre me ha sorprendido que tengas los ojos de color azul plateado y el cabello, de color negro azabache. ¿Annie es igual que tú?

—Ya lo verás más tarde. He pensado que podríamos pasar por el hospital cuando nos marchemos. Me gustaría llevarle unas flores... y de paso, tendrías ocasión de conocerla y de ver a su bebé —respondió Steel.

Toni notó que Maggie los miraba con interés, pero la cocinera no dijo nada; se levantó, recogió las cosas de la mesa, llenó el lavaplatos y les preguntó si querían más café. Steel se marchó al dormitorio para terminar de arreglarse y las dos mujeres se quedaron solas en la cocina, charlando.

Cuando salieron del piso, hacía tanto frío que Toni se estremeció y Steel le pasó un brazo por la cintura hasta que llegaron al coche.

Por algún motivo, después de tantos besos y caricias, aquel gesto inocente le pareció el más íntimo
de todos. Íntimo y envenenado, porque aún estaba
convencida de que su relación era temporal, de que
Steel encontraría a otra y se aburriría de ella.

Se dijo que debía protegerse, que debía salvar su
corazón. Desgraciadamente, se había enamorado de
él y no conocía ninguna protección suficiente contra el amor. Cuanto más lo conocía, más atrapada
estaba.

El hospital estaba a un par de minutos del piso
de Steel, pero no pudieron entrar en la habitación
de Annie hasta las diez de la mañana. Steel llamó a
Fiona para decirle que no pasarían por el despacho
hasta después de comer y Toni se preguntó qué pensaría de eso su nueva secretaria. Seguramente, su-
pondría que estaban en alguno de los solares de los
proyectos en marcha. Seguramente.

La cara de Annie se iluminó al ver a su hermano.

–¡Steel!

–Hola, hermanita...

–Y tú debes de ser Toni... Steel me ha hablado
mucho de ti.

–¿En serio? –dijo Toni, sorprendida.

Annie hizo caso omiso de la pregunta.

–Me alegro mucho de conocerte. Anda, pasa y
siéntate.

Toni miró la cuna, donde descansaba la recién
nacida.

–¿Quieres tomarla en brazos? –preguntó Annie–.
De todas formas, tengo que despertarla para darle el
pecho.

–Me encantaría.

Toni tomó a Miranda Eve entre sus brazos.

–Es una preciosidad –susurró, sonriendo–. Parece que ha pasado un siglo desde que yo tuve a mis hijas...

–Tienes gemelas, ¿verdad? ¿Cómo se llaman?

–Amelia y Daisy. Ya tienen cuatro años…

Steel permaneció de pie, apoyado en la pared. Habían comprado un ramo de flores por el camino, pero los dos jarrones de la habitación estaban llenos y tuvo que dejarlo encima de la mesa.

–Supongo que uno de los ramos es de Jeff, claro –dijo–. Pero, ¿quién te ha regalado el de claveles y lilas?

Annie dudó un momento antes de responder.

–Bárbara.

Steel se puso tenso.

–¿Bárbara? ¿Cómo ha sabido que has dado a luz?

Annie se encogió de hombros.

–Me llamó un par de veces para preguntarme sobre el embarazo. No me preguntes por qué.

Toni mantuvo la mirada en la niña. No le extrañaba que la impresionante abogada hubiera llamado a Annie. Obviamente, quería retomar su relación con Steel e intentaba mantener el contacto.

–Por lo visto, llamó a Jeff esta mañana, hacia las ocho. Jeff acababa de volver a casa y le dijo que ya había dado a luz. Las flores llegaron unos minutos antes de que aparecierais.

Steel asintió y Toni lo miró. Por la tensión de sus labios, supo que estaba enfadado. Pero se contuvo y su voz sonó perfectamente natural cuando cambió de conversación y preguntó a Annie si la comida del hospital era buena. Incluso le tomó el pelo sobre la caja de bombones que tenía junto a la cama. Le prohibió comérselos de dos en dos.

Toni dejó a Miranda Eve en brazos de su tío, que la acunó un rato antes de dársela a su madre. Minutos después, se despidieron de Annie, salieron del hospital y entraron en el coche. Pero Steel no arrancó de inmediato. Se giró hacia ella y preguntó:

—¿Qué te ocurre?

—¿A mí? A mí no me pasa nada... Annie es encantadora y su bebé, una preciosidad.

Steel no se dejó engañar.

—Te has quedado muy seria, Toni. ¿Es por Bárbara y por las flores que ha enviado? Te prometo que yo no sabía que estuviera en contacto con mi hermana. De hecho, hace meses que no hablo con Bárbara.

Toni asintió.

—Te creo.

—Entonces, ¿qué pasa?

—Ya te he dicho que no pasa nada.

Steel se echó hacia atrás y se cruzó de brazos.

—Como quieras. Si es necesario, nos quedaremos aquí todo el día y toda la noche. Pero no te irás hasta que me digas qué pasa. Y lo digo en serio.

—No digas tonterías. Arranca de una vez.

Él sacudió la cabeza.

—No.

—Steel, no puedes mantenerme cautiva.

—¿Que no puedo? Eso es exactamente lo que estoy haciendo.

Ella suspiró, derrotada.

—Está bien, de acuerdo... supongo que me ha

molestado lo de tu ex novia. No es para tanto. No tiene importancia.

Steel entrecerró los ojos.

–No, no, no. Es más que eso. No pareces enfadada ni molesta... es algo más grave que el disgusto por las flores de Bárbara. Pero no sabré qué es si tú no me lo cuentas –declaró, intentando ser razonable con ella.

–No hay nada que contar.

–Ya te he dicho que estaremos aquí todo el día y toda la noche –le recordó.

Toni estaba atrapada. No tenía más remedio que decir la verdad.

–Esto es un error, Steel. No debemos salir juntos –declaró–. Me gustaría que las cosas volvieran a ser como antes; pero si no es posible, terminaré los proyectos con los que me he comprometido y presentaré mi dimisión.

–¿De qué diablos estás hablando? No vas a presentar tu dimisión.

–Sí, Steel, la voy a presentar. Además, no tienes derecho a decirme lo que puedo y lo que no puedo hacer. No permitiré que nadie me imponga sus deseos. Ya tuve bastante con Richard. No se volverá a repetir.

–Todo esto es por él, ¿verdad? Es por el fracaso de tu matrimonio... tienes miedo de volver a estar con alguien, de volver a enamorarte de un hombre. Pero yo no soy Richard, Toni. No soy Richard.

–Esto no tiene nada que ver con Richard.

–Entonces, ¿de qué se trata?

Toni fue tan sincera como pudo.

–De que no quiero dejarme arrastrar a tu forma

de vida. No quiero verme obligada a ser una mujer que no quiero ser.

Steel la miró con asombro.

–¿De qué estás hablando? Tú no tienes que intentar ser nada; sólo tienes que ser tú –declaró con vehemencia–. Si estás enfadada por Bárbara, recapacita. Esa mujer no significa nada para mí. Pensaba que lo sabías.

–Tú mismo lo acabas de reconocer. Saliste con Bárbara, te acostaste con ella, compartiste tu vida con ella... y ahora no significa nada. Eso es exactamente lo que quiero decir. Algún día dirás lo mismo sobre mí.

–Nunca –bramó.

–Además, el mundo está lleno de Bárbaras. De mujeres bellas y disponibles que están más que dispuestas a acostarse contigo.

–Me estás ofendiendo, Toni. Yo no he cometido ningún delito. Soy un hombre, pero no me acuesto con una mujer sólo porque esté disponible o le apetezca... He salido con muchas mujeres, como casi todo el mundo. No es ningún crimen. Y al contrario de lo que puedas pensar, no estuve con ellas por motivos puramente sexuales. Para salir con alguien, me tiene que gustar algo más que su aspecto exterior. Me tiene que gustar por dentro.

–Lo sé, Steel... discúlpame –dijo ella, sacudiendo la cabeza–. Es que estás acostumbrado a mujeres mucho más atractivas e inteligentes que yo. Y si no fui suficiente para un hombre tan normal y corriente como Richard, ¿cómo voy a serlo para ti?

–Toni, tu marido era un adicto. Nada podía ser suficiente para él. Era un enfermo –observó Steel–.

Aunque hubieras sido Afrodita en persona, no habrías conseguido su atención. La enfermedad lo dominaba.

—De todas formas, esto no tiene nada que ver con Richard.

—Mientes. Richard te convirtió en una miedosa. Ahora tienes miedo de confiar en tu instinto, en tus emociones, en lo que sientes. Te ha dejado lisiada; pero en un sentido mucho peor que el físico.

—No hables de mí como si fuera una especie de víctima —le advirtió.

—¡Pues no te comportes como una!

La explosión de Steel la dejó helada.

—Cuando nos conocimos, me dijiste que no querías un hombre en tu vida porque estabas completamente centrada en tus hijas —continuó él—. Pero era una excusa, ¿verdad? No las estabas protegiendo a ellas. Te estabas protegiendo a ti.

—¡Cómo te atreves! —rugió ella, enfadada—. No sabes nada de mí.

—Me atrevo porque sé mucho de ti, Toni. Además, ya no estás jugando únicamente con tu futuro; ahora también estás jugando con el mío, con el nuestro. Y no me rendiré sin luchar. Me has acusado de ser una especie de semental que se acuesta con cualquier mujer que se cruce en su camino.

—Yo no he dicho eso —declaró.

—Lo has dado a entender.

—No, sólo he dicho que hay muchas mujeres que están locas por acostarse contigo. Siempre será así, y no los hombres no son capaces de resistirse a la tentación.

—Te equivocas. Yo soy capaz de resistirme.

Ella siguió hablando como si Steel no hubiera dicho nada.

–No quiero ese tipo de presión, Steel. Puede que el noventa por ciento de las mujeres sean capaces de afrontar una situación como ésa, pero yo... no puedo. Sencillamente, no puedo.

–¿Me vas a abandonar porque una mujer le ha enviado un ramo de flores a mi hermana? –preguntó Steel, incrédulo.

Toni bajó la cabeza y respondió:

–Lo siento. No soy tan fuerte como pensaba. Tienes razón... estoy haciendo un mundo de un simple ramo de flores. Pero habrá más ramos, habrá más mujeres como Bárbara y yo no seré capaz de soportarlo. Me conozco. No estoy hecha de esa madera.

Steel guardó silencio durante casi un minuto, al cabo del cual arrancó el motor del Aston Martin.

–Muy bien, como tú quieras. Sólo te pido que acabes el proyecto de mi casa antes de marcharte. ¿Te parece aceptable?

–Por supuesto –respondió, débilmente.

–Gracias.

Capítulo 10

LO siento, Toni, pero has cometido la peor estupidez de tu vida –dijo Poppy, mirándola con horror–. Abandonas a un hombre encantador, que te adora y que adora a tus hijas... y no lo abandonas porque te haya sido infiel o algo por el estilo, sino porque a otras mujeres les parece atractivo. Es ridículo. ¿Es que no te das cuenta?

Toni sacudió la cabeza.

–No es tan sencillo.

–Discúlpame, pero lo es –insistió, con los brazos en jarras–. Además, Steel te gusta, ¿no? Te gusta mucho.

Toni asintió.

–Oh, Toni, ¿qué has hecho?

–No sigas, Poppy, te lo ruego –dijo con voz quebrada–. Ya he llorado bastante. Y no quiero asustar a las gemelas.

–Las gemelas no se van a enterar de nada. Están en el otro extremo de la casa, jugando con mis dos hijos –le recordó.

–Sí, eso, es verdad...

–¿Entonces?

Toni suspiró.

–Steel no ha hablado de amor en ningún momento, Poppy. Estoy segura de que sólo le gusto físicamente. Quiere una relación sexual, pasajera.

–Aunque eso fuera cierto, y no tienes ningún motivo para pensar que lo sea, ¿qué tendría de malo? Seguirías siendo la mujer más afortunada del mundo –alegó su amiga–. Tú misma me has contado que es todo un caballero contigo y que te diviertes mucho con él. Disfruta de la vida, por Dios.

–Oh, Poppy...

–Intenta ponerte en su lugar. Desde el principio, le has repetido que no querías salir con nadie por lo que te pasó con Richard y porque eres una viuda con dos niñas pequeñas. Ante semejante panorama, la mayoría de los hombres habrían salido corriendo; pero él ha sido paciente y ha esperado seis meses. ¿Te preocupa que les guste a otras mujeres? Toni, se podría haber acostado con cualquiera, durante ese tiempo, y no lo ha hecho. ¿Eso no te dice nada?

–Así no vas a conseguir que me sienta mejor. Quiero que me digas que he hecho lo correcto.

–¿Con Steel Landry? Lo siento, pero no has hecho lo correcto. Tienes que hablar con él y decirle que has cambiado de idea. Llora un poco... los hombres no lo pueden soportar. Sobre todo si le dices que él tenía razón y que tú estabas equivocada.

Toni sonrió sin poder evitarlo.

–Estoy enamorada de él, Poppy. Ése es el problema. Y si sólo me quiere para una relación temporal, no podré soportarlo. Ya lo has visto. Steel es tan...

–Sí, lo he visto con mis propios ojos.

–Tan guapo, tan rico y tan poderoso... Yo no sabría mantener el interés de un hombre como Steel. No sería capaz. Y si se acostara con otras mujeres, no tendría fuerzas para perdonar sus indiscreciones.

–Estás siendo injusta con él. ¿De dónde has sacado que se vaya a acostar con nadie? Puede que sea un hombre impresionante, pero hasta los hombres impresionantes encuentran a la mujer de su vida.

–¿Y si yo no soy esa mujer?

Poppy la miró, muy seria.

–Sé que lo amas, Toni, pero ¿confías en él? Os habéis visto casi todos los días, durante seis meses, trabajando juntos. Y eso, sin contar vuestras conversaciones vespertinas, claro... A estas alturas, deberías saber si confías en él.

–Pues no lo sé.

–Pensándolo bien, creo que no he formulado la pregunta adecuada. No se trata de confiar en él, ¿verdad? Se trata de que no confías en ti misma.

Toni no tuvo ocasión de explicarse, porque los niños aparecieron en ese momento y pusieron fin a la conversación.

Aquella noche, cuando ya se había acostado, Toni pensó en las palabras de su amiga y supo que tenía razón. Confiaba en Steel, pero no le concedía una oportunidad porque no confiaba en sí misma.

Desesperada, se levantó y bajó a la cocina para prepararse algo caliente. En el exterior hacía tanto frío que la ventana estaba cubierta de hielo. Y la temperatura de la casa no era mucho más alta, porque la calefacción estaba apagada.

Pero el frío de Toni era interior.

Poppy estaba en lo cierto. No confiaba en sí misma. No confiaba en su juicio ni en su instinto; por lo menos, en cuestiones de amor. Quizás habría sido distinto si hubiera conocido a Steel cinco años antes, cuando todavía no se había casado con Richard. Pero lo había conocido después y tenía miedo de volver a comer el mismo error que había cometido con su difunto esposo.

Cuando amaneció y las niñas bajaron a la cocina, ella ya se había vestido y ya había preparado el desayuno. Volvía a ser la Toni de siempre.

Pensó que terminaría el proyecto de la mansión y que dejaría el trabajo. Ya había presentado su dimisión a Steel, por adelantado; se la había presentado en una carta que él aceptó en silencio, sin leerla, con un simple y gélido asentimiento de cabeza.

Al menos, el trabajo con Steel había servido para que pagara gran parte de las deudas contraídas por Richard. El resto tendría que esperar.

No era el fin del mundo.

Pero se lo parecía.

Toni trabajó muy duro durante las semanas siguientes. Cuando volvía a casa estaba tan agotada que no tenía fuerzas ni para pensar; y por si eso fuera poco, soñaba todas las noches con Steel y despertaba más cansada que el día anterior.

Las Navidades llegaron y, con ellas, recibió un sobre de su jefe. Steel Landry siempre daba una paga extra a sus empleados.

Cuando abrió el sobre y vio el contenido, no se lo pudo creer.

−¿Diez mil libras esterlinas? Es demasiado...

−Todo el mundo recibe dos pagas extra al año. Es un buen incentivo.

Toni no fue capaz de decir nada. Bajó la cabeza y volvió a su despacho con el sobre, a punto de llorar.

Los días posteriores transcurrieron del mismo modo. Lo único que la mantenía viva eran sus hijas y el proyecto de la mansión, con el que ella estaba encantada. Pero su corazón se encogía cuando pensaba que Steel compartiría aquella casa con otra mujer y que, quizás, fundaría una familia con ella.

Enero llegó con cielos grises y vientos helados, pero a pesar de las previsiones meteorológicas, no nevó. La ausencia de nieve permitió que las obras de la mansión avanzaran a buen ritmo y, a principios de febrero, ya estaba prácticamente terminada.

Durante los dos meses anteriores, sus contactos con Steel habían sido bastante esporádicos. Ella se mantenía en su despacho y hacía lo posible por no verlo; pero si necesitaba hablar con él por el motivo que fuera, Steel se comportaba de forma educada y estrictamente profesional. Su calidez había desaparecido.

Por fin, llegó el día de mostrarle su obra. Toni salió de casa a primera hora de la mañana para estar en la mansión antes de que apareciera Steel. Comprobó el interior del edificio, se aseguró de que todo estaba como debía y salió al jardín. El paisaje invernal intensificaba los colores y las sombras, dando énfasis a la hiedra de una de las paredes y a los árboles de hoja perenne.

El cielo se había cubierto y amenazaba nieve cuando, a media mañana, Steel llamó al timbre.

Él sonrió y a ella se le encogió el corazón. Era la primera vez en muchas semanas que Toni se atrevía a mirarlo a los ojos.

–Tengo entendido que quieres enseñarme la casa –comentó él con humor.

Toni le enseñó todas las habitaciones. Steel habló poco. Los tonos pastel y verdes del despacho merecieron su aprobación, al igual que el amarillo claro del salón y la obra de la cocina, que había quedado muy bien. Cuando terminaron con las salas del piso inferior, subieron por la escalera y vieron las suites.

Toni estaba especialmente contenta con la suite principal; en parte, porque era un tributo a su profesionalidad: a pesar de saber que Steel la usaría con otra mujer, se había esforzado al máximo y la había dejado perfecta. El ambiente no podía ser más equilibrado. No era ni excesivamente masculino ni excesivamente femenino.

Sin embargo, no se atrevió a entrar con él. Permaneció en la puerta mientras Steel la observaba con detenimiento.

—Has hecho un gran trabajo —dijo al fin—. Es una casa maravillosa. Ahora sólo necesita la familia para la que está pensada.

Ella quiso sonreír, pero no pudo.

—Gracias. Me alegra que te guste.

Él la siguió hasta el piso inferior. Cuando llegaron al vestíbulo, la tomó del brazo.

—Vamos un momento al despacho. Quiero hablar contigo.

Toni supuso que querría despedirse de ella. Al entrar, él le indicó que se sentara y ella se acomodó en uno de los sillones, de color crema. Después, Steel se acercó a la mesa y dejó un sobre encima.

—Este sobre es para ti —dijo.

Ella asintió.

—Lo abriré más tarde, cuando me vaya.

–Será mejor que lo abras ahora. Hay un par de cosas que tenemos que discutir.

Ella se levantó, alcanzó el sobre, lo abrió y sacó los documentos que contenía. Cuando vio la primera página, los ojos se le humedecieron y no pudo seguir leyendo. No entendía nada. Nada en absoluto.

–¿Qué es esto? –acertó a preguntar.

–Es lo que parece, Toni. Te he regalado la mansión. Ahora es tuya. Además, he depositado cierta cantidad en tu cuenta bancaria que bastará para pagar tus deudas y para que vivas una temporada con desahogo, hasta que decidas lo que quieres hacer. Ayer hablé con James y está dispuesto a contratarte otra vez. Su diseñadora de interiores se ha quedado embarazada y va a pedir una baja temporal... pero James me ha dicho que te buscará otra cosa cuando se reincorpore.

Ella lo miró con asombro.

–No puedo aceptar la casa.

–Por supuesto que puedes. Siempre ha significado mucho para ti. Yo imaginaba que viviríamos juntos en ella, pero qué se le va a hacer... –dijo, encogiéndose de hombros–. Aunque no estemos juntos, es tuya.

–Esto es una locura. No puedo aceptar ni la casa ni el dinero, Steel. ¿Es que no lo comprendes?

Toni estaba tan nerviosa que había empezado a temblar.

–No veo por qué no. Las niñas y tú necesitáis una casa y este lugar es perfecto.

–Es una locura –insistió ella.

Él sonrió, pero la miró con seriedad.

–Todo el mundo tiene derecho a cometer una locura de vez en cuando, y yo no soy una excepción. Además, ya no hay nada que hacer. Es oficial, la propiedad es tuya. Sólo tienes que firmar unos cuantos papeles.

–No puedo –dijo ella–. No puedo.

–No intento comprarte, Toni. Yo no soy así. Simplemente, necesito saber que las gemelas y tú estaréis bien y que podréis seguir con vuestras vidas. No espero nada de ti; dejaste bien claro lo que sientes. Pero eso no cambia lo que siento yo... de modo que, por favor, concédeme este último deseo.

Steel se detuvo un momento y añadió:

–Para mí, la casa y el dinero es calderilla; para ti, en cambio, significa una vida sin agobios. Si no lo quieres aceptar por ti, acéptalo por Amelia y Daisy. No voy a molestarte más. No me presentaré en tu casa de improviso, si es eso lo que te preocupa... no sin invitación.

–Pero, ¿por qué lo haces? No lo entiendo.

–¿No es evidente?

–No. La gente no regala casas así como así.

Steel caminó hacia ella. Jeff, el marido de Annie, le había hecho ver que debía sincerarse con Toni; que debía tragarse su orgullo y decirle lo que sentía. Y si Toni lo rechazaba, al menos no se arrepentiría más tarde por haber guardado silencio.

Llevaba varias semanas esperando aquel momento, porque sería su última oportunidad. El regalo de la casa no tenía nada que ver; conocía a Toni y sabía que no se dejaría influir por eso. Pero también sabía que Toni lo apreciaba. Y quería descubrir hasta qué punto.

Se detuvo ante ella, sin tocarla y dijo:

–Quiero que tengas la casa porque te amo. Es la primera vez que pronuncio estas palabras. «Te amo». Completamente. Te deseo, te necesito... estoy loco por ti. Eres la única mujer que quiero, la única a la que querré. Pero sé que sólo te podría demostrar mi amor con el tiempo, así que tendrás que aceptar mi palabra. Confía en mí.

–¿Y si no puedo? –preguntó ella, tímidamente.

–Yo te ayudaré.

–¿Que tú me ayudarás? ¿Cómo? Eres la única persona que podría destruirme.

Él la miró con intensidad. Toni no había dicho que estuviera enamorada de él, pero era evidente que lo estaba. Si le concedía tanta importancia, si verdaderamente creía que la podía destruir, era porque se había enamorado.

–Yo no te destruiré, Toni. Sólo quiero pasar el resto de mi vida contigo. Quiero que nos casemos, que tengamos una docena de hijos... o no, mejor dos docenas –bromeó–. Te amo, te amo, te amo. Sólo lamento no habértelo dicho antes. Debería habértelo dicho, pero supongo que, en el fondo, soy cobarde. Pensé que bastaba con demostrártelo.

–No sigas, Steel. Por favor.

–Cásate conmigo, Toni. Vive conmigo. Ámame y deja que os ame a ti y a las gemelas. Permite que seamos una familia.

–No puedo –dijo, desesperada–. No puedo... ¿Es que no lo ves?

–Claro que puedes. Si me amas, puedes. Pero, ¿me amas, Toni? Dime la verdad.

–Te amo –susurró ella con voz quebrada–. Y eso

es lo que me asusta. Yo sólo soy una mujer ordina-
ria.

Steel la besó en los labios.

—No digas eso nunca, cariño. Eres preciosa. Eres
mi tesoro más preciado.

El beso siguiente fue tan apasionado como si
contuviera todo el deseo que habrían reprimido durante las semanas anteriores.

Cuando por fin se apartó de ella, Steel la alzó en
sus brazos y la sentó sobre sus piernas, en el sofá.

—Escúchame, amor mío. Tienes que entenderlo.
Yo no puedo impedir que las mujeres me miren,
pero eso sólo te puede hacer daño si tú lo permites.
Soy tuyo y te prometo que no quiero estar con nadie
más. Eres mi sol, mi luna y mis estrellas. Quiero
que seas la madre de mis hijos. Y te ayudaré a confiar en mí, créeme; te ayudaré hasta que desaparez-
ca la última sombra de duda y estaré contigo hasta
el fin de nuestros días.

Él la volvió a besar y ella derramó unas lágrimas.

—Oh, Steel, he sido tan desgraciada... Te quería
tanto, pero estaba tan asustada...

—Pero eso ha terminado, amor mío. Te necesito
tanto como tú me necesitas a mí. No puedo vivir sin
ti.

Toni hundió la cara en su cuello.

—Te he echado de menos —le confesó—. Pensé
que ya no te gustaba.

Él se apartó un poco, la miró y dijo, con una
sonrisa:

—¿Quieres una boda por todo alto?

—¿Por todo lo alto? No, no. Ya tuve una boda por

todo lo alto y resultó muy impersonal. Pero tenemos tiempo de sobra antes de decidir...

–Me alegra que prefieras una boda sencilla –la interrumpió–, porque quiero casarme contigo cuanto antes, la semana que viene.

–¿La semana que viene? ¿No es demasiado pronto?

–Claro que no. Te quiero, Toni; te quiero en mi cama y como mi esposa. Estoy harto de aventuras pasajeras. Esto es distinto. Tú eres distinta. No te tocaré hasta que seamos marido y mujer.

Ella sintió pánico durante un momento. Las cosas iban demasiado deprisa. Pero lo miró a los ojos y supo que su amor era sincero.

–Quiero hacerte el amor, Toni, pero quiero hacerlo con calma, con todo el tiempo del mundo por delante. Además, no podrás cambiar de opinión cuando tengas el anillo en el dedo... –bromeó.

Toni respiró hondo. Aún estaba asustada, pero sabía que, si Steel estaba a su lado, recobraría la confianza en sí misma y recuperaría todo lo que había perdido cuando conoció a Richard.

–¿Y bien? ¿Qué te parece? ¿Tenemos el noviazgo más corto de la historia? –preguntó Steel.

Toni sonrió.

–Trato hecho. Pero te advierto que las niñas querrán vestir de rosa.

Epílogo

HABÍAN pasado diez años desde el día de febrero en que Steel la tomó en brazos y la llevó al interior de la mansión. Diez años de amor, risas, felicidad y algunos tropiezos, como en todas las familias.

Amelia y Daisy se habían convertido en unas jovencitas seguras y preciosas. El primer hijo de Toni y de Steel nació un año después de la boda y el segundo, dieciocho meses más tarde. Katie Jane, la tercera, llegó en el quinto año de su matrimonio; y tenía tanto carácter que controlaba a todos los habitantes de la mansión, excepción hecha de Toni.

Incluso ahora, mientras Toni miraba a su hija pequeña, que estaba jugando con los demás en la casita que Steel había construido en el jardín, pudo oírla dando órdenes a sus hermanos.

–Es terriblemente mandona –dijo a su esposo, que estaba junto a ella–. La mimas demasiado.

Steel sonrió. Toni lo deseaba como el primer día. Nunca habría imaginado que pudiera ser más guapo de lo que era, pero la vida familiar le sentaba tan bien que estaba mejor que nunca. Y sus dos hijos, Harry y John, habían heredado el atractivo de su padre.

Extendió un brazo hacia él y lo tomó de la mano.

–Te quiero tanto... –susurró.

Él se inclinó hacia ella y la besó.

–Y yo a ti. Cada vez más.

Toni sabía que era cierto. Sus dudas habían desaparecido tiempo atrás, durante sus largas noches en la cama, cuando él la acariciaba, la besaba y la lamía hasta llevarla al paraíso y volvía a empezar otra vez, incansable.

Poco después de que se casaran, Steel redujo drásticamente su horario laboral y se buscó un sustituto para que llevara los asuntos generales de la empresa. Quería tener tiempo para ganarse el afecto de Amelia y Daisy y ser un buen padre. Y lo había conseguido. De hecho, Steel las quería tanto como a sus propios hijos.

Con la llegada de los pequeños, la mansión también se llenó de mascotas; de momento, tenían tres perros, dos gatos, seis hámsteres y un conejo que se llamaba Fraser. Pero a pesar del trabajo que daban, cada día era precioso y Toni no lo habría cambiado por nada del mundo.

Steel se había tomado la molestia de construir una casita en la propiedad, para que los padres de Toni estuvieran más cómodos y William no tuviera que subir escaleras. Como estaba a cierta distancia, mantenían su independencia sin dejar de ser una familia unida al mismo tiempo. Y tanto William como Vivienne, pero especialmente Vivienne, pensaban que Steel era lo mejor desde el descubrimiento de la rueda.

Toni estaba de acuerdo con ellos. Despertar por las mañanas, entre sus brazos, era una experiencia tan dulce que no tenía precio. Tenía una casa preciosa con cinco hijos preciosos; pero sobre todo, tenía a Steel. Era suyo, todo suyo. Y Toni sabía que era la persona más importante de su vida porque él se lo decía diariamente.

Cuando la volvió a besar, pensó que los fantasmas del pasado habían desaparecido para siempre. Volvía a ser ella misma. Porque la amaban.

BIANCA™

ANNIE WEST
UN PRÍNCIPE DE ESCÁNDALO

Raul, príncipe de Maritz, estaba furioso porque una ley arcaica lo obligaba a casarse. Perseguido por el escándalo, sabía que casarse con la recién descubierta princesa Luisa Hardwicke ayudaría a la estabilidad de la monarquía.

Pero Luisa era una chica de campo y muy directa, así que no iba a ser fácil ganársela. Aunque había refinado sus modales, retaba a Raul siempre que tenía ocasión. Y él, por su parte, jamás habría imaginado que desearía tanto que llegase la noche de bodas…

CATHY WILLIAMS
TEMOR A AMAR

Trabajando para Luc Laughton, Agatha Havers se encontraba fuera de su elemento. Siempre escondida bajo anchos jerséis, era totalmente invisible para su jefe. Hasta que Luc descubrió las excitantes curvas que Agatha había estado escondiendo…

Agatha se encontró viviendo un cuento de hadas… hasta que un giro inesperado en su relación la devolvió bruscamente a la realidad.

N.º 474

HELEN BROOKS
DEUDA DEL CORAZÓN

Toni George necesitaba un trabajo para pagar las deudas de juego que su difunto marido había acumulado en secreto. Con dos gemelas pequeñas, no tuvo más remedio que aceptar un trabajo con el *playboy* Steel Landry.

Steel se sintió intrigado y algo más que atraído por la bella Toni, aunque sabía que estaba fuera de su alcance...

¡YA EN TU PUNTO DE VENTA!

EL PRÍNCIPE Y LA PRINCESA

El príncipe Cristiano di Savaré no tenía escrúpulos a la hora de conseguir sus propósitos. Su objetivo del momento, Antonella Romanelli, formaba parte de una dinastía a la que él despreciaba... Antonella se vio turbada por el poderoso atractivo de Cristiano. Sin embargo, no se fiaba de él. Pero Cristiano tenía un plan para lograr que se sometiera a sus deseos.

Si para conseguirlo tenía que acostarse con ella, su misión sería aún más placentera...

CORAZONES DE DIAMANTE

Francesca d'Oro solo tenía dieciocho años cuando el sexy y misterioso Marcos Navarro se casó con ella. Luego, antes de que se secara la tinta del certificado de matrimonio, la abandonó. Aunque le había regalado un anillo de compromiso, a cambio, él robó una joya mucho más valiosa: El Corazón del Diablo, un espectacular

N.º 475

diamante amarillo que, según creía Marcos, había pertenecido antiguamente a su familia.

Años más tarde, Francesca decidió recuperar la joya, pero había olvidado que el nombre del collar era perfecto para Marcos... y que hacer tratos con el diablo era extremadamente peligroso.

DESEO

KATHERINE GARBERA

UNA BELLEZA EN LA CAMA

Una declaración de amor en una limusina era lo último que necesitaba Sarah Malcolm. Era cierto que Harris Davidson era rico, poderoso y muy sexy, pero también le había dejado muy claro que en su vida no había sitio para el amor.

Teniendo que cuidar a sus hermanos y dirigir el restaurante, Sarah no entendía por qué no podía dejar de pensar en aquel hombre.

N.º 540

UN ASUNTO DEL CORAZÓN

Con solo oír la campanada de medianoche, CJ Terrence recordó que, a pesar del vestido de alta costura, seguía siendo la vulgar estudiante deseosa de creer en cuentos de hadas. Años atrás, el empresario de cuyo negocio dependía la carrera de CJ se había hecho amigo suyo y después la había traicionado. Pero ahora acudía en busca de su perdón... y de sus besos. CJ deseaba sus besos y sus caricias, como siempre. Y algo le decía que una extraña hada madrina le había dado una segunda oportunidad...

JAZMÍN.

BETTY NEELS
HISTORIA DE AMOR EN INVIERNO

Claudia Ramsey estaba muy agradecida al señor Thomas Tait-Bullen por todo lo que había hecho por su tío abuelo, por eso aceptó encantada su proposición de casarse con él por conveniencia. Pero se acercaban las navidades y Claudia estaba empezando a romper todas las normas... ¡se estaba enamorando de su marido!

TRISH WYLIE
AMIGOS Y AMANTES

Ryan y Molly llevaban toda la vida siendo amigos, pero el juego infantil empezó a volverse peligroso cuando él la retó a fingir que estaban saliendo juntos... y ella aceptó.

La primera regla del juego que impuso Ryan era que debían besarse mucho para que pareciera real. Así fue como dos buenos amigos se convirtieron en dos buenísimos amantes... Y como Molly se dio cuenta de que aquella apuesta era mucho más adecuada de lo que ella había previsto.

PATRICIA FORSYTHE
PROTEGER A LA PRINCESA

N.º 573

Estaba claro que la nueva misión de Reeve Stratton se salía de lo habitual. La princesa Anya Chastain de Inbourg tenía una mirada que podría reducir a cenizas a cualquier hombre, pero en realidad no era la niña consentida que él pensaba. Era una mujer bella e inteligente que trataba con verdadero amor a su hijo, a su familia y a su país. Hacerse pasar por su prometido no era ningún esfuerzo para Reeve; solo tenía que bailar y flirtear con ella... e incluso besarla, y todo por el bien del pueblo. El problema era que aquellos besos le parecían demasiado reales... y esa vez era él quien corría peligro... ¡de enamorarse!

CHRISTINE MERRILL

El mayor pecado

Después de haber pasado seis años creyendo una mentira sobre su origen, y condenado a un infierno personal, el doctor Samuel Hastings se enfrentó por fin al objeto de sus deseos, la única mujer a la que nunca podría tener…

Lady Evelyn Thorne estaba a punto de casarse con el muy conveniente duque de Saint Aldric cuando una impresionante verdad fue revelada… ¡y a partir de aquel momento, Sam se convirtió en un hombre diferente y no le daba tregua con tal de seducirla!

El pecado de amar

El honorable y para colmo atractivo Michael Poole, duque de Saint Aldric, se había ganado a pulso el apodo de "El Santo". Pero la al-

ta sociedad se habría estremecido si hubiera sabido la verdad. ¡Porque, lanzado al libertinaje, aquel santo se había convertido en un pecador impenitente!

Con la aparición de la institutriz Madeline Cranston, embarazada de su heredero, Saint Aldric buscó redimirse por medio de un matrimonio de conveniencia. Pero la misteriosa Madeline estaba lejos de ser una sumisa duquesa…

No. 80

¡YA EN TU PUNTO DE VENTA!

BIANCA™

Un acuerdo temporal…
con una consecuencia permanente

UN ACUERDO TEMPORAL

LYNNE GRAHAM

N.º 3080

Alana Davison, tímida doncella de hotel, estaba desesperada por saldar una deuda familiar. Tanto que, cuando descubrió que el magnate griego Ares Sarris necesitaba una esposa, se decidió a hacerle una escandalosa sugerencia: si Ares la ayudaba con su deuda, ella se convertiría en su esposa de conveniencia.

Para Ares, Alana se convirtió en una magnífica solución. Su matrimonio le permitiría asegurarse la herencia que su ilegitimidad le había negado hasta entonces. Sin embargo, el inconveniente era la química que ardía entre ellos. Por sorpresa, Alana le comunicó que, nueve meses más tarde, su ordenada vida iba a ponerse patas arriba por la llegada de un bebé…

¡YA EN TU PUNTO DE VENTA!

BIANCA.

**Samarah debía decidir:
prisión en una celda… o grilletes
de diamantes al convertirse en su esposa**

UN RETO
PARA UN JEQUE

MAISEY YATES

N.º 3081

Tras haber esperado su tiempo, la princesa Samarah Al-Azem por fin estaba lista para acabar con Ferran, el enemigo de su reino y el hombre que le había arrebatado todo. En la quietud de la noche, le esperó agazapada en su dormitorio… No era la primera vez que el jeque Ferran se veía al otro lado del cuchillo de un asesino… pero nunca lo blandía una agresora tan bella. Pronto la tuvo a su merced, algo que llevaba años deseando…

BIANCA™

MATRIMONIO
DE PAPEL

JOSS WOOD

N.° 3082

El matrimonio sobre el papel de Millie Piper con el director ejecutivo Benedikt Jónsson le supuso poder controlar su vida. Ahora deseaba tener un hijo, así que lo correcto era pedirle a Ben que se divorciaran. Pero cuando se quedó atrapada en la casa de Ben por una tormenta, descubrió la atracción que sentía por su esposo de conveniencia.

A Ben, un lobo solitario, la petición de divorcio que le hizo Millie le provocó un peligroso deseo. La intimidad de tenerla consigo en su lujosa casa en Islandia amenazaba su implacable dominio de sí mismo, pero no fue nada comparado a la conmoción que le causó lo que le pidió después: ¡que fuera el padre de su hijo!